沉默的羔羊系列

沉默的羔羊

THE SILENCE OF THE LAMBS

[美国] 托马斯·哈里斯 ———— 著

杨昊成 ———— 译

译林出版社

食人贵族汉尼拔，犯罪艺术家

何袜皮
没药花园公众号

1

前几天有个女记者采访我时说起，她在读没药花园公众号上介绍的"夜行跟踪者"理查德·拉米雷斯时，觉得他这个人和他的犯罪都"很美、很性感"，因此可以理解为什么他在狱中能收到那么多情书。

理查德·拉米雷斯（1960—2013）是美国著名的连环杀手，自诩撒旦，在1985年夏天连续入室盗窃、强奸、杀人，成为洛杉矶人的噩梦。在我的眼中，他的暴力行为并无美感。但同时，我又能理解整个事件在艺术上的价值——暴力、酷暑、黑夜、恐惧都可以是文学、音乐、绘画的意象。

谈及犯罪的美感，没有一个"罪犯"比汉尼拔这个角色更具有艺术性和审美价值。

汉尼拔是谁？是大家都看过的《沉默的羔羊》的主人公。他出身于立陶宛的庄园贵族家庭，在被捕前是一名精神病医生。他的智商极高，不仅精通医学外科，而且博学多识，对古典音乐、文学、艺术、天文地理等都有很高的品位。他对美食和衣着亦十分讲究，过着洁净、优雅、精致的生活,平日里待人温文儒雅,不动声色地操控人心。

同时,他又是一个令人毛骨悚然的连环杀手,并犯下最反人类、反伦理的食人恶行。

汉尼拔·莱克特这个名字也有玄机。汉尼拔(Hannibal)与食人者(Cannibal)的发音接近,而他的姓氏莱克特(Lecter)有"教堂中的读经者"的意思。

这名字本身象征了他身上的矛盾性:一面是具有野蛮兽性的汉尼拔,拥有堪比犬类的嗅觉,喜欢用牙齿撕咬同类,细嚼慢咽他们的尸体;另一面是高度文明的产物莱克特博士,可以客观地洞悉罪犯心理,理性分析自己的食人癖。汉尼拔的感性和莱克特博士的理性和平友爱地共处在同一个躯体内。

从这套书在美国的销量以及电影票房便可知,读者、观众们爱上了这样的角色。这或许是因为,汉尼拔这个人物既不符合大众对连环杀手的经验,也不符合大众对精英人物的想象。

大家内心鄙夷现实中那些粗俗、低劣、猥琐又动机肤浅的杀手,又渴望揭开上流阶层道貌岸然的面具。汉尼拔契合了人们内心深处的向往。

他如同一道气味独特的佳肴,有着最刺激的气味和最新鲜的口感,还有复杂晦涩的回味。

他和那些住在古老城堡里、非得用水晶杯来盛血喝的吸血鬼们有异曲同工之妙——既高贵又残暴,唯独不卑贱。

尽管汉尼拔是如此反人类经验,但托马斯·哈里斯并没有把他塑造为一个自然界的差错,一个天生的异类。

大部分连环杀手都有不幸福的童年和少年经历,《红龙》中的多拉德如此,汉尼拔也不例外。如果读者看了《少年汉尼拔》,了解了汉尼拔的贵族出身和战争中的不幸经历,便更容易理解他身上的矛盾性。

2

莱克特博士不是脱离现实,而是超越现实的。我们忍不住会问,世间真的有汉尼拔这样的罪犯存在吗?

有人说,汉尼拔的原型是美国连环杀手泰德·邦迪。也有人认为作者参考了俄罗斯食人魔安德烈·奇卡提罗。

但在我看来,汉尼拔与这些现实中的连环杀手有本质上的不同。

在现实中,如果一个凶手的主要目的是财产,他/她可能随机杀害男女。还有大量连环杀手的主要动机不是谋财。他们享受折磨、虐待受害人的过程。这一类以取乐为目的的连环凶手,挑选的对象几乎都是他们有性欲的那个性别对象,譬如GAY杀男,直男杀女,直女杀男……

上述连环杀手的案例中,受害者的性别一致,这往往证实了凶手作案动机有性幻想的成分:他们可以从虐杀受害人、甚至处理受害人的尸体中获得快感。

毕竟,杀人、处理尸体、隐藏罪行都不是轻松的活儿,如果不是为钱,也不是为了快感,为什么要花费力气去完成呢?

泰德·邦迪和汉尼拔的共同之处在于,他们不像大部分连环杀手那样处于社会底层、生活落魄。泰德·邦迪长相英俊,从法学院毕业,有体面工作,被判刑后还曾在狱中协助警方分析另一起连环杀人案(和《红龙》《沉默的羔羊》的情节相似)。但与汉尼拔不同的是,邦迪的性意图在作案中很明显,他杀害的无一例外都是女性,并且有奸尸行为。

俄罗斯食人魔安德烈·奇卡提罗会吃掉受害人身体的一部分,因而在作案手法上和汉尼拔相似。但是,他选择的受害人依然主要是女性(少部分为男童),并会强奸他们,作案细节也显示出他寻求性满足的动机。

为什么说汉尼拔和现实中的连环杀手在本质上不同？因为他谋杀的动机不是为钱，不是为性快感。他作为一个异性恋连环杀手，杀害的几乎都是男性。也就是说，他在挑选受害者和作案动机上完全是反经验的。

那么，他最初的动机到底是什么？

是痛苦、恐惧、愤怒之后的复仇。

当他的复仇完成后，他的杀人和食人并没有停止。

其实，我们大部分人对于严重心理创伤的处理方式是逃避。但这会让那根毒刺越扎越深，钻入潜意识深处，终有一天引起溃烂。而汉尼拔采取的是主动的方式，直面并重复那些自己最恐惧和最愤怒的事，就如同把刺拔出来再扎回去。

在心理逻辑上，汉尼拔其实和俄罗斯食人魔安德烈·奇卡提罗有相似性。在奇卡提罗五岁那年，他的家乡乌克兰爆发大饥荒，哀鸿遍野，他的哥哥有天失踪了。奇卡提罗的父母成天在家里悲痛地控诉，自己的儿子可能是被因饥饿发狂的邻居们分食了。我们无法具体知道这个极度可怕的念头会给五岁的孩子带来什么样的心理震荡。但和汉尼拔一样，他长大后成了食人魔。

汉尼拔的食人癖好，其实是通过反复折磨自己的伤口，来实现对自己的救赎。他在食人时扮演一个至高无上的"神"的角色，让自己感觉与众不同，从而克服内心深处童年时面对邪恶的无力感和对死亡的恐惧和焦虑。或许只有这样，他的心理才不会全面崩塌，才可以守住人性中的理性。

3

那么，汉尼拔在复仇后，如何继续挑选受害人呢？

汉尼拔加害的对象通常都带着显而易见的无礼、傲慢、自私，或者得罪过他。在汉尼拔的逻辑世界里,善恶的定义被颠覆。一个人可以杀人、吃人,但不可以无礼,也不可以不体面。前者的罪孽未必比后者更重。

所以在汉尼拔看来,那些傲慢自大、粗鲁无礼、自私自利的男性才是罪恶的代名词:那个潜规则不成就对史达琳后背捅刀子、玩弄办公室政治、滥用职权为自己谋私利的克伦德勒;那个性侵男童、为富不仁的富豪梅森;那个为了满足私欲把情报卖给梅森的意大利侦探长;那个以折磨汉尼拔、刁难女主角为乐的心理医生……

食人魔汉尼拔是反社会人格吗?不,他不是。比起他来,其他那些道貌岸然的男性受害人倒更像是反社会人格。一个人的负面品质不能抵消他的优点,反之亦然。

因此,当汉尼拔杀害那些人时,读者竟然很难对受害人产生共情,哪怕怀有一丝同情。而无论汉尼拔的手段多么残忍和狡诈,也很难引发读者的愤怒和憎恨。相反,全世界汉尼拔的拥趸都会为他的逃脱而欢呼。

普通读者心中的正义天平并不总向受害者倾斜。

沉默的羔羊系列最令我喜欢的一点是,作者托马斯·哈里斯热忱表达了自己对女性的欣赏。

在周围男性要么贪婪,要么自大,要么好色的情况下,书中的女主角史达琳保持了正直和率真。她无疑是美丽的,但她同时拥有心理学和犯罪学的双学位,吃苦耐劳、工作勤奋、有一腔抱负,她不想只被人看到外表。

可惜除了欣赏她才华的恩师克劳福德,其他男人遇见她时常常先入为主地认为她是花瓶。她因为拒绝了克伦德勒的性骚扰,在职场中性格直率,给自己惹来麻烦。克伦德勒的小动作让她始终得不到升迁,在事业上的付出没有回报。她的经历像极了现实中的一些女孩。她们往往因为不愿屈服于男权规则,而不得不付出更大的努力去实现自己的抱负,或者只能放弃。

汉尼拔和史达琳之间究竟是惺惺相惜，还是前者对后者的心灵操控，仁者见仁。当知晓狱中一个罪犯把精液甩到史达琳头发上后，汉尼拔用计让那个罪犯吞下了自己的舌头，因为他无法忍受他的无礼。他也引导史达琳说出自己童年的故事，来治疗她的心理创伤。归根结底，汉尼拔也是一个懂得欣赏女性价值的人，与大部分专挑妇孺下手、只为获取性快感的连环杀手截然不同。汉尼拔的杀人、吃人，也超越了任何犯罪动机，更像是行为艺术。

高贵与野蛮，共情与残忍，理性与本能，智力与暴力，善与恶……汉尼拔身上的矛盾特质具有诗意的美感，形成了最大的张力。因此，我觉得我们应该从美学上，而非犯罪心理上，去理解和认识汉尼拔。我以波德莱尔的诗作为结束："明与暗面面相对，一颗心成了自己的镜子！又亮又黑的真理之井里，颤抖着一颗苍白的星。"

每人心中都有一个恶魔

周黎明

每一个社会,无论人口多寡、经济强弱、素质优劣、居住疏密,都有变态者存在。每当出现连环杀手等耸人听闻的消息,网络上总会有人抱怨:某某地方尽出这类怪物。殊不知,这绝不是某地仅有的怪现象。谁能保证自己可爱的家乡或居住地人人都是灵魂洒满阳光、乐天助人的"艾美丽"?

深究起来,我们每个人内心都有一个变态恶魔,只不过,在正常境遇中,种种变态思想被外界的法律和伦理以及内化了的社会规范所约束罢了,有了想法多半不会去实施,很多想法在潜意识中就被自我压抑下去了。在战争等狂热环境里,像虐囚、杀人比赛,甚至人吃人那样的事情就会如幽灵般抬头。犯下如此兽行的人往往并不是天生的"坏人",而是外界的放任唤醒了他们内心的恶魔。当然,说每个人都会如此蜕变也许夸张,但反观中外历史,很多人完全可能从"人"滑落到"兽"的地步。

其实,变态并不是兽行的同义词,变态是相对于常态而言。在现代社会,人类行为的准则是在不伤害他人的前提下,尽量宽容许多曾经被视为变态的所作所为。但即便是再开明的社会、再健全的心理教育,也不可能完全杜绝所有的内心恶魔咆哮而出,殃及社会。

或许托马斯·哈里斯是一名动物保护主义者,他看到人类屠杀羊羔以满足自己口福,找到了这种"常态"行为和莱克特变态吃人之间的暗合。莱克特是小说和电影世界中最迷人的食人族,如果说"野牛比尔"之类是不自觉的恶魔,那么,他则是一个具有高度自觉性的超级恶魔。他不是因为无法控制自己内心的邪恶而作恶,他永远是这些邪恶的主人,跟大导演调度群众场面似的摆布着自己的一举一动。他不会因为作恶而内疚或恐惧,他非常享受自己的行为。他本身就是研究变态心理的超级专家。

研究犯罪心理,能帮助警方捉拿凶手,但更重要的是,能帮助普通人化解潜在的犯罪冲动。但在文艺作品中构思一个本身是专家的罪犯,就好比把警察局长安排成犯罪集团的幕后黑手,官盗一家,增加了故事的戏剧性,是一种颇为高超的手法,也暗合了人性善恶同居一身的道理。

汉尼拔·莱克特最初出现在1981年出版的《红龙》中。这部小说已经两次被搬上银幕,1986年由迈克尔·曼导演的《猎人者》(*Manhunter*)并不卖座,莱克特在里面是个配角。但作者哈里斯事后显然意识到这个人物实为至宝。到1988年《沉默的羔羊》,莱克特摇身升任男一号,经过1991年安东尼·霍普金斯的银幕演绎,成了影史上数一数二的经典恶魔,即那种让人不寒而栗同时又目不转睛的高级魔王。如今,我们已经很难想象莱克特不是霍普金斯,他捕捉到了这个人物的灵魂、他的智商、他的敏捷、他的谈吐、他的智力游戏。他是一个恶魔,但他是一个浑身充满魅力的恶魔,相比之下,007影片中那些怀抱小猫、梦想摧毁世界的则是可笑不可怖的卡通恶魔而已。

《沉默的羔羊》从小说到电影,经历了短暂的三年时间,这三年中的读者怎么看待电影版,我不得而知。但我估计,更多读者像我一样,是被电影的名声推着回头去看小说的。电影一问世便成为经典,荣获奥斯卡最佳影片、最佳导演、最佳改编剧本、最佳男主角、最佳女主角五项大奖。但它并没有将小说扫进历史垃圾堆，相反，很多读者认为小说略胜一筹。文字和影像永远不可能互相取代，影像的优势，比如霍普金斯和朱迪·福斯特的表演（尤其是台词），是我们轻声阅读绝对无法再现的；反之，文字能为我们提供更宽广的想象空间。

无论是小说版还是电影版，《沉默的羔羊》的精华在于莱克特和史达琳的交锋，一方是邪恶的诸葛亮，另一方是初出茅庐的刘备，他们的反差非常大，渗透到性别、年龄、个性、为人处世各个层面，这为他俩的互相利用创造了绝妙的条件。莱克特需要从被囚的外在环境上升到控制者的心理高地，他的武器是挖掘并解析史达琳的幼年心灵创伤；而史达琳需要从一个实习生的卑微地位，通过破获一桩棘手案件，使自己上升到受人器重的联邦调查局探员，她的手段是借用莱克特的大脑。他们仿佛是一对难舍难分的冤家，互相排斥又互相吸引，那种惺惺相惜的难缠之情到2001年的《汉尼拔》时从隐性变为显性，两人的感觉几近恋人。试想，这两个角色甚至是可以互换的：在欠发达的社会中，出身卑微、从小饱受心理摧残的农家子弟更有可能心灵扭曲，做出类似马加爵那样的事来，而知识渊博、趣味高雅的社会精英，理应是栋梁之材，而不应是社会的白蚁。故事把两个人物的定位颠倒过来，实属天才之举，极具原创性和挑战性，也是对社会定位和社会偏见的一种颠覆。

电影惜镜头如金，男女主角的对话不可能全程展开，很多地方只能点到为止，而小说不受这方面限制，可以更加酣畅淋漓，尽显这两个非凡灵魂的风采。他们的斗智就像阿庆嫂和刁德一在春来茶馆里的对唱，既能像烈酒那样品尝，也可以像上等龙井那样细细回味。电影版是烈酒，它的渗透迅速而全方位，而小说版则像那绿茶，喝一口可以抬头望远，慢慢感受其悠长的滋润。这是茗茶的优势。

谨以此书纪念我的父亲

倘若吾以人之姿态与以弗所之兽类相搏，而死者不能更生，则于吾何益？

——哥林多前书

我眼前就能看到自己的骷髅，
 还用得着去瞧那戒指上的骷髅吗？

——《奉献》，约翰·多恩

1

行为科学部是联邦调查局处理系列凶杀案的部门,位于昆蒂科学院大楼的底层,有一半在地下。克拉丽丝·史达琳从联邦调查局模拟射击训练中心的靶场上一路快步走来,到这儿时已是满脸通红。她的头发里有草,那件联邦调查局学员的防风衣上也沾着草迹,那是在射击场一次抓捕训练中她冒着火力猛扑到地上时沾上的。

外面的办公室空无一人,所以她就对着玻璃门,就着自己的影子,将头发简单地拂弄了一下。她知道自己不用过分打扮看上去也是可以的。她的手上有火药味,可已经来不及洗了,该部的头儿克劳福德说,现在就要召见她。

她发现杰克·克劳福德独自一人在一个杂乱无序的办公套间里。他正站在别人的桌子边打电话。一年来,她这还是第一次有机会好好地打量他。她所见到的他的样子,叫她觉得不安。

平日里,克劳福德看上去像一位体魄强健的中年工程师。他读大学时的费用很可能是靠打棒球支付的——像是个机灵的捕手,防守本垒时十分强悍。而如今,他瘦了,衬衫的领子那么大,红肿的双眼下是黑黑的一圈。每个能看报纸的人都知道,行为科学部眼下正大背骂名。史达琳希望克劳福德不要因此沾染酗酒的习惯,可现在看来那是根本不可能的。

克劳福德突然"不!"的一声结束了他的电话谈话。他从腋下取出她的档案,打了开来。

"克拉丽丝·M.史达琳,早上好!"他说。

"你好。"她只是礼貌地微微一笑。

"也没出什么事,但愿叫你来并没有把你吓着。"

"没有。"史达琳想,这么说并不完全是真的。

"你的老师告诉我你学得不错,班上排前十五名。"

"希望如此。成绩还没有张榜公布呢。"

"我时不时地会问他们。"

这使史达琳有些吃惊;她原以为克劳福德是个招募新手的警察小队长,两面派的耍滑头角色,成不了什么大器。

特工克劳福德曾应邀在弗吉尼亚大学讲过课,史达琳是在那儿遇见他的。他开的犯罪学课程质量高,她之所以来联邦调查局,其中就有这个因素。她获得进入学院的资格后曾给他写过一张条子,可一直没有回音;在昆蒂科当实习生三个月了,也没有引起他的注意。

史达琳是那种不求人施恩、不强求他人友谊的人,但克劳福德这种做法还是叫她感到困惑和后悔。可此刻,她很遗憾地注意到,当他的面,自己竟又喜欢上他了。

显然是出什么事了。克劳福德身上除了他那才智之外,还有一种特别的机敏,史达琳能看出这一点首先是从他的着装搭配及其衣服的质地上,即使衣服是联邦调查局工作人员的统一制服。此刻的他整洁却了无生气,仿佛人正在蜕皮换骨似的。

"来了件活儿,我就想到了你,"他说,"其实也不是什么活儿,更确切地说是一份有趣的差使。你把那椅子上贝利的东西推开坐下。这儿你写着,学院的实习一结束,你就想直接来行为科学部。"

"是的。"

"你的法医学知识很丰富，但没有执法方面的经历。我们需要有六年执法经历的人，至少六年。"

"我爸曾是个司法官，那生活什么样我知道。"

克劳福德微微笑了笑。"你真正具备的是心理学和犯罪学双学位，还有就是在一个心理健康中心干过，几个夏天？是两个吗？"

"两个。"

"你那心理咨询员证书现在还能用吗？"

"还可以管两年。我是在你到弗吉尼亚大学讲课之前得到这证书的，那时我还没有决定要干这个。"

"雇用单位冻结不招人，你就被困住了。"

史达琳点了点头。"不过我还算运气——及时发现并且获得了法医会会员的资格。接下来我可以到实验室干干，直到学院有空缺的职位。"

"你曾写信给我说要上这儿来是吧？我想我没有回信——我知道我没有回。应该回的。"

"你有许多别的事要忙。"

"你知不知道有关VI—CAP的情况？"

"我知道那是指'暴力犯罪分子拘捕计划'。《执法公报》上说你们正在处理数据，尚未进入实施阶段。"

克劳福德点点头。"我们设计了一份问卷，它适用于当今所有已知的连环杀手。"他将装在薄封皮里的厚厚一叠文件递给了她。"其中有一部分是为调查人员准备的，还有一部分是为幸存的受害者准备的，如果有幸存者的话。那蓝色部分是要凶手回答的，假如他肯回答的话。粉红色那部分是提问者要问凶手的一组问题，他以此获得凶手的反应及回答。案头活儿不少呢！"

案头活儿。克拉丽丝·史达琳出于自身利益,像一只嗅觉灵敏的小猎犬一样往前闻着什么。她闻到有一份工作正降临到她头上——那工作很可能单调乏味,只是往一个什么新的电脑系统中输入原始数据。竭尽全力进入行为科学部对她说来是诱人的,可她知道,女人一旦被拴住做秘书,结果会是什么样——一辈子就在这位置上待着吧。选择的机会来了,她要好好地选。

克劳福德在等着什么——他刚才肯定问过她一个什么问题。史达琳不得不匆匆搜索自己的记忆。

"你做过哪些测试?明尼苏达多相人格类型测验[①],做过吗?还是罗夏测验[②]?"

"做过,是明尼苏达多相人格类型测验,罗夏测验从未做过。"她说,"还做过主题理解测验[③],给儿童做过本德—格式塔测验[④]。"

"你容易受惊吓吗,史达琳?"

"现在还没有。"

"你瞧,是这样的,我们对在押的三十二名已知连环杀手都试着进行了询问和调查,目的是为一些悬而未决的案子建立一个心理总结的数据库。其中大部分人都能配合——我想他们的动机是想露露脸吧,不少人是这样的。二十七人愿意合作。四名死囚的上诉尚未裁决,故而死不开口,也可以理解就是。但是我们最想要的一个人的合作还没能获得,我要你明天就去精神病院找他。"

---

① 最初用以测试精神病患者,创于美国明尼苏达大学。

② 根据患者对一组标准设计的墨迹的不同解释,测知其人格结构,由瑞士精神病学家赫尔曼·罗夏(1844—1922)设计。亦称墨迹测验。

③ 要求被试者根据一套提示生活情境的图画来构想一个故事的一种心理投射测验。

④ 由德国柯勒、考夫卡等创立的一个心理学派,主张人的行为或心理现象不能以分析其组成部分得到充分解释,而必须代之以对整体的研究。亦称完形心理学。

克拉丽丝·史达琳胸中咯噔一下，感到一阵喜悦，同时又有几分害怕。

"那人是谁？"

"精神病专家，汉尼拔·莱克特医生。"克劳福德说。

在任何文明场所，一提起这名字，总是紧跟着一阵短暂的沉默。

史达琳定定地看着克劳福德，可是她非常平静。"汉尼拔，食人魔王。"她说。

"是的。"

"好的，呃——行，可以。我很高兴有这个机会，不过你得知道，我在想——为什么选我去呢？"

"主要因为你是现成的人选，"克劳福德说，"我不指望他会合作。他已经拒绝过了，但以前是通过精神病院院长这个中间人来谈的。我得能对人说，我们已有合格的调查人员前去找过他并亲自提问过他。有些原因与你无关。我这个部里再派不出别的人去干这事了。"

"你们被野牛比尔困死了，还有内华达那些事儿。"史达琳说。

"你说对了。还是刚才说的——大活人没几个了。"

"你刚才说明天去——这么急！手头的案子有收获的没有？"

"没有。有倒好了。"

"要是他不肯和我合作，你是否还要我对他做心理评估？"

"不要了。莱克特医生是个难以接近的病人，有关他的评估我这儿多得都齐腰深了，全都不一样。"

克劳福德摇出两片维生素C倒入手心，在凉水器那儿调了一杯Alka-Seltzer[①]，将药片冲服了下去。"你知道，这事很荒唐；莱克特是位精神病专家，自己还为有关精神病的一些刊物撰稿——东西写得很不一般

[①] 一种助消化药，常被调在饮料中。

呢——可他从不提及自己那点点异常。有一次在几个测试中，他假装配合精神病院的院长奇尔顿——坐着无聊将血压计的袖带套到了自己的阴茎上，再有就是看一些破烂照片——接着他就将了解到的关于奇尔顿的情况首先发表了出来，把人家愚弄了一番。研究精神病的学生，虽然研究领域和他这案子没有关系，他们的信件，他倒都认真答复，他干的全是这么一套。如果他不愿和你谈，我只要你直截了当地报来，他样子如何，他的病房什么样，他在做些什么。他的自然状况，不妨这样说。注意那些进进出出的记者。也不是什么真正的记者，都是些超市小报的记者。他们喜爱莱克特甚至胜过安德鲁王子。"

"是不是有家色情杂志曾经出五万美金要来买他的几张处方？我好像有那印象。"史达琳说。

克劳福德点了点头。"我敢肯定，《国民秘闻》已经买通了医院里什么人，我一安排你去，他们可能就知道了。"

克劳福德将身子往前倾，直到与她相距只有两英尺。她发现他的半截眼镜使他的眼袋又大了。他最近都在用李士德林漱口水漱口。

"现在我要你全神贯注听我说，史达琳。你在听吗？"

"是，长官。"

"对付汉尼拔·莱克特要十分小心。你和他打交道的手续，精神病院的院长奇尔顿医生会一一过目的。不要偏离这手续。无论如何，一丝一毫也不要偏离这手续。就算莱克特和你谈，他也只不过想了解你这个人。那是一种好奇心，就像蛇会往鸟窝里探头探脑一样。你我都明白，谈话中你得来回回有几个回合，但你不要告诉他有关你自己的任何细节。你个人的情况一丝一毫也不要进入他的脑子。你知道他对威尔·格雷厄姆是怎么做的。"

"出事后我看到了报道。"

"当威尔追上他时，他用一把裁油地毡的刀将威尔的内脏挖了出来。威尔没死也真是奇迹!还记得红龙①吗?莱克特让弗朗西斯·多拉德对威尔及其家人下了毒手。威尔的脸看上去他妈的像被毕加索画过似的,这都是莱克特的功劳。在精神病院他还将一名护士撕成了碎片。干你的工作,只是千万别忘了他是个什么人。"

"什么人?你知道吗?"

"我知道他是个恶魔。除此之外,谁也说不准。也许你最终能找到答案;我也不是随随便便就挑你来的,史达琳。我在弗吉尼亚大学时你就问过我几个挺有意思的问题。局长要看的是底下有你签名的亲自撰写的报告——要是报告写得清楚、简洁、有条理的话。那由我定了。星期天九点我一定要拿到报告。好了,史达琳,按指定的方案行动吧。"

克劳福德朝她微微笑了笑,可他的眼睛却了无生气。

---

① "沉默的羔羊系列"第一部《红龙》中的形象。

2

弗雷德里克·奇尔顿大夫，五十八岁，州立巴尔的摩精神病犯罪医院院长。他有一张又长又宽的桌子，上面没有放任何硬或尖的东西。一些工作人员管这桌子叫"护城河"，而别的一些人却不明白"护城河"一词是什么意思。克拉丽丝·史达琳来到奇尔顿大夫的办公室时，他依旧在他那张桌子后面坐着。

"有不少侦探来过我们这里，可我记不得有谁这么迷人。"奇尔顿说这话时依然没有站起来。

他伸过来的手亮亮的，史达琳不用思索就知道他用羊毛脂抹过头发。她在他前先松了手。

"是史特琳小姐，是吗？"

"是史达琳，大夫，中间是个a。谢谢你抽时间见我。"

"这么说联邦调查局也拼命动起女孩子的念头来了，哈，哈。"他微微笑了笑作为停顿。

"局里有长进，奇尔顿大夫。确实是的。"

"你在巴尔的摩要待几天吗？你知道，要是你了解这个城，你在这儿是可以过得很快活的，就像在华盛顿或纽约一样。"

她别过脸不去看他的微笑。她立刻意识到，对方已看出了她的反感。"我确信这个城市很棒,可是我奉命来见莱克特医生,下午就要回去汇报。"

"以后要联系的话,你在华盛顿有没有什么地方我可以打电话找到你?"

"当然有。你这么想真使我感激。特工杰克·克劳福德负责这项计划,通过他你总能找到我。"

"明白了。"奇尔顿说。他的脸颊斑斑驳驳的呈粉红色,头发却是怪异的赤褐色,彼此很不协调。"请把你的身份证给我。"他一边让她站在那里,一边不急不忙地检查她的身份证。随后他将身份证交还她,站了起来。"要不了多少时间的,跟我来吧。"

"我原以为你会把情况给我简要介绍一下的,奇尔顿大夫。"史达琳说。

"我们可以边走边谈。"他从桌后绕了过来,看了看表。"半小时后我有个饭局。"

该死!她刚刚应该很快地好好观察他一下的。他也许不是个完全无足轻重的人,可能了解一些很有用的情况。虽然她不擅假笑,假笑这么一次也伤不了她什么。

"奇尔顿大夫,我和你的约会是在此刻。原本就安排在你方便的时候,可以抽点时间给我。和他的谈话中可能会有什么事冒出来,他会有什么样的反应,我可能还得先和你过一下。"

"这,我倒实实在在表示怀疑。哦,走前我还得打个电话。你到外面办公室去,我马上就赶来。"

"我想把我的外套和雨伞留这儿。"

"放那边外面。"奇尔顿说,"交给外面办公室的艾伦,他会收起来的。"

艾伦穿着发给收容人员穿的睡衣一样的一身衣服。他正在用衬衣的下摆擦拭着烟灰缸。

接过史达琳外套的时候,他将舌头在嘴里脸颊后面绕了一圈。

"谢谢。"她说。

"谢什么。你多长时间拉一次屎?"艾伦问。

"你说什么?"

"屎出来要好长——时间吗?"

"东西我还是自己找地方挂吧。"

"你又没什么东西挡着——弯下身就可以看到了,看它一接触空气是否变颜色。你这么做吗?看上去是否像是自己长了根褐色的大尾巴?"他抓着外套不肯放手。

"奇尔顿大夫叫你去他的办公室,现在就去。"史达琳说。

"不,我没叫他。"奇尔顿大夫说,"把外套放进衣橱去,艾伦,我们走了别又拿出来。放进去。我原本有个专职的勤杂女工,裁减人员后就没了。刚才放你进来的那女孩儿只是每天打三个钟头的字,然后就是艾伦了。所有打杂的女孩儿都上哪儿去了,史达琳小姐?"他朝她看了看,眼镜片泛着光。"你带武器了吗?"

"没有,没带武器。"

"我可以看一下你的背包和公文包吗?"

"我的证件你已经看过了。"

"那上面说你是个学生。请让我看一下你的东西。"

克拉丽丝·史达琳听到身后第一道重重的钢门咔啦一声关上,门闩闩上时,身子紧缩了一下。奇尔顿在她前面沿着绿色走廊慢慢地走着。空气中弥散着来苏儿皂液的味道,远远地还可以听到嘭嘭的关门声。史达琳恨自己,竟让奇尔顿伸手去摸她的背包和公文包。她重重地迈着步,压一压怒气,好让注意力集中起来。好了没事了。她控制住了自己,感到心底踏实，就像急流中的砂砾底层，沉稳地在那里躺着。

"莱克特是个让人极其伤脑筋的家伙。"奇尔顿转过头来说，"一个勤杂工每天至少得花十分钟拆他收到的那些出版物上的钉书针。我们曾设法不让他订书或减少订书的量，可他一纸诉状就让法院否决了我们的做法。他私人邮件的数量曾经也非常多。谢天谢地，自从新闻报道中出现了别的人物，他就相形见绌了，邮件也少了。有一段时间，每一个做心理学硕士论文的可恶的学生似乎都想要从莱克特这里捞点什么写进论文中去。医学杂志还在发他的文章，因为他的署名还是有点另类的价值。"

"他曾给《临床精神病学》杂志写过一篇关于手术成瘾的文章，文章很好，我是这样想的。"

"你也是这样想的，不是吗？我们曾试图研究莱克特，原以为'来了一个可以做划时代研究的机会'——弄到这么一个活人，太难得了！"

"一个什么？"

"纯粹一个仇视社会的心理变态者，他就是这号人。但他冥顽不化，难以攻破，极其世故，标准化测试对他无能为力。还有，嗯，他极其仇恨我们。他认为我是复仇之神。克劳福德倒是很聪明——不是吗？——用你来对付莱克特。"

"你这话什么意思，奇尔顿大夫？"

"我猜想你们管这叫用年轻女子来'激起他的情欲'吧。我相信莱克特已很多年没见到过女人了——也许曾瞥见过一眼打扫卫生的一个什么人。我们一般不让女人在这儿，留着她们就是麻烦。"

滚你的蛋，奇尔顿！"我是以优异成绩毕业于弗吉尼亚大学的，大夫。那不是一所出产迷人女子的学校。"

"那么你应该能够记住这些规矩：不要将手伸过栅栏去，不要碰栅栏。除柔软的纸，什么也不要递给他。钢笔、铅笔都不行。有时他会用他自己那毡制的粗头笔。你递给他的纸，上面不能有钉书针、回形针或大头针。物品只能通过装食物的滑送器传给他，出来时也一样，不得例外。他要是通过栅栏递什么东西给你，你一件也不能接。我的话你听明白了吗？"

"明白了。"

他们又穿过了两道门，自然光已被抛在了身后，照不到这儿了。此时他们已走过了精神病患者可以互相接触的监护室，一直到了既没有窗户，也不许互串的病区。走廊的灯都罩着厚厚的铁格栅，就像轮机房里的灯一样。奇尔顿大夫在其中的一盏灯下面停了下来。他们的脚步一停，史达琳就听到墙后某处传来声嘶力竭的喊声。

"莱克特只要出病房，一定得手铐脚镣全身枷锁，嘴巴也得罩住。"奇尔顿说，"我告诉你为什么。逮进来之后的头一年，他倒还是个合作的模范，周围的安全措施也就稍稍放松了——你知道那是在前任负责管理的时候。一九七六年七月八日下午，他号称胸痛，被带到了诊所。为了给他做心电图时方便一些，就解除了他身上的枷锁。当护士向他弯下身去时，他对她干了这个。"奇尔顿递给克拉丽丝·史达琳一张翻得卷了角的照片。"医生们设法保住了她的一只眼。整个过程莱克特都通过监控器受着监视。他打断了她的下巴去够她的舌头。就是在他将舌头吞下去的时候，他的脉搏也都一直没有超过每分钟八十五下。"

史达琳不知道哪个更糟些，是这照片呢，还是奇尔顿专注地在她脸上搜寻时露出的淫邪贪婪的目光。她想到的是一只口渴的鸡，在啄她脸上的泪水。

"我把他关在这儿。"奇尔顿说着按了按厚厚的双重安全玻璃门旁的一个按钮。一名大个子护理员让他们进了里边的房间。

史达琳下了一个很艰难的决心，刚一进门就停住了脚。"奇尔顿大夫，我们确实需要这些测试的结果。要是莱克特医生觉得你是他的敌人——要是他非这么看你的话，正如你说的那样——那么我自己单独去找他，可能运气会更好些。你看呢？"

奇尔顿的脸颊抽搐了一下。"这对于我来说一点问题也没有。在我办公室时你就可以这么建议的，我可以派一名护理员陪你，也省了时间。"

"如果你在那儿就把情况介绍给我，我原本是可以这么做的。"

"我想我不会再见你了，史达琳小姐。巴尼，她和莱克特一谈完，你就打电话叫人把她带出去。"

奇尔顿也没有再看她一眼就走了。

现在只剩下一个脸上漠无表情的大个子护理员了。他身后是一只悄无声响的钟以及一个钉了铁丝网的柜子，里面放着梅斯催泪毒气、监禁工具、口罩以及麻醉枪。墙架上系着根一端呈U形的长管，那是将暴力侵害者扣绑在墙上用的。

护理员看着她说："别碰栅栏，奇尔顿大夫跟你说了吗？"他的声音高而且沙哑，让她想起演员奥尔多·雷的嗓音。

"是的，他说了。"

"好。走过别的病房，右边最后一间。过去的时候走在走廊的中间，什么事也不要去注意。可以把他的邮件带给他，到了右边顶头就丢下。"护理员说话的口气像在自我娱乐。"邮件你就放在盘子里让它滑进去。如果盘子在里边，你可以用绳索把它拉出来，或者他也可以送出来。盘子留在外头他是够不着你的。"护理员交给她两本杂志，书页都散落了，另有三份报纸和几封拆过的信。

走廊长约三十码，两边都是病房。有的病房墙上垫着衬垫以免犯人自伤；房门正中开有观察窗，长而窄，犹如一个射击口。其余的则是标准的病房，对着过道是一排栅栏。克拉丽丝·史达琳知道病房里有人，可她努力不去看他们。她已经走过去了一大半路，忽然一个嘶嘶的声音传进耳朵:"我能闻到你的屎味!"她不露声色,假装没听到,继续往前走。

最后一间病房的灯亮着。她沿着走廊的左侧行进,这样当她快到了的时候,对方能知道。

3

莱克特医生的病房远离别的病房,正对面的是间隔着过道的壁橱。其他方面也与众不同。正前面是一面栅栏,栅栏后还有一道屏障,两者的距离是人手所够不到的。第二道屏障是一张牢固结实的尼龙网,从地面一直伸到天花板,由一面墙拉到另一面墙。网后面,史达琳看到有一张桌子被钉牢在地板上,桌上堆着高高的书籍和文件。还有一把直靠背椅,也被钉死在地板上。

汉尼拔·莱克特医生自个儿斜躺在铺位上翻阅着意大利版的《时尚》杂志。他右手拿着拆散的纸张,再用左手一张张放到身边。莱克特医生的左手有六根手指。

克拉丽丝·史达琳在离栅栏不远处停了下来,距离大约是一个小小门厅的长度。

"莱克特大夫。"她的声音在她听来还算正常。

他停止阅读,抬起了头。

就在这一刹那,她陡然觉得他那凝视她的眼神好像能发出低低的声音似的,然而她听到的只是自己的血液在流动。

"我叫克拉丽丝·史达琳。能和您谈谈吗?"她说话的腔调冷冷的,礼貌而含蓄。

莱克特医生将一个手指放在噘起的嘴唇上,想了想,然后悠悠地立起身,平静地走到关着他那笼子的前面,在不到尼龙网的地方停了下来,看都没看那网一眼,仿佛早已选好了那个距离。

她看到他个头不高,头发、皮肤都很光滑,手臂上的肌肉显得很有力量,就像她自己的一样。

"早上好。"他说,仿佛为她开门似的。有教养的声音里稍有几分嘶哑,像金属的擦刮声,可能是好久没有说话的缘故。

莱克特医生的眼睛呈褐紫红色,灯光下反射出红色的光点。有时那光点看上去像火花,正闪烁在他眼睛的中心。他两眼紧盯着史达琳全身上下。

她又稍稍向栅栏走近了一些,前臂上汗毛直竖,顶住了衣袖。

"大夫,我们在心理剖析方面碰到了一个难题,我想请您帮忙。"

"'我们'是指昆蒂科的行为科学部吧。我想你是杰克·克劳福德手下的一员。"

"是的,没错。"

"可以看看你的证件吗?"

这她倒没有料到。"在……办公室时我已经出示过了。"

"你是说你给弗雷德里克·奇尔顿,那个博士,看过了?"

"是的。"

"他的证件你看了吗?"

"没有。"

"我可以告诉你,学术界的人读书太少。你碰见艾伦了吗?他是不是很讨人喜欢?他们俩你更愿意和哪个交谈?"

"总的来讲,我要说还是艾伦。"

"你可能是个记者,奇尔顿让你进来是得了钱。我想我有资格看一下你的证件。"

"好吧。"她将压膜的身份证举了起来。

"这么远我看不见,请送进来。"

"我不能。"

"因为是硬的?"

"是。"

"问问巴尼。"

这位护理员走了过来,他考虑了一下。"莱克特大夫,我把这身份证送进去,可是我要时,你要是不还——就不得不劳驾所有的人来将你捆住——到那时我可就不高兴啦。你让我不高兴,你就得一直那么被捆着,等到我对你的态度好转为止。通过管道送吃的;为了体面,裤子一天换两次——这一切你都甭想了。你的邮件我也将扣着一星期不给。听懂了吗?"

"当然,巴尼。"

身份证在盘子里动了两下后被拉了进去,莱克特医生拿起来对着光看了看。

"实习生?上面说是'实习生'。杰克·克劳福德把个实习生派来和我谈?"他把身份证在他那白白的小牙齿上拍了拍,又嗅嗅上面的味道。

"莱克特大夫。"巴尼说。

"当然。"他把证件放回盘子,巴尼将盘子拉了出来。

"我还在局里接受训练,是这样的。"史达琳说,"不过我们要谈的不是联邦调查局,我们是要谈心理学。对我们要谈的内容我有没有资格,您自己可以决定吗?"

"嗯——"莱克特医生说,"事实上……你还真滑头。巴尼,你是不是觉得该给史达琳警官弄把椅子来?"

"奇尔顿大夫没跟我提到什么椅子的事。"

"你的礼貌哪儿去了,巴尼?"

"你要椅子吗?"巴尼问她,"本来我们也可以准备一把的,可她从来就没有——嗳,一般也没人要留那么久。"

"要一把,谢谢。"史达琳说。

巴尼从过道对面锁着的小屋里拿来一把折叠椅,打开放好,然后离去。

"好了,"莱克特斜靠着他的桌子坐着,面对着她说,"密格斯对你说什么啦?"

"谁?"

"茅提波尔·密格斯,那边病房里那个。他对你嘶叫了一声,说什么来着?"

"他说:'我能闻得出你身体的味道。'"

"明白了。我倒闻不出。你用伊芙艳润肤露,有时抹'比翼双飞'香水,可今天没有。今天你肯定没用香水。对密格斯的话你怎么想?"

"他对人有敌意,原因我无法知道。这很糟糕。他恨人,人家也恨他,成了恶性循环。"

"你恨他吗?"

"我很遗憾他神经错乱,此外还吵吵闹闹。香水的事您是怎么知道的?"

"你刚才取身份证时有一股气味从你包里跑了出来。你的包很漂亮。"

"谢谢。"

"你带来的是你最好的包吧?"

"是的。"这倒是真的。她攒钱买了这只一流的休闲手提包,也是她拥有的最好的一件东西。

"比你的鞋可是好多啦。"

"说不定鞋也快会有好的了。"

"我相信。"

"大夫,墙上那些画是您画的吗?"

"你难道觉得是我叫了个搞装潢的人进来弄的?"

"水槽上方那幅是不是画的一座欧洲城市?"

"那是佛罗伦萨。这是从贝尔维迪宫看去的韦基奥宫和大教堂。"

"是凭记忆画出来的吗?所有的细节?"

"史达琳警官,我看不到外面的景,只有靠记忆。"

"另一幅是耶稣受难图?中间的十字架上是空的。"

"那是各各他,耶稣被钉死的地方,他的遗体已经从十字架上被移了下来。用彩色蜡笔和魔笔涂在包肉纸上的东西。小偷的情形就是这样,答应他升天堂的,逾越节①宰杀的羊羔一拿走,他真正得到的就是那下场。"

"什么下场呢?"

"腿当然是给打断了,就像他那个嘲弄基督的同道一样。你对福音书中的《约翰福音》全然不知吗?那么就看看杜乔②的画吧——他画的耶稣被钉上十字架的画非常精确。威尔·格雷厄姆好吗?他现在看上去怎么样了?"

"我不认识威尔·格雷厄姆。"

"你知道他是谁。杰克·克劳福德的门客,你的前任。他的脸现在看上去什么样子?"

"我从来没见过他。"

---

① 犹太人纪念摩西率领古代以色列人离开埃及一事的节日,始于尼散月(犹太教历一月)十四日,庆祝时间为七到八天。

② 杜乔·迪·博尼塞尼亚(1255—1318),意大利画家,锡耶纳画派创始人,改进传统的拜占庭艺术,形成自己明快的抒情风格,代表作为锡耶纳主教座堂的主祭坛画。

"这叫作'旧的不去,新的不来',史达琳警官。这么说你不介意吧?"

一阵沉默之后她直奔主题。

"我这个比您说得还要好些:这儿有几个老一套的问题我们可以来碰它一碰。我带来了——"

"不,不,这样不对,很蠢。别人在连续不停说话的时候,千万别来什么警句妙语。听着,听懂一句妙语就作答,会使同你说话的人急急匆匆往下赶,前后都脱节,对谈话气氛没好处。我们能往下谈,靠的就是气氛。你刚才表现得蛮好,谦恭礼貌,也懂规矩,密格斯虽然叫你难堪,你倒还是说了真话,这就建立起了我对你的信任。可是接着你就笨头笨脑地问起你的问卷,这可不行。"

"莱克特大夫,您是位经验丰富的临床精神病专家,难道觉得我会这么笨,想要在气氛上设个什么圈套让您来钻?相信我吧。我是来请您回答这份问卷的,愿不愿由您。看看总无妨吧?"

"史达琳警官,你最近读过什么行为科学部出的文件吗?"

"读过。"

"我也读过。联邦调查局很蠢,竟拒绝给我送《执法公报》,可我还是从二手商贩那儿弄了来。我还从约翰·杰伊和有关精神病学的刊物上得到了新闻。他们将连环杀手划分为两组——有组织的和没有组织的。你怎么看?"

"这是……基本的划法,他们显然——"

"过于简单化,你想说的是这个词。实际上多数心理学都很幼稚,史达琳警官,行为科学部用的那种还处在颅相学的水平上。心理学起步时弄不到什么很好的人才。你上任何大学的心理系去看看那儿的师生,都是些蹩脚的业余爱好者,要不就是些缺乏个性的人,没有什么精英。什么有组织,无组织——那种想法真是从屁眼里喂食。"

"您怎么来改一改这划分的方法呢?"

"我不改。"

"说到出版物,我读过您写的关于手术成瘾以及左边脸部和右边脸部表情的文章。"

"是的,文章是一流的。"莱克特医生说。

"我当时就是这么想的,杰克·克劳福德也这样认为。是他给我指出来的,他急着要找您,原因之一也就是这——"

"清心寡欲的克劳福德也会着急?他都在找学员帮忙了,肯定是忙得很。"

"他是忙,他想——"

"忙野牛比尔的案子。"

"我想是吧。"

"不,不是'我想是吧'。史达琳警官,你完全清楚就是为野牛比尔的案子。我原就在想,杰克·克劳福德派你来,可能就是为了问这事儿。"

"不。"

"那么你也不是在跟我兜圈子慢慢再说到这事上去?"

"是的。我来是因为我们需要您的——"

"野牛比尔的事儿你了解多少?"

"谁也知道得不多。"

"报上都报道了吗?"

"我想是的。莱克特大夫,关于那件案子我还没有看到任何机密材料,我的工作是——"

"野牛比尔弄了几个女人?"

"警方找到了五个。"

"全被剥了皮?"

"局部被剥了,是的。"

"报上从来都没对他的名字做出过解释。你知道他为什么叫野牛比尔吗?"

"知道。"

"告诉我。"

"您要肯看看这份问卷我就告诉您。"

"我看不就完了吗。说吧,为什么?"

"起初只是作为堪萨斯城杀人案中的一个恶毒的玩笑。"

"哦?说下去。"

"他们叫他野牛比尔是因为他剥被害人身上的皮。"

史达琳发现,自己已由感觉恐惧转而变为感觉低贱。两相比较,她宁可还是感觉恐惧。

"把问卷送进来吧。"

史达琳卷起问卷中蓝色的那部分放在盘子里送了进去。她一动不动地坐着。莱克特很快地翻阅了一遍。

他将问卷丢回传送器里。"嗨,史达琳警官,用这么个差劲儿的小玩意儿就想剖析我?"

"不是的。我是想您可以提供一点高见,促进我们的这项研究。"

"可我又有什么理由要那样做呢?"

"好奇。"

"好奇什么?"

"好奇您为什么会在这儿,好奇发生在您身上的事儿。"

"没什么事儿发生在我身上,史达琳警官。我是碰巧了。你们不要小看我,弄套权势来就想把我框住。为了行为主义心理学派,善恶也不要了,史达琳警官。给每个人都套上条道德尊严的裤子——从来就没有任何事可以说是谁的过错。看着我,史达琳警官,你能忍心说我是邪恶的吗？我邪恶吗，史达琳警官？"

"我认为您一直在伤害人。在我看两者是一回事儿。"

"邪恶仅仅是伤害人？要这么简单的话，那风暴也是邪恶的了。还有火灾，还有冰雹。保险商们笼而统之都管它们叫作'天灾'。"

"故意——"

"我关注教堂倒塌事件，有点意思。西西里岛上最近倒了一座，你见着了吗？神奇极了！在一次特殊的弥撒上，教堂的正墙倒在了六十五位老太太身上。那是邪恶吗？如果是，又是谁干的？假如主高高地在那儿，那他就爱这结果，史达琳警官。伤寒和天鹅——全都来自同一个地方。"

"我说不清楚您这个人，大夫，可我知道谁能说得清。"

他举起手打断了她的话。她注意到，这手很特别，中指有两个，完全重叠，是最罕见的一种多指畸形。

当他再度开口时，声调温柔而悦耳。"你想用些数字来研究我，史达琳警官。野心真不小，嗯？背着个漂亮的包，穿着双便宜的鞋，你知道你在我眼里是个什么样子吗？你看上去像个土包子。拾掇得有模有样，硬挤乱忙的一个土包子，有一点点品位而已。你的眼睛像低廉的诞生石[①]——偷偷摸摸捕捉点什么答案时，整个表面都放光。暗地里倒又很聪明，是不是？拼命也要设法不像你的母亲。营养好让你长了点个头，可摆脱矿工的生活到现在还没超过一代，史达琳警官。你是西弗吉尼亚史达琳家族的，还是俄克拉荷马史达琳家族的，警官？是上大学还是参加妇女陆战队，当初是机会均等难以定夺，是不是？还是让我来告诉你你的一些具体情况吧，史达琳同学。在你房间里有一串镀金的珠子项链，如今看看蹩脚不堪，你心头就感到可怕的小小的一震，不是这样吗？那

[①] 象征出生月份表示吉祥的宝石，从一月至十二月通常分别为：石榴石、紫晶、血纹绿宝石、金刚石、绿宝石、珍珠、红宝石、缠丝玛瑙、蓝宝石、蛋白石、黄玉、绿松石。

些人都只要说一声单调乏味的'谢谢你',你就让大家真的去摩挲一阵,每颗珠子摸一下就全变得黏黏糊糊。没意思。没意思。无——聊。赶时髦会坏了不少事是吧?而讲品位就不能客气。想想这段谈话,你就会想起你一脚蹬掉他时,他脸上那哑巴牲口受伤害时的表情。"

"如果镀金的珠子项链已变得很俗艳,那接下来还会不会有别的什么同样也变得俗艳呢?你夜里会这么问自己吧?"莱克特医生以极其温和的口气问道。

史达琳抬起头来面对着他。"您观察得真不少,莱克特大夫。您说的事我一件也不否认。但不论您是有意还是无意,您刚才正好回答了我这儿的这个问题:您是否足够坚强,并用您那高超的洞察力来观察您自己?面对自己很难,这一点我是几分钟前才发现的。怎么样?观察一下您自己,再把实际情况写下来。您还能找到比您更合适更复杂的对象吗?要不您可能就是怕自己。"

"史达琳警官,你很固执,是不是?"

"是的。这么做也可以理解吧。"

"你也不愿认为自己是平庸之辈。那多痛苦!我的天!嗯,你可绝非平庸之辈,史达琳警官,你只是害怕做一个平常的人。你的项链珠子什么样?是七毫米吗?"

"七毫米。"

"我给你提个建议。搞几个零散的、中间钻了孔的虎眼宝石来,和镀金的珠子交替着串在一起。可以两个三个间隔着串,也可以一个两个间隔着串,看上去什么效果最佳就怎么来。虎眼宝石的颜色将和你自己眼睛的颜色以及产生强光效果的那部分头发的颜色相同。有人给你送过情人节礼物吗?"

"有。"

"我们已进入大斋节①了,一个礼拜之后就是情人节。嗯——,你预计会收到什么礼物吗?"

"永远也说不准。"

"不,你从来也没预计过。……我一直在想情人节的事,它让我想起某件滑稽的事来。既然想起了这事儿,我可以让你在情人节过得非常快活,克拉丽丝·史达琳。"

"怎么讲,莱克特大夫?"

"送你一件神奇的情人节礼物。这事儿我还得想一想。现在却要请你原谅了。再见,史达琳警官。"

"那这份调查问卷呢?"

"曾经有个搞调查的要来研究我,结果我把他的肝拌着蚕豆和一大块阿姆龙甜饼给吃了。回学校去吧,小史达琳。"

汉尼拔·莱克特直到最后都还是彬彬有礼的,没有转过身用背对着她。他从栅栏处一步步地往后退,接着就走向他的小床,躺了上去,离她远远的,仿佛一个石雕的十字军战士,在坟墓上躺着。

史达琳忽然感到很空虚,好像失了血一样。她花了好一会儿工夫才将文件放回公文包;本来也用不了那么长时间,可她对自己的双腿没有信心,无法马上就站立起来。史达琳沉浸在失败里。她恨失败。她折好椅子,将它靠放在工具间的门上。她还得再一次从密格斯那儿走过。巴尼在远处,看上去像是在读书;她可以叫他来接她。该死的密格斯!不会比每天从那伙建筑工人或粗鲁的送货人身边走过时更糟糕吧。她开始顺着过道往回走。

紧挨着她身边,响起了密格斯的嘶叫声:"我咬破手腕,这样我就可以死——啦!看见它在淌血了吗?"

她应该喊巴尼的,可是一惊吓,倒往病房里看去。但见密格斯一弹

---

① 复活节前为期四十天的斋戒及忏悔,以纪念耶稣在荒野禁食。

手指,自己还没来得及转过脸去,就觉得一股温温的东西飞溅到了脸上和肩上。

她从他那儿离开,才发觉原来那是精液,不是血,而莱克特这时正在喊她,她听得到他的声音。莱克特医生的喊声就在她身后,尖利刺耳,比刚才更明显了。

"史达琳警官!"

他从床上爬了起来。她一边走着,他还在后面喊。她在包里四处翻找手纸。

身后在叫:"史达琳警官!"

这时她已恢复了正常,冷静地控制住了自己。她向着门口稳稳地走去。

"史达琳警官!"莱克特的嗓音换了一个调子。

她停了下来。天哪!我干吗要这么急?密格斯又嘶叫了一句什么,她没有去听。

她重新站到了莱克特病房的前面。她看到了这位医生那少见的狂躁不安的情景。她知道他闻得出她身上那东西的味儿。什么东西的味儿他都能嗅得出来。

"我可不会对你干那事儿。无礼在我看来是无法形容的可恶。"

似乎杀人之后使得他对这些相形之下不甚严重的无礼之举倒是很在意。要不就是,史达琳想,她身上这么特殊地留下那么个印记,他见了可能十分刺激。她说不清。他眼中的火花闪着闪着就飞进了黑暗,仿佛萤火虫飞进了洞穴。

上帝!无论是什么把戏,就利用这机会了!她举起了公文包。"请为我做这份问卷。"

也许她已经太迟了;他重又恢复了平静。

"不。可是既然你来了,我会让你高兴的。我给你点别的,给你最喜爱的东西,克拉丽丝·史达琳。"

"是什么,莱克特大夫?"

"当然是进展。事情非常成功——我真高兴!是情人节让我想起这事的。"他微微一笑,露出白白的小牙齿;笑的理由有多种可能。他说话的声音轻得她几乎都听不到。"上拉斯培尔的车里去找你情人节的礼物。听到我的话了吗?上拉斯培尔的车里去找你情人节的礼物。最好现在就去;我想密格斯不会这么快就又行的,就算他真的发狂也不会,你说呢?"

4

克拉丽丝·史达琳很激动,她精疲力竭,只是凭着意志力在奔跑着。莱克特评价她的话有的是对的,有的只是听起来接近真实。一瞬间她觉得有一种陌生感在脑海中散开去,好似一头熊闯进了野营车,将架子上的东西哗啦一下全都拉了下来。

他说她母亲的那番话令她愤怒,而她又必须驱除这愤怒。这可是在干工作。

她坐在精神病院对面街上自己那辆旧平托车里喘着粗气。车窗被雾糊住了,人行道上的人看不进来,她获得了一丝幽静。

拉斯培尔。她记住了这个名字。他是莱克特的一个病人,也是其受害者之一。莱克特的背景材料她只有一个晚上的时间来了解。档案材料数量巨大,拉斯培尔只是众多被害人中的一个,她需要阅读其中的细节。

史达琳想赶紧了了这事儿,可她知道,进度由她自己掌握。拉斯培尔一案多年前就结案了,没人再会有危险。她有的是时间。最好是多掌握点情况多听点建议,然后再走下一步。

克劳福德可能会不让她干,将事情交给别的人去做。她得抓住这个机会。

她在一间电话亭里试着给他打电话,但发现对方正在众议院拨款小组委员会上为司法部讨专款呢。

本来她可以从巴尔的摩警察局的凶杀组获取该案的详细情况的,可是谋杀罪不归联邦调查局管,她知道他们会即刻将这事儿从她这儿抢走的,毫无疑问。

她驾车回到昆蒂科,回到行为科学部。部里挂着那亲切的印有格子图案的褐色窗帘,还有就是那满装着邪恶与罪孽的灰色卷宗。她在那儿一直坐到晚上,直到最后一位秘书走了,她还坐在那儿,摇着那架旧观片机的曲柄把手,一张张地过有关莱克特的微缩胶卷。那不听使唤的机器闪着光,仿佛黑暗房间里的一盏鬼火。照片上的文字与底片影像,密密层层地从她神情专注的脸上移过。

本杰明·雷内·拉斯培尔,白种男人,四十六岁,巴尔的摩爱乐乐团首席长笛手。他是汉尼拔·莱克特医生的一个精神病患者。

一九七五年三月二十二日,在巴尔的摩的一次演出他没有到场。三月二十五日,他的尸体被发现,是坐在一所乡村小教堂的一张长椅上;那地方离弗吉尼亚的福尔斯教堂不远。他身上只系着根白领带,穿着件燕尾服。尸体解剖发现,拉斯培尔的心脏已被刺穿,同时胸腺和胰脏也不见了。

克拉丽丝·史达琳从小就对肉类加工方面的事了解得很多——虽然她不希望了解得这么多,但是她依旧能辨认出那失踪的器官就是胸腺和胰脏。

巴尔的摩凶杀组认为,这两件东西曾出现在拉斯培尔失踪的第二天晚上莱克特为巴尔的摩爱乐乐团团长和指挥所设的晚宴的菜单上。

汉尼拔·莱克特医生声称对这些事一无所知。爱乐乐团的团长和指挥则表示,他们已想不起来莱克特医生的晚宴上有些什么菜,可是莱克特餐桌上菜肴的精美是出了名的,他也曾给美食家杂志撰写过大量文章。

后来，爱乐乐团的团长因为厌食以及酒精依赖，到巴塞尔①的一家整体神经疗养院去接受治疗了。

据巴尔的摩警方说，拉斯培尔是莱克特已知被害人中的第九个。

拉斯培尔死时没有留下遗嘱，在遗产问题上，他的亲属互相诉讼打官司，报纸对此都关注了几个月，后来是公众渐渐失去了兴趣。

拉斯培尔的亲属还和其他受害者家属联手打赢了一场官司，即销毁这个步入歧途的精神病专家的案卷及录音带。他们的理由是，说不准他会吐露什么令人尴尬的秘密来，而案卷却是提供证据的文件。

法庭指定拉斯培尔的律师埃弗雷特·尤为其遗产处置的执行人。

史达琳要想去接近那辆车，必须向这位律师提出申请。律师可能会保护拉斯培尔的名声，所以，事先通知他给他足够的时间，他也许就会销毁证据以遮护其已故的委托人。

史达琳喜欢想到一个点子就立即抓住不放并且利用。她需要听听别人的意见，也需要得到上面的批准。她独自一人在行为科学部，可以随便使用这个地方。在通讯簿里，她找到了克劳福德家的电话号码。

她根本就没听到电话响，而他的声音突然就出现了，很低，很平静。

"杰克·克劳福德。"

"我是克拉丽丝·史达琳。但愿你不在用餐。……"对方没有声音，她只得继续往下说，"莱克特今天跟我说了拉斯培尔案子的一些事儿，我正在办公室对此进行追查呢。他告诉我拉斯培尔的车里有什么东西，要查看那车我得通过他的律师。明天是星期六，没有课，我就想问问你是否——"

"史达琳，怎么处理莱克特的消息我是怎么跟你说的还记得吗？"

---

① 瑞士西北部一城市，位于莱茵河畔。

克劳福德的声音低得要命。

"星期天九点给你报告。"

"执行,史达琳。就么么办,别的不要管。"

"是,长官。"

拨号音刺痛着她的耳朵。这痛又传到了她脸上,使她的双眼喷出怒火。

"他妈的臭狗屎!"她说,"你这个老东西!狗娘养的讨厌家伙!让密格斯来对着你喷,看看你喜不喜欢!"

史达琳梳洗得鲜鲜亮亮,身着联邦调查局的学员睡衣,正在写着她那份报告的第二稿。这时,她的室友阿黛莉亚·马普从图书馆回来了。马普的脸呈褐色,粗线条,看上去很健康,她这模样在她这个年纪更招人喜欢。

阿黛莉亚·马普看出了她脸上的疲惫。

"你今天干什么啦,姑娘?"马普总是问一些有没有答案都好像无关紧要的问题。

"用甜言蜜语哄了一个疯子,搞了我一身的精液。"

"我倒希望我也有时间去参加社交生活——不知你怎么安排得过来的,又要读书。"

史达琳发觉自己在笑。阿黛莉亚·马普因为这小小的玩笑也跟着笑了起来。史达琳没有停止笑,她听到自己在很远的地方笑着,笑着。透过眼泪,史达琳看到马普显得异常的老,笑容里还带着悲伤。

5

杰克·克劳福德,五十三岁,正坐在家中卧室里一张靠背扶手椅里,就着一盏低低的台灯在那儿看书。他的面前是两张双人床,都用木块垫高到医院病床的高度。一张是他自己的;另一张上躺着他的妻子贝拉。克劳福德听得出她是在用嘴巴呼吸。两天过去了,她还没能动弹一下身子来同他说句话。

她的呼吸停了一下。克劳福德从书本上抬起目光,从眼镜的上方看过去。他将书放了下来。贝拉恢复了呼吸,先是一个震颤,接着是完整的呼吸。他起身用手摸了摸她,量了她的血压和脉搏。几个月下来,他已成了量血压的专家。

他在她旁边给自己安了一张床,因为他不愿在夜里丢下她一个人。为了他在黑暗中伸手就能摸到她,他的床也和她的一样高。

除了床的高度以及为了贝拉舒适着想而准备的一些最起码的卫生用品外,克劳福德设法使这儿看上去不像一个病房。有花儿,可是不太多。看不到药片——克劳福德将厅里的一个放日用织品的壁橱空了出来,在里边放满她的药物和器具,等把这些都弄好了,才把她从医院接回了家。(他已经是第二次背着她跨过家门槛了,一想到这个,他几乎都没了勇气。)

一股暖风从南方吹了过来。窗户开着,弗吉尼亚的空气温和而清新。黑暗里,小青蛙们你瞧瞧我,我看看你。

房间里一尘不染,可地毯却已开始起绒了——克劳福德不愿在房里使用那有噪声的真空吸尘器,他用的是手工操作的地毯清扫器,效果就没有那么好。他轻轻地走到壁橱那里,打开灯。门背后挂着两块写字夹板。其中的一块上,他记录着贝拉的脉搏和血压。他记的数字和白班护士记的数字交替成一列,许多个日日夜夜下来,在那黄色的纸张上已经延伸过去好多页。在另一块写字板上,白班护士已在贝拉的用药上签好了名。

克劳福德已经能够在夜间给她做任何一种所需的治疗。在把她带回家之前,他根据护士的指导,先在柠檬上后在自己的大腿上练习打针。

克劳福德站在她身边可能有三分钟,他注视着她的脸。一条带云纹的漂亮丝巾遮盖着她的头发,好似穆斯林妇女用的头巾。她一直坚持要用这围巾,直到生病之后。而今是他坚决要给妻子盖上。他用甘油为她润了润嘴唇,又用他那粗粗的大拇指将一小粒脏物从她的眼角抹去。她一动也没动。还没到给她翻身的时候。

克劳福德照照镜子,确信自己身强体健没有病,尚不必和她共赴黄泉。他发觉自己在这么做时,感到十分羞愧。

他回到椅子上坐下,已经记不起刚才在读些什么。他摸摸身边的书,将其中一本尚温热的找了出来。

6

星期一早上,史达琳在她的信箱里发现了克劳福德留给她的这张条子:

克·史:

　　动手查拉斯培尔的车。用你自己的空余时间。我办公室会给你一个信用卡号,以作打长途之需。碰那遗产或上哪儿去,事先与我取得联系。星期三下午四点给我报告。

　　局长已拿到你署名的关于莱克特的报告。干得不错。

杰·克
8部

史达琳感到很开心。她知道克劳福德只是弄一只精疲力竭的老鼠给她追打着锻炼锻炼。但他是想要教她,想要她干好,对于史达琳,这倒是比每一次都对她彬彬有礼要好。

拉斯培尔死了已有八年了,有什么证据能在车里留那么久呢?

根据家里的经验她知道,汽车贬值极快,所以有权受理上诉的法院会在遗嘱验证之前同意持有者将车出售,售车所得交第三者暂为保管。

看来，即便像拉斯培尔这样纠缠不清多有争执的遗产权，持权人也不可能将一辆汽车留存这么久。

还有就是时间的问题。连午餐休息的时间算在内，史达琳每天只有一小时十五分钟的时间可以在办公期间打电话。星期三下午她就得向克劳福德汇报，这样，三天中她一共只有三小时四十五分钟的时间去追踪那辆车，这还得占用她学习的时间，功课就只有到夜里去补了。

她在上调查程序的课时做了很好的笔记，一般性的问题她还有机会请教老师。

星期一吃午饭期间，巴尔的摩县法院大楼的工作人员让史达琳等着不要挂断电话，结果连续三次都把她给忘了。后来在她学习的时候，接通了法院大楼里一位很和善的职员，为她拆开了拉斯培尔遗产的验证记录。

那位职员证实，有一辆汽车曾被批准出售。他将这车的型号、编号以及转让后车主的名字都给了史达琳。

星期二，午餐的时间有一半耗在查找那名字上，剩下的一半用来查找马里兰机动车辆处，结果发现，该处无法通过序号来查找车辆，而只能通过登记号或现牌照号来查找。

星期二下午，一场倾盆大雨将训练学员从射击场全都赶进了室内。在一间会议室里，海军陆战队前枪击指导约翰·布里格姆身上又是水又是汗，衣服冒着热气。他把史达琳挑出来，要在全班人面前测试一下她的手劲，看看她一分钟内用史密斯威生19型手枪能扣动多少下扳机。

她用左手扣到七十四下。她将挡住视线的一缕头发吹开，又用右手从头开始；另一名学员给她数数。她稳稳地站着韦弗步姿，前瞄准器十分清晰，后瞄准器和临时代用的靶子则适当地有些模糊。打到一半的时候，她让自己走了一会儿神以解除疼痛。墙上的靶子变得清晰起来，那是州商务执行部颁给她的指导约翰·布里格姆的一张荣誉证书。

在另一名学员数着左轮手枪扳机扣动的次数的同时，她侧过头去向布里格姆询问：

"如果只有车子的编号……"

"六五、六六、六七、六八、六……"

"和型号，没有现牌照号……"

"七八、七九、八十、八一……"

"你怎么找它现在的登记号？"

"……八九、九十。时间到。"

"好，各位，"指导说，"我要你们注意刚才的事。战斗中连续射击时，手部力量是主要因素。诸君中有几位担心，下面我要叫到你们了。你们的担心是可以理解的——史达琳双手力量远在平均之上，那是因为她用功了。那小小的扳机你们都有碰的机会，她用功练了，而你们中大多数人却还没有习惯去练，所捏的东西最硬的也不过你们的"——他一直警惕着不要用他原来海军陆战队时的习语，所以搜索一阵后礼貌地笑笑——"小脓包。"他最后说，"严肃点，史达琳，你也不够好。我想看到你毕业前左手能打到九十发以上。两人一组，互相计时——快！快！"

"不是你，史达琳。过来。那车你手头还有些什么东西？"

"就是序号和型号，没了。还有个五年前的车主。"

"行，听着。大多数人搞……搞错是因为试图在登记号中从一个车主到另一个车主跳着这么找。这到了州与州之间就乱套了，我的意思是，即使当警察的有时也会那么做。电脑所存的只有登记号和车牌号，我们也都习惯于用这两种号码，而不用按车辆编号。"

训练用的蓝把子左轮手枪的扳机声响彻整个房间，他只得冲着她的耳朵大声叫喊。

"有一个办法很简单。印制城市黄页的R. L. 波尔克公司，他们也出按型号及系列序号编排的现汽车牌照目录。只此一家。汽车商要找他们做广告。你怎么知道要来问我?"

"你曾在州际商务执行部干过,我估计你查过不少车辆。多谢了。"

"你得给我回报——把那左手的功夫练起来,直到符合要求,丢丢这帮手上没劲的人的脸。"

她又在学习的时间回到了电话亭;手抖得厉害,几乎看不清记录下的东西。拉斯培尔的车是福特牌的。弗吉尼亚大学附近有一位福特汽车商,多年来他尽其所能,一直很有耐心地为她修理她那辆平托牌车。如今,这位汽车商还是一样耐心地为她在波尔克公司的目录中查找。他回到电话机旁,将最近一次弄到本杰明·拉斯培尔汽车的那人的姓名及地址告诉了她。

克拉丽丝连交好运,克拉丽丝能克制自己。别这么忘乎所以,打电话到那人家里去,我瞧瞧,阿肯色州,第九号沟。杰克·克劳福德决不会让我上那儿去的,可至少我可以证实一下是谁在开那辆车。

没人接,再打,还是没人接。电话铃声听上去滑稽而遥远,叮铃叮铃两下一次,像是用的同线话机。到了晚上她又试了试,依然没有人接。

到了星期三午饭的时候,一个男人接了史达琳的电话:

"WPOQ电台现在播放老歌。"

"你好,我想找——"

"我不想要什么铝制墙板,也不想住到佛罗里达的拖车式活动房屋停车场去,你还有什么?"

史达琳从这男人的声音中听到一大堆阿肯色山区的口音。只要她想说,用这口音她能和随便哪个都聊上几句,可她这时没有时间了。

"是的先生,如果能劳您驾帮我一下忙,我将不胜感激。我想和洛麦克斯·巴德威尔先生联系一下,我是克拉丽丝·史达琳。"

"叫史达琳什么的。"那人对屋里的别的人吼道,"找巴德威尔什么事?"

"我这儿是福特公司不合格产品回收部中南分部。他有权享用公司对他的LTD型车免费保修啊。"

"我是巴德威尔。原以为你们不费劲打个长途来是想兜售什么给我。现在调修都太迟了,我要的是弄辆整车。我和老婆那时在小石城,正从那儿的南国商业区把车开出来——在听吗?"

"是的,先生。"

"妈的连杆从油盘里捅了出来,弄得四处是油。你知道那顶上带个大虫的奥金卡车?①它碰上了油滑到边上去了。"

"上帝保佑!"

"冲倒了弗特麦特货棚,货棚从垫在底下的木块上斜坍了下来,玻璃也掉落了。弗特麦特货棚里那小子出来时都蒙了,四面乱走,只好不让他上路。"

"唉,要是我也会的。那后来怎么样呢?"

"什么后来怎么样?"

"汽车。"

"我跟废旧汽车拆卸场的锡伯老兄说,他要来拿,我五十元钱卖了。我估计车已经被拆得七零八落了。"

"您能告诉我他的电话号码吗,巴德威尔先生?"

"你找锡伯干什么?如果有人想从中捞点什么,也该是我啊!"

"我明白,先生。我只是他们叫我做什么就做什么,他们让我五点钟之前找到那车。请问您有那号码吗?"

"我的电话号码本找不着了,丢失好久了。你知道有这些小孙儿孙女后是什么样子。总机应该会把号码给你的,那地方叫锡伯废料回收

---

① 一种清洁车,专为居民清除甲虫、蟑螂之类的害虫,车顶上常安着一只大甲虫,以示宣传。

场。"

"多谢了,巴德威尔先生。"

废料回收场证实,汽车已经被拆,被压成了方块以便回收利用。场长将记录下来的车辆编号报给了史达琳。

狗屎老鼠! 史达琳想道。她还没有完全摆脱她那土音。死胡同了。还什么情人节礼物!

史达琳将头靠在电话亭中那冰冷的投币箱上。阿黛莉亚·马普髋上放着书,一连几下敲着电话亭的门,随后递进去一瓶橙汁。

"多谢,阿黛莉亚。我还得打个电话,假如事情能及时办好,我上食堂找你,好吗?"

"我多么希望你能改改那可怕的方言,"马普说,"可以找些书来帮帮你呀,我就再也没有说过我那地方的土话! 你来这儿时说起话来那么不清不楚,人家说你是迷上那些糟糕货色了,姑娘。"马普关上了电话亭的门。

史达琳觉得有必要设法再从莱克特身上搞点信息来。如果她先约好,克劳福德或许还会让她再回一趟精神病院。她拨通了奇尔顿医生的号码,可一直被挡在了他的秘书那儿。

"奇尔顿大夫正和验尸官及地方检察官助理在一起。"那女人说,"他已经同你的上司谈过了,和你没有什么要说的。再见。"

7

"你的朋友密格斯死了。"克劳福德说,"史达琳,你是否把每一件事情都跟我说了?"克劳福德一脸倦容,可对信息还是非常敏感,正如猫头鹰那盘子状的翎颌对信号十分敏感一样,而且是和平常一样的缺乏仁慈。

"怎么死的?"她感觉都蒙了,不知如何是好。

"天亮前的某个时刻把自己的舌头给吞食了。奇尔顿认为是莱克特建议他这么干的。前一天晚上,护理员听到莱克特在轻声地和密格斯说话。莱克特对密格斯的情况了解得很多。他和密格斯说了一会儿,可护理员听不到莱克特说了些什么。密格斯叫了一阵子,后来就停了。史达琳,你是否把每一件事情都跟我说了?"

"是的,长官。我备忘录里的一切都写进了报告,几乎一字不漏。"

"奇尔顿打电话来数落了你一番。……"克劳福德等了等,见她不问为什么,倒显得蛮高兴,"我跟他说我觉得你的行为举止还是叫人满意的。奇尔顿正在设法阻止人家来搞民权调查。"

"会来调查吗?"

"当然啦,只要密格斯的家人想这么做。民权处今年很可能要调查八千例,他们会乐意再加个密格斯进去的。"克劳福德仔细盯着她,说,

"你没事吧?"

"这事儿我不知道怎么看。"

"你不用对此有什么特别的想法。莱克特这么做只是以此自娱,他知道他们不会当真拿他怎么样,所以为什么不闹着玩玩呢?奇尔顿只是把他的书和马桶上的座圈拿走了一段时间,就这点;再有就是他没有果冻吃了。"克劳福德将手指交叉着放在肚子上,比了比他的两个大拇指,"莱克特向你问起我的事了吧?"

"他问到你是不是很忙,我说是的。"

"就这些?有没有因为我不想看到,你就把涉及个人的一些事省掉了?"

"没有。他说你是个清心寡欲的人,可这一点我写进去了。"

"是的,你写了。没别的了?"

"没了。我什么也没有省略。你不要以为我以什么闲言碎语作交易他才开口跟我谈的。"

"我没有。"

"我并不知道你的任何私事,就是知道也不会谈的。如果你不相信,我们现在就来说说清楚。"

"我相信。下一个题目。"

"你是在想有什么事,还是——"

"史达琳,接着谈下一个题目。"

"莱克特关于拉斯培尔的汽车的线索是死胡同一条了。四个月前在阿肯色州第九号沟,车就被压成了方块,卖出去回收利用了。也许我可以再回去和他谈谈,他会再告诉我点什么。"

"那线索你已经研究透了?"

"是的。"

"你为什么认为拉斯培尔开的车就是他唯一的一辆呢?"

"因为登记的就那一辆,他又是单身,所以我猜想——"

"啊哈,你等等。"克劳福德用食指指着他俩之间空中的一条什么看不见的原则说,"你猜想。你猜想,史达琳。注意看这儿。"克劳福德在一本标准拍纸簿上写下"猜想"一词。史达琳的几个老师也从克劳福德这里学会了这种做法并且曾对她使用过,可史达琳并没有表露出她以前已见过这做法的样子。

克劳福德开始强调他的观点了。"史达琳,我派你去干一项工作,你要是猜想的话,就会把你和我都弄成一头蠢驴①。"他向背后靠去,很满意的样子,"拉斯培尔收集汽车,这你知道吗?"

"不知道。遗产里还有这些车吗?"

"我不知道。你想你能不能设法去查出来?"

"我能。"

"哪里下手呢?"

"处置他遗产的执行人。"

"巴尔的摩的一名律师,中国人,我好像想起来了。"克劳福德说。

"埃弗雷特·尤。"史达琳说,"巴尔的摩电话号码本上可以找到他。"

"搜查拉斯培尔的车要有搜查证,这个问题你有没有考虑过?"

有时候,克劳福德说话的腔调让史达琳想起刘易斯·卡罗尔②作品中那条自以为无所不知的毛毛虫。

史达琳不太敢放弃。"既然拉斯培尔已经死亡,对他不用有任何怀疑,那么,我们只要获得处置遗产的执行人的准许进行搜查,这搜查就

---

① 这里是一个极妙的文字游戏:"猜想",英文是assume,拆开来即是"ass"(蠢驴)、"u"[与you(你)谐音]和"me"(我),故克劳福德说完后显出"很满意的样子"。

② 英国儿童文学作家、数学家,真名C. L. 道奇森(1832—1898),主要作品有《爱丽丝漫游奇境》《镜中世界》等。

是合法的,而搜查结果根据法律,在别的事情上也可用作可以接受的证据。"她背了起来。

"完全正确。"克劳福德说,"告诉你吧:我来通知巴尔的摩分局你将去那儿。星期六,史达琳,利用你自己的时间。要是有什么果子的话,就去摘摘看。"

她离开的时候,克劳福德倒是没有目送她离去。他用手指从废纸篓里夹起厚厚一团紫色的便条纸,在桌子上展开。纸条是有关他妻子的,一手漂亮的字迹:

噢,争吵的学究们,想要寻找
　　那能焚烧世界的火,却苦求无果
直到受此启发:
　　这火莫不就是她的发热?

杰克,贝拉的事我非常难过。
　　　　　　　　　　汉尼拔·莱克特

8

埃弗雷特·尤驾驶的是一辆黑色的别克车，后面的窗子上贴着一张保罗大学的标签。他较胖，进这别克时，车身都略为向左倾了一下。克拉丽丝·史达琳随着他朝巴尔的摩城外开去。此时正下着雨，天快黑了。史达琳作为探警的这一天差不多就要过完了，却再没有第二天可以替代。她焦躁不安，只得和着挡风玻璃上刮水器的节奏一下一下轻叩着方向盘，以此排解。车辆沿着301号公路缓慢地前行。

尤很机警，体胖，呼吸起来很吃力。史达琳猜他的年纪有六十岁。到现在为止他还很帮忙。耗掉的这一天不是他的错；这位巴尔的摩律师出差去了芝加哥一个星期，下午很晚了才回来，一出机场就直接来到他的办公室和史达琳见面。

尤解释说，拉斯培尔那辆一流的派卡德车早在他死之前就一直存放着。车没有牌照，从来都没有开过。尤见过它一次，被东西盖着存放在库里，那还是在他的委托人被杀后不久，他罗列遗产清单时为了确证这车存在还见过一次的。他说，如果史达琳探警肯答应，一发现任何可能有损于他的已故委托人利益的事，就"立即坦率地予以公开"，那他就让她见这辆车。搜查证及其相应的麻烦倒可以省却。

联邦调查局调一辆配有移动电话的普利茅斯轿车供史达琳享用一

天,克劳福德则又给她提供了一张新的身份证,上面直白地写着"联邦探警"——她注意到,这身份证还有一周就到期了。

他们的目的地是斯普利特城迷你仓库,大约在城区外四英里的地方。史达琳一边随着车辆慢慢地前行,一边用电话尽其所能了解有关这个仓库的情况。当她一眼看到高高的橘黄色标牌"斯普利特城迷你仓库——钥匙由你保管"时,她已经掌握了一些基本情况。

斯普利特城有州际商务委员会颁发的一张运费由提货人埋单的执照,署的是伯纳德·加里的名。加里三年前搞跨州盗窃品运输,大陪审团差一点让他跑了;他的执照如今正交由法庭复审。

尤从标牌底下开进折入。他把钥匙给门口一个穿制服的、脸上长满粉刺的年轻人看了看。门卫记下他们的执照号码,打开门,不耐烦地挥挥手示意了一下,好像他还有更重要的事情要做似的。

斯普利特这地方无遮无挡,风从外面直灌而入。我们当中的一些人没有脑子,永远无休止无规则地瞎闹,仿佛在作布朗运动①;这倒又像从拉瓜迪亚②飞往华雷斯③的离婚者,什么时候飞说不准;斯普利特城就给这样一些没脑子的人提供服务性项目,而它的生意主要也就是贮存离婚者分道扬镳后的有形动产。仓库里堆放的全是些起居室的家具、早餐时的全套用具、沾满污渍的床垫、玩具,以及没有冲洗好的底片。巴尔的摩县治安官员普遍认为,斯普利特城还藏有破产法庭裁决的相当可观的值钱的赔偿物品。

它的样子像一个军事设施:三十英亩长长的建筑物,由防火墙隔成一个个仓库,大小如一个宽敞的车库,每个单元都安有卷帘门。收费合

---

① 悬浮在液体或气体中的微粒所作的永不停止的无规则运动,由英国植物学家罗伯特·布朗(1773—1858)首先发现。
② 疑为拉瓜伊拉(委内瑞拉北部港市)之误。
③ 墨西哥北部一城市。

理,有些财产放那儿已经有多年了。安全措施很好。四周围着两排防强风暴的护栏,护栏与护栏之间二十四小时有警犬巡逻。"

拉斯培尔那间仓库是三十一号,门的底部已堆积了六英寸厚的湿漉漉的树叶,其间还混杂着一些纸杯及细小的脏物。门的两边各有一把大大的挂锁。左边的锁扣上还有一颗印。埃弗雷特·尤弯着僵硬的身子去看这印。史达琳举着伞拿着手电。这时天已薄暮。

"这地方自从我五年前来过后好像还没有被打开过。"他说,"你瞧这儿塑料上我这公证人章的印子还在。当初我不知道那些亲属会这样争吵不休,为遗嘱验证的事拖拖沓沓,一闹就是这么多年。"

尤拿着手电和伞,史达琳拍下了那锁和印的照片。

"拉斯培尔先生在城里有一间办公室兼音乐室,被我关闭了,这样可以免付地产房租。"他说,"我找人将里面的陈设搬到这儿,和先已在这儿的拉斯培尔的汽车和别的东西存放在一起。我想我们搬来的有一架立式钢琴、书、乐谱和一张床。"

尤试着用一把钥匙开门。"锁可能冻住了,至少这一把死死的。"弯下腰去同时又要呼吸对他来说很是不易。他试图蹲下来,膝盖却在嘎吱嘎吱地响。

看到这两把大挂锁是铬钢制的"美国标准"牌,史达琳很是高兴。它们虽然看起来难以打开,但她知道,只要有一颗金属薄板做的螺丝以及一把羊角榔头,她就可以轻而易举地让那黄铜锁柱啪的一声弹出来——小的时候她父亲曾给她演示过夜盗是如何干这活儿的。问题是要找到这样的榔头和螺丝;她的平托车里连一点可以派上用场的常备废旧杂物也没有。

她在包里四处翻找,找出了她用来喷她那辆福特平托车门锁的除冰喷剂。

"想不想进您的车去歇口气,尤先生?您稍微去暖暖身子吧,我来试试看。把伞拿走,现在只是毛毛雨了。"

史达琳将联邦调查局的那辆普利茅斯车开过来紧挨着门,这样可以利用它的前灯。她从车里取出量油尺,往挂锁的锁孔里滴了点油,再喷入除冰剂将油稀释。尤先生在车里微笑着点点头。他很能理解人,史达琳为此感到高兴;她可以做她的事,同时又不至于让他觉得被撂在了一边。

这时天已经黑了。在普利茅斯车前灯的强光照射下,她感到自己的身体一无遮拦。车子的发动机在空转着,耳朵里只听见风扇皮带嘎吱嘎吱的响声。她锁了车,却没有让它熄火。尤先生看上去是个好人,但她觉得还是会有被车碾碎在门上的危险。

挂锁在她手里像青蛙似的跳了一下,开了,沉甸甸油腻腻的。另一把锁已被油浸过,开起来就更容易了。

门推不上去。史达琳握着把手往上抬,直抬得眼前直冒金星。尤过来帮忙,可是门把小,他一伸手,之间就没有多少空隙,这样也就几乎没增加什么力。

"我们不妨下星期再来,叫上我儿子或别的什么工人。"尤先生建议说,"我很想一会儿就回家去了。"

史达琳一点也没有把握是否还会再回这地方来;就克劳福德而言,他只需抓起电话让巴尔的摩分局来处理就行了,还更省事儿。"尤先生,我赶一赶。您这车里有大的千斤顶没有?"

史达琳将千斤顶放到门把手的下面,用她身体的重量压在六角扳手上权作千斤顶的柄。门嘎啦嘎啦响得可怕,往上升了半英寸,看上去像是中间部分在往上弯。又上去了一英寸,再上去了一英寸;她把一只备用轮胎推到门底下抵着,再把尤先生和她自己的千斤顶分别移到门的两侧,放在门的底边下面,紧挨着门升降时走的那两道轨辙。

她在两边轮流起动着千斤顶,一寸一寸把门往上抬到了一英尺半,这时门被牢牢地卡死了,即使她把全身的重量往千斤顶柄上压,门也不再往上动。

尤先生过来和她一起从门底下仔细地朝里看。他每一次弯腰都只能弯几秒钟。

"那里边好像有老鼠的味道。"他说,"我让他们在这儿一定要用獐鼠药,相信契约中是明确指定了的。他们说獐鼠之类的啮齿目动物几乎都没听说过。我可是听说过的,你呢?"

"我听说过。"史达琳说。借着手电的光,她辨认出许多纸板箱和一只大轮胎,轮胎的内壁呈一圈宽宽的白色,露在一块布罩子的底边下面。轮胎是扁的,没有气。

她将普利茅斯车倒回去一点,直到前灯的光能照到门底下。她取出一块小橡胶地板垫。

"你要到那里面去,史达琳警官?"

"我得去看一下,尤先生。"

他掏出手帕。"建议你还是在裤脚翻边的地方把踝关节紧紧地包扎好,以免老鼠侵袭。"

"谢谢,先生,这主意很好。尤先生,万一这门滑下来,嘿嘿,或者出点别的事,能否劳您驾打这个号码?这是我们巴尔的摩分局。他们知道我这时正和您一起在这里,一会儿得不到我的消息会引起他们警觉的,您明白我的意思吗?"

"当然可以。我完全明白你的意思。"他将派卡德车的钥匙交给了她。

史达琳将橡胶垫放在门前的湿地上,在上面躺了下去,手里拿一包取证用的塑料口袋套在照相机的镜头上,裤脚的翻边处用尤先生和她自己的手帕紧紧地扎住。一阵毛毛雨落到她脸上。她闻到强烈的霉味和老鼠味。说来也荒唐,史达琳这时想到的竟是拉丁语!

在她上法医学的第一天,老师写在黑板上的是那位罗马医生的名言: Primum non nocere——勿伤证据为首要。

他倒不上他妈的满是老鼠的车库里说这样的话。

她忽然又好像听到了父亲的声音;父亲一手按着她兄弟的肩,对她说:"克拉丽丝,要是玩起来就要吵闹抱怨,你还是进屋里去。"

史达琳将罩衫的领扣扣上,双肩缩在脖子里,从门底下钻了进去。

她人到了派卡德车后部车身的底下。车紧挨着仓库间的左边,几乎碰到了墙。房间的右边堆着高高的纸板箱,把车子旁的空间全占满了。史达琳扭动背部,直到可以将头从车与箱子间狭窄空隙处露出来。她用手电照着堆得像悬崖峭壁似的箱子。窄小的空间拉满了许多蜘蛛网。多数是球状蜘蛛,蛛网上处处缀满了蜘蛛小小的皱缩了的尸体,牢牢地缠结在那儿。

嗨,唯一要担心的是一种褐色的隐身蛛,它不在露天筑巢搭窝,史达琳自言自语地说,别的倒无所谓。

后挡泥板边上有空地可以立足。她的脸紧靠着那只宽宽的白胎壁轮胎;她来回扭动着身子,最后从车底下钻了出来。轮胎已经干腐了。她看到上面有"古德伊尔双鹰"的字样。她一边从那块窄小的空地站立起来,一边当心着自己的头别被碰了,同时又用手去拽面前的蛛网。戴面纱的感觉是否就是这样?

外面传来尤先生的声音:"行吗,史达琳小姐?"

"行!"她说。紧接着她的话音的,是几阵小小的慌乱声,钢琴里面有什么东西从几个高音键上爬过。外面车的车灯照进来,灯光一直照到她的腿肚子。

"这么说你已经找到钢琴啦,史达琳警官?"尤先生喊道。

"刚才不是我!"

"喔。"

汽车大而高,还很长。根据尤列的清单,这是辆一九三八年生产的派卡德牌轿车。车由一块地毯盖着,长毛绒的一面朝下。她晃动手电四下里照。

"是你用这块地毯盖在车上的吗,尤先生?"

"我见到车时就那样,从来也没掀开过。"尤从门底下喊道,"沾满灰尘的地毯我是弄不来,那是拉斯培尔盖的,我只是证实一下车在那里。帮我搬家具的人将钢琴靠墙放好,用东西盖上,车边上再堆放些箱子后就走了。我是论钟头给他们付报酬。箱子里大部分是些活页乐谱和书。"

地毯又厚又重,她一拉,只见手电射出的光束里飞舞着无数的尘埃。她打了两个喷嚏。她踮起脚,将地毯翻卷到这辆高高的旧车的中间。后窗上的帘子是放下的。门把上积满了灰尘。她必须越过箱子,身子往前倾才能够到门把。她只摸到了把手的末端,试着朝下扳。锁住了。后边的车门没有锁孔。她得搬开许多箱子才能到前车门,该死的是几乎没有地方可以放这些箱子。在后窗的窗帘与窗柱之间,她看到有一个小小的空隙。

史达琳俯身在这些箱子上,将一只眼凑近玻璃,再通过那隙缝用手电往里照。她只看到了玻璃中反射着自己的影子。最后她只好窝起一只手遮在手电的上方。布满灰尘的玻璃将一小束光扩散开去,从座位上移过。座位上,一本相册打开着放在那儿。由于光线不好,相片的颜色看上去很差,可她还是能看得到粘贴在页码上的情人节礼物,那带花边的老式的情人节礼物,松松软软地贴在上面。

"多谢了,莱克特大夫。"说这话时,她的呼吸扬起了窗沿上那些毛拉拉的灰尘,把玻璃给糊住了。她不愿去擦这玻璃,所以只好等它慢慢再清晰起来。手电光继续移动着,照到了一块盖腿膝用的毛毯;毛毯掉在了汽车的地板上。接着又照到了一双男人晚上穿的漆皮鞋,亮亮的,却也染着灰尘。鞋子往上,是黑色的短筒袜;袜子再往上,是全套礼服,裤筒里伸着两条腿。

五年中没人进过这门——慢点,慢点,宝贝别着急!

"噢,尤先生!喂,尤先生!"

"什么事,史达琳警官?"

"尤先生,像是有人在这车里坐着!"

"噢,我的天!或者你最好还是出来吧,史达琳小姐!"

"还没完呢,尤先生。要是您愿意,还请就在那儿等着。"

现在该动动脑子了。下半辈子你可以躺在床上对着枕头闲扯废话,现在可还不是扯废话的时候。抓住时机把事做好。我不想毁了证据。我确实需要帮忙,可最要紧的是我不想喊"狼来了"!搞得人虚惊一场。要是我急急匆匆通知巴尔的摩方面,结果却是警官到这儿空跑一趟,那可够我受的。我看到的只是像腿一样的东西。尤先生假如知道这车里有件好东西也不会带我上这儿来。她自个儿勉强地笑了笑。"说有一件好东西"是虚张声势。自从尤上次来看过后,没人到过这儿。好,这就是说,不论车里的东西是什么,这些箱子是后来搬到这儿的,也就是说,我可以搬动这些箱子而无损于任何重要的线索。

"行了,尤先生。"

"好。史达琳警官,我们要不要喊警官?你一个人行吗?"

"我得查个明白。请您就在那儿等着。"

箱子的问题就和魔方一样叫人头疼。她试图一边用胳肢窝夹着手电,一边动箱子,可手电掉了两次,最后只好放到车顶上。她得把箱子挪到身后去,矮一点的可以推到车底下。什么东西咬了她或是擦了她,叫她的拇指根痒痒的。

现在她可以透过前座边窗灰蒙蒙的玻璃看到驾驶室的情形了。一只蜘蛛在大大的方向盘与变速杆之间织起了一张网。前后室被隔了起来,彼此不通。

她想,从门底下钻进来之前给这把派卡德车钥匙上点油就好了,可是,钥匙往锁里一插,锁竟然开了。

窄窄的过道里几乎没有什么空间,车门开不到三分之一。车门打开撞到箱子上,一震,惊动老鼠一阵抓挠,钢琴琴键又发出了几下响声。一股腐烂及化学品的臭味从车内散发出来,使她想起某个她说不上名字的地方。

她弯身钻进车去,打开驾驶座后面的隔板,用手电去照车子后面的隔间。首先照到的是一件在正式场合穿的、带饰纽的衬衣。扫过衬衣的硬前胸,接着是照脸。不见脸。重又往下照。衬衣的饰纽闪闪发光,翻领是缎子做的。照到腰膝部,拉链开着。上去,照到打得很匀整的蝴蝶领结和衣领,一个只有脖子的人体模型从这地方露了出来。但是脖子上方还另有样东西在泛着微光。是布,一块黑色的罩布,本该在头的位置,大大的,像是罩着一只鹦鹉笼子。是丝绒吧,史达琳想。人体模型的背后是行李架,在行李架和人体模型中间搁置了一个由胶合板做的架子,那东西就搁在这胶合板架子的上面。

她调了调手电的焦距,从前排座位的位置上照了几张照,闪光灯一闪眼睛就一闭。接着她从车里钻出来,直了直身子。她站在黑暗里,身上湿漉漉,缠着蜘蛛网;她在考虑,该怎么办?

她不打算做的是,把负责巴尔的摩分局的特工请来,结果就是让人看一个裤子拉链开着的人体模型和一本情人节纪念册。

既然已决定进入后座去将罩布从那东西上拿下来,她就不想再多加考虑。她将手伸过驾驶室的隔板,打开后门的锁,重新挪了挪几只箱子的位置好让门开开来。这一切好像都花了不少工夫。门打开后,后座间里出来的味道比刚才要强烈得多。她进到里面,捏着情人节纪念册的角将它小心翼翼地拿起,移到车顶上一只放物证的袋上,又将另一只物证袋铺到座位上。

她钻进车时，车的弹簧吱嘎作响。她在人体模型旁坐下来，模型微微动了一下，戴着白手套的右手从大腿那里滑落，掉到了座位上。她用一根手指碰了碰手套，里面的手硬邦邦的。小心翼翼地，她将手套从手腕处褪了下来。手腕是用某种白色的人工材料制造的。裤子里鼓着一个东西，使她突然想起上中学时几件好笑的事情来。

座位下传来一阵微弱的抓爬声。

轻轻地，她的手触到了那罩巾。布从什么硬东西上面轻松滑过，又滑落了下去。当她摸到上部那圆顶时，她明白了，她明白那是一只实验室用的大标本瓶，也明白了那里面装的是什么。带着恐惧，然而又几乎是毫不迟疑地，她揭开了盖子。

瓶子里是个人头，沿下巴底下整整齐齐被切割了下来。脸向着她，防腐用的酒精早已将两只眼睛灼成乳白色。嘴巴张着，舌头稍稍伸出，灰得很。年代久了，酒精已有挥发，头已经沉落到瓶底，露在液体表面之上的冠状部分已有一层腐烂。头与瓶底成一角度，像只猫头鹰似的呆呆地凝视着史达琳。即使用手电摇来晃去地照面部，它依旧默然一副死样。

这时的史达琳审度着自己。她高兴。她极度兴奋。刹那间她又问自己，这样的感觉是不是很有价值。现在，此时此刻，和一个人头与几只老鼠坐在这辆旧车里，自己的脑子居然还很清楚，为此她感到自豪。

"好啦，孩子，"她说，"我们再不是堪萨斯那时啦！"她一直想以坚强的口吻说这句话，可现在这么说了，倒又让她觉得虚假做作，所幸没有人听到。有活儿等着干呢。

她小心翼翼地往后靠着坐好并四下里瞧着。

这是什么人选择和制造的一个环境。从沿着301号公路慢慢前行的车辆到这儿，她的思绪仿佛穿过了千万光年。

汽车风窗的几根玻璃立柱上放着几只经过雕刻的水晶小花瓶，插在里面的花已经干枯了，低垂着。车的工作台翻折朝下，上面盖着块亚麻布。台上一只细颈瓶，透过灰尘隐隐闪光。在细颈瓶与它近旁的一个矮蜡烛架之间，蜘蛛织起了一张网。

她试图想象莱克特或别的什么人同她眼下的伙伴一起坐在这儿喝着什么，还试着给他看这情人节礼物。别的还有点什么呢？她轻手轻脚，尽可能不乱动，搜寻着可以证明这人身份的东西。什么也没有。在一只上衣口袋里，她发现了一卷布料，那是调整裤子长度时做剩下的——他们给他穿这身餐服时，衣服很可能是新做的。

史达琳去拨弄裤子里那个鼓起的东西。太硬了，即使是对高中生来说也太硬了，她想。她用手指拉开拉链，将手电往里照，看到一根磨得发亮的、嵌饰有花纹的木制阴茎。还粗大得很呢！她不知道自己这是不是品德败坏。

她小心谨慎地转动着标本瓶，仔细检查人头的两侧及后部，看看是否有损伤处。一处也没见到。一家实验室用品公司的名字浇铸在玻璃中。

她再次凝视这张脸，她相信她的收获够大。仔细地瞧着这张脸，看舌头与玻璃接触处的颜色在变化，并没有梦里梦到密格斯吞吃自己的舌头那么糟糕。她感到，如果有点什么实实在在的事情可让她做，她是无论什么都敢看了。史达琳还是年轻啊。

WPIK电视新闻转播流动车一滑停，十秒钟内乔妮塔·约翰逊就戴好了耳环，那张漂亮的褐色的脸上也搽好了粉。她估摸了一下情形。她和她的新闻小组一直在密切注意收听巴尔的摩县警方的广播，所以赶在巡警车之前先到达了斯普利特城。

新闻小组成员在他们车子的前灯照耀下所看到的一切，只有克拉丽丝·史达琳在车库门前站着,手里拿着电筒和她那张小小的压膜身份证,头发已被细雨淋湿,贴在了头皮上。

乔妮塔·约翰逊每次都能发现个什么新人。她从转播车里爬出来,摄像人员紧随其后,来到史达琳跟前。强烈的灯光打开了。

尤先生深深地陷坐在他的别克车里,窗沿以上只见到他的帽子。

"我是WPIK新闻的乔妮塔·约翰逊,你说发现了一宗凶杀案?"

史达琳看上去不太像搞法律这一行的,她也知道。"我是联邦调查局的警员,这儿是犯罪现场,我必须保护现场等巴尔的摩当局——"

那个助理摄像师抓住车库门的底部正设法往上抬呢。

"住手!"史达琳说,"说你呢,先生。住手!请往后退。我不是和你开玩笑。别帮倒忙。"她多么希望有块警徽,有件制服,无论什么都行啊!

"行了,哈利。"那女记者说,"呃,警官,我们愿意尽量合作。坦率地说,这帮人在这儿是要花钱的,我甚至都在想要不要留他们在这里等别的有关当局的人到来。能否告诉我那里面是不是有具尸体?摄像机关了,就你我之间说说。告诉我,我们等。我们会好好的,我保证。怎么样?"

"我要是你,就等着。"史达琳说。

"多谢。你不会遗憾的,"乔妮塔·约翰逊说,"瞧,我这里有些关于斯普利特城迷你仓库的情报,你也许可以用用。用手电照照写字板好吗?我看看这儿是否能找着。"

"乔妮,WEYE的流动转播车刚刚从门口拐进来了。"那个叫哈利的男人说。

"我看看这儿是否能找着。警官,喏,找着了。大约两年前有桩丑闻,说他们试图证实这地方在私下里做交易收藏什么——是烟花吗?"乔妮塔·约翰逊时不时地朝史达琳的肩后面看。

史达琳转身看到摄像师已仰着躺到了地上，头和肩已进了车库；那位助手在他身边蹲着，准备将小型摄像机从门底下递进去。

"嗨！"史达琳说。她在他旁边的湿地上跪下，去拽他的衬衣。"你不能到里面去。嗨！我跟你说了不能那么干！"

两个男人自始至终不停地同她说话，文雅客气地说着："我们什么也不会去碰的，我们是内行了，你用不着担心。无论如何警察也都会让我们进去的，没问题，宝贝。"

他们这种连哄带骗瞎管闲事的样子叫她一下子改变了做法。

她跑到门的一头那个作缓冲用的千斤顶那里，操起手柄就开始上下撅动。门下来两英寸，发出吱吱嘎嘎刺耳的尖叫声。她再撅。门这时已碰到了那人的胸。他并不出来，她从插孔里拔出手柄拎着就回到平躺在地上的那个摄像师跟前。别的电视台的灯光这时都已亮了起来，在强光的照射下，她用千斤顶的手柄在他身体上面的门上嘭嘭地敲击，使他身上落满灰和锈。

"你给我注意！"她说，"不听是不是？出来！好，再过一秒钟你就将以妨碍执法罪被逮捕！"

"别急嘛！"那助手说。他把手放到她身上。她转而又冲着他来。耀眼的强光后面传来喊叫声。她听到警笛在叫了。

"手拿开往后退，小子！"她脚踩着摄像师的脚踝，脸正对着助手，千斤顶的手柄拎在手里垂在一边。她没有将这手柄举起来，没举效果也已一样了。事实上，她在电视里看上去已经够糟糕了。

9

暴力凶犯区在半明半暗中发出的气味似乎更加强烈了。走廊里有一台电视机在播放着节目,却没有声音;电视屏幕反射的光将史达琳的身影投射到莱克特医生病房的栅栏上。

栅栏后面黑黑的,她看不见,可她没有叫护理员从他的操纵台那儿将灯打开。只要一叫他开,整个病房立即就亮,而她知道,巴尔的摩县警方连续几小时一直让所有的灯都开着,其间对着莱克特又喊又叫地问了不少问题。他拒绝开口,只用纸叠了一只小鸡作为对警方的反应;捏住小鸡的尾部上下拨弄,小鸡即作啄食状。那位高级官员暴怒,在休息室的烟灰缸里将这小鸡一下子压扁,同时做手势让史达琳进去。

"莱克特大夫?"她都能听到自己的呼吸声。呼吸声在厅内响着,可是密格斯那空空的病房里已没有了呼吸声。密格斯的病房空空荡荡,她感觉其沉寂如溪谷。

史达琳知道莱克特在黑暗中正盯着她。两分钟过去了。因为折腾那车库的门,她的腿和背到现在都还在疼,衣服也是湿的。她将外套压在身下坐在地上,离栅栏远远的,两脚蜷缩盘腿而坐,又将散披在衣领上的湿漉漉的头发撩起,使之不粘在脖子上。

她身后的电视屏幕上,一位福音传道者挥动了一下双臂。

"莱克特大夫,你我都明白我来是怎么回事。他们认为你会跟我谈的。"

沉默。厅内远处有人在吹口哨:"跨越大海,驶向前方。"

五分钟过去了,她说:"到那里面去怪怪的,什么时候我想同你说说那情形。"

装食物的传送器忽然从莱克特的病房里滑滚了出来,把史达琳吓了一跳。盘子里是一条叠好的干净毛巾。她并没有听到他移动的声音。

她看了看毛巾,带着一种斗输了的感觉,拿起来擦头发。"谢谢。"她说。

"你为什么不问我野牛比尔的事呢?"他的声音很近,同她的在一条水平线上。他一定也是在地上坐着。

"你了解他的情况吗?"

"看到他的案子后我会的。"

"那个案子我没有办。"史达琳说。

"他们利用完你之后,这个案子也不会让你办的。"

"我知道。"

"你能够弄到野牛比尔的案卷,那些报告和照片。我想看看。"

我敢打赌你是想看。"莱克特大夫,这事因你而起,现在就请跟我说说派卡德车里那人的情况。"

"你见到了一个完整的人?怪了!我只看到了一个头。你觉得其余部分是从哪里来的?"

"好吧,那头是谁的?"

"你的判断呢?"

"他们只搞了点初步的情况。白种男人,大约二十七岁,牙科判断属欧美血统。是谁啊?"

"拉斯培尔的情人。拉斯培尔,那个感伤缠绵的长笛手。"

"详情呢——他是怎么死的?"

"拐弯抹角地问,史达琳警官?"

"不,我以后再问吧。"

"让我给你省点时间吧。我没干,是拉斯培尔干的。拉斯培尔喜欢水手。这是个斯堪的纳维亚人,叫克劳斯什么的,拉斯培尔从来没告诉过我他姓什么。"

莱克特医生的声音又往下移了一点。史达琳想,他也许躺到地上去了。

"克劳斯在圣迭戈下了一艘瑞典船。拉斯培尔当时也在那儿的一所音乐学院暑期班教课。他疯狂地爱上了这个年轻人。那瑞典人倒也觉得不错,便偷偷地逃离了他所在的那条船。他们买了一辆极其难看的露营车,赤条条像精灵似的在树林中穿来穿去。拉斯培尔说这年轻人对他不忠,就把他勒死了。"

"这是拉斯培尔跟你说的?"

"噢,是的,条件是我给他治疗期间保证严守秘密。我现在想那是个谎言。拉斯培尔总是给实际情形添枝加叶,他想让人觉得他既危险又浪漫。那瑞典人很可能在性行为过程中死于某种千篇一律的性窒息。拉斯培尔肌肉松散软弱无力,是不可能将他勒死的。你注意到克劳斯下巴底下是不是修得整整齐齐?那可能是为了去掉位置很高的一道绞索印子。"

"我明白。"

"拉斯培尔的幸福梦破灭了。他把克劳斯的头装进一只保龄球口袋,回到了东部。"

"其余部分他怎么处理的呢?"

"埋山里了。"

"汽车里那人头他给你看过?"

"噢,是的。在治疗过程中,他逐渐感觉到可以将什么事都告诉我。他和克劳斯常一道到外面坐坐,给他看看情人节礼物。"

"那么后来拉斯培尔自己……也死了。为什么呢?"

"坦白地说,他嘀嘀咕咕已经把我搞烦搞腻了。对他也是最好的结果吧,真的。治疗已不再管用。我估计大多数精神病专家都会因这么一两个病人要来向我咨询。这件事我以前从未和人谈论过,现在是厌倦了。"

"还有你为乐团官员所设的晚宴。"

"你难道没碰到过这样的事:人家上你这儿来,你却没有时间去买东西? 只好冰箱里有什么就将就着吃吧,克拉丽丝。我可以叫你克拉丽丝吗?"

"可以。我想我就叫你——"

"莱克特大夫——就你的年龄和地位来看,这称呼看来最合适。"他说。

"是。"

"进车库时你是什么感觉?"

"害怕。"

"为什么?"

"有老鼠和虫子。"

"是否有什么可以用来壮壮胆的东西?"莱克特医生问。

"我所知道的一样也不顶用,我只想得到我所追寻的。"

"那么是否有什么记忆或者场景出现在你的脑子里,不管你是否去搜寻了那些记忆或场景?"

"可能有吧,我没想过这事儿。"

"你早年生活中的一些事情。"

"我还得留心想想。"

"当你听到我已故的邻居密格斯的消息时是什么感觉？你还没问我呢。"

"我正要问。"

"听到后是不是很开心？"

"不。"

"很伤心？"

"不。是你劝他那么干的？"

莱克特医生轻轻地笑了笑。"史达琳警官,你是在问我,是不是我教唆密格斯先生犯下这严重的自杀罪？别傻了！不过他吞下那根招惹他人的舌头,倒也是叫人快慰,难道你不同意吗？"

"不同意。"

"史达琳警官,这可不是真话,你第一次对我撒谎。用杜鲁门的话说,是一个令人悲哀的事件。"

"杜鲁门总统？"

"不去管他了。你认为我为什么帮你的忙？"

"不知道。"

"杰克·克劳福德喜欢你,是不是？"

"不知道。"

"这可能不是真的。你希望不希望他喜欢你？告诉我,你是不是觉得有一种强烈的冲动要去讨好他？这冲动是不是搅得你心神不宁？对你这要讨好他的冲动你是不是有所提防？"

"人人都希望被别人喜欢,莱克特大夫。"

"不是人人都这样。你认为杰克·克劳福德是否对你有性方面的要求？我肯定他眼下心里十分烦乱。你认为他心目中会不会在想象……同你胡搞乱来的……场景、情形？"

"莱克特大夫,我对这事儿没有什么好奇,这种事只有密格斯会问。"

"他再也问不了了。"

"是不是你建议他把自己的舌头吞下去的?"

"你们提审的案子本来就常带有那种假设的成分,用你的腔调一问,更散发出知识的臭味。克劳福德显然是喜欢你,也认为你称职。想必古里古怪的这些事凑到一起都没能逃得过你的眼睛,克拉丽丝——克劳福德帮了你,我也帮了你。你说你不知道克劳福德为什么帮你的忙——你知道我为什么要帮你吗?"

"不知道。告诉我。"

"你是否觉得是因为我喜欢看着你想着要把你吃掉——想着你吃起来会是什么味道?"

"是这个原因吗?"

"不。我要的东西只有克劳福德能给我,想同他做个交易。可是他不会来见我的。野牛比尔的案子他不会来求我帮忙,虽然他清楚这意味着还有年轻的女人要送命。"

"我简直无法相信,莱克特大夫。"

"我只要点很简单的东西,而他可以搞到。"莱克特调节病房内的变阻器将灯慢慢调亮。他的书和画不见了。他马桶上的座圈不见了。奇尔顿为密格斯的事惩罚他,将他牢内的东西搬得精空。

"我在这房间里已经八年了,克拉丽丝。我知道他们绝对绝对不会让我活着出去。我想要的是一片风景。我想要一扇窗户,可以看到一棵树,甚至水。"

"你的律师有没有请求——"

"奇尔顿在厅里安的那台电视,定死一个宗教频道,你一走,护理员立即就会把声音调出来,我的律师也没法阻止,法庭现在对我的态度也就是这样了。我想到一个联邦的机构里去,想要回我的书,想要一片风景。我会珍惜这风景的。克劳福德可以办得到。去问问他。"

"我可以把你的话告诉他。"

"他不会理睬的。野牛比尔会一直干下去,干下去。等他剥了人的头皮再看看你是什么感觉吧。……关于野牛比尔我可以告诉你一点。我完全不用看他的案子,从今往后多少年等他们抓住他的时候——如果抓得住他的话,你会明白我当初是对的,本可以帮帮忙的,可以救下几条人命。克拉丽丝?"

"什么?"

"野牛比尔有一栋两层楼的房子。"莱克特医生说完就把灯熄了。

他不肯再开口。

10

克拉丽丝·史达琳靠在联邦调查局的卡西诺赌场的一张骰子桌旁，正试图专心去听关于赌博中洗钱是怎么回事的一个讲座。二十六小时之前，巴尔的摩县警方录下了她的证词（是由一名打字员记录的，那人两指夹着香烟一根接一根不停地抽，还说："如果这烟让你觉得讨厌，看看你能不能把那扇窗户打开。"），然后就叫她走了，不让插手管这事儿；他们提醒她，谋杀罪不属联邦调查局管辖。

星期天晚上的新闻联播播放了史达琳与电视台摄像师冲突的镜头，她感到自己肯定是被牢牢地粘住了。在这整个过程中，克劳福德和巴尔的摩分局是一句话也没有，好像她的报告已经石沉大海。

此刻她站在这卡西诺赌场里；赌场不大，本来是设置在一辆流动的铰接式卡车里的，后来被联邦调查局抓获，设到学校里来做了辅助教学的工具。窄小的房间里挤满了来自许多管区的警察；史达琳谢绝了两名得克萨斯巡警和一名苏格兰场侦探让给她的椅子。

班上其他人在学院大楼远处的厅内，正在那儿从"性犯罪卧室"里一块真的汽车旅馆的地毯上寻找毛发，在掸"任意一家城市银行"里的灰尘以提取指纹。史达琳在做法医学会会员期间曾花大量时间研究过查寻和指纹这样的事，所以就改让她来听这个讲座，这是为来访的执法人员开设的系列讲座之一。

她在想,把她同班上的其他人分开来是否还另有原因?他们要撵你走,可能先是将你孤立起来。

史达琳双肘搁在骰子桌的补牌线上,努力集中心思听老师讲赌博中怎么洗钱。可她想的却是,联邦调查局看到它的工作人员在官方举行的记者招待会以外的电视上露面,该是多么恼火。

汉尼拔·莱克特医生对于新闻媒介犹如樟脑草对于猫一样地具有吸引力,而巴尔的摩警方又很乐意地将史达琳的名字提供给了记者。她在星期天的晚间新闻网里一遍又一遍地看到自己的形象。一会儿是"联邦调查局的史达琳"在巴尔的摩,摄像师试图从车库的门底下溜进去,她用千斤顶的手柄在门上嘭嘭地敲。一会儿又是"联邦特工史达琳"手拿千斤顶手柄冲着摄像助理动怒。

在另一家竞争对手WPIK电视台,由于没有拍到自己的片子,新闻网里就对"联邦调查局的史达琳"以及联邦调查局提出个人伤害诉讼,理由是,史达琳嘭嘭敲门将灰尘和锈斑敲到了摄像师的眼睛里。

WPIK的乔妮塔·约翰逊向全国披露,史达琳是通过和"当局标名为……恶魔的一个男人的神秘的关系",才找到车库中的尸体残骸的!显然,WPIK在医院有人给它提供线索。

《作法自毙者的新娘!》醒目地刊登在超市货架上放着的《国民秘闻》上。

联邦调查局没发表公开评论,可史达琳清楚,局内部议论不少。

早餐时,她的一位同班同学——一个刮过胡子后搽了大量柯努牌须后水的小伙子——称史达琳是"梅尔文·佩尔维斯",这是在胡佛的头号警探梅尔文·潘尔维斯的名字上玩了个愚蠢的文字游戏。①阿黛莉亚·马普对这年轻人说了点什么,他的脸即刻变白,丢下早餐,没吃就离开了桌子。

现在,史达琳发现自己正处于一种奇特的状态,什么也不能让她感到吃惊。一天一夜,她只觉得惴惴不安,犹如跳水运动员,耳朵在嗡嗡叫却什么也听不见。她打算只要有机会就为自己辩护。

讲课的人一边讲一边转动着赌台上的轮盘,却一直不把那球丢下来。史达琳看着他,相信那人一辈子也没有将球丢下去过。他这时正在说着什么呢:"克拉丽丝·史达琳。"他怎么会在说"克拉丽丝·史达琳"?那是我啊!

"在。"她说。

讲课老师朝她身后的门那边努了努下巴。来了。她转过身去看时,心底只觉得命运在嘲讽她。可她看到的却是布里格姆,那位枪击教练,他将身子探进房间,隔着人群用手指指她。她看到他后,布里格姆示意她过去。

刹那间她在想,他们这是在叫她滚蛋了,可那不会是布里格姆分内的事儿。

到了走廊他说:"准备器具,史达琳。你的野外用具在哪儿?"

"在我房间——C屋。"

接着她得快快地走才跟得上他。

他提着道具室里那只大指纹箱——可是件好家伙,不是幼儿园里玩的那箱子——还有一只帆布小包。

---

① 原文"Pelvis"意为"骨盆""盆腔",是书中那小伙子开的一个粗俗的玩笑。"Pelvis"(佩尔维斯)又与胡佛手下的头号探警潘尔维斯(Purvis)谐音。约翰·埃德加·胡佛(1895—1972),1924—1972年间任美国联邦调查局局长,建立指纹档案、科学侦察犯罪实验室及联邦调查局国家学院。

"你今天和杰克·克劳福德一起去。带上过夜的东西。也许可以回来,可还是带着吧。"

"上哪儿?"

"西弗吉尼亚几个打鸭子的人天亮前后在艾尔克河里发现了一具尸体,看样子是野牛比尔干的,副手们还在进一步查实。那是真正的穷乡僻壤,杰克不想等那帮小子出详情报告。"布里格姆在C屋的门口停了下来,"除了别的,他还需要个人能帮他提取浮尸的指纹。你在实验室时曾经学得很刻苦——那活儿你能干,是吗?"

"是。让我检查一下东西是否齐备。"

布里格姆打开指纹箱托着,史达琳将盛物盘一个个取出来。有精密的皮下注射器材和装药水的小瓶子,可是不见相机。

"布里格姆先生,我需要架一比一的宝丽来一次成像相机,CU-5型的,还要软片暗包和电池。"

"道具室里的吗?给你了。"

他将帆布小包交给她,当她感觉到包的重量时,就明白了为什么是布里格姆来叫她。

"你还没有把执行任务的家伙吧?"

"没有。"

"得把箱子装满了。这器具是你在射击场一直用的。手枪是我自己的,和你们训练用的一样,是标准的K型史密斯,可活动部件盖帽了!有机会今晚上在你房间空弹射几下。十分钟后我准时带相机在C屋后的车里等你。听着,'蓝色独木舟'内可没有厕所,我劝你有机会先上个洗手间。快,快,史达琳!"

她想要问他一个问题,可他已走开了。

如果是克劳福德亲自去的话,一定是野牛比尔干的了。"蓝色独木舟"到底是什么东西?但整行李时就得想整行李的事儿。史达琳行装打点得又快又好。

"这是不是——"

"这样可以。"她进车时布里格姆打断了她的话,"要是有人用目光搜寻的话,这枪托是有点顶着你的上衣,但现在这样可以。"她穿着一件颜色鲜艳的上装,里面就是那把短管左轮枪,插在煎饼似的薄皮枪套里,紧挨着她的肋骨;身子的另一侧是快速装弹器,斜挂在皮带上。

布里格姆驾着车,精确无误地按照基地的限速,向昆蒂科的小型机场驶去。

他清了清嗓子。"射击场有一件事值得庆幸,史达琳,那儿没有政治。"

"没有?"

"你在巴尔的摩那儿保护车库现场的做法是对的。你为电视的事担心?"

"我该不该担心呢?"

"我们只在说我们自己,对吧?"

"对。"

一名海军陆战队士兵在指挥交通,向布里格姆打招呼,布里格姆回了他一个。

"今天把你带上,杰克是在表示对你的信任,这谁都看得出来。"他说,"以防,比如说吧,行业责任办公室的什么人把关于你的文件弄到眼前接着大发其火,明白我跟你说的话吗?"

"唔唔唔。"

"克劳福德这家伙敢于站出来说话。他在关键的时候表明,你保护那现场是不得已。他不让你带任何东西到那里面去——就是说,不带任何可以看得出你是代表官方的东西,这也是他说的。巴尔的摩警察又没有迅速做出反应。另外,克劳福德今天也需要人帮忙,等吉米·普莱斯从实验室找个人上这儿他还得等上一个小时，这样就派你来了，史达琳。再说，浮尸也不能在河滩上放个一天。这不是在惩罚你，可外人一定要那么看的话，也可以。你注意，克劳福德这家伙心非常之细，不过他不愿意什么事情都解释，我告诉你……也就是由于这个原因。如果你跟克劳福德合作，你应该知道他目前是什么处境——你知道吗？"

"我还真不知道。"

"除了野牛比尔，他脑子里还想着许多别的事。他妻子贝拉病得很重，都到……晚期了。他把她放在家里照料。要不是为了野牛比尔，他都请私假了。"

"这事儿我原不知道。"

"不要去谈这事儿。别跟他说你很难过或别的什么，对他没用……他们曾经在一起过得很幸福。"

"很高兴你能告诉我。"

他们到机场时，布里格姆的脸上开始露出喜色。"史达琳，火器射击课程结束的时候，我有几个重要的讲座要讲，争取别错过了。"他在几个机库之间抄条近路。

"我会争取去听的。"

"听着，我教的东西你可能永远也用不着，我希望你用不着。但你是有几分天分的，史达琳。如果你万不得已要开枪，你就能开枪了。练练。"

"行。"

"不要老把它放在包里。"

"行。"

"晚上在屋里拔出来打几下。坚持这么练直到能把感觉找到。"

"我会的。"

一架古董似的双引擎飞机停在昆蒂科小型机场的滑行道上，灯标在转动,门开着。一个螺旋桨在旋转,猛烈吹动着停机坪边上的野草。

"这不会是'蓝色独木舟'吧。"史达琳说。

"是的。"

"它又小又老。"

"是老。"布里格姆乐滋滋地说,"是老早以前毒品强制执行所在佛罗里达截获的,当时重重地落在了格莱兹的沼泽地里。不过它的机部件现在都完好无损。但愿格兰姆和拉德曼不要察觉我们在用这飞机——要求我们是坐汽车的。"他将车停到了飞机边上,从后车座拿出史达琳的行李。在一阵手碰着手的混乱中,他设法将东西交给了史达琳并同她握了下手。

接着,布里格姆说:"上帝保佑你,史达琳!"他原本也没想要说,所以这话从他那当过海军陆战队士兵的嘴里说出来,感觉怪怪的。他搞不清楚这话是从哪里来的。他感到自己的脸在发烫。

"多谢……谢谢你,布里格姆先生。"

克劳福德坐在副驾驶员的座位上,穿着衬衫,戴着墨镜。听到驾驶员砰地关上门之后,他转过身来看史达琳。

她看不到黑黑的眼镜后面他那双眼,觉得都不认识他了。克劳福德看上去苍白而冷峻,仿佛推土机推出的一段树根。

"坐下来看看。"他的话一共就这句。

一本厚厚的案卷在他后面的座位上放着,封面上写着"野牛比尔"。史达琳紧紧地抱着它。"蓝色独木舟"啪啦啪啦一阵响,忽然一震,开始向前滑动。

11

跑道的两侧模糊起来，渐渐地往后退去。东边，从切萨皮克湾闪出一道清晨的阳光。小小的飞机渐渐飞离车辆行人。

克拉丽丝·史达琳看到下面那边的学校以及昆蒂科周围海军陆战队的基地。士兵们在上突袭课，只见小小的人影在那儿又是爬又是跑。

从上面往下看就是这种情形。

一次，夜间射击训练完之后，她正沿着黑暗中阒无一人的模拟射击训练中心走着——她想走走路思考思考，忽然，她听到头顶有飞机在轰鸣，接着没了声，然后又听得黑黑的天空中有人在上头喊叫——那是空降部队在进行夜间跳伞，士兵们穿过黑暗往下跳时在互相叫喊着。她就在想，在飞机门口等那跳伞的指示灯亮是何感觉，纵身一跃，呼啸着往黑暗中投去又是何感觉。

也许感觉就是这个样子吧。

她打开了案卷。

就他们所知，他已经干了五次了，就是这个比尔。至少五次，很可能还不止。十个月来，他将女人先是绑架，然后弄死，剥皮。（史达琳飞快地往下看过验尸报告，再看那些单体组胺试验，以证实他是先将她们杀死,然后再干别的的。)

每干完一次,他就将尸体抛入流水之中。每具尸体都是在不同的河里发现的,都是从州际公路的交叉口那儿抛入水中,顺流而下,而每次又都不在同一个州。谁都知道野牛比尔是个四处游走的人;关于他,警方除了知道他至少有一支手枪之外,也就掌握这么点了,绝对就只有这么点。那枪有6阳膛线6槽,缠度左向——可能是把科尔特左轮枪或者科尔特仿制品。从找回的子弹上的擦痕来看,表明他比较喜欢打.38的特种子弹,弹膛则为较长的.357型。

河里没有留下指纹,一点毛发或肌肉纤维的证据也没有。

几乎可以肯定他是个白种男性:说他白种是因为连环杀手通常在其本种族内部杀人,而且所有的被害者也都是白人;说他是男性因为我们这个年代女性连环杀手几乎还闻所未闻。

两位大城市的专栏作家在卡明斯①那致命的小诗《野牛比尔》中,发现了一个标题:……你喜欢你的这个蓝眼睛的男孩吗,死亡先生?

是什么人,可能是克劳福德吧,将这句引文贴到了案卷封皮的背面。

比尔绑架年轻女人的地点与他抛撒她们的地点之间没有明显的联系。

有的案子中,尸体被及时发现,警方得以准确地确定死亡的时间,这时警方又了解到了凶手干的另一件事:比尔要让她们活着留一段时间。这些受害人要在她们被绑架一周到十天后才死,这就意味着他得有个留她们的地方,有个地方可以秘密地干活儿。这也意味着他不是个游民,而更像是一只活板门蛛——筑巢于土,居于洞中,洞口有可开闭之

---

① 爱德华·伊斯特灵·卡明斯(1894—1962),美国诗人、画家,为嘲弄传统观念把自己名字都改为小写,诗作形式奇特,语法用词别出心裁,著有《郁金香与烟囱》等诗集十二部,后合成两卷本《卡明斯集》。

盖。他有自己的窝。在某个什么地方。

这比任何别的事都使公众感到恐怖——明知要杀她们,却还要先将她们扣留一周或一周以上。

有两名是被吊死的,三名遭枪杀。没有证据表明她们死前遭到强奸或肉体伤害,验尸报告也没有任何"具体的生殖器官"受伤的证据记录,不过病理学家又强调,如果尸体腐烂得比较厉害,这样的事几乎是不可能确定的。

所有的被害者被发现时都是裸体。在其中两起案子中,在受害人家附近的道路边发现了她们穿在外边的几件衣服,都是在背部由下而上撕开一道口子,仿佛丧服一般。

史达琳还真的把照片全都翻看了一遍。从肉体上看,浮尸是死人中最不好处理的一种。这些死者也确确实实值得怜悯,在户外遭凶杀的人常常就是这样叫人可怜。受害人蒙受侮辱,经风受雨,还要遭世人漠然的眼光,要是你的工作允许你生气,你还真是要动怒。

发生在室内的凶杀案往往有这样的情形:有人见过被害者个人的一些讨厌行为,有的被害者自己就伤害过别人——打配偶啦,虐待孩子啦——这些人会聚到一起,私下里说,下场是死鬼自己找的。许多时候还真是自找的。

可这些受害者都不是自找的。她们躺在垃圾满地的河岸,身上连皮都没了,四周是我们常见的污秽物如发动机机油的油瓶以及包三明治的袋子这些。天气冷的时候,尸体大多还能保全其脸。史达琳提醒自己,她们的牙并非痛苦地裸露在外,出现那样的表情让她联想到鳖和鱼吃食时的样子。比尔只是剥躯干的皮,四肢大多丢弃不管。

史达琳想,看这些东西本来也不是那么麻烦的,可这机舱内这么热,而两个螺旋桨在空中转起来是一个好一个差,该死的飞机因而出现偏航,叫人毛骨悚然!窗子上涂满了字画,被他妈的太阳一照,斑斑点点,刺得人像得了头痛病似的。

逮住他是有可能的。史达琳紧紧抱住这念头不放,为的是让自己膝上虽满放着可怕的情报,却还能在这似乎愈来愈小的机舱内坐下去。她能够助一臂之力将他击毙,然后他们就可以将这略有点黏糊的、封面光滑的案卷放回抽屉,钥匙一转,锁起来。

她盯着克劳福德的后脑勺看。如果她想去制服野牛比尔,她可是找对了合伙人了。克劳福德曾成功地组织了追捕三名连环杀手的行动。但也不是没有伤亡。威尔·格雷厄姆曾是克劳福德那帮人中行动最敏捷的一条猎犬,是学院里的传奇人物;可人家说,现如今他也是佛罗里达的一名酒鬼了,一张脸使人都不忍心去看。

克劳福德可能感觉到了她在凝视他的后脑勺。他从副驾驶的座位上爬了出来。驾驶员按住平衡盘好让克劳福德到后面来,在她边上系好安全带坐下。当他收起墨镜戴上双光眼镜后,她觉得又认识他了。

他看了看她的脸,再看看那份报告,又回头看脸;什么东西从他脑子里过了一下,却很快就消失了。克劳福德的脸木然无生气,否则,会显出后悔的神情来的。

"我热,你热吗?"他说,"博比,这儿妈的太热了!"他对驾驶员喊道。博比调了一下什么东西,冷空气就进来了。座舱内潮湿的空气中还凝了几片雪花,落到了史达琳的头发上。

接着是杰克·克劳福德来搜寻了,他的眼睛仿佛一个晴朗冬天的日子。

他打开案卷,翻到一张美国中东部地区的地图。发现尸体的地点地图上都已做了标记——几个点默然地散落在上面,形状弯曲仿佛一个猎户星座。

克劳福德从口袋里摸出一支钢笔,在最新的一个地点上做了个记号。这就是他们的目标。

"艾尔克河,美国79号公路下面大约六英里处。"他说,"这一个我们还算运气,尸体被一根曳钓绳绊住了——河里放了一根钓鱼线。他们认为她在水里没有那么长时间,正在把她弄到波特县城去呢。我想赶紧知道她是谁,这样我们就可以迅速去寻找绑架的见证人。一取到指纹我们将即刻通过陆上线路发回去。"克劳福德歪过头来从眼镜的下部看看史达琳。"吉米·普莱斯说你能取浮尸的指纹。"

"实际上,我从来都没有弄过一具完整的浮尸。"史达琳说,"普莱斯先生每天都收到内有人手的邮件,我只是取这些手的指纹。不过其中有大量的都是浮尸身上的手。"

那些从未在吉米·普莱斯指导下干过的人认为他是个讨人喜爱的吝啬鬼。和大多数吝啬鬼一样,他其实是个卑劣的老头。吉米·普莱斯在华盛顿实验室的潜指印科当指导,史达琳读法医学研究生期间曾服刑似的跟他学过。

"那个吉米!"克劳福德带着爱意说,"他们管那工作叫……什么来着?"

"干那工作人称'实验室的倒霉鬼',有人则更爱称作'伊戈尔[①]'——那是印在他们发给你的橡皮围裙上的字。"

"对了。"

"他们让你就假装是在解剖一只青蛙。"

"我明白了——"

"接着他们就从美国邮包服务社给你弄来一包东西。大家都在注视着——有几个去倒杯咖啡后就急急赶回来,指望你会恶心呕吐。提取浮尸指纹的活儿我可以干得很好。事实上——"

"好。现在看这个。就我们所知,他的第一个受害者是去年六月在

---

① 美国影片《弗兰肯斯泰因》中弗兰肯斯泰因医生的实验室助手,丑陋而忠实,对主人百依百顺,形同奴仆。

洛恩杰克镇以外的密苏里的黑水河里发现的。这位白梅尔姑娘据报道是两个月前的四月十五日在俄亥俄的贝尔维迪失踪的。关于此案我们提供不了很多情况——光是查明她的身份就花了我们三个月。下一个是在四月份的第三周，在芝加哥，遭绑后仅十天，就在印第安纳拉斐德商业区的沃巴什河中被发现了，因此我们可以知道她身上发生的事儿。接着是位白种女性，二十出头，被抛在I-65号公路附近的滚叉河，在肯塔基路易斯维尔南部约三十八英里的地方。她的身份一直都没有查明。还有这个瓦纳尔妇女，在印第安纳的伊文思维尔遭劫持，尸体就扔在东伊利诺伊70号州际公路下面的伊姆巴拉斯河。

"接着他移往南方，在佐治亚大马士革下面的柯纳绍格河抛下了一具，75号州际公路在它的上游。就是这位匹兹堡的基特里奇女孩儿——这是她的毕业照。他的运气好得叫人恼火——他劫持受害者时从来都没有人看见过！除了抛撒的尸体都靠近州际公路这一点之外，我们没有发现任何一致的手段。"

"假如你们沿着交通最拥挤的路线从抛尸点倒着往回搜寻，这些路线最后究竟是不是汇聚到一处？"

"不。"

"要是你……假定……他在同一次行程中既抛尸又绑架，那会是什么情况呢？"史达琳问道，小心翼翼避开那个被禁用的词"猜想"。

"他会把尸体先扔掉，以免绑下一个时太麻烦，对吗？然后，要是他在绑架时被逮住，可能就会说他是在侵犯人身而逃脱严厉的惩罚；如果他车里没有尸体，他还可以为自己辩护，一直辩到他什么事儿也没有。所以你看，从前一个抛尸点拉网似的向下一个抛尸点倒着来搜索怎么样？这方法你们试过。"

"想法是好，可他点子也不坏。如果他在一次行程中确在同时干着两件事儿，那他走的路线一定是拐七拐八的。我们曾做过电脑模拟试验,先是假设他沿州际公路往西,然后往东,接着又假设各种各样可能的组合,把我们所能想到的他抛尸和绑架的最佳日期放上去。输入电脑后出来的东西乱七八糟!电脑告诉我们他住在东部,还告诉我们他的行踪不规律,发现尸体的日期之间彼此没有任何联系。什么有用的、实质性的东西也没有。不,他已经看到我们来了,史达琳。"

"你觉得他太精了不会自杀。"

克劳福德点点头。"绝对是太精了!他现在已经找到了方法,怎样把事情故意做得看上去彼此有联系,而且他想大干一通。我不指望他会自杀。"

克劳福德从水瓶里倒了杯水递给驾驶员,给史达琳倒了一杯,自己则调了杯Alka-Seltzer。

飞机往下降的时候,她感到胃在往上翻。

"几件事要提一提,史达琳。我指望你一流的法医学知识,可我需要的不止这一点。你话不多,这没什么,我话也不多。但千万不要认为你一定要有什么新的发现才能跟我汇报,根本就不存在所谓愚蠢的问题。有些事儿你能看到,但我看不到,我想弄清楚这些事儿。也许你有一份干这个的天赋,我们忽然间得到了这个机会,就可以看看你有没有这样的天赋。"

她听他讲着,尽管胃在上翻,表情依然是全神贯注。史达琳在想,克劳福德知道要用她来办这个案子已经有多久了,在想他是如何渴望有个机会来给她的。他是领导,说起来就是领导这一套坦率直白的大话,没错儿。

"你考虑他已经考虑得够多了,你也知道他到过哪些地方,对他你已得到了一种感觉。"克劳福德接着往下说,"你甚至并不是始终都讨厌他们,虽然这令人难以置信。那么,如果你运气好,在你所了解的东西当中,有一部分会突然掉出来,试图要引起你的注意。每当有什么突如其来的想法时，都要告诉我，史达琳。

"听我说，犯罪活动就是没有官方的调查掺和也已经够搅人的了，别叫一帮警察把你给弄糊涂了。一定要用自己的眼睛。听自己的。现在起就把这桩犯罪案和你周围的活动分开来。不要企图用任何模式或平衡来强往这小子身上套。睁大眼睛，让他来暴露。

"还有一件事儿：像这样的调查仿佛是在一个动物园，分布的管区很多，有的是由蹩脚货在那儿管理着。我们得和他们处好免得他们作梗。我们正在去西弗吉尼亚的波特城。我不了解我们要去见的那些人，他们也许很好，也许认为我们是税务官员。"

驾驶员将头上的耳机拿起来，转过身来说："要最后进场着陆了，杰克。你就待在那后面吗？"

"是。"克劳福德说，"课上完了，史达琳。"

12

这儿就是波特殡仪馆,是西弗吉尼亚波特城波特街上最大的一座外框架呈白色的房子,用作兰金县的停尸间。验尸官是一位名叫阿金的家庭医生。如果他裁断说死因有疑,尸体接着将被送往邻县的克拉克斯顿地区医疗中心,那儿他们有一位受过专门训练的病理学家。

克拉丽丝·史达琳乘坐县治安部门的警察巡逻车由机场进入波特。她坐在后座,得前倾着身子往上凑近车上的囚犯隔栏,才听得见地区警察代表在向杰克·克劳福德解释这些情况。

葬礼马上就要在停尸间举行了。送葬者穿着他们地方上最好的衣服,排成纵队沿人行道往上走。路的两边是细长的黄杨木。大家聚集在台阶上,等着进停尸间去。房子和台阶刚刚油漆过,颜色各异,所以显得略有些不协调。

房子后面幽僻的停车场里有辆灵车在等着。一棵光秃秃的榆树下站着两名年轻、一名年老的代表以及两名州警察。天还不够冷,他们呼出的气没有形成汽雾。

巡逻车开进停车场时,史达琳看了看这几个人,她一下子就认出他们来了。她知道他们来自这样的家庭:家里只有两用衣橱没有壁橱,也相当清楚那衣橱里有些什么货。她知道,这些人的亲友也都是将衣服塞在服装袋里挂在活动房屋的墙上的。她知道,那位年老一点的代表是守着门廊里的一台抽水机长大的;春天里他蹚过泥泞的水走到路上去赶校车,鞋子用鞋带挂在脖子上;她父亲从前就是这么做的。她知道,他们用纸袋装着午餐到学校,纸袋因为翻来覆去地用,上面已油渍斑斑;午饭过后,纸袋再折起来塞进牛仔裤后面的口袋里。

她在想,对于他们,克劳福德又了解多少呢?

驾驶员和克劳福德下了车,开始朝殡仪馆的后面走去,这时史达琳才发现,巡逻车里面后座两边的门上都没有把手。她只好在玻璃上敲,最后是树底下的一位代表看到了,驾驶员红着脸跑回来,让她下了车。

她走过去时,代表们从旁边注视着她。一位说"小姐!",她朝他们点点头,微微一笑,淡淡的,分寸适度。她走过去,跟上后面门廊上的克劳福德。

等她走远到听不见他们说话的时候,其中一位刚结过婚的年轻代表抓了抓下巴说:"她看上去并不像她自己感觉的那样好。"

"嗨,如果她就以为自己看上去他娘的了不起,我也只好同意,我说我自己噢。"另一位年轻代表说,"我倒是愿意把她当五型防毒面具一样戴着。"

"我宁可弄只大西瓜来啃啃,只要是冷的。"年纪大一点的代表说,一半是在自言自语。

克劳福德已经在同那位主要代表谈了。那是个神情严肃的小个子男人,戴着副钢丝边眼镜,穿着双侧面带松紧带的、邮购目录上称之为"罗密欧"的靴子。

他们已经来到殡仪馆后面昏暗的走廊上。这儿有台做可口可乐的机器,马达在嗡嗡地响。靠墙放着一些零乱的杂物——一台脚踏传动缝纫机,一辆三轮车,一卷人造草坪,一顶裹在篷杆上的条形帆布晴雨遮篷。墙上是一幅圣塞西莉亚正在弹琴的深褐色乌贼墨画的印刷品。她的头发编成一圈在头上盘着；不知从何处弯下几朵玫瑰花来，碰到了琴键上。

"感谢你这么快就通知了我们，警长。"克劳福德说。

这位代表却并不吃这一套。"给你打电话的是地方检察官办公室的一个什么人。"他说，"我知道警长并没有给你打电话——珀金斯警长眼下正带着太太跟着导游在夏威夷观光呢。今天早上八点我和他通了长途电话，那时夏威夷时间是凌晨三点。他今天晚些时候回我这儿，可他跟我说，第一件工作是查一查这是不是我们当地的一个女孩儿。也有可能是外地的什么人刚刚扔到我们这儿的。我们先管这个，别的后面再干。有人曾从亚拉巴马的凤凰城将尸体一路拖到这儿，我们碰到过这样的事。"

"这方面我们可以帮助你们，警长。如果——"

"我和查尔斯顿州警察分局的局长已通过电话。他正在从犯罪调查部——大家所知道的CIS——调派官员来。他们将向我们提供所需的一切帮助。"走廊上县保安代表和州警察越来越多；太多的人在听这位代表说话。"我们会尽快来照顾大家的，向你们提供一切款待，以我们所能的任何方式跟大家合作，可是此刻——"

"警长，这一类型的性犯罪有些方面我想最好还是在我们男人之间说，你明白我的意思吗？"克劳福德说着稍稍动了动头，示意史达琳在场。他拉着这位个子较小的男人离开走廊进了一间杂乱的办公室，关上了门。史达琳被撂在那里，在乱糟糟的一大堆代表面前，她掩饰着自己的不悦。她紧紧地咬住牙，凝视着圣塞西莉亚。圣女的微笑缥缈而不可捉摸，史达琳也对她笑笑，同时隔着门偷听着里边的谈话。她听见他们嗓门很高，接着又听到一段电话的片言只语。四分钟不到，他们就出来了，回到了走廊上。

代表的嘴绷得紧紧的。"奥斯卡，到前面去叫阿金医生。他可能得参加那些仪式，但我想他们那边还没开始吧。跟他说我们接通了克拉克斯顿的电话。"

验尸官阿金医生来到了这小小的办公室。他站着，一只脚搁在椅子上，一边用"好牧人"牌扇子轻轻敲着前排牙齿，一边在电话里同克拉克斯顿那位病理学家做简要的商谈。最后，他对一切都没有异议。

就这样，在这座白色构架的房子里，在这间尸体防腐处理室内，克拉丽丝·史达琳和野牛比尔犯罪的直接证据第一次相遇了。房间的墙纸上是洋蔷薇的图案，高高的天花板下面是一幅发霉的绘画。

亮绿色的运尸袋拉链紧拉着，这是房间里唯一一件现代的东西，搁在一张老式的瓷制尸体防腐处理工作台上，重重叠叠映照在贮藏橱的一块块框格玻璃中。橱内存放着套管针和一袋袋已变得硬如岩石的体腔液。

克劳福德上车里去拿指纹传送器，史达琳则在靠墙一只大的双洗水槽的滴水板上开箱取她的器械。

房间里的人太多了。好几名其他代表，还有那位代表，都跟了进来和他们在一起，而且还没有要离开的意思。这可不行。克劳福德怎么不过来把他们都弄走呢？

医生打开那台又大又灰的风扇，一阵风直吹得墙纸朝里翻鼓。

克拉丽丝·史达琳站在洗槽那儿。此时她需要一种勇气，一种比海军陆战队学员任何跳伞训练更需敏捷反应更强有力的勇气的样板。这么一幅情景出现在她的眼前，给了她帮助，却同时也刺痛了她的心：

她的妈妈，站在洗槽那儿，放着冷水正在冲洗她爸爸帽子里的血，一边冲着一边说："我们会好的，克拉丽丝。叫你弟弟妹妹去洗洗手洗洗脸上桌子这儿来，我们要谈一谈，然后就准备吃晚饭。"

史达琳摘下围巾，像山里的助产婆一样将它扎在头发上。她从箱子里取出一双外科手术用的手套。当她在波特第一次开口说话时，声音中的土音比平常更重,很有力度,令克劳福德都站在门口来听。"先生们!先生们!诸位官员诸位先生!请听我这儿稍微说几句话。请听一下。现在让我来对她进行处理。"她一边戴手套,一边将手伸到他们面前,"我们需要对她进行处理。你们这么老远地把她弄到了这儿,我知道她家人只要有机会一定会感谢你们的。现在还请大家先出去,由我来对她进行处理。"

克劳福德见他们突然变得安静而有礼貌,彼此低声催促着往外走:"走吧,杰斯,我们上院子里去。"而且克劳福德也发现,在死者面前这个地方气氛也变了:不管这被害者来自何处,也不管她究竟是何人,既然河水将她带到了这个地区,看她无助地在这个地区的这间屋子里躺着,克拉丽丝·史达琳就觉得同她之间有一种特殊的关系。克劳福德发现,在这一个地方,史达琳继承了这样一些人的传统和品格:她们是老奶奶一般的妇女,是智慧的妇女,是能用药草给人治病的人,是总能处理一切需要处理的坚强的乡下女人,是她们为乡下的死者守灵,又是她们,守灵之后再为死者梳洗、穿衣。

接下来,房间里同被害者在一起的就只有克劳福德、史达琳和那位医生了。阿金医生和史达琳彼此看了看,仿佛有几分认识似的。他们俩都感到奇异的欣喜,奇异的困窘不安。

克劳福德从口袋里掏出一瓶维克斯擦剂并传给了另外两位。史达琳注意地看它作什么用,当看到克劳福德和医生都将它涂抹到鼻孔边上时,她也跟着做了。

她伸手从放在滴水板上的器具包里将照相机摸了出来。她背向着房间。她听到背后那运尸袋的拉链在往下拉去。

史达琳对着墙上的洋蔷薇眨了眨眼,吸口气又吐出来。她转过身,朝台上的尸体看去。

"他们应该用纸袋把她的两只手套起来的。"她说,"我们弄完之后我来套。"史达琳小心谨慎地用手控档操作着她那台自动相机,对裸露的尸体进行夹叉射击似的拍摄。

被害者是位臀部肥大的年轻女人,史达琳用皮尺量得她的身长为六十七英寸。没有皮的地方已经被水泡得发灰,所幸水是冷的,而且她显然在水中也没有几天。尸体的皮就从乳房以下的一条线那儿被整齐干净地一直剥到双膝,那大约是斗牛士的裤子和腰带要遮护的部分。

她的乳房小,双乳间胸骨之上有明显的死因——边缘毛糙参差不齐的一个星形伤口,宽度有一只手大小。

她圆圆的头从眉毛以上被剥到颅骨,从耳朵剥到后颈。

"莱克特医生说了他会剥人头皮的。"史达琳说。

她拍照时克劳福德双臂交叉着站着,他只说了句"用宝丽来拍她的耳朵"。

他一边绕着尸体走,一边竟噘起了嘴。史达琳剥下一只手套,一根手指顺着尸体的腿往上摸到了小腿肚。一段曳钓绳和三叉鱼钩依然缠绕在这腿的下半部,就是这绳和钩在流水中缠上并拦住了尸体。

"你看见了些什么,史达琳?"

"呃,她不是本地人——她的两耳各扎了三个环孔,还搽亮闪闪的指甲油,我看像城里人。两条腿上新长出了可能有两周左右的毛。这毛长得多软看到了吗?我想她是用热蜡除腿毛的,还有腋毛。瞧她是如何将上嘴唇上的茸毛褪色的。她照顾自己相当细心,但已经有一段时间没能照顾自己了。"

"那伤口呢?"

"我不知道。"史达琳说,"我本来想说那是致命的一个枪伤,可那看上去像一圈磨损的衣领,那边顶部又是一个枪口的印子。"

"很好,史达琳。胸骨之上那是个接触性射入伤口。子弹炸裂时的气流在皮和骨中间膨胀,就在枪眼周围炸出了那个星形。"

在墙的另一边,葬礼正在殡仪馆的前部举行,呼哧呼哧响着的是一架管风琴。

"死得冤枉。"阿金医生点点头发议论道,"我得上那里去,这葬礼我至少得参加一会。那家人一直希望我能送送这最后一程。拉玛一奏完这祭奠的音乐就会上这儿来帮你们忙的。我相信你的话,你会为克拉克斯顿的病理学家保护证据的,克劳福德先生。"

"她左手这儿有两片指甲被折断了。"医生走后史达琳说,"它们被往回扳,断在了指甲根,别的几个指甲看上去像有脏物或什么硬的碎片挤压在里头。要取证吗?"

"取点砂粒作样本,再取几片指甲油屑。"克劳福德说,"得到结果后我们就知道它们是什么了。"

拉玛,瘦瘦的,是殡仪馆里的一名帮工,史达琳正在做这些事的时候,他喷着威士忌酒的香气进来了。"你肯定干过一段时间修指甲工吧?"他说。

看到这年轻女人手掌里没有指甲痕他们很高兴——表明她和别的人一样,死之前没有遭受其他罪。

"要不要让她脸朝下给你取指纹,史达琳?"克劳福德说。

"那样做是要容易些。"

"先拍牙齿吧,然后拉玛可以帮我们将她翻个身。"

"就要照片,还是要做成图表?"史达琳将牙科用的一套元件安到了拍指纹的相机的前部,暗暗松了口气,庆幸所有的部件都在包里。

"就要照片。"克劳福德说,"不看X光片,图表会让我们做出错误的结论。有照片我们就可以将几名失踪的女人先排除。"

拉玛对他那双演奏风琴的手十分小心。他掰开年轻女人的嘴使之向着史达琳一方,又将她的双唇朝里收卷,好让史达琳用那台一次成像的宝丽来相机贴住脸部拍取前排牙齿的细部。这一部分倒不难,可她还得用一面腭反光镜照着拍白齿,要从侧面看光是否穿过内颊,镜头周围的闪光灯一闪,能保证照到口腔里边。这种拍法她只在一堂法医学课上见到过。

史达琳注意看着宝丽来拍出的第一张白齿照慢慢显影。她调了调亮度控制后又试了一张。这张好些。这张好极了!

"她喉咙里有个什么东西!"史达琳说。

克劳福德看了看照片,上面显示,就在软腭的后面有个黑乎乎的圆柱状物体。"把手电给我。"

"尸体从水里捞出来时,许多时候嘴巴里会有些像树叶一类的东西。"拉玛说,一边帮着克劳福德在看。

史达琳从她包里取出一把镊子来。她朝尸体对面的克劳福德看看。他点了点头。只消一秒钟,她就把东西夹了出来。

"是什么?一种什么豆荚?"克劳福德说。

"不,先生,那是个虫子的茧。"拉玛说。他说对了。

史达琳把它装进了一只瓶子。

"不妨让县里的农业顾问来看看。"拉玛说。

尸体的脸朝下后,提取指纹来很容易。史达琳曾做好了最坏的准备——可是那些需要细心从事的注射方法,或是护指套,一样也没用得着。她在薄薄的卡片垫上提取指纹,卡片垫用形状如鞋拔子一样的一个装置固定住。她又提取了一对脚印,以防万一他们只有医院里婴儿时的脚印做参考。

双肩高耸之处的两块皮不见了,留下两个三角形。史达琳拍了照。

"再量量大小。"克劳福德说,"他在剪开那个艾克伦女孩的衣服时,把她人也剪伤了,不过是一点点碰伤,可当他们在路边找到她的衬衣时,发现衬衣上背部一个口子与这剪伤的口子相一致。这可是个新情况,我还没见到过。"

"她的小腿肚后面看上去像是有块烧伤。"史达琳说。

"老年人身上那样的东西很多。"拉玛说。

"什么?"克劳福德说。

"我—说—老—年—人—身—上—那—样—的—东—西—很—多。"

"我刚刚听得很清楚,我是想要你解释一下,老年人怎么啦?"

"老年人过世时身上盖着个热垫,即使并没有那么烫,可人死后还是给烫伤了。人死时只要身上有块电热垫就要被烫伤的,底下没有循环了嘛。"

"我们请克拉克斯顿的病理学家验证一下,看看是不是死后弄出来的。"克劳福德对史达琳说。

"汽车消音器,很有可能。"拉玛说。

"什么?"

"汽—车—消—音——汽车消音器。一次比利·皮特里被人开枪打死,他们把他扔在了他汽车后面的行李箱里。他老婆开着车四处找了他两三天。人家把他弄到这里时,汽车行李箱下面的消音器发热了,烫得他就像那样子,不过烫在臀部就是了。"拉玛说,"我是不能把食品杂货放汽车行李箱的,它会融化冰淇淋。"

"那主意好,拉玛,我倒希望你能为我工作。"克劳福德说,"在河里发现她的那些个伙计你认识吗?"

"是加博·富兰克林和他的兄弟布巴。"

"他们是干什么的?"

"在友爱互助会打架,寻人家开心,即使人家并没惹他们——有人整天看那些刚刚失去亲人的人,看得都疲了,稍微喝了点酒就来到这友爱互助会,然后就是'坐下,拉玛,弹《菲律宾孩子》'。老是让人在那架破旧的酒吧钢琴上翻来覆去地弹《菲律宾孩子》,加博就爱干这事儿。

'哎,你不知道词儿就他妈的造几句嘛,'他说,'这次你他妈的给它弄点韵出来。'他从老会员那儿弄了张支票,圣诞节前后上退伍军人管理局医院戒酒去了。我等他上这验尸台已等了十五年。"

"鱼钩扎出的洞我们要做血清试验。"克劳福德说,"我给病理学家写个便条。"

"那些鱼钩相互挨得太近了。"拉玛说。

"你说什么?"

"富兰克林兄弟把曳钓绳上那些鱼钩搞得太靠近了,这是犯规的,可能就因为这原因他们一直到今天早上才报了警。"

"警长说他们是打鸭子的。"

"我就料到他们会对他那样说。"拉玛说,"他们会告诉你,一次职业摔跤比赛中他们还和卫星门罗分在一个车轮战小组,同檀香山的基姆卡公爵摔跤了呢!要是你愿意,这话你也可以相信。抓起一只装石首鱼的大袋,他们还会带你去打鹬呢,如果你喜欢鹬的话。还会连带给你一玻璃杯的弹子。"

"你认为情况是什么样的呢,拉玛?"

"这富兰克林兄弟是在控制着这曳钓绳,是他们这根曳钓绳上这些非法安上的钩子,他们将绳子拉起来看看是否捕到了鱼。"

"你为什么这么看?"

"这位女士还没到会浮上水面的时候。"

"是的。"

"那么,要是他们没有在拉曳钓绳的话,永远也发现不了她。他们可能是害怕地走开,最后才喊人来。我希望你们请渔猎法执法官来瞧瞧这事儿。"

"我也希望这样。"克劳福德说。

"许多时候他们都是弄一部曲柄手摇电话机放在他们那兰姆查杰

牌车的座位后头,就是不用进监狱的话,那可也是一大笔罚款啊!"

克劳福德不解地竖起了眉毛。

"电鱼用的。"史达琳说,"将电线垂入水中,一摇曲柄,电流就将鱼击昏,鱼浮上水面,只管舀就得。"

"对。"拉玛说,"你是附近这儿的人吗?"

"许多地方的人都这么干。"史达琳说。

在他们将运尸袋的拉链拉上之前,史达琳觉得很想要说点什么,做个手势,或者许下某种承诺。最后,她只摇了摇头,忙着将那些样本收拾好装进了箱子。

和尸体在一起是一回事,不在一起又是另外一回事。这一刻放松下来了,刚才所做的一切又回到了她的脑际。史达琳剥下手套,打开洗槽的水龙头。她背对着房间,让水在手腕上冲洗。水管中的水并不那么凉。拉玛边看她边出房间到了走廊上。他从做可乐的机器那儿弄了一听冰凉的苏打水回来,没有打开,送到了她面前。

"不,谢谢。"史达琳说,"我不想喝。"

"不是的,把它放在你脖子底下,"拉玛说,"再放到后脑勺那块小小的隆起的地方。冷东西会让你觉得好受些,我就是这样。"

等史达琳隔着拉好拉链的运尸袋把要给病理学家的备忘录扎好时,办公桌上克劳福德的指纹传送器已在发出喀嚓喀嚓的响声。

作案后被害者这么快就被发现真是运气。克劳福德下决心很快查明她的身份,并开始在她家周围查寻绑架的见证人。他的做法给大家都带来了不少麻烦,可是会很快奏效。

克劳福德带的是一台利顿牌警用指纹传真机。和联邦调查局配发的传真机不同,这台警用传真机与大部分大城市的警方系统是兼容的。史达琳汇集到一起的指纹卡几乎还没有干。

"装上去,史达琳,你手指灵巧。"

他意思其实是：别弄脏了。史达琳没有弄脏。将混成的卡片胶合到一起卷到那小小的卷筒上去很是不易。全国这时有六家通讯室在等待着。

克劳福德将电话打到联邦调查局的电话交换台以及华盛顿的通讯室。"多萝西，大家都在吗？好的，先生们，往下调到一百二，要让线条很分明清晰——各位查一查，是不是一百二？亚特兰大，怎么样？好，给我图像频道……现在就给。"

接着，为保证清晰度，传真机以低速度慢慢转动，将这名死去妇女的指纹同时传送到联邦调查局以及东部几个主要警察部门的通讯室。如果芝加哥、底特律、亚特兰大或其他城市中的任何一个有与这指纹相吻合的，几分钟之内就将展开搜寻。

克劳福德随后又将被害者牙齿及脸部的照片传了出去；史达琳用毛巾把死者的头部裹好，以防街头小报又把这些照片搞到手。

他们正要离去，从查尔斯顿来了三位西弗吉尼亚州犯罪调查部的官员。克劳福德一边同许多人握了手，一边将印有全国犯罪情报中心热线电话号码的卡片发给大家。见他这么快就让这些人进入一种男性情谊的模式，史达琳觉得很有趣。他们只要一得到点情况就肯定会打电话的，肯定会。你可以打赌，也多谢他们了。她判断可能也不一定是男性情谊；在她身上也起作用嘛。

克劳福德和史达琳随那位代表驾车前往艾尔克河时，拉玛在门廊上朝他们挥了挥手指。那听可乐还相当冷，拉玛把它拿进物料间去，同时给自己准备了一杯清凉的饮料。

13

"让我在实验室那儿下车,杰夫。"克劳福德对司机说,"之后我要你在史密森博物馆等着史达琳警官,她从那里再回昆蒂科。"

"是,先生。"

他们正逆着晚餐后的人流车辆,经过波托马克河,由国家机场进入华盛顿市中心。

史达琳想,这开车的年轻人是敬畏克劳福德,所以开起车来过于小心。她没有责怪他;克劳福德麾下曾经有位探警,有一回将事情整个儿办得一团糟,现如今到设在北极圈的远程预警线那儿调查小偷小摸一类的事去了,这后果在学院已人尽皆知。

克劳福德情绪不好。自从他将被害者的指纹及照片传送出去到现在,九个小时过去了,她的身份依旧不明。他和史达琳还有西弗吉尼亚州警一道,在桥及河岸一带干到天黑也没有个结果。

史达琳还听到他在飞机上打电话,安排一名护士晚上到他家去。

下了"蓝色独木舟"坐进这普普通通的联邦调查局轿车后,气氛似乎出奇地安静,谈话也较容易了。

"把你提取的指纹送到情报处后,我就要通知热线及隐性特征索引科。"克劳福德说,"你给我草拟一份东西夹入档案。夹页就行,不是

302那种——知道怎么做吗?"

"知道。"

"比方说我就是那索引科,跟我说说有什么新情况。"

只一会儿工夫她就将材料聚了起来——她很高兴克劳福德在他们经过杰弗逊纪念碑时,似乎对那上面的脚手架感兴趣。

隐性特征索引科在身份鉴定组的电脑上,将正在受调查的犯罪活动的特征,与档案上犯罪分子已知的一些癖性进行对照,当发现有明显的相似点时,电脑就会提出意见说谁是犯罪嫌疑人并提供其指纹。接着,再由人工操作将档案中的指纹与犯罪现场发现的潜指纹作比较。野牛比尔的指纹还没有取到,可是克劳福德想先做好准备。

这个系统要求陈述简洁明了。史达琳力图写出几句这样的话来。

"白种女性,十八九岁或二十出头,枪杀,下躯干及大腿遭剥皮——"

"史达琳,他杀害年轻的白种女人,剥她们躯干上的皮,这些索引科都已经知道了——附带提一下,'剥皮'用'skinned','flayed'一词不常见,别的警官可能不用,而且你也摸不准那该死的玩意儿是否能识别出同义词。电脑已经知道他将尸体抛入河中。它不知道你这儿有什么新情况。这儿有什么新情况没有,史达琳?"

"这是第六个被害者,第一个头皮被剥,第一个双肩后部被去了两块三角形皮,第一个胸部遭枪击,第一个喉咙里有虫茧。"

"你忘了还有扳断的指甲。"

"不,长官,指甲被扳断她是第二个了。"

"你说得对。听着,在你给档案补充的夹页中,注意虫茧一事属机密,我们可以用它来排除假供。"

"我在想这事儿他是否以前也干过——放个茧或者昆虫。"史达琳说,"验尸时是很容易疏忽过去的,尤其是验浮尸。你知道,医务检查人员只看到明显的死因,那边气候又热,他们想看完就了事……这一点我们能否回头再查一查?"

"一定要查也可以。你可以料定病理学家们会说他们什么也没有疏忽,这也是自然的。辛辛那提那个女孩还在那冷冻室放着,我让他们去看一看,可其余四位都入土了。下令掘尸会惊扰大家。我们就曾掘过四个病人,他们是在找莱克特医生看病期间死去的,为了查明死因,只好掘尸。我告诉你,这事儿很麻烦,搞得她们的亲友很痛苦。假如一定得挖,我可以下令,但我们还是先看看你到史密森博物馆后能查出什么结果吧,然后我再做决定。"

"剥头皮……也真罕见,不是吗?"

"是的,不多见。"克劳福德说。

"但莱克特医生说过野牛比尔会剥人头皮的。他怎么会知道的呢?"

"他不知道。"

"可他是这样说的。"

"这并不是大惊小怪的事,史达琳。我当时看到了也没有觉得惊讶。我本来也该说这种事是罕见的,可后来出了个蒙格尔案,还记得那案子吗?那女的被剥了头皮?这之后又有两三个人一味模仿。报纸呢,只要搞到贴有野牛比尔标签的消息,就不止一次地强调说,这名凶手不取人头皮。后来的事儿就不奇怪了——他很可能依着报纸宣传的样子去做。莱克特是在猜测。他没有说事情什么时候会发生,所以他永远也不会错。如果我们逮住了比尔而他并没有剥人头皮,莱克特又可以说,我们刚好在他要剥之前将他拿获了。"

"莱克特医生还说野牛比尔住在一栋两层楼的房子里。这个我们一直还没有查,你觉得他为什么这么说呢?"

"这倒不是猜了。他很可能是对的,而且他还可以告诉你为什么。

不过他想以此来戏弄你一下。这是我在他身上看到的唯一的弱点——他必须让人觉得他聪明,比任何人都聪明。他这么做已经有好几年了。"

"你说过不明白就问——呃,这点我得请你解释一下了。"

"好的。被害者中有两个是被吊死的,对吧?绳索印子高高的,颈部脱位,绝对是吊死的。莱克特医生从自身的经验知道,史达琳,一个人要违背另一个人的意愿强行将其吊死是很难的。人们在球形门把手上就能吊死,那是他们自己要上吊,这很简单,往下一坐就行,但要吊死别人就难了——即使他们被捆绑着,只要脚能碰到什么帮一下,就会想办法将脚够到上面去。梯子很吓人,受害者不会盲目地就往上爬,要是看到套索就肯定不会爬了。要想做就是在上楼梯时。楼梯是常见的,告诉她们你带她们上楼用洗手间,随便说什么吧;拿块罩巾蒙住她们的脸往上走,迅速将套索套住头,然后猛地一脚将其从最上面的一级楼梯踢下;那绳索一端是系在楼梯顶部平台的护栏上的。这是在室内唯一的一个好办法。加州一小子都将这做法普及推广了。比尔要是没有楼梯,他就要用别的办法来杀死她们。现在你把那些名字给我,波特那位主要代表,还有州警那家伙,那位高级官员。"

史达琳在她的笔记本里找到他们的名字,用牙齿咬着一支笔形手电照着,将名字念了出来。

"很好!"克劳福德说,"你和热线联络时,史达琳,每次都直呼警察的名字,这会让他们觉得光荣。他们听到自己的名字,对热线就会变得更加友好,荣誉感有助于他们记得一有情况就给我们打电话。她腿上那处烫伤在你看来表明了什么?"

"这要看是不是死后造成的。"

"要是呢?"

"那他就有一辆可以封闭的卡车或厢式运货车或客货两用轿车,某种长长的车子。"

"为什么?"

"因为她小腿肚的后部都被烫伤了。"

他们来到联邦调查局新的总部前的第十号大街和宾夕法尼亚大街;还没有人称这楼为J.埃德加·胡佛楼。

"杰夫,你就让我在这儿下车。"克劳福德说,"就这儿,别往里开了。待在车里,杰夫,只要把行李箱打开就行。过来说给我听听,史达琳。"

她和克劳福德一起下了车。他从行李间取回自己的数据传真机和公文包。

"他将尸体拖进大小够让它伸直仰躺的什么东西里。"史达琳说,"她小腿肚的后部要能平放在排气管上面的地板上,这是唯一的办法。在像这样的汽车行李箱里,只有把她的身体蜷曲侧放才行,所以——"

"是,我就是这么看的。"克劳福德说。

她这时才意识到,让她下车来是为了能同她私下说话。

"我当初跟那位代表说我和他不应当着女人的面交谈,那么说把你给激怒了,是不是?"

"当然啦。"

"那只是放个烟幕,我是想和他单独接触一下。"

"这我知道。"

"行了。"克劳福德砰地一下关上行李箱,转身离去。

史达琳还不能就此罢休。

"那可是事关紧要的,克劳福德先生。"

他又转过身向她走来,手里东西满满的,又是传真机,又是公文包。他全神贯注地等她说。

"那些警察知道你是谁。"她说,"他们是看你行事的。"她站着不动,耸耸双肩,摊摊双手。情况就是这样,没错。

克劳福德掂量了一下,还是他那冷冷的样子。

"提醒得很及时,史达琳。现在动手去查那只虫子吧。"

"是,长官。"

她注视着他走开去。一个中年人,身上压着满满的案子;飞来飞去弄得边幅不整;在河堤办案搞得袖口上全是泥;这时正回家去,回家去做他原本在做的一切。

为了他,这时就是把命搭上她也愿意。克劳福德了不起的本事就在这里。

14

史密森国家自然历史博物馆关门已经有好几个小时了,但克劳福德事先已打过电话,所以有一名保安在等着,让克拉丽丝·史达琳从宪法大街的入口处进了门。

关闭的博物馆内灯光昏暗,空气沉寂。只有面对着入口处的一尊南太平洋岛上的巨型酋长塑像,脸上被高挂在天花板上的微弱的顶灯照亮着。

领史达琳进去的是位大个子黑人,穿着一身史密森国家自然历史博物馆保安人员整洁的装束。他抬起脸看电梯灯时,她觉得这人跟那酋长长得相像。她走了一下神,恍惚之中感到片刻的轻松,仿佛痉挛处得到了按摩一般。

在被做成标本的大象上面的第二层,楼面巨大,不对公众开放,人类学部和昆虫学部共同设在这里。人类学家说这儿是四楼,昆虫学家认为是三楼,农业部有几位科学家则说他们有证据证明这是六楼。这老楼有那么多扩建部分与分支机构,所以也就各说各有理。

史达琳随保安进入迷宫一般昏暗的走廊,靠墙高高堆放着一木箱一木箱的人类学标本,只有那小小的标签表明其中装的是些什么东西。

"这些箱子里可是成千上万的人哪!"保安说,"四万个标本。"

他用手电照着寻找办公室的号码,一边往前走,一边将手电光照着那些标签。

陈列迪雅克人背婴儿的布兜以及迪雅克人用于庆典场合的头骨让位给了蚜虫,他们因此离开人类学部,来到了时代更久远、更有秩序的昆虫世界。这儿,漆成灰绿色的金属箱子成了走廊的墙。

"三千万只昆虫——蜘蛛还不算在内。别把蜘蛛和昆虫混为一谈。"保安忠告说,"搞蜘蛛的人会因此冲你直跳脚的。那边,亮着灯的那间办公室。别自己出来。要是他们不说带你下去,给我打这个分机号码,这是保安室。我会来接你的。"他给她一张卡片后就走了。

她来到了昆虫学部的中心。一座圆形大厅陈列室,下面是一个被做成标本的大象。亮着灯的办公室就在那边。门开着。

"走啊,皮尔奇!"是一个男人的声音,兴奋地在尖叫,"我们走这儿。走啊!"

史达琳在门口停了下来。两个男人坐在实验室的一张桌子边正在下棋。两人都三十岁上下,一个黑头发瘦个子,另一个胖乎乎红卷毛。他们的全部心思似乎都在棋盘上。是否注意到了史达琳,他们没有表示。是否注意到了那身躯庞大的独角仙正穿行于棋子中间慢慢爬过棋盘去,他们也没有表示。

接着就是这独角仙爬过棋盘的边缘去了。

"走啊,罗顿!"瘦个子即刻说。

胖子动了他的象,立刻将独角仙掉头,让它开始朝另一个方向再吃力地爬回。

"如果独角仙只抄近路不绕弯,那时是不是就可以结束了呢?"史达琳问。

"那当然是结束了。"胖子大声说道,头都没抬,"那当然是结束了。你怎么玩？你是叫它爬完整个棋盘吗？你跟谁玩，树懒吗？"

"特工克劳福德打电话交代的标本在我这儿。"

"不能想象我们怎么没有听见警笛声！"胖子说，"我们一晚上都在这儿等着给联邦调查局鉴定一只虫子。我们只搞虫子，没有人说到什么特工克劳福德的标本。他的标本他应该私下里给他的家庭医生看。走啊，皮尔奇！"

"你们要例行的一整套公事我愿意换个时间来请教，"史达琳说，"可这事儿紧急，所以我们还是现在就做吧。走啊，皮尔奇！"

黑头发的那位扭过头来看看她，见她拿着个公文包斜靠在门框上。他把独角仙放到箱子里的一根烂木头上，再用生菜叶盖好。

他站起来以后个子还是蛮高的。

"我叫诺伯尔·皮尔切①。"他说，"这位是艾伯特·罗顿。你要鉴定一只昆虫？我们乐意为你效劳。"皮尔切有一张长长的和善的脸，可他的黑眼睛却有点像巫师的眼，两只长得也太靠在一起，其中一只还有点斜视，会单独去捕捉光线。他没有主动要握手。"你是……"

"克拉丽丝·史达琳。"

"我们看看你的东西。"

皮尔切拿起小瓶子对着灯光看。

罗顿也过来看。"哪儿发现的？是你用枪打死的吗？它的妈咪你见着了吗？"

史达琳想到，要是用胳膊肘在罗顿下巴的铰合部猛地给他来一下，对他肯定有好处。

"嘘——"皮尔切说，"告诉我们你这是在哪儿发现的？它是不是附在什么东西上——嫩树枝啦或者叶子上——还是在土壤里？"

"我知道了，"史达琳说，"还没有人跟你们说起过。"

---

① 皮尔切（Pilcher），同伴艾伯特·罗顿喜欢叫他"皮尔奇"（Pilch）。

"主任请我们晚上等着不要睡觉,给联邦调查局鉴定一只虫子。"皮尔切说。

"是命令我们。"罗顿说,"命令我们晚上等着不要睡觉。"

"我们一直都在为海关和农业部做鉴定。"皮尔切说。

"可也不是在深更半夜。"罗顿说。

"我需要告诉你们牵涉到一桩犯罪案的几件事儿。"史达琳说,"只有你们保守秘密直到破案我才可以对你们说。这很重要,意味着几条人命,而我也不光是说说而已。罗顿博士,你能不能郑重地跟我说你会保守机密?"

"我不是博士。还得要我签什么保证吗?"

"你言而有信就用不着。这标本如果你们要留下倒是得签,就这样。"

"我当然会帮你的啦。我并不是不关心。"

"皮尔切博士?"

"是真的。"皮尔切说,"他并不是不关心。"

"保密?"

"我不会说。"

"皮尔奇也还不是博士呢。"罗顿说,"我俩是同等教育程度。可你注意他是怎样由你去那么喊他的。"罗顿将食指的指头放在下巴上,仿佛是去指他那审慎而有远见的表情。"把一切详细的情况全都告诉我们。在你看来也许是无关的东西,对专家可能就是至关重要的信息。"

"这只昆虫被发现时是卡在一名凶杀案被害人的软腭后头的。我不知道它怎么跑那里头去了。她的尸体在西弗吉尼亚的艾尔克河中,死了没有几天。"

"是野牛比尔干的,我在收音机里听到了。"罗顿说。

"你在收音机里没听到关于这昆虫的事吧?"史达琳说。

"没有。但他们说到了艾尔克河——你今天就是从那儿来的吗？就因为这才来这么迟？"

"是的。"史达琳说。

"你一定累了，要点咖啡吗？"罗顿说。

"不要，谢谢。"

"水呢？"

"不要。"

"可乐？"

"我不想喝。我们想知道这个女人是在哪儿被劫哪儿被杀的。我们指望这虫子有个什么特别的栖息地，或者限于某个生长区，你们知道，或是只睡在某种树上——我们想知道这昆虫是从哪儿来的。我请你们保密是因为——假如犯罪人是有意将昆虫放那儿的——那么，这一事实就只有他知道，我们也就可以利用这事实来排除假供从而节省时间。他至少已杀了六个人了，我们的时间快耗完了。"

"你觉得此时此刻我们在这儿看这虫子，他那儿会不会又扣着个别的女人呢？"罗顿盯着她的脸问。他双眼瞪得大大的，嘴巴张着。她看得见他嘴里的东西，一瞬间脑子里闪过了一点别的东西。

"我不知道！"嗓音听起来带点儿尖叫声，"我不知道。"她又说一遍，以便听起来不那么刺耳。"一有可能他会再干的。"

"这么说我们要尽快动手。"皮尔切说，"别担心，干这个我们是行家，你不可能找到比我们更好的好手。"他用一把细镊子将那褐色的东西从瓶子里取了出来，放到灯底下的一张白纸上，然后摆动一把放大镜在上面照它的一条前臂。

这只昆虫长长的，形状像一具木乃伊。它包裹在一个半透明的外壳里，轮廓外形大致像一具石棺。肢、尾等附属器官紧紧地裹贴在体上，像是刻出的浅浮雕。那小小的脸看上去很聪慧。

"首先,这东西一般说来不寄生于户外的尸体上,而且除非偶然也不会到水里去。"皮尔切说,"我不知道你对昆虫熟悉的程度如何,也不知道你想了解到什么地步。"

"就假设我一无所知。我想请你把整个情况都告诉我。"

"好。这是一个蛹,一只正在转化的还没有发育完全的昆虫——那茧包裹着它,它就在其中由幼体变成成体。"皮尔切说。

"是被蛹吗,皮尔奇?"罗顿皱皱鼻子将眼镜往上动了动。

"是,我想是的。要不要从书架上把朱氏关于未成年昆虫的书拿下来看看?行,这是一只大昆虫,还处在蛹的阶段。比较高级一点的昆虫大多数都有蛹这么一个阶段。有不少就是以这样的方式度过冬天的。"

"查书还是查看,皮尔奇?"罗顿说。

"我要查看。"皮尔切将标本挪到显微镜镜台上,手里拿了根牙医用的探针,俯身向下对着显微镜,"我们开始查啦:头背区没有明显的呼吸器官,中胸及腹部几处有气门,咱们就从这儿开始。"

"嗯哼。"罗顿一边说一边翻着一本小册子的书页。"是功能性上颚?"

"不。"

"腹部正中下颚的一对外颚叶?"

"对,对。"

"触角在哪儿?"

"邻近翅缘正中。有两对翅膀,下边的一对被完全遮盖住了,只有底下腹部三节可以自由活动。小而尖的臀棘——我说是鳞翅目昆虫。"

"这儿就是这么说的。"罗顿说。

"这个科包括蝴蝶和飞蛾,覆盖的区域很广。"皮尔切说。

"翅膀要是受过浸泡就费事了。我去拿参考书来。"罗顿说,"我估计我走开后是没办法不让你们对我说三道四的。"

"我估计不会。"皮尔切说,"罗顿人还是不错的。"罗顿一离开房间,皮尔切就对史达琳说。

"我相信他一定是不错的。"

"你现在是相信了。"皮尔切似乎乐了,"我们一起上的大学本科,同时拼命干,竭力争取获得任何形式的研究生奖学金。他得到了一笔,可是得下一口矿井坐着等质子放射性衰变。他是在黑暗中待的时间太长了,人还是不错的,你只要不提到质子衰变的事。"

"我会尽量绕开这话题的。"

皮尔切从明亮的灯光下转过身来。"鳞翅目昆虫是很大的一个科,可能有三万种蝴蝶十三万种蛾子。我想把蛹从虫茧里取出来——要想逐渐缩小范围我必须得这么做。"

"好吧。你能使它完好无损吗?"

"我想可以。瞧,这只虫死之前曾借助自身的力量想破壳出来。就在这儿,它已经在虫茧上弄出一道不规则的裂口来了。这可能要花上一点工夫呢。"

皮尔切将壳子上那道自然的裂口抹开,小心缓慢地取出了昆虫。那一坨翅膀被水浸泡过,要将它们摊展开来犹如摊展一团潮湿的擦脸纸巾。看不出来是什么花纹图案。

罗顿拿着书回来了。

"准备好了吗?"皮尔切说,"哦,前胸股节被遮住了。"

"上唇的侧突呢?"

"没有上唇侧突。"皮尔切说,"请你把灯关掉好吗,史达琳警官?"

她等皮尔切的笔形手电亮了之后,才关掉了墙上的开关。他从桌旁退后一点站着,打着手电照那标本。昆虫的眼睛在黑暗中闪着光,映照出那条细细的光束。

"像小猫头鹰的眼。"罗顿说。

"很有可能,可是哪一种呢?"皮尔切说,"请帮我们开一下灯。这是一只夜蛾,史达琳警官——夜蛾。夜蛾有多少种,罗顿?"

"二千六百……有描述的大概是二千六百种。"

"像这么大的可不多。好,你来瞧瞧,我的伙计。"

罗顿那长着红卷毛的头盖住了显微镜。

"现在我们得去查毛序了——仔细检查一下这昆虫的皮肤,慢慢将范围缩小到一个种类。"皮尔切说,"这罗顿最拿手了。"

史达琳感觉到,这屋子里已流动着一种亲切友好的气氛。

罗顿和皮尔切就这标本的幼虫期疣突是否排列成圆圈状展开了激烈的争论。这样的争论还一直延续到毛发在腹部的排列问题上。

"一种埃里伯斯·奥多拉夜蛾。"罗顿最后说。

"我们去查。"皮尔切说。

他们拿着标本,乘电梯下到被制成标本的大象上面的一层,回到了那堆满灰绿色箱子的巨大的方院。原先这一座大厅已被隔板分隔成上下两层,以便为史密森博物馆收藏昆虫提供更多的空间。他们现已来到新热带区昆虫部,正向夜蛾部走去。皮尔切查了一下他的笔记本,在靠墙的一大堆中一只高及胸部的箱子前停了下来。

"弄这些东西得小心。"他说,一边将那沉沉的金属门从箱子上推落下来搁到地上。"砸着一只脚你几个星期都得蹦啊蹦的。"

他用一根手指在一层层的抽屉上很快地往下滑,选定一只向后拉了出来。

史达琳看到盘子里是保护着的很小很小的卵,毛虫泡在一管酒精里,一只茧已从标本上剥开,那标本与她的很相似,还有就是只成虫——一只暗褐色的大蛾子,翅展差不多有六英寸,毛茸茸的身体,细细长长的触角。

"一种埃里伯斯·奥多拉夜蛾。"皮尔切说,"黑巫蛾。"

罗顿已经在翻书了。"'热带物种,秋季有时会游散加拿大。'"他念道,"'幼虫吃洋槐、猫瓣爪等类似植物。产于西印度群岛和美国南部,在夏威夷被认为是害虫。'"

操他妈的!史达琳想。"混蛋!"她说出了声,"到处都是了!"

"可它们也不是所有时候到处都是的。"皮尔切低下头。他拽拽下巴。"它们是不是一年两次产卵,罗顿?"

"稍等……是的,在佛罗里达和得克萨斯的最南端。"

"什么时候?"

"五月和八月。"

"我刚才就在想,"皮尔切说,"你的这个标本比我们这个发育得要稍好些,也比较新。它已经开始破壳要从茧里出来了。产地是西印度群岛,或者也可能是夏威夷,这我能理解,不过这儿现在是冬天。在国内它要等三个月之后才能出壳,除非在温室里才能出现偶然情况,要么就是有人饲养。"

"饲养?怎么养?"

"放笼子里,在一个暖和的地方,弄些洋槐树的叶子给幼虫吃,一直到它们作茧自闭。不难养。"

"这是不是一种流行的嗜好? 除专业人员研究外,是不是有很多人玩这个?"

"不。主要是昆虫学家,他们想弄到完美的标本。也许有些人搞搞收藏。再有就是丝绸业了,他们倒是养蛾,可不是这一种。"

"昆虫学家一定有期刊和专业性杂志,还得有向他们销售器械的人吧。"史达琳说。

"当然,大多数刊物也都能到这里。"

"我扎它一捆给你。"罗顿说,"这儿有几个人私下里订了几份比较小的业务通讯——一直将它们锁着,这些枯燥无聊的东西你就是看一眼,也得给他们两毛五。那些东西我早上才能拿到。"

"我会当心把它们收好的。谢谢你,罗顿先生。"

皮尔切将有关埃里伯斯·奥多拉夜蛾的参考资料复印了一份,连同那只昆虫一起给了史达琳。"我送你下去。"他说。

他们等着电梯。"多数人喜欢蝴蝶讨厌蛾子。"他说,"可蛾子更——有意思,更迷人。"

"它们有破坏性。"

"有些是的,不少是的,可它们生活的方式各种各样,就像我们一样。"他们默默地等电梯再下来一层。"有一种蛾,实际还不止一种,是靠吃眼泪而生活的。"他主动提到,"它们只吃或只喝眼泪。"

"什么样的眼泪? 谁的眼泪?"

"陆地上大小跟我们差不多的大哺乳动物的眼泪。蛾原来的定义是:'逐步地、默默地吃、消耗或浪费任何其他东西的东西。'也曾经是个动词,表示毁灭……你一直就在干这事儿吗——追捕野牛比尔?"

"我是在尽我的力。"

皮尔切在上下唇后面转动舌头磨了磨牙齿,那样子仿佛一只猫在毯子下面拱动着身体。"你是否也会出去吃点干酪汉堡包,喝点啤酒,或上娱乐场所弄点酒喝喝呢?"

"最近没有。"

"现在是否愿意跟我去来点? 不远的。"

"不了,等这事儿完了之后我请客——当然罗顿先生也可以去。"

"那可没有什么当然的。"皮尔切说。到了门口,他又说,"但愿你很快就能了了这事儿,史达琳警官。"

她匆匆向着等在那儿的汽车赶去。

阿黛莉亚·马普将史达琳的信件和半块芒滋糖果放在了她床上。马普已经入睡。

史达琳拎着她的手提式打字机来到楼下的洗衣房，她把打字机放到叠衣服的架子上，卷上一组复写纸。在坐车回昆蒂科的路上，她已经将有关埃里伯斯·奥多拉夜蛾的基本情况在脑子里组织好了，所以很快就打了出来。

接着她将那块芒滋糖果吃了，又给克劳福德写了一份备忘录，建议他们从两方面反复核查：一方面查昆虫学出版物的电脑化邮寄目录；另一方面查联邦调查局已知犯罪分子的档案，查距离绑架地点最近的城市里的档案，还要查大戴德市、圣安东尼奥和休斯敦这些蛾子分布最广的地区里重罪犯和性犯罪分子的档案。

还有一件事，她还得再次提出来：我们问问莱克特医生，他为什么认为凶犯要开始剥人头皮。

她将文件送给值夜班的警官后就倒到了舒适的床上，白日里人的说话声依然在悄悄地响着，比睡在房间对面的马普的呼吸声还要轻细。茫茫的黑幕上，她看到了那只蛾子聪慧的小小的脸。它那双闪光的眼睛曾看到过野牛比尔。

史密森博物馆留给她的是极度兴奋过后的一种巨大的怅惘，从这怅惘里生出了她这一天最后的思绪，也是她这一天的终曲：找遍这个荒诞的世界，这半个此刻已是暗夜的世界，我也一定要将那个靠吃眼泪活着的东西捕获！

15

在田纳西州的东孟菲斯,凯瑟琳·贝克·马丁和她最好的男朋友正在他公寓里一边看电视里播放的一部新影片,一边一口接着一口吸着装满了大麻的大麻叶烟筒。插播的商业广告越来越长,越来越多。

"我饿得慌,你想吃点爆玉米花吗?"她说。

"我去拿,把你的钥匙给我。"

"坐着别动。反正我要去看看妈妈是否有电话来过。"

她从长沙发上爬了起来,个子高高的一个年轻女子,骨骼大、肉滚滚,几乎有些笨重,脸蛋儿倒端庄俊美,满头干净的头发。她从咖啡茶几下找到了自己的鞋子,走了出去。

二月的黄昏与其说是寒冷,还不如说是阴冷。从密西西比河飘来的一股薄雾在这大停车区上空齐胸高的地方悬浮着。她看到残月当头,灰灰的,暗暗的,犹如一弯骨白色的鱼钩。举头望去,她感到一丝头晕目眩。她开始穿越停车场,把稳脚步朝一百码以外自己家的前门走去。

那辆褐色的厢式载重汽车就停在她家公寓附近,四周是一些旅宿汽车和拖车,拖车上放着摩托汽艇。她之所以注意到那辆厢式载重车,是因为它很像经常从她母亲那儿给她运来礼物的邮递卡车。

她从那辆车旁边走过时,一盏灯在雾中亮了起来。这是一盏带灯罩的落地灯,立在车后的柏油地上。灯下面是一把填塞得厚厚的扶手椅,上面罩着红花图案的印花棉布,那大红花朵在雾中十分耀眼。两件东西倒像是展览室中陈列着的一对成套家具。

凯瑟琳·贝克·马丁好几次眨眨眼,却继续在走着。她想到虚幻这个词,怪就怪那根大麻叶烟枪。她还好。有人在搬进搬出。进。出。在这斯通亨奇花园住宅区,永远有人在搬来搬去。她公寓里的窗帘动了一下,她看到她那只猫在窗沿上,一会儿把身子弯成弓形,一会儿又用身子的侧面去顶窗子玻璃。

她准备好了钥匙,开门之前又回头看了一下。一个男人从那汽车的后面爬了出来。借着灯光,她看到这人的一只手上了石膏,手臂用绷带吊着。她进屋将身后的门锁上。

凯瑟琳·贝克·马丁在窗帘那儿来回地看,她看见这男人在想办法将那把椅子放进车子的后部去。他用他那只好手抓牢椅子,再设法用膝盖去顶。椅子翻了下来。他将它扶正,舔舔手指去擦停车场上的脏物沾到印花棉布上的一处污点。

她走了出来。

"帮你一把吧。"她的调子把握得正正好——就是帮忙,没别的。

"你肯帮忙?多谢了。"声音怪怪的,紧张不自然。不是当地口音。

落地灯从底下照着他的脸,将他的五官照扭曲了,可她还是看清楚了他的身体。他穿着一条熨得平平整整的卡其布裤子,上身套着一种羚羊皮衬衫,没扣扣子,露出长着斑斑点点的胸膛。他的下巴和双颊上都没有毛,光滑如女人一般,颧骨上面的两只眼在灯影里仅仅如两颗豆,放射出细细的光。

他也看了看她,对此她很是敏感。只要她一靠近男人,男人们常常会惊讶于她硕大的身材,有些只是不怎么露声色而已。

"好!"他说。

这男人的身上有一种难闻的气味；叫她厌恶的是，她还注意到，他那件羚羊皮衬衫上两肩及袖子底下还都沾着卷曲的毛。

把椅子抬到汽车低低的地板上去并非难事。

"咱们把它往前面推，好不好？"他爬进车来，搬开一些杂物，有可以推入车底排油用的大扁盆，还有一把叫起棺器的曲柄小摇手。

他们将椅子直往前推到紧挨着车座之后。

"你衣服大概是14码吧？"他说。

"什么？"

"请把那根绳子递给我好吗？就在你脚边。"

当她弯下身子去看时，他用石膏板向她的脑后砸去。她以为是自己的头碰哪儿了，抬起一只手去挡，这时石膏板却又一次砸了下来，将她的手指砸到了颅骨上；再砸，这次是耳朵后面；一记接一记不停地砸，每一记都并不过重，一直到她跌翻在了椅子上。她滚落到车子的地板上，侧身躺在了那里。

那人稍稍端详了她一会儿，随后即扯下石膏和绷带。他迅速将灯拿进车里，关上了后门。

他拉过她的衣领，借助手电看她衬衫上的尺码标牌。

"好！"他说。

他用一把剪绷带的剪刀从背后将衬衫由下而上剪开，扯下来，再将她的双手反铐。他在汽车的地板上铺上一块搬家具的人用的垫子，然后将她一滚，让她仰躺在上面。

她没有戴乳罩。他用手指戳戳她那一对大乳房，感觉重重的，有弹性。

"好！"他说。

她左边的乳房上有个粉红色的吮吸的印子。他舔舔手指去擦那个印子，就像他擦印花棉布上那处污点一样；当轻压之下那一点微红渐渐褪去时，他点了点头。他又滚动她的身子让她俯卧着，用手指分开她浓密的头发检查她的头皮。那石膏板里垫了东西，没有把她的头皮砸破。

他用两根手指在她的脖子一侧摸了摸脉搏，发现很强劲。

"好啊——！"他说。回他那栋两层楼的房子还要开很长时间的车，他还是宁可不在这里对她进行野外处理。

凯瑟琳·贝克·马丁的猫看着窗外的车离去，尾灯靠得越来越近了。

猫的身后，电话铃在响。卧室里的机子接了电话，机子上红色的灯在黑暗中闪烁着。

打电话的是凯瑟琳的母亲，一位由田纳西州新选出的美国参议员。

16

二十世纪八十年代是恐怖主义盛行时期，在处理有关国会议员的绑架事件时，有关方面采取了适宜的措施：

凌晨二点四十五分，负责联邦调查局孟菲斯分局的特工向总部华盛顿报告，参议员鲁斯·马丁唯一的女儿失踪了。

凌晨三点，两辆没有标志的轻型汽车开出了华盛顿分局巴萨德点潮湿的地下车库。一辆前往参议院办公大楼，在那里，技术人员在马丁参议员办公室的电话上安置了监听及录音装置，又在离这位参议员办公室最近的投币公用电话上安置了一个3号搭线窃听器。司法部叫醒了参议院精干情报委员会最年轻的委员，让他提供窃听的强制性通告。

另一辆称为"眼球车"，配有单向玻璃及监视装置，它停在弗吉尼亚大街，以便观察西水门的前部——马丁参议员在华盛顿的寓所。车里出来两个人，进寓所在参议员的家用电话上安装了监听装置。

贝尔大西洋电讯公司估计，由家庭数字切换系统打出的任何一个索要赎金的电话，平均时间七十秒钟即可查寻出来。

巴萨德点的反应小分队昼夜值班，以防华盛顿地区出现赎金的秘密放置点。他们的无线电程序也改变了，做了强制性加密，为的是将可能出现的赎金秘密放置点保护起来，不叫报道新闻的直升机来插手干扰——新闻业界这类不负责任的做法虽然极少,可还是发生过。

人质营救小组处于戒备状态,差一点就要动用空中力量了。

大家都希望,凯瑟琳·贝克·马丁的失踪是一起索取赎金的职业绑架事件,这样的可能性为她的生还提供了最好的机会。

没有人提及最坏的可能性。

后来,就在天亮前不久,在孟菲斯,正当一名城市巡警在温切斯特街调查一桩关于有人在闲荡的投诉时,他拦到了一位沿路肩收捡铝制听罐及破烂的上了年纪的人。巡警在他的手推车里发现了一件女人衬衣,前面的纽扣还扣着。衬衣的后背由下而上被剪开,犹如一件丧服。洗衣标签上是凯瑟琳·贝克·马丁的名字。

清晨六点三十分,杰克·克劳福德正驾车从他在阿林顿的家往南部驶去。这时他车里的电话响了,两分钟内这是第二次响了。

"92240。"

"40,准备接收阿尔发4的信号。"

克劳福德瞥见了一处可以停车的地方,将车开进去,停下来全神贯注地听电话。阿尔发4是联邦调查局局长。

"杰克——凯瑟琳·马丁的事儿你知道了?"

"值夜班的警官刚给我打过电话。"

"那有关衬衫的情况你知道了。跟我说说。"

"巴萨德点已处于绑架一级的戒备状态。"克劳福德说,"我希望他们暂时还不要撤除戒备,真要撤除,还望他们保持电话监控。不管衬衫是否被剪,我们还不能肯定就是比尔干的。如果是他人模仿,那人可能会打电话索要赎金。谁在田纳西搞窃听和查寻,我们还是他们?"

"他们。州警在搞。他们蛮不错的。菲尔·阿德勒从白宫来电,告诉我总统对此'密切关注'。这次我们要是搞成了,倒是可以利用一下,杰克。"

"这我倒也想到过。参议员在哪里?"

"正在去孟菲斯的路上。她刚刚同我在家中电话联系过。你可以想象。"

"是的。"克劳福德是在预算拨款听证会上认识马丁参议员的。

"这次她是带着她所有的权势下去的。"

"不能怪她。"

"我也不怪她。"局长说,"我跟她说了我们正在竭尽全力,我们一直是这么做的。她……她知道了你个人的境况,主动提供你一架李尔公司的飞机。就用这飞机——要是有可能夜里就飞回家。"

"好。参议员不好对付,汤米。这事儿要是她想来管,我们可要顶起来了。"

"我知道。要是你别无办法,就全推到我身上好了。我们最多还有几天啦——六天还是七天,杰克?"

"我不知道。要是他发现她的身份后一慌手脚——有可能就把她干了,接着就抛尸。"

"你现在在哪儿?"

"离昆蒂科两英里。"

"昆蒂科的简易机场能降落李尔飞机吗?"

"可以。"

"给你二十分钟。"

"是,长官。"

克劳福德在电话上按了几个号码后,重又将车开入了车流。

17

克拉丽丝·史达琳一夜没能安睡，醒来浑身疼痛。她穿着浴衣，趿着鞋头饰有小动物的拖鞋，肩上搭条毛巾，站着在等进浴室洗澡，浴室是她和马普与隔壁的学生合用的。收音机里播放的来自孟菲斯的消息惊得她半天没喘过气来。

"噢上帝！"她说，"噢，好家伙！**不要乱来！这浴室已经被占领了。套上裤衩就出来吧，这不是在演习！**"她往上一登进了淋浴间，把隔壁的一个邻居惊得目瞪口呆。"让过去一点，格雷西，再劳驾你把那肥皂递给我。"

她一边竖着耳朵听电话，一边收拾过夜的行装，又把她那只法医学器具箱放到门口。她为了确保总机知道她在自己屋子里，早饭也不吃就在电话旁守着。离上课时间还有十分钟了，依然没有音讯，她就带着器具匆匆赶往行为科学部。

"克劳福德先生四十五分钟前动身去孟菲斯了。"秘书甜甜地对她说，"巴勒斯也去了，实验室的斯塔福德是从国家机场出发的。"

"昨晚我在这儿留了一份报告给他。他有什么条子留给我了吗？我是克拉丽丝·史达琳。"

"知道，我知道你是谁。我这儿就有三份你的电话号码，而且我想他桌上还有几份。不,他什么也没给你留,史达琳。"那女的看看史达琳的行李。"他打电话进来时要不要我告诉他什么事儿?"

"他有没有在登记卡上留下孟菲斯的号码?"

"没有,不过他打电话会用这个号码的。今天你没有课吗,史达琳?你还在上学吧?"

"有课。是的,我还在上学。"

史达琳进课堂时已经迟到了,那个被她逼出淋浴间的年轻女人格雷西·皮特曼更引起了她的不安。格雷西·皮特曼就坐在史达琳的正后面。到座位的路似乎很长。皮特曼那根舌头在她那毛茸茸的脸皮后面整整绕了两圈儿。最后,史达琳总算得以在全班人中间隐没了下来。

她没吃早饭坐着听完了两个小时的"搜查搜捕中排斥规则除外的诚信承诺"之后,才得以到自动售货机上嘟噜噜倒了一杯可乐。

中午她又查看了一下信箱看是否有留条。什么也没有。这时她就想到,就像以前有过的一样,极度失意的滋味非常像她孩提时不得不吃的一种叫弗利刺的成药。

有些日子,你醒来时发觉自己变了。对于史达琳,今天就是这么个日子,她知道。昨天她在波特那殡仪馆看到的一切,在她心理上引起了一点小小的结构上的变化。

史达琳曾在一所好学校里学习过心理学和犯罪学。在她的生活中,她曾见到过一些骇人听闻的事情,世上的东西伸手就被毁。但是,她并没有真正弄明白,而今她是弄明白了:有时候,人这一族类,在一张人脸后面居然能长出这么一个脑子来——其快乐就在西弗吉尼亚波特城那间贴着洋蔷薇墙纸的屋子里瓷台上躺着的一具尸体上!史达琳第一次明白那么一个脑子,比她在验尸时所能看到的任何一样别的范围内的东西都要糟糕。弄明白了这一点,她将永远受着压迫;她知道,除非长出老茧来,否则她的生命将被一点一点慢慢耗尽。

学校生活并没有减轻她的痛苦。整天她都有这样的感觉：事情已经发生了，就在这地平线以上。她仿佛听到大片隐隐约约的声音，说出事了；那声音犹如来自远处的一个露天体育场。一点点动静都会叫她心神不宁：三五成群走过走廊的人，头顶飘过的云影，飞机声。

课后，史达琳上跑道一圈又一圈地跑，接着再游泳。她一直游到想起那些浮尸，之后再不愿碰水。

她和马普及其他十来个学生在娱乐室看七点钟的新闻。参议员马丁女儿被绑并非头条，而是紧随日内瓦武器谈判之后。

有来自孟菲斯的片子，开头是斯通亨奇花园住宅区的标牌，是透过一辆巡逻车的旋转警灯拍摄的。各媒介正对此事件展开一场宣传战，可因为几乎没有什么新情况可以报道，记者们就在斯通亨奇的停车场相互采访。孟菲斯和谢尔比县当局的人由于还不习惯那一排排的麦克风，都掉头回避。人们推推搡搡，照相机闪闪烁烁，发出尖而长的尖啸声，音频系统录下的全是噪声；在这一片混乱中，地方当局列举了一条条他们并不知道的消息。摄影师们躬身弯腰，窜前窜后，调查人员一进凯瑟琳·贝克·马丁的公寓或者一离开，他们就退回到小型电视摄像机那儿。

当克劳福德的脸在公寓的窗户里闪现了一下时，学院的娱乐室里立即响起一阵短暂的带挖苦的喝彩声。史达琳嘴角微微一笑。

她不知道野牛比尔是否在看电视，不知道他是怎么看克劳福德这张脸的，或者，甚至是否知道克劳福德是何许人。

其他人好像倒认为比尔可能也在收看电视。

和彼得·詹宁斯一起在电视直播现场的还有马丁参议员。她单独一人站在她孩子的卧室里，身后的墙上挂着西南大学的三角形校旗，张贴着支持瓦尔·E.柯尤特以及平等权利修正案的招贴画报。

她是一个高个子的女人，长着一张刚毅、平平的脸。

"现在我要对正扣着我女儿的那个人说话。"她说。她向摄像机走近了一些,搞得摄像师措手不及,连忙重新调焦。她开口对一名恐怖主义分子说话了;要不是因为这事,她是绝不会对恐怖主义分子说话的。

"你有能力放了我的女儿而不使其受到伤害。她的名字叫凯瑟琳。她很温柔、懂事。请放了我的女儿,请放了她,别伤害她。这局面是你在控制着,你有力量,是你在掌管着。我知道你能感觉得到爱和同情。你有能力保护她,使她不至于受到任何可能伤害她的东西的伤害。现在你拥有一个极好的机会,可以向全世界显示你有能力表现出伟大的仁慈,向全世界显示你的大度,能宽以待人甚于世人待你。她的名字叫凯瑟琳。"

马丁参议员的眼睛从摄像机前移开,画面迅速切换到一部家庭录像片上:一名蹒跚学步的儿童,正揪住一头大柯利牧羊犬的毛在那里学走路。

参议员继续往下说:"你现在看到的是凯瑟琳小时候的样子。放了凯瑟琳。不论她在这个国家的什么地方,都放了她,不要伤害她,你会得到我的帮助赢得我的友谊。"

接着是一组静照——凯瑟琳·马丁八岁,抓着帆船的舵柄。船出了水,在龙骨墩上,她爸爸在给船体上油漆。还有这位年轻姑娘的两张近照,一张全身,一张脸部特写。

再回到参议员的特写镜头:"我面对整个国家向你保证,无论你什么时候需要,我都会毫不吝啬地给你以帮助。我有很好的条件可以帮助你。我是一名美国参议员。我供职于陆海空三军委员会。我深入参与战略防御行动计划这个大家称作'星球大战'的太空武器系统。如果你有敌人,我来打击。如果有任何人骚扰你,我可以让他们住手。你可以在任何时间给我打电话,不论白天还是夜晚。我女儿的名字叫凯瑟琳。请向我们显示出你的力量来。"马丁参议员最后说,"放了凯瑟琳,不要伤害她。"

"好家伙,是神气!"史达琳说。她颤抖得像一条小猎犬。"老天,真神气!"

"什么?星球大战?"马普说,"假如外星人正企图从另一颗行星控制野牛比尔的思维,马丁参议员也有能力保护他——是那调调吗?"

史达琳点了点头。"许多有妄想倾向的精神分裂症患者都有那种特别的幻觉——异域控制。如果比尔就是这样被控制着的话,也许这一招能够引他出洞。不过这一枪他妈的打得是好,又是她站那儿开的火,不是吗?至少给凯瑟琳又多买到了几天。他们可以有时间在比尔身上再下点功夫。或者也可能没有时间了;克劳福德认为他从绑架到下手的时间可能正变得越来越短。这一招他们可以试试,也可以试试别的办法。"

"假如他扣的是我的一个女儿,那没有什么办法我是不愿意试的。她为什么不停地说'凯瑟琳'?为什么一直提那名字?"

"她是努力在让野牛比尔把凯瑟琳当一个人看。他们在想,野牛比尔先得视她作非人,把她当一件物品看,然后才能将她撕成碎片。连环杀手在进监狱后谈起过这一点,有的说就像摆弄一个洋娃娃。"

"马丁参议员那番声明的背后你看会不会有克劳福德的意思?"

"可能吧,或者也有可能是布鲁姆博士——那不是他吗?"史达琳说。屏幕上出现了一段几星期前就录好的,就系列凶杀这一主题采访芝加哥大学的艾伦·布鲁姆博士的录像。

布鲁姆博士不愿把野牛比尔同弗朗西斯·多拉德、加勒特·霍布斯或他曾经碰到的任何别的人作比较。他不愿用"野牛比尔"这个名称。事实上他根本就没说多少,可大家都知道,在这个问题上他是位专家,而且很可能是唯一的专家,电视网想让大家见一见他的脸。

他们用他的最后这段话作为这次采访报道的结束:"他每天都面临着可怕的下场,我们没有任何更可怕的结局可以拿来威胁他。我们能够做的是叫他来找我们。我们可以保证他得到友好宽大的处理,而且绝对可以做到说话算话。"

"我们不都可以宽宏大量一些吗?"马普说,"我自己要不会宽宏大量一点就该死了。花言巧语摆迷魂阵,言不由衷说屁话,我算是服了。他什么也没有告诉他们,可这样的话,他很可能也吊不了比尔多大的胃口。"

"我可以一段时间不去想西弗吉尼亚那小孩儿,"史达琳说,"大概也就是半个小时吧,随后又如同有东西刺在喉咙口一般。她指甲上那亮闪闪的指甲油——我还是不要去想这个了。"

马普热衷的东西很多,她想找出一点来让史达琳驱驱郁闷开开心;晚餐的时候,她就将斯蒂夫·王德与埃米莉·狄金森两人的不工整韵诗做了一番比较,结果把在旁偷听的一帮人给乐倒了。

在回房间的路上,史达琳从信箱里一把抓出一张条子,她看到了这样的字:请给艾伯特·罗顿打电话,接着是一个电话号码。

"那恰好证明了我的理论。"她对马普说。两人拿着书一屁股坐到了各自的床上。

"那是什么?"

"你碰上了两个小子,对吧?每次都是他妈的那个不该打电话的打电话找你。"

"这我一直都知道。"

电话铃响。

马普用铅笔碰碰鼻尖。"如果是霍特·勃比·劳伦斯,你就跟他说我在图书馆。"马普说,"明天我打电话给他,就这么跟他说。"

来电的是克劳福德,他在飞机上,电话中他的声音听起来沙沙的。"史达琳,准备两个晚上的行装,一小时后见我。"

她以为对方已经挂了,电话里只有空空的嗡嗡声,可随后声音又忽然出现了:"——用不着带那器具箱,光衣服就行。"

"到哪儿见你？"

"史密森博物馆。"他还没有挂断电话就已经开始在同别的人说话了。

"是杰克·克劳福德。"史达琳说着将她的包往床上轻轻一扔。

马普从她看着的那本《犯罪程序联邦密码》的上端露出脸来。她看着史达琳打点行装，一只眼睑垂下来，遮住了她的一只漂亮的黑眼睛。

"我不想往你脑子里塞什么东西了。"她说。

"不，你想。"史达琳说。她知道对方想说什么话。

法律评论这门课马普是在马里兰大学靠夜里用功通过的。在学院，她的学业成绩在班上排第二位，她对书本的态度纯粹就是要拼命下功夫。

"明天你就该考犯罪程序密码这门课了，两天后还要考体育。你要保证头儿克劳福德明白，只要他一疏忽，你就可能要重修。不要他一开口'干得好，史达琳实习生！'你就说'不胜荣幸！'，你得直对着他那张毛糙糙雕塑般的老脸说：'我指望你亲自负责，保证我不要因为缺课需要去重修。'明白我说的话吗？"

"密码这门我可以补考。"史达琳说，一边用牙咬着打开一根条状发夹。

"是啊！没时间学习考不及格，你觉得他们不会叫你重修？你在和我开玩笑呐？姑娘，他们会把你当一只复活节的死小鸡，从后门的台阶上扔飞出去拉倒。感激的寿命有多长，克拉丽丝！要让他说：不重修！你的成绩很好。——让他说出来。上课前一分钟你都能迅速地将衣服熨好，这样的室友我是再也找不到了。"

史达琳驾驶着她那辆老平托沿四车道公路稳稳地朝前开，前轮只要一开始晃动车速就要比正常速度慢一英里/每小时。热腾腾的汽油味,霉味,底盘咔啦咔啦,变速器嘎吱嘎吱。她依稀记起了她父亲的小卡车,记起了同身子扭来扭去的弟弟妹妹一起坐在父亲身边开车的情形,这一切都交织在一起,在她的脑海中回响。

如今,在这夜晚,是她在开着车,车子溅起路边白色的水珠,发出啪啦啪啦啪啦的声音。她有时间来思考。她的恐惧紧挨在她脖子后头,如呼吸般直往她身上蹿;其他近一点的记忆也在她一旁翻滚着。

史达琳非常担心凯瑟琳·贝克·马丁的尸体已经被发现了。野牛比尔一旦了解了她的身份,他可能会慌了手脚,他可能会杀了她,然后在喉咙里塞一只虫子将尸体抛掉。

也许克劳福德就是带那只虫子来鉴定的。要她上史密森博物馆来还能有别的原因吗?可是随便哪个特工人员都可以送虫子来史密森博物馆的呀,要是为了这个,联邦调查局一名信使就可以了,而他还让自己收拾两天的行装。

她能够理解克劳福德为什么没有向她解释,因为这一环无线电网络上未做防窃听准备,可不知究竟实在让人受不了。

她在收音机里找到一个全播新闻的电台,等播过天气预报之后又是新闻,可并无新闻。来自孟菲斯的报道只是七点钟新闻的重复。马丁参议员的女儿失踪。她的衬衣后背由下而上被剪开,手段像野牛比尔所为。没有见证人。西弗吉尼亚发现的被害人依旧身份不明。

西弗吉尼亚。克拉丽丝·史达琳记忆中的波特殡仪馆里有些东西是根深蒂固并且非常宝贵的。在黑暗中闪闪发光,值得永远保存。此刻她有意识地来回忆这些东西,发现自己能将它们当护身法宝一样紧紧地抓住。在波特殡仪馆,站在洗槽那儿,她找到了一种令她惊讶又令她欣快的力量源泉——那就是对她母亲的回忆。史达琳从和她的兄弟相处中继承了她已故父亲的言行,依靠这,她经过岁月的锤打坚强地活了下来;能找到这么一笔丰富的财产,她既惊奇又感动。

她将平托车停放在位于第十号大街与宾夕法尼亚大街的联邦调查局总部的下面。已经有两家电视台的人马在人行道上准备就绪。灯光照耀下,记者们看上去整装打扮得有些过头。他们说着一贯的新闻腔站那儿做报道,背景是J. 埃德加·胡佛大楼。史达琳躲开灯光,走过两个街区,来到史密森国家自然历史博物馆。

她看到这座老楼的高处有几扇窗子亮着灯光。半圆形的车道上停着一辆巴尔的摩县警察局的车子。它的后面是一辆新的监控车,克劳福德的司机杰夫就守着方向盘等在那里。见史达琳来了,他对着对讲机就说话。

18

保安将克拉丽丝·史达琳带到史密森博物馆那个大象标本上面的第二层。电梯的门打开，眼前是昏暗的一大片楼面，克劳福德独自一人在那儿等着，双手插在雨衣的口袋里。

"晚上好，史达琳。"

"你好。"她说。

克劳福德扭过头对她身后的保安说："后面我们自己就可以了，警官，谢谢你。"

克劳福德和史达琳肩并肩沿着一条走廊走着，走廊上码着一盘盘一箱箱的人类学标本。天花板上亮着几盏灯，不多。当她和他开始耸着肩做沉思状如在校园散步一般时，史达琳意识到克劳福德想把他的手搭到她的肩膀上，如果允许的话，他早就这么做了。

她等着他说点什么。终于，她停了下来，也把双手插进了口袋。两人在过道上相对而视，周围是阒寂无声的骨头。

克劳福德将头往后靠在箱子上，从鼻子里深深地呼出一股气。"凯瑟琳·马丁很可能还活着。"他说。

史达琳点了点头，然后就一直将头低着。也许他觉得，她不看着他，说起话来要容易些。他很沉静，可是有什么东西把他给困住了。一瞬间，史达琳在想会不会是他的妻子去世了？或者，有没有可能是因为整天和凯瑟琳伤心的母亲在一起待着？

"孟菲斯是个相当大的打击。"他说，"他是在停车场逮着她的，我觉得，没人看到。她先是进了公寓，随后由于什么原因又出来了。她没打算在外头待很长时间——她让门半开着，还拨上了保险以防门在她身后锁住。她的钥匙放在电视机上。里面东西一点都没有动。我觉得她在公寓的时间不长，根本连她卧室里代接电话的机子那儿都没有到。当她的傻蛋男友最终给警察打电话时，那信号灯还依然在闪着。"克劳福德无意间将他的一只手伸入一个装着骨头的盘子里，又迅速地抽了出来。

"所以现在他是扣着她，史达琳。电视网答应在晚间新闻里不搞倒计时——布鲁姆博士认为搞倒计时会把他惹急了。不过总有一些通俗小报会去这么做的。"

在上一次的绑架案中，由于被害人后背那件由下而上被剪开的衣服很快被找到，从而证实她到那时还活着直到为野牛比尔所害。史达琳还记得那些烂报纸头版上那镶了黑框的倒计时牌。一直到了十八天，浮尸出现了。

"所以凯瑟琳·贝克·马丁正在比尔的'演员休息室'里等着，史达琳，而我们也许还有一个星期的时间。充其量也就这么多了——布鲁姆认为他从绑架到下手的间隔正变得越来越短。"

对于克劳福德，这似乎算是说了一大堆了。引用戏剧界的术语"演员休息室"，听起来总有点瞎扯的味道。史达琳等着他说正题。他说了。

"不过这一次，史达琳，这一次我们可能会有点小小的突破。"

她掀起眉毛仰视着他，带着希望，也带着专注。

"我们又找到一只虫子。你的伙计，皮尔切和那个……那另一位。"

"罗顿。"

"他们正在鉴定呢。"

"虫是在哪里的——辛辛那提？——冷冻室里那个女孩儿身上？"

"不。来，我带你去看。我们瞧瞧你怎么看的。"

"昆虫部在另一个方向，克劳福德先生。"

"我知道。"他说。

他们绕过角落来到人类学部的门口。灯光和人声透过毛玻璃传了出来。她走了进去。

屋子中央，一盏雪亮的灯下，三名身穿实验服的男子正在桌子旁忙着。史达琳看不到他们在干什么。行为科学部的杰里·巴勒斯一边从他们身后往里看，一边在写字板上做记录。屋子里有股熟悉的气味。

接着，其中一位穿白衣服的离开桌子把什么东西放到了洗槽里，这时，她确是看得一清二楚。

工作台上的一只不锈钢托盘里是"克劳斯"，那个她在斯普利特城迷你仓库里发现的人头。

"那只虫就是在克劳斯的喉咙里。"克劳福德说，"稍等，史达琳。杰里，你是在和通讯室说话吗？"

巴勒斯正在将写字板上的记录往电话里念。他用手遮住送话口。"是的，杰克，他们正在将克劳斯的照片晾干。"

克劳福德拿过他手中的话筒。"勃比，别等国际刑警组织那边了，找个图像频道现在就将照片发出去，附上医检报告。发往斯堪的那维亚国家，西德、荷兰什么的。一定要说克劳斯可能是一艘商船上的水手，中途偷偷地溜了。提一下他们国家的卫生部门可以索要颧骨骨折证明。就叫它什么好了，说是颧弓吧。务必将两张牙科记录表都寄去，普通的那一张和联邦牙科医院的那张。图表到出来要有一段时间呢，但要强调说那只是一个粗略的估计——那种情况靠颅骨上的缝合是定不下来的。"

他把电话又交给了巴勒斯,"你的东西呢,史达琳?"

"在楼下保安室。"

"这虫是约翰斯·霍普金斯医院发现的。"他们等电梯的时候克劳福德说,"他们当时正在为巴尔的摩县警验这人头。虫子在喉咙里,就像西弗吉尼亚的那个女孩儿。"

"是像西弗吉尼亚那情形。"

"你疏忽了。约翰斯·霍普金斯医院大概是今晚七点发现虫子的。我还在飞机上时巴尔的摩地方检察官就打电话给我了。他们把全部有关克劳斯的东西都送了过来,这样我们就可以看到原貌是什么样了。他们还想就克劳斯的年龄听听安吉尔博士的意见,颧骨被打断时他又是几岁。他们就像我们一样是来向史密森博物馆咨询的。"

"这一点我还得稍微谈一谈。你是说可能是野牛比尔杀了克劳斯?多年以前?"

"似乎很牵强吗?太巧合了?"

"眼下这一刻是的。"

"等会儿你再看看吧。"

"是莱克特医生告诉我上哪儿可以找到克劳斯的。"史达琳说。

"是,是他告诉你的。"

"莱克特医生告诉我,他的病人本杰明·拉斯培尔声称自己杀了克劳斯,可莱克特说他认为死因很可能是意外的性窒息。"

"那是他这么说的。"

"你认为莱克特医生可能确切知道克劳斯是怎么死的,既不是死于拉斯培尔之手,也不是因为性窒息?"

"克劳斯喉咙里有一只虫,西弗吉尼亚的那个女孩儿喉咙里也有一只虫,这种事儿我在其他任何地方都从未见过,从未读到过,从未听说过,你怎么看?"

"我想你让我准备两天的行装,是要我去问问莱克特医生,对吧?"

"你是他唯一愿意对话的人,史达琳。"说这话时,克劳福德的神情显得非常悲伤。"我估计你是有思想准备的。"

她点了点头。

"上精神病院去的路上我们再谈。"他说。

19

"莱克特医生因谋杀罪被我们逮起来之前曾有很多精神病人向他求医。"克劳福德说,"他为马里兰和弗吉尼亚的法庭以及东海岸其他地方的一些法庭都做过大量的精神病评估。他见过不少精神病罪犯。谁知道他会漏掉谁,只是为了好玩吗?那做法只有他自己可能知道了。另外,他在交往中结识了拉斯培尔,而拉斯培尔就在接受治疗的过程中告诉了他一些情况。也许是拉斯培尔告诉他谁杀了克劳斯。"

克劳福德和史达琳在那辆监控车后部的转椅里面对面坐着。汽车沿美国95号公路向北三十七英里外的巴尔的摩呼呼疾驶。杰夫坐在驾驶室里,严格奉命加速行驶。

"莱克特主动提出过要帮忙,我没搭理他。以前他曾提供过协助,却什么有用的东西都没给我们,倒是上次将一把刀捅进了威尔·格雷厄姆的脸。为了好玩儿!

"但是,克劳斯喉咙里有一只虫子,西弗吉尼亚那女孩儿的喉咙里也有一只虫子,这我可不能忽视。这种特别的手段艾伦·布鲁姆以前从未听说过,我也没有。你以前碰到过吗,史达琳?有关文件资料我看过之后你也都看过了。"

"从未有过。插其他东西进去倒是有过,可从未放过虫子。"

"先说两点。第一,我们假设莱克特医生确实了解一些具体的情况。第二,我们要记住莱克特找的只是好玩儿。千万别忘了好玩儿这一点。他必须希望野牛比尔在凯瑟琳·马丁还活着的时候被逮住。所有的乐趣和好处都在于他是否朝这个方向努力了。我们已经没有任何东西可以用来威胁他——他马桶上的座圈没了,书没了。他已经被清洗一空。"

"如果我们就把目前的境况告诉他,再主动答应给他点什么——一间可以看到风景的病房,结果会怎么样?那东西是他主动提出帮忙时要过的。"

"他主动提出的是要帮忙,史达琳。他没有主动提出要透露点秘密。透露秘密就不会给他机会来充分地卖弄自己。你要有点怀疑心。你赞同的必须是事实。听着,莱克特他可不急,他遵循这方法就像是在玩棒球。我们叫他透露点秘密,他要等等,他不会立刻就说的。"

"即使有奖赏也不会说吗?要是凯瑟琳·马丁死了,他可什么也捞不到了呀!"

"比方我们跟他说,我们知道他掌握情况,要他透露秘密,他就会等啊演啊,一周又一周,装作尽力在回忆的样子,将马丁参议员的希望吊起来让凯瑟琳送命,接着再去折磨下一位母亲,再下一位,激起人家的希望,总是刚刚差不多要记起来的时候就——他就是从这中间获得最大的乐趣,这可比得到一片风景好玩儿。他就是靠这种东西活着的。这是他的营养。

"我不能肯定人是否越老就越有智慧,史达琳,不过人确实可以学会以巧妙的方式避免一部分叫人受罪的事。我们也可想办法避开。"

"这么说一定得叫莱克特医生觉得我们来找他完全是为了得到他的理论和高见。"史达琳说。

"对了。"

"你为什么要告诉我呢?为什么不派我进去直接就那么问他呢?"

"坦诚和你说吧，你指挥权在握的话也会这么做的，其他不管用。"

"那么不提克劳斯喉咙里有虫子的事儿，也不提克劳斯同野牛比尔之间的关系。"

"不提。你之所以回来找他，是因为他能预言野牛比尔要开始剥人头皮了，这一点给你留下了十分深刻的印象。我已公开表明不再用他，艾伦·布鲁姆也是如此，不过我还让你来是闹着玩玩。你可以主动向他提点特别的优惠待遇——那种玩意儿只有像马丁参议员这么有权势的人才能给他搞到。一定要他相信他必须抓紧时间，因为凯瑟琳一死，提供给他的优待也就完了。要是那样的事儿发生，参议员对他根本就没了兴趣。而如果他做不到，那是因为他还不够像他自己说的那样精明能干、知识渊博——并不是由于他坚持顽固与我们作对。"

"参议员会对他失去兴趣吗？"

"最好你能够发誓说从来都不知道这问题的答案。"

"我明白了。"看来这样做是瞒着马丁参议员的。这可需要有点胆量。显然，克劳福德是怕受干扰，怕参议员会犯错去求莱克特医生。

"你明白了吗？"

"明白了。可如果他不透露自己掌握着特别消息，又怎能充分具体地引我们来查野牛比尔呢？光靠理论和高见他怎么能做得起来？"

"我不知道，史达琳。考虑这事儿他已经有好长时间了，六条被害者的人命已经被他等掉了。"

车内的保密电话发出嗞嗞的响声；克劳福德曾安排联邦调查局总机给他将一连串的电话接通。第一个电话的信号灯已经在闪了。

接下来的二十分钟，他分别和自己认识的荷兰国家警察厅及皇家梅乔西的官员、曾在昆蒂科学习的瑞典特种警察部门的一名官员，以及担任丹麦政府警察部门政要助手的一位私交通了话，还同比利时刑警组织的夜间指挥台突然说起了法语,这让史达琳吃了一惊。每次通话他都强调必须迅速查明克劳斯及其交友的身份。每个管区本来都可以通过国际刑警组织各自的电传向他提供所要求的内容,但是,老朋友们的这张网络上机子一直在嗞嗞地响,他所要求的各管区向他提供的内容也就不能连续多个小时留存在机子上。

史达琳看得出来,克劳福德之所以选择这辆车是因为其通讯设备——它拥有新的秘密话声系统——可是在他办公室里干这工作要更方便些。在这儿,笔记本得拿稳了,桌子一点儿大,光线微弱,车胎每次滚过柏油路面的接缝处还弄得人一颠一抛的。史达琳野外的经验不多,可她知道,要一个部门的头头像这样坐着车子轰隆轰隆跑差使是多么的少见。他原本可以用无绳电话向她做一番简单的布置。他没有这么做,她很高兴。

史达琳有一种感觉,这车内的平静和安宁,这项任务被给予足够的时间得以井然有序地进行,是以高昂的代价作为条件的。听克劳福德在那儿打电话就证实了这一点。

此时他正在和局长家里通电话。"不,长官。他们有没有翻过身来找一找?……多长?不,长官。不。不带窃听。汤米,这是我的建议,我坚持这一点。我不想要她带窃听。布鲁姆博士也这么说了。他在欧海尔被搞得一头的雾,事情一弄清楚他就会来的。好。"

接着,克劳福德又和他家中值夜班的护士通了电话,话说得像谜似的。说完之后,他朝车子的单向玻璃窗外看了大约有一分钟,一根手指钩着眼镜搁在膝盖上,迎面射来的灯光从脸上爬过,照得他那张脸一览无余。他又将眼镜戴上,转过身来向着史达琳。

"我们有三天的时间来问莱克特。如果得不到任何结果,巴尔的摩方面会给他点苦头吃,直到法庭出来拉架为止。"

"上次给他吃过苦头,可没管用。莱克特医生不怎么吃这一套。"

"那一番折腾之后他给了他们什么?一只纸叠的小鸡。"

"纸叠的小鸡,是的。"那只被压扁的纸叠的小鸡还在史达琳的包里。她在小桌子上将它弄平,让它作啄食状。

"我不怪巴尔的摩警察。他是他们的囚犯。要是凯瑟琳的浮尸出现,他们必须能对马丁参议员说,他们已经尽了全力。"

"马丁参议员人怎么样?"

"顽强好斗却也伤人。她是个精明的女人,见识很广,不好对付,史达琳。你很可能会喜欢她的。"

"关于克劳斯喉咙里那只虫,约翰斯·霍普金斯医院和巴尔的摩县警察局凶杀案科会不会保持沉默不走漏风声?我们能不让这事儿上报纸吗?"

"至少三天可以。"

"做到这点过去有点难。"

"弗雷德里克·奇尔顿我们不能相信他,医院里任何别的人也都靠不住。"克劳福德说,"奇尔顿要是知道了,全世界都知道了。你上那儿去奇尔顿肯定得知道,不过你那只是在帮巴尔的摩凶杀案科的忙,想把克劳斯一案结了——和野牛比尔一点关系也没有。"

"要我深夜干?"

"我只能给你这个时间了。我得告诉你,关于西弗吉尼亚那只虫子的事早报上就要登出来了。辛辛那提验尸官办公室走漏了风声,所以那事儿再也不是什么秘密。这一点内部细节莱克特要的话你可以给他,只要他不知道我们在克劳斯喉咙里也发现了一只虫,告诉他那个细节其实是无关紧要的。"

"我们拿什么同他做交易呢?"

"我正在考虑。"克劳福德说完又转过身去打电话了。

20

一间很大的浴室,全都贴着白瓷砖,顶上是天窗,裸露的老墙砖上放靠着光滑明洁的意大利出的浴室附件。精巧的梳妆台两旁种着高高的植物,台上摆满了化妆品,淋浴散出的水蒸气在镜子上形成了许多水珠。淋浴间传出哼歌的声音,调门吊得太高了,嗓音听上去很是怪异。这是法兹·沃勒的歌《现金买你臭垃圾》,选自音乐喜剧《不是乱来》。那哼歌的声音时而又忽然变成了唱词儿:

> 留着你所有的旧**报**,
> 留着将它们堆成摩天楼一般**高**
> 嗒 嗒嗒嗒 嗒 嗒 嗒嗒
> 嗒 嗒……

每当出现唱词儿,一只小狗就会在浴室的门上抓搔一阵。

正在冲淋浴的叫詹姆·伽姆,白种男性,三十四岁,身高六英尺一英寸,体重二百零五磅,棕发碧眼,没有显著的特征。他把他的名字念成像是不带"s"的"James",就是"Jame"。他坚持要这么念。

冲洗过第一遍之后,伽姆用了点德斯贝恩斯润肤露。他用双手将润肤露往胸脯和屁股上抹；阴部他不愿去碰，就用一把刷碗碟的小拖把去揉。他的腿脚上都有点儿毛茬茬，可他最终觉得那没什么关系。

伽姆用毛巾将自己的身体擦得粉红后又用了一种很好的润肤油。在他那一面可以照及全身的镜子前是挂在横杆上的一帘浴帐。

伽姆用那刷碗碟的小拖把将他的阴茎和睾丸往后一推在两腿之间夹住。他唰一下将浴帐拉到一边站到镜子前，兴致勃勃摆弄一高一低扭屁股的姿势，不去理会因此而引起的阴部的磨擦。

"给我来点效果吧，甜心！快给我来点效果吧！"他的嗓音天生低沉，可他用的是高音区，还自以为越用越在行了。他用的激素——先是一段时间的普利马林，接着又口服己烯雌酚——对他的嗓音没能起一点效果，不过倒是使他那开始微微隆起的乳房间的毛变得稍许稀疏了一点。老用电蚀除毛把伽姆的胡子给除没了，发际线形同寡妇额前的V形发尖。然而他看上去并不像女人，看起来还是个有意要指手画脚并准备和人干架的男人模样。

他的行为究竟真的是在愚蠢地企图模仿脂粉气十足的男人，还是一种充满恶意的嘲讽，乍一接触很难讲，而他接触的人都是那种点头之交。

"你会为我——做什么？"

听到他的声音，那狗就在门上抓搔。伽姆穿上浴衣让狗进去。他抱起这香槟色的小卷毛狗，吻了吻她丰满的脊背。

"好——咧。饿了吗，宝贝？我也是的。"

他把小狗从一只手臂换到另一只手臂，开了卧室的门。她扭动着身子要下来。

"稍等啊，甜心。"他用空着的那只手捡起床边地板上的一支迷你14型卡宾枪放到了枕头上。"现在好了。这下就可以了。咱们一会儿就吃晚饭。"他把狗放到地板上，将自己的睡衣找了出来。她急吼吼地追着他到了楼下的厨房。

詹姆·伽姆从微波炉里取出三份便餐，两份"饿徒"给自己，一份"薄餐"给卷毛狗。

卷毛狗贪婪地吃了主菜和甜食，将蔬菜留下了。詹姆·伽姆的两只碟子里只剩下了骨头。

他让小狗出了后门。寒气袭来，他紧紧地拽住浴衣。门开处是一条狭长的光带，他专注地看她蹲在这光带里。

"你还没有拉屎屎呢。好吧，我不看。"可他还是透过指缝偷偷地看了一眼。"噢，棒极了，你这个小丫丫，真是位贵小姐啊，来吧，咱们上床。"

伽姆先生喜欢上床，他一夜要上好几次。他也喜欢起床，在他众多的房间里挑这间或那间黑着灯坐坐，有时什么东西激发了他的兴致，也会在夜间工作个一时半会儿。

他开始关厨房的灯，可又住了手。他想起晚餐吃剩下来的东西，噘起嘴唇，显出审慎而有见地的样子。他收拾起那三份电视便餐的碟子，将桌子抹干净。

楼梯顶头的一只开关可以打开地下室的灯。詹姆·伽姆拿着碟子开始往下去。那只小狗在厨房里叫了几下后用鼻子顶开门，也随他下去了。

"好吧，小傻傻。"他一抄手抱起卷毛狗带着她往下走。她扭动身子，用鼻子去嗅他另一只手中拿着的碟子。"不，不行了，你已经吃够了。"他把她放下来，她紧紧跟在他的身边，穿过那杂乱无序的、多层面的地下室。

在厨房正下面地下室的一间屋子里是一口久已干涸的井。井沿高出沙地地面二英尺，已经用现代的井环护栏和水泥加固过了。原先的木头安全盖还在老位置，很沉，小孩子拎不动。盖子上有扇活门，大小可放下一只桶。活门开着，詹姆·伽姆将他及狗的碟子里那些吃剩的东西刮到了井里。

骨头和那点点蔬菜眨眼就掉进了完全漆黑一片的井里,不见了。小狗坐起身子作乞食状。

"不,不,全没了。"伽姆说,"你现在这样已经太胖了。"

他从地下室的楼梯往上爬,一边悄悄地对他的小狗说:"胖面包,胖面包。"他没有表示是否听到了从那黑洞里回荡出来的喊声,那喊声依然相当有力,清醒:

"求求你了!"

21

晚十点稍过,克拉丽丝·史达琳进入州立巴尔的摩精神病犯罪医院。她只身一人。史达琳本希望弗雷德里克·奇尔顿医生不要在那里,可他还就在办公室等着她呢。

奇尔顿穿着一件带格子图案的英式裁剪的运动衫。史达琳觉得那双开的衩口及下摆使这衣服的效果看上去像条褶襞短裙。她向上帝希望,他这身打扮并不是为的她。

屋子里他桌前的地上没有铺地毯,只有一张直靠背椅用螺丝固定在地板上。史达琳站在桌旁,空中还悬浮着她打招呼的声音。她闻得到奇尔顿的保湿烟盒边架子上放着的腐臭难闻的雪茄烟味。

奇尔顿医生仔细看完他收藏的富兰克林铸币厂铸造的火车头模型后,才转过身来面对着她。

"想来杯咖啡吗?脱咖啡因的?"

"不,谢谢。很抱歉晚上打搅你了。"

"你还在想调查那个人头的事儿。"奇尔顿医生说。

"是的。大夫,巴尔的摩地方检察官办公室告诉我他们已经跟你约好了。"

"噢是的。我和这儿当局的合作十分密切,史达琳小姐。顺便问一下,你在写文章还是做论文?"

"没有。"

"你有没有在任何专业性刊物上发表过什么东西?"

"没有,从来没有过。这只是美国司法部长办公室叫我为巴尔的摩县警察局凶杀案科办的一件差事。我们给他们丢下一桩未了的案子,现在只是帮他们扫扫尾。"史达琳发现她对奇尔顿的厌恶使她撒起谎来比较容易。

"你带窃听器了吗,史达琳小姐?"

"我什么——?"

"你有没有带微型录音装置去把莱克特医生的话录下来?警察的行话是'带窃听',我想你一定听说过。"

"没有。"

奇尔顿医生从他桌子里拿出一台珍珠牌小录音机,啪一下将一盘盒式磁带放了进去。"那么把这个放你包里去。我复制一盘后到时给你一盒,整理笔记的时候可以用来补充补充。"

"不,我不能那么做,奇尔顿大夫。"

"究竟怎么不行呢?巴尔的摩当局一直在请我对莱克特就克劳斯一事所说的每一点情况进行分析。"

尽量连哄带骗说服奇尔顿,克劳福德曾跟她说,法院弄条决议我们即刻就能踩着他玩,可那样的话莱克特就会嗅出来。他能像CAT电脑扫描那样将奇尔顿看得透透的。

"美国司法部长认为开始我们还是试着用非正式的途径。如果我不让莱克特医生知道而录下了他的话,又给他发觉了,那我们已有的任何一种有效可行的气氛也就完了,真的完了。这一点我想你一定会同意的。"

"他怎么会发觉呢?"

什么别的事儿你都会知道,他就不能看报纸吗?操你妈的蠢货!她没有答他的问题。"如果这事儿有什么进展而他又得以宣誓来做证的话,你将第一个看到材料,我也可以保证你将作为专家证人受到邀请。现在我们只是设法从他身上找一条线索出来。"

"你知道他为什么会和你谈吗,史达琳小姐?"

"不知道,奇尔顿大夫。"

他看着桌子后面墙上那每一张吹捧的证书和奖状,仿佛在清点投票结果似的,随后再慢慢地转过身向着史达琳。"你真的觉得你知道你是在做什么吗?"

"当然知道。"史达琳十分确信。史达琳路跑得太多了,两条腿都在打哆嗦。她不想和奇尔顿斗过来斗过去,到了莱克特那里身上总还得剩点精力。

"你现在所做的就是上我的医院来采访却又拒绝让我知道你获得的消息。"

"我是奉命在行动,奇尔顿大夫。我这儿有美国司法部长夜间使用的电话号码,现在你要么同他去谈,要么请让我工作。"

"我在这儿可不是个笨蛋,史达琳小姐,夜里跑这儿来就是开门让人进进出出的。我有一张《冰上假日》的票。"

他意识到自己说的是"一张"票。就在那一瞬间,史达琳看出了他过的是什么生活,而他也明白她看出来了。

她看到了他那破败的冰箱;独自一人吃饭的地方,放便餐的碟子里是一点点面包屑;一堆堆的东西静静地堆在那里好几个月才动一下——她感到他那枯寂生活的苦痛,一笑则是满口的黄牙,除口臭用的是低廉的蹩脚货——她像弹簧刀一般迅速地反应过来,知道自己不能对他心肠软,不能再同他谈下去,也不能闪避。她凝视着他的脸,微微侧过头,将自己的美貌给他来个亮相。她以自己已看出了对方的底细这一点为矛，深深地向他刺去，叫他明白。她清楚，他已无法经受得住让这谈话再继续下去了。

他派一名叫阿朗索的护理员送她过去。

22

史达琳随阿朗索穿过精神病院一点一点朝最里边的关押区走去,乒乒乓乓的关门声、尖叫声,多数她能做到充耳不闻,可她还是觉得空气都被这些声音震颤了,压迫着她的肌肤。这压迫在她身上积起来,仿佛她在水中下沉,下沉,下沉。

接近一帮疯子——她想到凯瑟琳·马丁被绑着,孤零零的一个人;这边呢,一个疯子在呼哧呼哧嗅她身上的气味,一边还在隔着口袋拍打自己的阴茎——这些都激励着史达琳要把这工作干好。但她需要的还不只是坚强的决心。她需要平静、镇定,需要成为最锋利的一柄利器。面对现实是绝对地需要她加快行动,可她必须耐着性子。如果莱克特医生知道问题的答案,她还得在他卷须一般的缕缕思绪中一点点地找出来。

史达琳发觉自己想起了新闻片子里看到的凯瑟琳·贝克·马丁小时候的样子,那个在帆船中的小姑娘。

阿朗索按响了最后一道厚重的门上的蜂音器。

"教我们留意什么不留意什么,教我们要镇定。"

"对不起,你说什么?"阿朗索说。史达琳这才意识到自己说出声来了。

他将她交给了前来开门的大个子护理员。阿朗索转身离开时,她看到他在自己身上画了个十字。

"欢迎你回来!"护理员说着在她身后将门销插上。

"你好,巴尼。"

巴尼在读一本平装书,他把书卷到他那粗大的食指上以免忘了他读到哪儿了。这是简·奥斯丁的《理智和情感》;史达琳拿定主意,她要留意每一样东西。

"你看这灯要怎么样?"他说。

病房之间的走廊上光线昏昏的。靠近尽头的地方她看到明亮的灯光从最后一间病房照射到走廊的地面上。

"莱克特医生醒着呢。"

"夜里他都醒着——即使关了灯他也醒着。"

"灯原来怎么样还让它们怎么样吧。"

"过去的时候一直走中间,别碰栅栏,知道吗?"

"我想把那电视关了。"电视机已经挪过位置了,在最尽头处,正对着走廊的中间。有些患者侧过头斜靠在栅栏上可以看到这电视。

"当然可以,把声音关了,但你不介意的话图像还是留着,有人喜欢看。要椅子就在那儿。"

史达琳独自一人沿着这昏暗的走廊走过去。她没有朝两边的病房张望。落脚声在她听来似乎很响。只有从一间——也许是两间——病房里传出的打鼾声,咯咯咯的轻笑声。

以前密格斯那间病房现在又住进了新的犯人。她可以看到地上伸着两条长长的腿,头顶枕靠在栅栏上。经过时她看了看。病房的地面上散落着一摊已撕成碎片的彩色美术纸,一个男人坐在那里。他的脸上一片茫然。电视图像映照在他的眼睛里,流出的口水形成亮晶晶的一条,在他的嘴角与肩膀之间连起了一条线。

她想等到莱克特医生肯定看到她之后再朝他的病房里看。她走过他的病房，觉得两肩之间痒痒的，到电视机那儿把声音关掉了。

莱克特医生的病房是白色的，他又穿着精神病院里白色的睡衣睡裤，病房里唯一的彩色就是他的头发和眼睛以及那张红红的嘴；在一张那么久不见太阳的脸上，那红红的嘴犹如从周围的一片白中过滤出来似的，整个脸部仿佛悬浮在衬衣领子之上。他坐在尼龙网后面的桌旁，尼龙网挡住他使之够不到栅栏。他正在用自己的一只手做模特儿在小摊贩用的那种纸上画素描。她注视着，看到他翻过手来，收拢手指紧紧握住，将前臂的内侧画了下来。他用小手指头作为明暗的擦笔，对一根炭画线条进行加工修饰。

她向栅栏稍稍走近了一点，他抬起了头。史达琳在病房投下的每一点影子都能流入他的眼睛以及额前那V形发尖。

"晚上好，莱克特大夫。"

他的舌尖露了出来，两片嘴唇和舌头一样红红的。舌尖在上嘴唇的正中碰了一下后又缩了进去。

"克拉丽丝。"

她听出他嗓音中那点像金属器擦刮的沙沙声，不知道他从上次开口说话到现在已经过了多久了。沉默的声音在一记记地敲着……

"上夜课的话你来迟了。"他说。

"我这就是来上夜课。"她说，心想自己的声音再有力一点就好了。

"昨天我在西弗吉尼亚——"

"你受伤了吗？"

"没有，我——"

"你还新贴着一块邦迪创口贴呢，克拉丽丝。"

她这时才想了起来。"在游泳池边上擦伤了，我今天游泳来着。"那邦迪创口贴贴在小腿肚上，裤子遮着是看不见的，他一定是嗅出来了。

"我昨天在西弗吉尼亚。他们在那儿发现了一具尸体,野牛比尔最近干的。"

"确切地说还不是他最近干的,克拉丽丝。"

"再前面一次。"

"对了。"

"她的头皮被剥了,正如你预言的一样。"

"我们一边谈,我一边接着画素描你介意吗?"

"不,你请。"

"你查看过遗体了?"

"是的。"

"见过他以前的杰作吗?"

"没有。只看过照片。"

"当时是什么感觉?"

"害怕。接着就忙活儿了。"

"然后呢?"

"震惊。"

"还能正常操作吗?"莱克特医生在小摊贩用纸的边缘磨了磨他的炭笔以便把笔尖弄得尖细一点。

"很不错,我操作得很不错。"

"是为了杰克·克劳福德? 要不就是他还在出马上阵?"

"他是去了。"

"委屈你一下稍许帮我个忙,克拉丽丝。请将你的头往前垂,就往前垂一点好像是睡着了的样子。再坚持一会儿。谢谢,这下我画到了。你乐意的话就坐吧。在他们发现她之前你把我说的话告诉杰克·克劳福德了?"

"是的。他很不以为然呢。"

"那他见到西弗吉尼亚那具尸体之后呢？"

"他同他那位主要的专家谈了，那位来自大学——"

"艾伦·布鲁姆。"

"对。布鲁姆博士说，野牛比尔是在实现报纸制造的一种人格面貌，就是那些庸俗小报玩弄的野牛比尔要剥人头皮的事儿。布鲁姆博士说，谁都看得出来那样的事儿就要发生。"

"布鲁姆博士料到这事儿要发生了吗？"

"他说他料到了。"

"他料到事情要发生，可他秘而不宣。我明白了。你怎么看，克拉丽丝？"

"我说不准。"

"你学过一点心理学，一点法医学，两者交会处你可以找寻找寻，不是吗？逮到点什么了吗，克拉丽丝？"

"目前为止进展还是相当慢。"

"关于野牛比尔，你学的这两门课是怎么说的？"

"据书上的说法，他是个虐待狂。"

"生活复杂多变，哪是书本能抓得住的，克拉丽丝；愤怒表现为欲望，狼疮说成了荨麻疹。"莱克特医生右手画左手画完了，又将炭笔换到左手开始画右手，画得还是一样好。"你是指布鲁姆的书吗？"

"是的。"

"你在里面查找了我的情况，是吗？"

"是的。"

"他是怎么描述我的？"

"明知自己在犯罪却毫不在乎的精神变态者。"

"你能说布鲁姆博士永远是正确的吗？"

"我自觉看法受其影响，这影响还有待慢慢消退呢。"

莱克特医生微微一笑，露出了他又小又白的牙。"每个方面我们都有专家，克拉丽丝。奇尔顿医生说，萨米，就是你身后那位，是个得了青春期痴呆症的精神分裂症患者，已不可救药了。他把萨米放在以前密格斯的病房里，因为他觉得萨米已说过告别人世的话。患青春期痴呆症的人通常什么表现你知道吗？别担心，你说话他听不到的。"

"他们最难治了。"她说，"通常是彻底逃避现实，人格分裂。"

莱克特医生从他那几张小摊贩用纸的中间拿出一样东西放入食物滑送器。史达琳将滑送器拉了过来。

"萨米昨天刚把这东西和我的晚饭一道送过来的。"他说。

这是一小片彩色美术纸，上面是彩笔写的字。

史达琳看到：

我想去见耶稣
我想跟着基督
我能跟着耶稣
只要我表现得不错
　　萨米

史达琳向右边扭过头朝后看去。萨米一脸茫然地靠着病房的墙坐着，头斜倚在栅栏上。

"请朗读一下好吗？他听不到的。"

史达琳开始念。"'我想去见耶稣，我想跟着基督，我能跟着耶稣，只要我表现得不错。'"

"不行，不行。要像念'豌豆稀饭烫嘴'那样加强音色。韵律变了，可强度一样。"莱克特轻轻地抚掌击拍，"豌豆稀饭盛罐，一放就是九天。要强烈，知道不？要有激情。'我想去见耶稣，我想跟着基督。'"

"我懂了。"史达琳说着将那张纸放回了食物滑送器。

"不,你根本什么也没有弄懂。"莱克特医生一跃而起,他那柔软的身体忽然扭得奇形怪状,弯下腰来蹲着像个侏儒,又蹦又跳,击掌打拍,声音像探测水下音波的声纳似的鸣叫起来,"我想去见耶稣——"

萨米的声音犹如豹的一声咳嗽,忽地在她身后轰鸣起来,比吼猴的叫声还响。萨米爬了起来,将脸硬往那栏杆里挤,脸是死灰色,肌肉紧绷着,脖子上青筋暴突:

我想去见耶稣
我想跟着基督
我能跟着耶稣
只要我表现得不错

沉默。史达琳发觉她不知不觉中已站了起来,折叠椅倒在了后面,膝盖上的文件也散落到了地上。

"请坐。"莱克特医生说,身子笔挺,动作优雅,仿佛又成了一位舞蹈演员。他请她坐下,自己轻松落座后用一只手支起下巴。"你根本就没有搞懂。"他又说了一遍,"萨米怀有强烈的宗教狂热。他之所以失望只是因为耶稣来得太迟了。我可以告诉克拉丽丝你怎么会到这里来的吗,萨米?"

萨米捏捏脸的下部后停住不动了。

"请问可以吗?"莱克特医生说。

"嘿嘿嘿嘿。"萨米的声音从手指间传出。

"萨米把他母亲的头放到了特鲁恩公路浸礼教堂的募捐盘里。他们在那里唱'把你最好的东西献给主',而这人头就是他拥有的最好的东西。"莱克特隔着她的肩膀说,"谢谢,萨米。很好,看电视去吧。"

这个高大的男人瘫坐到了地上,头靠着栅栏,和原先完全一样。电视图像在他的瞳孔中蠕动着。脸上这时已是三条银白的线,一条口水两行泪。

"好了,现在来看看你能不能说说自己对他的问题的看法,然后我也许会谈谈我自己对你的问题的看法。投桃报李吧。他不在听的。"

史达琳不得不开动脑筋使劲想。"诗由'去见耶稣'变为'跟着基督',"她说,"这儿有个先后顺序,蛮有道理的:前往,到达,跟随。"

"对了。它是直线性上升。我尤其高兴的是他知道'耶稣'和'基督'是同一个人。这就是进步。单独一个上帝却同时又是圣父、圣子、圣灵三位一体,这样的概念叫人难以调和,尤其对萨米,他没有把握他自己到底是几个人。埃尔特里奇·克利佛给我们说了个'三位一体'的说教性寓言故事,我们发现那还是有作用的。"

"他在自己的行为与目标之间看到一种偶然的联系,这是结构性思维。"史达琳说,"韵的处理也是这样。他没有变得迟钝痴呆——他还在哭泣呢!你认为他是个紧张性精神分裂症患者?"

"是的。你闻到他的汗味了吗?那种山羊特有的气味儿叫反式-3-甲基-2-异己酮酸。记住了,精神分裂症患者就是这味儿。"

"而你又相信他是可以治的?"

"尤其是现在,他正在慢慢脱离僵化痴呆的状态。瞧他的脸,多有光彩!"

"莱克特大夫,你为什么说野牛比尔不是个虐待狂呢?"

"因为报纸上报道那些尸体上绳索的印子都在手腕上,不在脚踝上。你在西弗吉尼亚那人的脚踝上看到有什么绳索的印子了吗?"

"没有。"

"克拉丽丝,以剥人皮作为消遣的行为都是在被害者倒挂着的状态下进行的,那样被害者头部及胸部的血压时间可以保持得久一些,人在被剥皮的时候就一直有知觉。这你原来不知道吗?"

"不知道。"

"你回华盛顿后就去国家美术馆看看提香的《剥马莎斯的皮》,他们很快就要将画送回捷克斯洛伐克了。提香的细节画得真是精彩——看看那帮忙的潘神,提着桶水送来。"

"莱克特大夫,我们这儿碰到了点不同寻常的局面,也有一些很难得的机会。"

"给谁的机会?"

"给你的,如果我们能救下这一位。你在电视上看到马丁参议员了吗?"

"看到了,我看了新闻。"

"对她的那番话你有什么想法?"

"指导有误却也无害。给她出主意的人点子很糟。"

"马丁参议员能量很大,而且决心坚强。"

"说来听听。"

"我想你的洞察力是超凡的。马丁参议员已表示,如果你能帮我们的忙,让凯瑟琳·贝克·马丁不受伤害地活着回来,她就可以帮你转入一座联邦监狱,至于一片风景,你也会有的。还会请你来审阅就新病人所做的书面心理评估——换句话说,就是还有一份工作。安全约束措施不放宽。"

"这我不信,克拉丽丝。"

"你应该相信。"

"噢,你我是相信的。但是对于人类的行为,你并不完全了解,就像你不懂剥人皮一样。你说,一位美国参议员,竟然选择你来作信使,这不是怪事吗?"

"我可是你的选择,莱克特大夫。是你选择了我,同我说话的。你现在是不是又愿意跟别的人说了?要么你可能觉得自己无力帮忙。"

"这话可既无礼又不属实,克拉丽丝。我认为杰克·克劳福德是不会让我得到任何报偿的。……也许我可以告诉你一些你可以去跟参议员说,可我绝对要的是'一手交钱一手交货'。也许我做交易的条件是,你给我透露一条有关你自己的消息。行还是不行?"

"我听听是什么问题。"

"行还是不行?凯瑟琳在等着呢,不是吗?她在听那霍霍的磨刀声吧?你想她会请你做什么?"

"我听听是什么问题。"

"你小时候最坏的记忆是什么?"

史达琳深深地吸了一口气。

"别那样,快点!"莱克特医生说,"我可没兴趣听你那蹩脚透顶的虚构故事。"

"是我父亲的死。"史达琳说。

"跟我说说。"

"他是镇上的一名警察。一天晚上,他撞见了两名正从药店后门出来的窃贼,是瘾君子。他一边从自己的小型卡车里往外爬,一边掏那支滑套操作的连发枪却没能完全打开到位,结果被他们击中了。"

"没能完全打开到位?"

"他没能将滑套完全打开。那是支老式的滑套操作的连发枪,莱明顿870型的,弹筒卡在了装弹机里。出现这样的情况枪就射不起来,得拆下来清理一下。我现在想他当时一定是从车里出来时滑套撞着车门了。"

"他当时就被打死了吗?"

"没有。他很坚强,坚持了一个月。"

"你有没有在医院看到他?"

"莱克特大夫——看到了。"

"告诉我你记得的医院中的一个细节。"

史达琳闭起了眼睛。"来了位邻居,一个年纪比他大的妇女,是位单身女士,她给他背诵了《死亡观》最后一段。我猜想她要对他说的一切也就是这个了。就这些。我们交易过了。"

"是的,我们交易过了。你一直很坦率,克拉丽丝。我都知道。我想若在私下里认识你会是件叫人相当快意的事儿。"

"投桃报李嘛。"

"西弗吉尼亚那位女孩儿活着的时候身子是不是很迷人,你觉得?"

"她打扮得很精心。"

"别守着你那份对女性的忠诚来浪费我的时间。"

"她很沉。"

"大个儿?"

"是的。"

"胸部遭枪击。"

"是的。"

"我猜想是扁胸脯。"

"就她那个头儿说,是的。"

"可臀部很大,很宽。"

"是,是的。"

"别的还有什么?"

"有人在她的喉咙里故意塞了一只昆虫——这一点还没有公开。"

"是只蝴蝶吗?"

她一时间没接得上气来,希望他刚才没听到自己的话就好了。"是只蛾子。"她说,"请告诉我,你是怎么预料得到的?"

"克拉丽丝,我这就告诉你野牛比尔想要凯瑟琳·贝克·马丁的什么,然后咱们就道晚安吧。目前这条件下,这是我最后的一句话。你可以告诉参议员他想要凯瑟琳的什么,这样她就会想出更有趣的条件来提供给我……否则她就等凯瑟琳的尸体晃晃悠悠浮出水面吧,那时她会明白我原来没有说错。"

"他想要她的什么,莱克特大夫?"

"他想搞一件带奶子的女式背心。"莱克特医生说。

23

凯瑟琳·贝克·马丁在地下室地面以下十七英尺的地方躺着。黑暗中,她的呼吸声和心跳声很响。有时恐惧压迫着她的胸口,仿佛一个设陷阱捕兽的人捕杀一只狐狸。有时脑子还能够思维:她知道自己被绑架了,却又不知道绑架者是谁。她清楚自己不是在做梦;在这绝对的黑暗中,就是眨眼睛弄出的那点点细微声,她都能听得到。

她这时比初恢复知觉时要好一些了。可怕的眩晕基本上没有了,也知道有足够的空气,能辨得出上下,自己身体的位置在何处大致也有点数。

紧贴水泥地面躺着的一侧,肩膀、臀部和膝盖都觉得痛,这一侧就是下。上呢,是那块粗粗糙糙的蒲团,在前面一次叫人头晕目眩的灯照的间歇,她曾在这蒲团底下爬过。脑袋中"突突"的抽痛这时已经消退,真正疼的只有左手的手指。她知道,无名指被打断了。

她身穿一件东拼西凑缝制起来的伞兵服,这衣服穿在她身上很是奇怪。衣服很干净,散发着柔顺剂的气味。地上也很干净,除了逮她的那个人从洞口扔下来的鸡骨头和一点点蔬菜。别的东西就只有那块蒲团以及一只塑料卫生水桶了;水桶的提手上系着一根细绳,摸上去感觉像是厨房里用的那种棉线绳,黑暗里往上延伸着,一直到她够不着的地方。

凯瑟琳·马丁可以在四周自由地活动,可是没有地方可去。她躺着的地面是椭圆形的,面积大约是8英尺×10英尺,中间有个小小的排水孔。这是一个带盖的深坑的底部。四周光溜溜的水泥墙壁往上伸展,形成平缓的内向坡。

上面这时响起了声音,要么就是她的心在跳?是上面有声音。声音从头顶清清楚楚地传到她的耳朵里。囚禁她的这个地下土牢在地下室的位置是在厨房的正下方。这时可以听到走过厨房地面的脚步声和放水的声音,还有狗爪子在油地毡上的抓搔声。随后什么也没有了,直到地下室的灯亮起来,上面开着的井口才现出一圈微弱的黄光。接着,耀眼的光射进了坑里,这次她就坐起身子让光照着,蒲团放在腿上,等眼睛适应光线之后设法透过手指的缝隙去看一看,下定决心要四下里看个究竟。坑里放下来一盏泛光灯,电线吊着,在上头高处晃荡,她的身影也就随之在她周围摇晃起来。

她身子一缩,忽见她那只卫生便桶动了一下,被提了起来,吊在那根纤细的绳子上朝着灯晃晃悠悠地往上升,一边升还一边慢慢地打着转。她努力想将恐惧吞咽下去,一张嘴压进来大股的气,可还是设法讲出了话。

"我家里会出钱的。"她说,"现金。我母亲现在就会付给你,什么问题也不问。这是她的私人——嗳!"飘下来一片影子落到她身上,只是一块毛巾。"这是她的私人电话号码,号码是202——"

"自己洗洗。"

她听到和那只狗说话的也是这个怪异的声音。

又一只水桶吊在一根细绳上放了下来。她闻到了热乎乎的肥皂水的味道。

"把衣服脱了浑身上下洗洗,要不就放水管冲你。"声音越来越弱,只听得他轻轻地对狗说,"是的,这东西要用水管冲,对不,心肝宝贝儿?是的,要用水管冲!"

凯瑟琳·马丁听到地下室上面的地板上传来脚步声和狗爪走路声。灯初次打开时她眼前出现的重影这时消失了。她能看了。到顶部有多高?吊泛光灯的电线结实吗?能不能用这身伞兵服去往上搭?用毛巾勾住点什么?该死的总得做点什么啊!墙是那样的光滑,犹如光溜溜向上伸展的一条隧道。

水泥墙上有一道裂口,离她可以够得着的地方有一英尺,这是她所能见到的唯一的瑕疵。她尽最大的力将蒲团紧紧卷起,再用毛巾扎好。她站到蒲团上,摇摇晃晃去够那道裂口。她用手指甲往里抠以保持身体平衡,再吃力地朝上面的灯亮处看。灯光耀眼,她眯起眼睛往其中看。这是一盏带灯罩的泛光灯,荡进坑里仅一英尺,她一只手往上伸直了,离它大约还有十英尺,倒还不如月光起作用,而他又过来了,蒲团在晃,为了保持身体平衡,她在墙上的裂口处乱抓一气,最后还是跳了下来。有个什么东西,片状的,擦过她的脸掉了下来。

穿过灯光伸下来一样东西,是条水管。冰冷冷只是泼溅出一股水来,是个凶兆。

"自己洗洗。浑身上下都洗洗。"

水桶里有一块浴巾,水里还浮着一只塑料瓶,装的是昂贵的外国润肤露。

她照办了,手臂和大腿上直起鸡皮疙瘩,乳头发痛,寒气中都皱缩了。她尽可能地往墙壁凑,挨着那桶温热的水蹲下洗了。

"现在把身子擦干,上下搽上润肤露。浑身上下都搽上。"

润肤露因为浸在洗澡水里还是温温的,搽过后潮漉漉,弄得伞兵服都粘到了皮肤上。

"现在把你那些垃圾捡起来,地上洗洗。"

这她也照办了，把鸡骨头捡到一块儿，再拾起那些美国豌豆。她把这些东西都放进了水桶，又将水泥上那几点油渍轻轻擦去。靠墙这儿还有点别的什么。原来是从上面裂口飘落下来的那片东西。这是一片人的手指甲，涂满了亮闪闪的指甲油，是被往后一直从指甲根那儿掰下来的。

水桶被拉了上去。

"我母亲会出钱的。"凯瑟琳·马丁说，"什么问题也不问你。她给你的钱足以让你们都富起来。如果是在干什么事业，不论是伊朗还是巴勒斯坦，还是黑人解放运动，她也都会出钱支持的。你所要做的一切只是——"

灯灭了。忽然间整个儿一片黑暗。

当她那只系在绳上的卫生便桶落在她身旁时，她"呜——"的一声退缩了一下。她坐在蒲团上，脑子里在飞速地翻腾。现在她相信了，绑架她的人是个单身，美国人，白种。她试图要给他以这样的印象：并不知道他是谁，什么肤色，一起有几个人；因为头上挨了打，她对停车场的记忆也全都消失了。她希望他能相信自己，安全地将她放了。她的脑子在转着，转着，终于，转出了极好的结果：

那片指甲，说明这里曾经待过别的人。一名妇女或女孩儿曾在这里过。她现在在哪儿呢？他对她做了什么呢？

要不是由于震惊和迷乱不知所措，她不会这么长时间才想到这结果的。即使如此，却还是那润肤露让她想起来的。皮肤！这时她明白了扣着她的人是谁！这一明白就像地球上每一件灼人的鬼事情一样压上了她的心头。她厉声地尖叫着，尖叫着，钻到蒲团下，又爬起来往上攀，用手指去抓墙，再尖叫，一直到嘴里咳出热乎乎咸滋滋的东西来，双手扑上脸，将黏糊糊的东西揩到手背上，僵挺挺地躺倒在蒲团上，又从头到脚弓曲身子滚到地上，两手往头发里紧紧抓去。

24

在破破烂烂的护理员休息室里,克拉丽丝·史达琳将一枚二十五分硬币当啷一声投进了电话机。她拨通了那辆监控车的电话号码。

"我是克劳福德。"

"我打的是顶级安全病区外面的投币电话。"史达琳说,"莱克特医生问我西弗吉尼亚那只昆虫是不是一只蝴蝶。他不肯详谈。他说野牛比尔之所以要凯瑟琳·马丁,是因为,我引他自己的话说是,'他想搞一件带奶子的女式背心'。莱克特医生想和我们做交易。他想要参议员给他提供一个'更有趣的'条件。"

"是他突然中断谈话的吗?"

"是的。"

"你认为他过多久才肯再次开口?"

"我认为就下面这几天吧,不过要是我能得到参议员紧急提供的某种条件的话,我还是愿意现在就再去盯他一下。"

"是应该紧急。我们搞清了西弗吉尼亚那女孩儿的身份,史达琳。底特律一个搞失踪人员指纹卡的部门大约半小时前给警方的身份鉴定科打了电话。此人叫金伯莉·简·艾姆伯格,二十二岁,二月七号起就从底特律失踪了。我们正在她的邻里查询以求找到证人。夏洛特斯维尔的医检人员说,她的死不迟于二月十一号,可能还要前一天,十号。"

"他只让她活了三天。"史达琳说。

"他的周期越来越短了。我想谁也不会感到惊讶的。"克劳福德的声音很平和,"他绑架凯瑟琳·马丁大约有二十六个小时了。我想要是莱克特能松口,最好是让他在你们下一次谈话时说出来。我驻扎在巴尔的摩分局,是监控车让你和我联系上了。我在离医院两个街区的霍角旅馆给你预备了一间房间,回头你需要的话可以去打个盹儿。"

"他狡猾多疑,克劳福德先生,不相信你真会给他什么好处。他说的那些关于野牛比尔的话,还是我向他提供了自己的私事作为交换条件的。我觉得他提的问题和这案子之间原本上没有任何关联。……你想知道那些问题吗?"

"不。"

"这就是你为什么不叫我带窃听的原因,是不是?你是想如果没有别的人能听到,我谈起来会容易些,更有可能告诉他一些废话来取悦于他。"

"这儿是另外一种可能:史达琳,我如果相信你的判断力会怎么样呢?如果我认为你是我打出的最好的一枪,而我又不想让许多人事后在背地里对你指指戳戳,又会怎么样呢?那样的话我会叫你带窃听吗?"

"不会的,长官。"调动手下工作人员的积极性你是出了名的,对不对,"龙虾"先生?"我们可以给莱克特医生提供什么条件?"

"有几样东西我这就派人送过去。我五分钟后到,除非你想先歇口气。"

"我宁可现在就干。"史达琳说,"让他们找一下阿朗索。告诉阿朗索我在8部外面的走廊上同他见面。"

"五分钟后到。"克劳福德说。

史达琳在地下深处这间破烂的休息室的油地毡上来来回回地走

着。她是这屋子里唯一的亮色。

当我们在草地或铺着砂砾的小路上散步时,并不会为即将到来的事做什么心理上的准备;而在这没有窗户的地方,在医院的走廊上,在和这间放着破裂塑料沙发和沁扎诺烟灰缸、光秃秃的混凝土墙壁只用半截窗帘遮挡着的休息室一样的房间里,我们倒是会提前一点点时间做一番准备。在像这样的房间里,只要有这么一点点时间,我们倒是会来准备一下接着要做的动作,牢记在心,在厄运来临遭惊受吓时可以用得着。史达琳不小了,懂得这个;她没有让这间屋子影响她的情绪。

史达琳来回走着。她向空中做手势。"要挺住,姑娘!"她说出了声。她既是对凯瑟琳·马丁说,也是在对自己说。"我们总比这个房间要出色,总比这个该死的地方要出色!"她高声地说,"无论他在哪儿绑着你,我们总比他要出色。帮帮我!帮帮我!帮帮我!"刹那间,她想到了她已故的父母。她在想,他们会对她现在这副样子感到羞耻吗?就这问题,不关别的,没有任何限制性条件,就和我们平时每次问这问题时的方式一样。回答是,不会的,他们不会为她感到羞耻。

她洗了洗脸,走出房间来到了走廊。

护理员阿朗索已经拿着克劳福德给的密封好的一包东西在走廊上了。里面装着一张地图和他的指示。她就着走廊的灯很快地看了一下,随后按电钮唤巴尼让她进去。

25

莱克特医生坐在桌旁，正在仔细看他的信件。史达琳发现，他不看着她时，自己可以比较轻松地走近他那。

"大夫。"

他竖起一根手指示意她不要说话。信看完之后，他若有所思地坐着，那只长着六根手指的手的大拇指抵着下巴，食指放在鼻子旁。"这东西你怎么看？"他说，一边将文件放入食物滑送器。

这是一封来自美国专利局的信。

"这信是关于我用耶稣被钉死在十字架上的造型设计的一只表。"莱克特医生说，"他们不肯授我专利，倒建议我给这表面申请个版权。看这儿。"他将画的餐巾大小的一张画放入食物滑送器，史达琳拉了过来。"你可能已经注意到了，在大多数耶稣被钉死在十字架上的作品中，两只手都是指在，比方说吧，两点三刻或者最早也是两点差十分的位置，而双脚站在六字上。这只表的表面上，耶稣就被钉在十字架上，你那儿可以看到吧：双臂绕着转动表示时间，就和一般流行的迪斯尼钟表上的指针一样。双脚还是保持在六的位置，而顶部有根小秒针，绕着转动形成光轮。你觉得怎么样？"

这素描从解剖学的角度看画得很好。可头却是她的。

"要缩小到手表大小,许多细节就没了。"史达琳说。

"这倒是,很不幸。不过想想钟看。你觉得没有专利能保险吗?"

"机芯你是要买石英表的——不是吗?——而机芯已经有专利了。我不是很清楚,可我想专利只授予独创性的机械装置,版权才适用于设计。"

"但你又不是律师,对吧?联邦调查局里他们现在再也不用律师了。"

"我给你带来了一个建议。"史达琳说着打开了公文包。

巴尼走了过来,她重又合上了公文包。巴尼极其镇定,令她羡慕。他看出是内幕情报不该他知道;他那双眼睛的背后透露出他有很强的领悟力。

"对不起。"巴尼说,"假如你要处理的文件材料很多,这儿工具间里有一把一边带扶手桌面的椅子,是学校里那种,给精神病专家用的。要吗?"

一副做学生的形象。要还是不要?

"我们现在可以谈了吗,莱克特大夫?"

医生举起了一只摊开手心的手。

"要,巴尼,谢谢。"

她这时坐好了,巴尼也走开了,很保险。

"莱克特大夫,参议员提供了一个极好的条件。"

"好不好要我来定。你这么快就和她说了?"

"是的。她没有什么犹豫的。她能给的一切都在这儿,所以这事儿不能讨价还价。就是这样,全都在这儿,一次性都给你。"她的目光从公文包上往上抬了抬。

莱克特医生,这个有九条命案在身的凶手,将手指搭成尖顶状顶在鼻子下。他凝视着她,两只眼睛的后面是无尽的黑暗。

"如果你帮助我们及时找到野牛比尔,使凯瑟琳·马丁不受伤害被救出,你可以得到以下条件:转入纽约奥内达公园内的退伍军人管理局医院,进那儿的一个小间,可以看到医院四周的树林。最严格的安全防备措施还得要用。会请你对联邦机构的一些收容人员做书面心理评估,只是那些人员不一定和你同在一个机构。你做评估看不到他们的姓名和身份。你可以得到相当数量的书。"她抬起眼睛瞥了瞥。

沉默可以嘲弄人。

"最好的一点,也是最值得重视的一点是:每年中有一个星期,你可以离开医院上这儿。"她将一张地图放入食物滑送器。莱克特医生并没有把滑送器拉过去。

"李子岛。"她接着说,"那个星期里,每天下午你都可以上海滨散步或到海里游泳,监控离你不超过七十五码,不过将是特警监控。完了。"

"我要是不接受呢?"

"或者你还可以在那房间里挂块半截头的窗帘,那样也许会让你感觉好些。我们没有任何东西可以用来威胁你了,莱克特大夫。我弄来的是一条出路,可以让你见到阳光。"

她没有看他。现在她还不想同他对视,这还不是冲突呢。

"凯瑟琳·马丁会来同我谈谈吗——只谈谈绑架她女儿的人——假如我决定要发表点什么的话?只单独同我谈?"

"可以。这一点可以答应你。"

"你怎么知道?谁答应?"

"我亲自带她来。"

"还要她肯来呢。"

"那我们总得先问问她,对不对?"

他将食物滑送器拉了过去。"李子岛。"

"从长岛那端看过去,北面的那个手指状的就是。"

"李子岛。'李子岛动物疾病中心(属联邦政府,负责口蹄疫研究)',上面是这样说的。听起来很迷人。"

"那只是岛上的一部分。那儿有个漂亮的海滨,住处很好。春天里燕鸥上那儿搭窝筑巢。"

"燕鸥。"莱克特医生叹了口气。他把头微微侧向一边,用他那红红的舌头在红红的嘴唇中央舔了舔。"如果我们要谈这个,克拉丽丝,我得先得到点什么吧。投挑报李吧。我告诉你一些,你也告诉我一点。"

"说吧。"史达琳说。

她不得不等上整整一分钟他才开口。"毛虫在茧子里变成蛹。后来它出壳了,从它那悄悄变化的空间里出来,变作一只美丽的成虫。你知道什么是成虫吗,克拉丽丝?"

"长了翅膀的成年昆虫。"

"可是还有呢?"

她摇摇头。

"这是精神分析有关死亡宗教的一个术语。成虫,是父亲或母亲的一个形象,从婴儿时候起就埋藏在孩子的潜意识中,与婴儿期的自觉感情紧紧地联系在一起。这个词来源于古罗马人,他们在送葬队伍中扛着祖先的半身蜡制雕像……就是克劳福德这么迟钝的人,也肯定能从这昆虫的虫茧中看出某种意义来。"

"没什么可以一下就能抓住的,只能对照着叙词索引上那些已知的性犯罪分子,逐个核查昆虫学刊物的订户名单。"

"首先,咱们不要再说野牛比尔了,这是个误导人的名称,与你们想要的那个人没有关系。为方便起见,我们就叫他比利。我把我想的给你说个大概。准备好了吗?"

"准备好了。"

"虫茧的意义就在于变化。幼虫变成蝴蝶，或者蛾子。比利认为他想变。他在用真的女孩子的皮给自己做一套女孩子的衣服，于是就有了这些大个儿的被害人——他得搞到合适的材料。被害人的数量暗示，他也许把这看作蜕化的一组系列。他是在一栋两层楼的房子里干这事儿的，为什么是两层楼原因你找到了吗？"

"一度他是把她们吊在楼梯上的。"

"不错。"

"莱克特大夫，我在易性癖与暴力之间看不出有任何相关的东西——易性癖者通常是温顺的那一类人。"

"这倒是真的，克拉丽丝。有时你还会发现他们有一种倾向，对手术上瘾——从整容来说，易性癖者的要求是很难满足的——可大致也就只能这样了。比利并不是真要改变自己的性别。照这样想下去，克拉丽丝，你离抓住他已经很近了，这你意识到了吗？"

"没有，莱克特大夫。"

"很好。这样你就不会介意跟我说说你父亲死后你身上发生了哪些事。"

史达琳看着扶手桌面上那些刻痕。

"我想这答案不在你那些文件里吧，克拉丽丝。"

"我母亲把我们聚在一起有两年多。"

"她做什么呢？"

"白天在汽车旅馆当女佣，晚上在咖啡馆当厨子。"

"后来呢？"

"我到蒙大拿我母亲的表姐和她的丈夫家去了。"

"就你？"

"我是老大。"

"镇里对你家一点表示也没有？"

"给了张五百元的支票。"

"怪事儿,怎么没有保险?克拉丽丝,你说是你父亲那滑膛枪的滑套撞上了他那小卡车的车门?"

"是的。"

"他没有巡逻警车?"

"没有。"

"晚上出的事儿?"

"是的。"

"他没有手枪吗?"

"没有。"

"克拉丽丝,他是在夜间工作,开的是辆小型卡车,武器只有一把滑膛枪……告诉我,他皮带上是不是有可能拴了个考勤钟?那一种东西,钥匙被他们死扣在全镇各处的岗位上,你得开车上各处取钥匙,再把钥匙插入钟内,这样镇上的父母官就知道你不在睡觉了。告诉我他是不是拴了这么一只东西,克拉丽丝?"

"是的。"

"他是个巡夜的吧,克拉丽丝?根本就不是什么警察。你一说谎我就会知道的。"

"工种一栏上说他是夜间巡警。"

"那东西后来怎么样了?"

"什么东西怎么样?"

"考勤钟。你父亲被枪杀之后它怎么样了?"

"我记不得了。"

"如果你确实记起来了,告诉我好吗?"

"可以。等等——市长到医院来了,他问我母亲要走了那钟和徽章。"她原来还不晓得自己知道这一点。市长穿了一身休闲服,脚上是一双从剩余物资商店买来的海军鞋。这个狗杂种!"投桃报李吧,莱克特大夫。"

"刚才有一霎时你是不是以为那故事是你编出来的?不,要是你编造的,就不会引起你的痛苦了。我们刚才在谈易性癖者的事儿。你说,暴力和破坏性的反常行为从统计学的角度来看,与易性癖之间相互没有什么关系。是这样的。你还记得我们说过的愤怒表现为欲望、狼疮说成是荨麻疹的话吗?比利不是个易性癖者,克拉丽丝,可他自认为是的,他试图改变自己的性别。我猜想他是许多东西都想试试。"

"你前面说,这么想下去我们就快要抓到他了。"

"做变性手术的主要有三个中心:约翰斯·霍普金斯医院、明尼苏达大学和哥伦布医疗中心。如果他向一家或三家申请做变性手术却又都遭到了拒绝,我是不会觉得奇怪的。"

"他们根据什么拒绝他呢?他会有什么东西暴露出来呢?"

"你反应很快,克拉丽丝。第一个理由将是犯罪记录。这一点就使申请人失去了做手术的资格,除非这罪相对而言并无危害,而且是事关性别辨认的问题;在公开场合穿异性服装啦,就像这一类的事儿。如果他对其犯有的严重犯罪记录进行隐瞒,那个人品德的鉴定记录上会把他找出来的。"

"怎么找?"

"要把他筛选出来一定得知道怎么找,是吧?"

"是的。"

"你为什么不问布鲁姆博士?"

"我宁可问你。"

"你干这个又能得到什么呢,克拉丽丝?晋级还是加薪?你现在是什么?9级?小小的9级如今能得到什么?"

"透露一点吧,可以得到一把进入前门的钥匙。从诊断法上来看,他会怎样暴露呢？"

"你觉得蒙大拿怎么样，克拉丽丝？"

"蒙大拿很好。"

"你喜欢你母亲表姐的丈夫吗？"

"我们不一样。"

"他们怎么样？"

"干活都累坏了。"

"有别的孩子在吗？"

"没有。"

"你住在哪儿？"

"牧场。"

"牧羊场？"

"有羊有马。"

"你在那儿有多久？"

"七个月。"

"当时你多大？"

"十岁。"

"此后你又去了哪里？"

"波斯曼的路德会教友之家。"

"跟我说实话。"

"我跟你说的是实话。"

"你是在绕着真相打转转。要是你累了，我们可以到周末再谈。我自己也相当没劲了。还是更愿意现在谈？"

"现在谈，莱克特大夫。"

"好。一个孩子，离开母亲被送到蒙大拿的一个牧场，一个放羊和马的牧场，思念着母亲，动物却又使她兴奋激动……"莱克特医生摊开双手请史达琳继续往下讲。

"那儿很好。我有自己的房间,地上铺着印地安地毯。他们让我骑马——让我坐在马上牵着她四处转——她的视力不太好。所有的马都有点毛病,不是瘸就是病。有些马是同孩子们一起养大的,早晨我出去搭乘校车时,它们会,你知道的,对我嘶叫两下。"

"可后来呢?"

"我在牲口棚里发现了一样奇怪的东西。那里他们有间小小的马具房。我以为那东西是某种旧帽盔之类的玩意儿。拿下来一看,上面印着'W. W. 格林纳人道宰马器'的字样。它有点像一顶铃铛状的金属帽子,里面顶端有一处是装子弹的,看上去大约是.32口径的那种。"

"这牧场上要屠宰的马他们也放出去吃草吗,克拉丽丝?"

"是的,放出去。"

"他们就在牧场上宰杀吗?"

"熬胶和作肥料用的就在牧场宰杀,死了之后一卡车可以装上六匹。用作狗食的会被活着拉走。"

"你在圈栏里骑的那匹呢?"

"我们一起跑了。"

"你们跑了有多远?"

"现在我大概就跑到这儿,你给我解释分析清楚那诊断的方法以后我再接着跑。"

"你知道申请做变性手术的男性要经过什么样的检测程序吗?"

"不知道。"

"如果你能从三个中心中的任何一个给我带一份他们的疗程安排表来,那可能会派上用处的,但首先,那一组测试通常将包括韦奇斯勒成人智力量表①、房子—树木—人②、罗夏测验、自我概念画像、主题理解测验，当然还有明尼苏达多相人格类型测验，加上别的几项测试吧——创于纽约大学的詹金斯测验我想是有的。你是需要点很快就能看明白的东西，是吧？是不是，克拉丽丝？"

"有点很快就能叫人看明白的东西，那是最好啦。"

"咱们看啊……我们假设找的是一名男性，他做测验的方式与真正的易性癖者不同。好吧——我们来看房子—树木—人这个测验。要找并不先画女性形象的这种人。男性易性癖者几乎总是先画女性，而典型的情形是，在他们所画的女性身上，他们十分留意那些装饰物品。他们所画的男性形象很简单，都是老一套——画'美国先生'的时候有些区别——但彼此的区别也不大。

"在画的房子中，要找那种不带有装饰物的表示未来是玫瑰色的画儿——房子外面没有婴儿车，没有窗帘，院子里没有花儿。

"真正的易性癖者画的树有两种——茂盛而摆动的柳树，还有就是有关阉割的主题。那些在画的边缘或纸的边缘被切去的树，象征了阉割的形象，而真正的易性癖者的画里，这些树都充满了生命，树墩上都开着花结着果。这是一个很重要的区别。精神错乱的人，你在他们画的树上看到的是恐惧、死气、支离破碎，两者很不一样。这是个很大的区别——比利要是画树，那是很吓人的。我是不是说得太快了？"

"不快，莱克特大夫。"

"易性癖者在画自己的时候，几乎从不把自身画成裸体。不要因为主题理解测验卡上有一定数量的人患妄想思维就受其误导——在常常

---

① 用以测试成人语言及动手能力的一组智题，由出生于罗马尼亚的美国心理学家大卫·韦奇斯勒（1896—1981）设计创立。

② 根据被测试者所画的房子、树木及人判断其性格特征的一种心理测验。下面几种也都是一些不同类型的心理测验，书中第一章已有所提及。

穿异性服装的易性癖者中间,这是相当常见的;他们与当局之间常有不愉快的事情发生。要我总结一下吗?"

"是的,请给我总结一下。"

"你应该设法去搞一份在三家变性中心都遭到拒绝的人的名单。首先检查有犯罪记录而遭拒绝的人——而且这些人当中,好好地去查那些夜间窃贼。在那些试图隐瞒犯罪记录的人中间,要找在儿童时代干过与暴力有关的严重滋扰事件的人,儿童时代就可能被拘留过的人。之后再去查测试材料。你要找的是一名白种男性,很可能三十五岁以下,大个子。他不是个易性癖者,克拉丽丝,他只是自以为是的。他困惑愤怒,因为他们不肯帮他的忙。我想这是我要说的一切,别的等我看了案卷再说。你会把案卷留给我的吧?"

"是的。"

"还有照片。"

"案卷包括照片在内。"

"那么就已有所得来看,你最好赶紧行动吧,克拉丽丝,我们来看看你干得怎么样。"

"我需要知道你是如何——"

"不。别贪心不足了,要不我们下星期再谈。有了点进展就回来。或者,没有进展也回来。克拉丽丝?"

"在。"

"下次你要告诉我两件事。那匹马后来怎样了是一件,另一件是我想知道……你是怎样处理自己的愤怒的?"

阿朗索过来接她。她把记录抱在胸前,低头走着,力图将一切都牢牢地记在脑子里。她急于呼吸外边的空气,匆匆忙忙出医院时,甚至都没有朝奇尔顿的办公室瞥上一眼。

奇尔顿大夫的灯还亮着,你可以从门底下看到那灯光。

26

远远的天际迎来了巴尔的摩铁锈色的黎明，黎明下，防备措施最为严格的病房里骚动起来了。在那从来都不曾黑过灯的里面，新开始的一天叫人有被折磨的感觉，仿佛装在桶里的牡蛎，张着壳，面对着退去的潮水。上帝创造的生灵哭号着睡去，又哭号着醒来。这些大叫大嚷的人在清理他们的喉咙。

汉尼拔·莱克特医生笔直地站在走廊的尽头，他的脸离墙有一英尺。他的身上裹着厚厚的帆布网罩，被紧紧地捆绑在搬家具用的一架高高的手推运货车上，好似一只落地大摆钟。网罩里面，他上身穿着约束衣，双腿绑着约束带。脸上戴着曲棍球运动员戴的面罩，这样他就不会咬人；这东西倒和马嚼子一样有效，护理员摆弄起来也不那么湿漉漉。

莱克特医生的身后，一名小个子圆肩膀的护理员在用拖把拖莱克特病房的地。一周三次的清扫工作由巴尼监督，同时他也要搜查有没有违禁物品。拖地的人觉得莱克特医生的住处鬼气森森，总是想匆匆了事。巴尼跟在他们后面检查。他每一样都检查，没有一件会疏忽。

处理莱克特医生的事只有巴尼一人在监督，因为巴尼从未忘记他对付的人是个什么样。他的两名助手正在观看电视里播放的曲棍球比赛精彩片断。

莱克特医生自己给自己找乐——他肚子里货源广泛,自娱起来一次就可以好几年。无论吓唬还是友好,都不能束缚他的思想,正如弥尔顿的思想不能为物理学所束缚一样。他的脑子是自由的。

他的内心世界里有着强烈的色彩和气味,声音却不多。事实上,他都得稍稍收缩一下神经才听得到已故的本杰明·拉斯培尔的声音。莱克特医生在默默地想,如何将詹姆·伽姆的事告诉克拉丽丝·史达琳?回忆回忆拉斯培尔会有些帮助。以下就是那位胖长笛手在他生命的最后一天,躺在莱克特的诊疗床上,对他说的有关詹姆·伽姆的一番话:

"詹姆住在旧金山这家廉价旅馆里,他那间屋子是人所能想象得到的最可怕的一间!墙壁的颜色有点像是紫红,嬉皮士年代留下的日辉牌荧光漆涂得到处都是,污迹斑斑,光怪陆离,什么东西全都被毁得一塌糊涂。

"詹姆——你知道,这名儿在他的出生证上实际就是这么拼的,他之所以这么念就是这么来的;尽管这是医院弄出的错,你还就得念'Jame',像念'name'一样,要不他就勃然大怒——他们那个时候就在雇佣廉价的帮手了,这些帮手甚至连一个名字也拼不对。如今的情形就更糟了,进医院简直是拿性命开玩笑!不论怎么说吧,詹姆就这么双手捧着头在那间可怕的屋子里的床上坐着。他被古玩店解雇了,又干起了那种坏事儿。

"我告诉他我实在吃不消他那个样子,当然,克劳斯又刚刚进入了我的生活。詹姆不是真正的同性恋,你知道,只是坐牢期间染上了一点。他什么也不是,真的,只是一种整个儿什么都没有的人,又想满足,所以就发怒。只要他一进门,你总感觉屋子比原先要空荡几分。我的意思是说,他十二岁就将爷爷奶奶给杀了,品性那么暴躁的一个人,你认为一定会有几分气势吧?

"他就这么着,没工作,找到个倒霉的猎物就又干起了那种坏事儿。他经过邮局时就将他以前雇主的邮件骗走了,指望能有点什么可以拿去卖卖。有一件从马来西亚寄来的包裹,或者也就是那一带什么地方寄来的吧,他迫不及待地打开来,结果是满满一箱死蝴蝶,就那么散放在里面。

"他的老板将钱寄到所有那些岛上的邮政局长那儿,他们就给他寄上一箱又一箱的死蝴蝶。他用人造荧光树脂将蝴蝶固定做成标本,搞出来的装饰品俗艳得不可想象——居然还好意思称它们是艺术品! 蝴蝶对詹姆没什么用,他就将手插进去,心想底下可能会有珠宝——有时候他们会收到来自巴厘岛的手镯——结果弄得手指上全是蝴蝶的粉。什么也没有。他坐在床上,两手捧着头,手上脸上都是蝴蝶的颜色。他已走到了穷途末路,就像我们大家都曾遭遇过的一样。他哭了。他听到一个小小的声音,原来是在打开的箱子中有一只蝴蝶,正在挣扎着从茧子里出来,那茧子是被人与死蝴蝶一起扔进箱子里来的。蝴蝶爬了出来。空中飞舞着蝴蝶的粉尘,阳光从窗户照进来,可见粒粒尘埃——你知道当有人忘情地向你描述时,这一切是多么多么的形象生动! 他盯着蝴蝶看它拍打着翅膀。这是只大蝴蝶,他说。绿色的。于是他打开窗子,蝴蝶就飞走了。他说他感觉是那样的轻松,他知道该怎么办了。

"詹姆找到了克劳斯和我住的那间海滨的小房子,我排练回来,他在那里了。可是我没见到克劳斯。克劳斯不在那儿。我说克劳斯呢? 他说在游泳。我知道那是在撒谎,克劳斯从来不游泳,太平洋里过于风险浪恶。我打开冰箱,嘿,你知道我看到了什么。克劳斯的头就放在橘子汁的后面,脸对着外头。詹姆还给自己做了一件围裙,你知道,用的材料就是克劳斯的皮,他系上身还问我穿着好看不好看。我知道你一定会震惊不已我还会同詹姆再有什么别的来往——你碰见他的时候他是更加反复无常了,我想他觉得你不怕他简直是不可思议!"

然后就是拉斯培尔一生中所说的最后的话:"我不知道我的父母为什么不早点把我弄死,要让我长大了来愚弄他们。"

匕首的细柄一转,拉斯培尔的心就被刺穿了,却还想继续跳动,莱克特医生说:"看上去就像在蚁蛉的洞穴中插进了一根麦秆,是不是?"可为时已晚,拉斯培尔已经回答不了了。

每一句话莱克特医生都能回忆起来,他还能回忆起更多的东西。他们在清扫他的病房,他就想想这些愉快的事来打发时光。

这位医生在默默地想,克拉丽丝·史达琳还是很敏锐的,根据他已经告诉她的情况她就有可能抓到詹姆·伽姆,可这将是场持久战。要及时将他抓获,她还需要更多具体的情报。莱克特医生觉得很有把握,在他看过詹姆犯罪的细节之后,就会有线索自身显露出来——可能会与詹姆杀死祖父母后在少教所接受的工作训练有关。他明天就把詹姆·伽姆的情况告诉她,讲讲清楚,即使杰克·克劳福德都能领会他的意思。明天就把这事儿办了。

莱克特医生听到身后有脚步声,电视也被关了。他感觉到手推运货车在往后倾。在病房内松绑他的冗长乏味的程序这时就要开始了。松绑他每次都是以这同样的方式。首先,巴尼及其助手将他轻轻地放到床上,脸部朝下。接着,巴尼用毛巾将他的脚踝绑住系到床脚的栏杆上,去掉腿上的约束带,由他的两名配有梅斯催泪毒气喷射器及防暴警棍的助手按住,松开他约束衣背上的搭扣,然后退着走出病房,按原位拴紧尼龙网锁好栅栏门,让莱克特医生自己再慢慢去解除捆绑在他身上的东西。之后,医生用这些东西换取早餐。自从莱克特医生将那名护士撕裂之后,一直就采用这一程序,事实证明,它对每一个人倒都很合适。

今天,这一程序被打断了。

27

装载莱克特医生的手推运货车滚过病房门口时轻轻地颠了一下。奇尔顿医生正在这里,他坐在床上,翻检着莱克特医生的私人信函。奇尔顿解下了领带脱掉了外套。莱克特医生可以看到他脖子上挂着某种奖章一样的东西。

"把他弄到马桶边上站着,巴尼。"奇尔顿医生头都没抬地说,"你和其他人到自己的岗上去等着。"

奇尔顿医生看完了莱克特医生和精神病学总档案馆最近的一些来往通信。他将信件往床上一抛,走出了病房。莱克特医生的目光追着他,他感到他戴着面具的曲棍球面罩的后面有东西闪亮了一下,可莱克特的头没有动。

奇尔顿走到走廊上的学生桌那儿,僵硬地弯下身,从座位底下取出了一个小小的收听器。

他把收听器在莱克特医生面罩的眼孔前来回晃了晃,又重新回到床上坐下。

"我原以为她可能是为密格斯的死寻找侵犯公民权的证据呢,所以就听了一下。"奇尔顿说,"我这些年一直都没有听到你的声音了——上一次我想还是那次吧,在面审时,你给我的全都是迷惑人的回答,接着又在刊物上写文章戏弄我。难以相信，一名收容人员的意见在专业圈内居然会这么有价值，是不是？不过我还在这里，你也还在。"

莱克特医生一言不发。

"沉默了好几年，后来杰克·克劳福德派个女孩子下来你一下就软了，对吧？是什么东西把你给迷住了，汉尼拔？是不是她那漂亮结实的脚踝？她头发闪亮的样子？她很靓丽，是吗？孤傲而靓丽，是那种像冬天的晚霞一样的女孩儿，我想她就是这种样子。我知道你已经有些时候没见过冬天的晚霞了，不过我说的是真的，相信我。

"你和她接触的时间只有一天了。之后，巴尔的摩凶杀案科将接管审讯。他们正在那儿将一把椅子用螺丝往电击治疗室的地板上固定呢，这都是为了你。为了使你方便，这椅子你可以坐着当马桶；对他们也方便，接通线路就行。往后是什么我也不会知道的。

"你听明白啦？他们知道了，汉尼拔。他们知道你完全清楚野牛比尔到底是谁。他们认为你很可能给他治疗过。当我听到史达琳小姐问起野牛比尔的事儿，我觉得很困惑。我打电话给巴尔的摩凶杀案科的一个朋友。他们在克劳斯的喉咙里发现了一只昆虫，汉尼拔。他们知道是野牛比尔杀死了他。克劳福德是故意在让你觉得你很精明。你毁了他的门生，克劳福德有多恨你我想你不知道吧。他现在可逮着你了，你现在还觉得自己精明吗？

莱克特医生凝视着奇尔顿的眼睛在固定于他面罩的铁条上打转。奇尔顿显然是想移去那面罩以便能仔细看看莱克特的脸。莱克特在想，奇尔顿会不会从后面去摘，这样安全点？如果从前面摘，他得伸手绕到莱克特医生的头后去，这样他两条前臂那露着青青静脉血管的内侧就会凑近莱克特的脸。来吧，大夫。凑近点。不，他还是决定不这样做了。

"你还在想你要上某个有窗户的地方去吗？还在想可以上海滨散步可以看到鸟儿？我可不这么想。我给鲁斯·马丁参议员打过电话了，她可是从来都没听说过与你之间有过什么交易。我还得提醒她你是个什么人。她也根本没听说过克拉丽丝·史达琳。这是个骗局。想到女人也会给你来点小小的欺诈,确实叫人震惊,你说不是吗?

"他们把你挤干之后,汉尼拔,克劳福德就会指控你藏匿重罪犯。你当然可以依据麦克诺顿原则说精神病人不负刑事责任,但法官却不会喜欢你这么做。你坐等六条人命被杀,法官再也不会对你的安乐有多大的兴趣。

"没有什么窗户,汉尼拔。你将坐在一所国家监狱的地上看着装尿布的小车推过,以此度过自己的余生。你的牙齿会脱落,力气也没了,谁也不会再害怕你,出狱后上佛兰道尔一类的某个地方的病房里去待待。年轻的只管把你推来搡去,高兴了就拿你当性对象弄来发泄一通。你所能弄来看的东西只有你自己写在墙上的字。你认为法院会管吗?你已经见过衰老是什么样的了,炖烂的杏子即使不爱吃也只能哭哭。

"杰克·克劳福德和他那个黄毛丫头呢,他老婆一死,他们就会公开搞到一起。他会打扮得更年轻,弄个两人能一道逍遥的什么体育运动参加参加。自从贝拉·克劳福德生病以来,他们就一直关系暧昧,对此,毫无疑问谁都不是傻瓜,都看得出来。他们会得到晋升,一年中一次都不会想到你。克劳福德很可能最后想要亲自来告诉你你会得到点什么。叫你付出更高昂的代价。我肯定他那一番演讲全都准备好了。

"汉尼拔,他没有我了解你。他原以为要是他来请你提供情报,你只会守着不说,以此来折磨那位母亲。"

说来也蛮对就是,莱克特医生考虑了一下。杰克也真聪明——那副苏格兰和爱尔兰混血儿的迟钝外表很是会欺骗人。如果你懂得怎么看,他那张脸看去满是疤痕。嗯,也许上面还有余地可以再给他添几道。

"我知道你害怕的是什么。不是痛苦,不是孤独。你无法忍受的是没有尊严,汉尼拔,这方面你倒是像一只猫。我以自己的名誉作担保来照管你，汉尼拔，我也这么做了。在我们的关系中没有什么个人因素，从我这头说是这样。而今我也正在照管着你。

"你与马丁参议员之间根本不曾有过交易，可现在有了，或者说可能会有吧。我已代表你也为了那位姑娘打了几个小时的电话了。我现在告诉你第一个条件：你要说话只能通过我。只能由我一个人单独发表这事儿的专业报告，也就是我与你进行了成功的会谈。你什么也不能发表。万一凯瑟琳·马丁被救，任何有关她的材料只能由我独得。

"这个条件是不能谈判的。你现在要回答我，这个条件你接受吗？"

莱克特医生暗自笑笑。

"你最好现在就回答我，要不你可以到巴尔的摩凶杀案科去回答。你将获得的条件是：如果你说出野牛比尔的身份，那位姑娘也被及时找到了，马丁参议员——她可以通过电话来证实——马丁参议员将把你安置到田纳西的毛山国家监狱，巴尔的摩当局对你鞭长莫及。你将在她的势力范围之内，远离杰克·克劳福德。你将待在防备措施最严密的病房里，有个窗户可以看到树林。你会有书。任何户外锻炼都可以，具体细节还得再考虑，不过她还是听得进意见的。说出他的名字来你立马就可以去。田纳西州警察将在机场将你拘押，州长都同意了。"

奇尔顿医生终于说出了一点有意思的东西，而他甚至还不知道这东西究竟是什么。莱克特医生在面罩后面嘬了嘬他那红红的嘴唇。警察来拘押。警察不如巴尼精。警察习惯于对付罪犯，倾向使用脚镣和手铐。手铐和脚镣，用把手铐钥匙就打开了。就像我的一样。

"他名叫比利。"莱克特医生说，"其余的我跟参议员说。到田纳西说。"

28

杰克·克劳福德谢绝了丹尼尔生医生的咖啡,拿着杯子到护士工作台后面的不锈钢洗槽那里给自己调了一杯Alka-Seltzer饮料。什么东西都是不锈钢做的,杯子架、柜台、垃圾桶,丹尼尔生医生的眼镜框。这金属的光芒叫人联想到亮闪闪的医疗器械,在克劳福德的腹股沟部位引起了一阵明显的刺痛。

在这个像厨房一般的小小的空间里就只有他和这位医生在。

"没有法院的指令是不行的,你不能这么来。"丹尼尔生医生又说了一遍。这次他的话说得很生硬,与他请对方喝咖啡时表现出的友好礼貌形成对照。

丹尼尔生是约翰斯·霍普金斯医院性别鉴定科的头儿,他同意天刚亮时见一见克劳福德,那是早在医生们早上查房之前。"对每个具体的案子你都得向我出示一份单独的法院指令,然后我们再来逐个进行反驳。哥伦布医疗中心和明尼苏达大学是怎么跟你说的——一样的话吧?我说的对不对?"

"司法部这时正在请他们帮忙呢。这事儿我们得迅速行动,大夫。如果这女孩儿还没有死,他也会很快就杀了她——不是今晚就是明天。然后他再去逮下一个。"克劳福德说。

"把野牛比尔同我们这儿处理的问题相提并论一下都是无知的、不公平的、危险的,克劳福德先生。这么比叫我毛发直竖。我们已经费了许多年——还没有完呢——来向公众说明,易性癖者并非疯子,他们不是性变态者,他们不是怪人,无论你说那是什么吧——"

"我同意你的话——"

"你等等。易性癖者中暴力事件的发生率与一般人群相比要低得多。这是一些正派人,他们遇到了真正的问题——非常难以协调的问题。他们理应得到帮助而我们也能够给他们以帮助。我这儿可不会为了什么国家利益而来迫害那些持不同生活态度的人。我们从未侵犯过病人的隐私权,也永远不会。我们最好从这儿谈起,克劳福德先生。"

在他个人的生活中,至今已有好几个月了,克劳福德一直在与他妻子的医生护士建立感情,试图讨好他们以求为她赢得每一丁点儿恩惠和便利。他相当讨厌医生。但这可不是他个人的生活,这是在巴尔的摩,是在干公务。眼下还是讨喜点好。

"看来是我话没有说清楚,大夫。我的过错——太早了,我不是个早起的人。整个事情的意思是这样的,我们要找的这个人并不是你的病人。这是某个被你们拒绝的人,因为你们辨别出他不是个易性癖者。我们并不是盲目地就飞到这儿来的——我给你看看他和你们的个人品德鉴定记录中那些典型的易性癖模式相背离具体会表现在哪些方面。这儿是简短列出的一揽东西,你们的工作人员可以在被拒绝的人中间找一找。"

丹尼尔生医生一边看,一边用一根手指在鼻子边上揉擦着。他将纸递还给克劳福德。"这可新颖独创,克劳福德先生。事实上怪诞透顶了,而怪诞一词我可用得不多。我能否问一下,那一纸……推测是谁提供给你们的?"

我想你不会愿意知道这一点的,丹尼尔生大夫。"行为科学部的工作人员,"克劳福德说,"他们咨询过芝加哥大学的艾伦·布鲁姆博士。"

"艾伦·布鲁姆认可了?"

"我们依据的还不光是测试。野牛比尔在你们的记录中显得突出可能还有一个方面——他很可能曾企图隐瞒暴力犯罪的记录,或者伪造过别的背景材料。把你们拒绝过的那些人的材料给我看一下,大夫。"

丹尼尔生一直在摇头。"检查和面谈的材料是保密的。"

"丹尼尔生大夫,对欺骗与不真实的陈述怎么也要保密呢?犯罪分子都不把他的真实姓名真实背景告诉你,还得你自己去查寻出来,这种情况,你们之间怎么还会是属于医生与病人的关系呢?我知道约翰斯·霍普金斯医院处理事情有多么周到慎重。你们也曾碰到过这样的案子,对此我很肯定。一心想做手术的人哪儿有手术做就上哪儿去申请,这可无损于做手术的机构或合法的病人。你认为就没有稀奇古怪的人要申请进联邦调查局吗?这种人我们一天到晚都碰到。一名戴魔牌假发的男子上周就在圣路易斯提出了申请。他那高尔夫球袋里装的是一件自制的像长号一样的简陋乐器,两支火箭,和一顶熊皮做的有帽檐的平顶筒状军帽。"

"你们雇用他了吗?"

"帮帮我,丹尼尔生大夫。时间在一点点吞噬着我们,我们来不及了。我们站在这儿的这一刻,野牛比尔或许就正在把凯瑟琳·马丁弄成这其中的一个样子。"克劳福德将一张照片放到亮光光的柜台上。

"请别来这一套!"丹尼尔生医生说,"这么做是孩子气,吓唬人。我曾是个久经沙场的外科医生,克劳福德先生。把照片放回你口袋里去。"

"当然啦,一具残缺不全的尸体外科医生看着能受得了。"克劳福德说着将手中的纸杯捏扁,踩了一下废纸篓的踏脚板将盖子打开。"可我认为一名医生不会忍心看着一个生命被毁。"他将纸杯扔了进去,废纸篓的盖子咔哒一声又恰到好处地盖了下来。"这儿我提出个最好的建议:我不问你要病人的情况,只要你依据这些指导原则挑选申请人的申请信息。哪些申请不予受理,你和你的精神病审查委员会处理起来比我要快得多。如果我们通过你们提供的信息找到了野牛比尔,这一真相我将隐瞒不予披露。我可以另找个能够获得同样结果的法子,并按照这法子走过场做做样子,那是为了备案。"

"约翰斯·霍普金斯医院作为证人能否受到保护,克劳福德先生?我们会不会重新弄个身份?比方说,把我们改成个什么鲍勃·琼斯学院?我十分怀疑联邦调查局或任何别的政府机关保守秘密能够保多久。"

"事实并不是你想象的那样。"

"我怀疑。政府机关很笨拙地撒了个谎,又企图悄悄溜脱,这比照直说实话还要害人。请千万不要用那种方式来保护我们,多谢了!"

"感谢你这一番高论,丹尼尔生大夫。它们可帮了我的大忙——我这就说给你听你的话怎么帮了我的大忙。你不是喜欢听实话吗?给你试试这个:他绑架年轻妇女,撕下她们的皮。他套上这些皮,穿着它们四处逍遥作乐。我们不想让他再这么干下去了。要是你不尽快向我提供帮助,我将对你采取这样的措施:今天上午司法部将公开请法院出具指令,就说你拒绝提供帮助。我们一天征求两次,在上午和下午的新闻中滚动播出,有充分的时间。有关这个案子司法部每发布一次新闻都会说,我们和约翰斯·霍普金斯医院的丹尼尔生医生相处得如何,我们如何在促使他与我们协作。每次只要有关于野牛比尔一案的新闻——凯瑟琳·马丁的浮尸出现了,下一具浮尸出现了,再下面一具浮尸又出现了——我们都会即刻发布新闻,公开我们与约翰斯·霍普金斯医院的丹尼尔生医生合作的状况,还有你那番关于鲍勃·琼斯学院的幽默评论。

还有一点,大夫。你知道,健康与人类服务部就在这巴尔的摩。我的脑子正转到合法政策办公室,我想你的脑子可能先就想到那里了,对吧?万一马丁参议员在她女儿葬礼之后的某个时候忽然问起合法政策办公室那边的人这么个问题:你们这儿所做的变性手术是否应该考虑是一种整容手术?要是她提出这个问题,结果会怎样呢?也许他们会抓抓头下结论说,'是啊,你应该知道,马丁参议员是对的。是这样的。我们认为这是整容手术。'这么一来,这个项目再也没有资格获得联邦政府的补助,充其量不过是一家做鼻子整容的诊所。"

"这是在侮辱人!"

"不,这只是说实话。"

"你不要吓唬我,你不要威胁我——"

"很好。我既不想吓唬你也不想威胁你,大夫。我只是想要你知道我不是说着玩的。帮帮我,大夫。求你了。"

"你刚才说你们在同艾伦·布鲁姆合作。"

"是的。芝加哥大学——"

"我知道艾伦·布鲁姆,我还是愿意跟他做专业上的商讨。告诉他今天上午我就与他联系。中午前我把决定结果告诉你。我对那位年轻女人确实还是关心的,克劳福德先生。对别的人也关心。不过这儿有许多事儿都是问题,虽然它们也应该是重要的,可我认为对于你它们并不那么重要。……克劳福德先生,最近你有没有请人量过血压?"

"我是自己量。"

"你也自己给自己开药吗?"

"这可是违法的,丹尼尔生大夫。"

"不过你有私人医生。"

"是的。"

"发现什么问题要告诉他,克劳福德先生。你要是垮下了对我们大家该是个多大的损失!上午过会儿你就会听到我的答复。"

"要过多长一会儿,大夫?一小时怎么样?"

"一小时。"

克劳福德从一楼电梯走出时,他的BP机响了。他的司机杰夫在招手叫他过去,克劳福德快步走向监控车。她死了,他们已发现了她的尸体,克劳福德想着,一把抓过了电话。打寻呼的是局长。消息还没有到最糟糕的地步,可也已经够糟糕的了:奇尔顿一头闯进了这案子,而今马丁参议员出面来干预了。马里兰州的检察总长奉州长指示,已授权将汉尼拔·莱克特医生引渡至田纳西。若要阻止或延缓这一行动,就将动用联邦法院和马里兰行政区所有的力量。局长想叫克劳福德做个判断,而他现在就要。

"稍等。"克劳福德说。他拿着听筒搁在大腿上朝车窗外看去。二月里,天刚亮,看不到多少有色彩的东西。一切都是灰蒙蒙的。多么荒寒。

杰夫开始说什么东西,克劳福德动了一下手示意他不要出声。

莱克特恶魔般的自我。奇尔顿的野心。马丁参议员的恐惧。凯瑟琳·马丁的性命。拿主意吧!

"放他们过去。"他对着电话说道。

29

太阳刚刚升起。停机坪上风很大。奇尔顿医生和三名衣着平整挺括的田纳西州警紧靠着站在那里。他们提高嗓门大声说话,以盖过从格鲁曼湾流号飞机打开的门中突然传出的一阵无线电通话声以及飞机旁停着的救护车发动机的空转声。

领头负责的那位州警给奇尔顿医生递过去一支钢笔。纸张被风吹着翻过写字板的一端去,警察不得不将它们翻过来按平。

"我们不能到空中后再做这事儿吗?"奇尔顿问。

"先生,我们必须在实际移交这一刻办理这文件手续。我这是奉命。"

副驾驶在飞机的踏脚板上安牢了活动舷梯。"行了。"他喊了一声。

州警们随奇尔顿医生一起聚集到救护车的后面。他打开后门时,他们紧张了一下,仿佛害怕会有什么东西从里边跳出来似的。

汉尼拔·莱克特医生直挺挺地站在他那手推运货车里,身上裹着帆布网罩,脸上戴着曲棍球面罩。巴尼正拿着尿壶给他解小便。

一名警察厌恶地哼了一声。另两位将脸撇过一边去。

"对不起啦。"巴尼对莱克特医生说,重又将门关了起来。

"没关系,巴尼。"莱克特医生说,"我也快解好了,谢谢你。"

巴尼重新整了整莱克特的衣服,然后滚动手推运货车把他推到救护车的后部。

"巴尼?"

"什么事儿,莱克特大夫?"

"长期以来你一直对我很和气。谢谢你。"

"不客气。"

"下次当萨米处于正常状态时,请你替我和他道声别好吗?"

"一句话。"

"再见了,巴尼。"

这位大个子的护理员推开后门,对那几个州警喊道:"接住那边底下,伙计。拿两边。我们把他放到地上去。慢点。"

巴尼推着莱克特医生将他滚上舷梯进了飞机。飞机右侧有三张座位被拆去。副驾驶呼啦一下将手推车推到安在地板上的座位架那里。

"是让他躺着飞吗?"一位州警问,"他有没有穿橡皮裤子?"

"你得憋着尿等飞到孟菲斯了,小子。"另一位州警说。

"奇尔顿大夫,能和你说句话吗?"巴尼说。

他们站到飞机外面。风吹起了灰尘和垃圾,在他们周围打着小小的转儿。

"这几位伙计可什么也不知道。"巴尼说。

"那边我会有人帮忙的——有经验的对付精神病人的护理员。他现在由他们负责了。"

"你觉得他们会处理好他吗?你清楚他是什么样的人——得用无聊单调来威胁他,他怕的只有这个,粗暴对待他不管用。"

"我绝不会让他们那样的,巴尼。"

"他们盘问他时你会在场吗?"

"是的。"你可不会,奇尔顿暗地里又加了一句。

"我可以上那边去把他安顿好,再回这里来上班,不过晚几个小时就是了。"巴尼说。

"你不用再管他了,巴尼。我会在那儿的。我会向他们说明如何处置他,每一个步骤怎么处置我都会说的。"

"他们最好还是留点心。"巴尼说,"他会弄出事来的。"

30

克拉丽丝·史达琳在汽车旅馆的床沿上坐着，克劳福德已经把电话挂了，她却还出神地盯着那黑色的电话机看了近一分钟。她头发蓬乱，身上胡乱披着她那联邦调查局的学员睡衣，短短一觉却是辗转反侧不得安眠。她感到像是有人在她的腹部踹了一脚。

她离开莱克特医生才三个小时，而离她跟克劳福德一起研究出那一纸特征——他们据此可以去医疗中心核查那些申请——只有两个小时。就在这短短的时间内，她在睡觉的时候，弗雷德里克·奇尔顿医生竟然就把事情搞成了一团糟。

克劳福德就要来找她了。她得做好准备，得考虑考虑。

该死的！**该死的**！**该死的**！你已经害了她了，奇尔顿大夫！你已经害了她了，厚颜无耻的混账大夫！莱克特还知道一些情况，而我本来也可以得到的，现在全完了，全完了，一切都白白地就这么完了。凯瑟琳·马丁的浮尸出现时，我一定得叫你去看看她，我发誓我会的。你把事情从我这儿抢了过去。我实在应该采取点什么有用的措施。现在就得行动。现在我能做什么呢？这一刻我又能做什么呢？把身上理理干净吧。

浴室里有一小筐纸包着的肥皂，几管香波和洗浴液，一个小小的针线包，好的汽车旅馆里人们都能得到这类日用品。

跨过淋浴间，史达琳一瞬间见到自己八岁时的情形：拿着毛巾、香波和纸包着的肥皂送去给她母亲，母亲在汽车旅馆的房间干清洁工。她八岁时，那个臭烂的镇上，风沙中飞着一群乌鸦，其中有那么一只，它喜欢从汽车旅馆的清洁车里偷取东西。只要是亮色的东西它都取。那乌鸦会等待时机，接着冲到车里在其中的许多居家用品中乱翻乱找。有时，情况紧急，起飞时它一下会将屎拉到干净的亚麻织品上。清洁女工中有一位向它扔漂白剂，也没有什么用，只是在它的羽毛上斑斑驳驳留下一片片的雪白色。这黑白相间的乌鸦一直盯着克拉丽丝，等着她离开清洁车，把东西送去给她那正在擦洗浴室的母亲。她母亲站在汽车旅馆一间浴室的门当中，她告诉史达琳，史达琳得离开那儿，住到蒙大拿去。她母亲将她手中拿着的毛巾放下，在旅馆的床沿上坐下来把她搂住。史达琳如今依然会梦见那乌鸦，依然看得见它那样子，只是没有工夫去想其中的原因了。她抬起一只手，做出一个嘘声驱赶的动作，接着，仿佛是要为这动作找个理由似的，她那只手就继续向额头伸去，随后再把潮潮的头发光溜溜地往后一抹。

　　她迅速地将衣服穿好。宽松的长裤、衬衫，还有一件单薄的套头背心。那把短管左轮枪插在煎饼似的薄皮枪套里，紧挨着她的肋骨；身子的另一侧是快速装弹器，斜挂在皮带上。她那件颜色鲜艳的上装需要稍微加点工。衬里上有一条裂开的缝，缝口磨损快要挡到快速装弹器了。她决意要让自己忙碌，忙碌，一直到能冷静下来为止。她找来旅馆里那个小小的纸质针线包，将衬里的裂缝粗略缝好。有些探员将垫圈缝进夹克的下摆，那样即使下摆晃荡衣服也不会缠上别的东西，这，她也得来如法炮制……

　　克劳福德在敲门了。

31

在克劳福德的经验里,女人一生气就显得疯疯颠颠。愤怒把她们搞得毛发直竖,衣服穿得乱七八糟,有时拉链都会忘了拉,任何一点不讨喜的特征都得到放大。史达琳打开她那间汽车旅馆房间的门时,神情看上去还算正常,其实她的火正大着呢。

克劳福德知道,这下他有可能获得不少关于她的新的真情实况了。

她站在门口,肥皂的芳香和热腾腾的空气朝他扑面而来。她身后床上的被子一起被拉过堆到了枕头上。

"你怎么说,史达琳?"

"我说天罚他,克劳福德先生,你怎么说?"

他扭扭头示意了一下。"拐角处有家杂货店已经开门了,我们去弄点咖啡喝。"

就二月份而言,这个早晨要算是暖和的。东边,太阳还低低的没有升高,他们从精神病院前面走过时,红彤彤的阳光正照在上面。杰夫开着监控车在他们后面慢慢地跟着,车内的无线电台在噼里啪啦地播着音。一次,他把电话递出车窗外交给克劳福德,克劳福德简短地同对方说了几句。

"我能不能以阻挠执法为由起诉奇尔顿?"

史达琳稍稍走在了前面一点。克劳福德看得出,她问过之后下巴的肌肉都凸了出来。

"不,没有用的。"

"如果他已经把她给毁了怎么办?如果凯瑟琳因他而丧命怎么办?我真想扇他的脸!……让我留下来继续办这个案子,克劳福德先生,别送我回学校去。"

"有两点:如果我留你,不是要你去扇奇尔顿的脸,那以后再说。第二,如果我留你的时间过长,你是要重修的。要费你几个月的工夫呢!学校对谁都不宽限。我可以保证你还能回去插班,但也就是这点了——会给你留个位置的,这一点我可以告诉你。"

她把头远远地朝后仰,接着又重新低下来。她走着。"也许向上司提这个问题不礼貌,可我还是想问,你是不是被困住了?马丁参议员会对你下了什么套吗?"

"史达琳,再过两年我就得退休了。即使我找到了吉米·霍法①和在泰诺去痛药中放毒的凶手,②我还是得卸任下台,所以对此不加考虑。"

克劳福德对欲望一向警惕,知道自己是多么想做得明智些。他知道,中年人会强烈地渴望智慧,以至于没有智慧也会试图做出有几分智慧的样子,也知道对于一个相信自己的年轻人,这么做有可能带来多么有害的后果。因此,他话说得很谨慎,而且也只说自己知道的事情。

克劳福德在巴尔的摩这条破街上跟她说的这些道理是他在朝鲜时一连多少个天寒地冻的凌晨学得的,那是在一场战争中,她还没有出

---

① 曾任美国卡车司机、汽车司机、仓库工人和佣工国际工人兄弟会主席,遭暗杀后尸体一直没有被找到,成为美国当代一大悬案。

② 泰诺为一种解热去痛药,有人曾进药店设法在其中投毒,结果造成大量购此药者在服用后中毒死亡,犯罪嫌疑人没有找到,成为美国当代另一大悬案。

世。对朝鲜那段经历他略而不谈，因为他还用不着以此来建立自己的威信。

"这是最艰难的时候，史达琳。利用这个时候你就可以得到锻炼。现在最艰苦的考验到了——不要让愤怒与挫折妨碍你的思维。你能不能控制住局面，核心就在这里。浪费时机愚蠢行事带给你的是最坏的结果。奇尔顿这个该死的傻瓜有可能让凯瑟琳·马丁丢了性命，但也未必。她的机会还在于我们。史达琳，液氮在实验室里的温度是多少？"

"什么？哦，液氮……零下二百摄氏度，大概吧。稍微再高一点就达到沸点了。"

"你有没有用它冷冻过东西？"

"当然啦。"

"我要你现在就将一些东西冷冻起来。把和奇尔顿的纠葛冷冻起来。留好你从莱克特那里得来的信息，感情上的东西冷冻起来。我要你把目光盯住值得追求的目标，史达琳，唯一重要的就是这个。为得到一点信息你忙活着，付出了代价，也得到了，现在我们就要来利用它。这信息与奇尔顿搅和这事儿之前相比完全一样有用，要没价值也是一样的没有价值。只是我们再也不能从莱克特身上获得更多的信息了，很可能是这样。把你从莱克特那儿了解到的野牛比尔的情况拿过来留好，其他的则冷冻。浪费的，损失的，你的愤怒，奇尔顿——统统冷冻。等有时间，对于奇尔顿，我们要踢他个两肩夹屁股四脚朝天，现在先冷冻起来推到一边，这样你就能够越过这看到值得追求的目标，史达琳，那便是凯瑟琳·马丁的人命，和野牛比尔的狗命，我们准能逮着他的。把眼光盯住这目标。如果你能做到这一点，我就要你。"

"去弄那些医疗记录吗？"

这时他们已经到了杂货店的门前。

"不，除非医院真的妨碍我们，否则我们不会将记录取走。我是要你去孟菲斯。我们只有指望莱克特能告诉马丁参议员一些有用的情况。但我要你在那儿紧盯着,为的就是以防——假如他厌烦了,不想逗她玩了,也许他会愿意同你说说。同时,我还要你试着找找对凯瑟琳的感觉,比尔是怎么样发现她的。你比凯瑟琳大不了多少,她的朋友不愿意跟样子更像警察的人说的事儿或许会愿意跟你说。

"其他的事儿我们也都还在进行之中。国际刑警组织正在忙着鉴定克劳斯的身份。搞清了克劳斯的身份,我们就可以来看一看他在欧洲及加州结交的那些人的情况,他和本杰明·拉斯培尔的罗曼史就是在加州搞起来的。我马上去明尼苏达大学——我们在那里出师不利——今晚我在华盛顿。现在我来买咖啡,你打个口哨让杰夫把车开过来。四十分钟后你上飞机。"

红红的太阳已经照到了电话线杆的四分之三。人行道依然还是紫罗兰色。史达琳挥手招杰夫过来时,举起的手已经可以被阳光照到了。

她感觉轻松了一些,好了一些。克劳福德确实很棒。她知道,他那个有关小小的液态氮的问题是对她法医学背景知识的首肯,旨在让她开开心,也是为了唤起她那根深蒂固的受过训练的思维习惯。她在想,这种巧妙处理问题的方法,男人们是否确实认为是很微妙的?真奇怪,即使是你已经认识到的事情怎么还会对你产生影响!真奇怪,领导的才能怎么往往就那么简单!

街对面,一个人影正从州立巴尔的摩精神病犯罪医院的台阶上走下来。是巴尼,穿着件短夹克,看上去个子比原先更高大了。他手上拎着饭桶。

史达琳对等在车里的杰夫用口形默示:"等五分钟!"巴尼正要开他那辆旧斯图德贝克车的车门,她赶了上去。

"巴尼。"

他转过身对着她,面无表情,眼睛可能比平时睁得稍大一点。他双脚站住支撑着他那份重量。

"奇尔顿大夫有没有跟你说这个完了你就没事儿了?"

"他还会跟我说什么呢?"

"你相信?"

他嘴角往下拉了拉,既没说信也没说不信。

"我要你帮我办点事儿,现在就办,不要提任何问题。我会好好问你的——我们从这开始。莱克特病房里还剩下些什么?"

"几本书——《烹调之乐》,一些医学杂志。法庭文件他们拿走了。"

"墙上那些玩意儿呢?那些画?"

"还在那儿。"

"我统统都要而且急得要命!"

他打量了她片刻。"稍等。"说着就快步走回台阶上去;个子这么大的一个人,步伐真算得上是轻松!

克劳福德在车里等着她。巴尼这时用一只购物袋装着那些卷起的画儿连同文件书籍出来了。

"你肯定我知道我搬给你的那张椅子下装着窃听器?"巴尼一边说一边将东西交给了她。

"这个我还得想一想。给你笔,把你的电话号码写到这袋上。巴尼,你觉得莱克特他们能对付得来吗?"

"我表示怀疑而且对奇尔顿大夫也说了。记得我告诉过你,以防他一时忘了。你是没问题的,史达琳警官。听着,你们逮住野牛比尔后——"

"怎么?"

"别因为我这儿走了一个就又把他弄给我,行吗?"他笑了笑。巴尼的小牙齿跟小孩子的似的。

史达琳不禁也对他咧嘴笑笑。她朝汽车跑去,同时回头摆了摆手。克劳福德感到很满意。

32

载着汉尼拔·莱克特医生的格鲁曼湾流号飞机在孟菲斯降落了,飞机轮胎着地时擦出两股青烟来。按照塔台的指令,飞机不进乘客终点站而向国民航空警卫队的机库迅速滑去。一辆提供应急服务的救护车和一辆轿车在第一个机库里等待着。

鲁斯·马丁参议员透过烟灰色的车窗玻璃,仔细看着州警们推着莱克特医生从机舱里滚出来。她想冲上前去,扒开这个被绑着罩着的人样的东西,从中把信息挖出来,但是她是有脑子的,不会那么做。

马丁参议员的电话响了。她的助手布赖恩·戈斯奇从活动座位上伸手去接。

"是联邦调查局——杰克·克劳福德。"戈斯奇说。

马丁参议员伸出手等电话递给她,两眼依旧盯着莱克特医生。

"莱克特医生的事儿你为什么不告诉我,克劳福德先生?"

"我就是怕您会做出您正在做的事儿,参议员。"

"我没有和你争胜,克劳福德先生。如果你和我争胜,你会后悔的。"

"莱克特现在在哪儿?"

"我正看着他呢。"

"他能听到您说话吗?"

"听不到。"

"马丁参议员,您听我说。您想对莱克特做出个人保证——可以,很好。但请为我做一下这个,在您前去和莱克特较量之前,让艾伦·布鲁姆博士先把情况大致给您介绍一下。布鲁姆能够帮您,相信我。"

"我已经得到专业人员的忠告了。"

"但愿比奇尔顿要高明些。"

奇尔顿医生在不停地敲击车窗,马丁参议员派布赖恩·戈斯奇出去应酬他。

"内部钩心斗角浪费时间,克劳福德先生。你派一名稚嫩的新手带着份虚假的承诺就去找莱克特,我都能做得比这个要好。奇尔顿医生说莱克特对真诚的承诺有可能做出响应,我这就给他这么一个承诺——不要拖拉费时的繁琐手续,不搞人身攻击,不对其信用提出疑问。如果我们安全找回凯瑟琳,大家都好,也包括你。万一她……死了,一丝一毫的借口我都不给!"

"那么还是用我们,马丁参议员。"

她听不出他的声音里有任何生气的意思,只辨得出一种职业的冷静,像是说"要减少您的损失"。对此,她做出了相应的反应:"说下去。"

"如果您获得了什么,让我们来行动。务必保证我们得到所有的信息,保证地方警察也得到这信息。别让他们觉得将我们排挤出去他们就可以取悦于您。"

"司法部的保罗·克伦德勒马上就到,他会负责这事的。"

"现在您那儿的高级官员是谁?"

"田纳西州调查局的巴契曼少校。"

"很好。如果还来得及,设法封锁新闻不让报道。您最好就此警告一下奇尔顿——他是喜欢出风头的。我们不想叫野牛比尔什么事都知道。找到他后，我们想用人质营救小组。我们想迅速将他抓住避免僵持。您是想亲自提问莱克特吗？"

"是的。"

"是否能先和克拉丽丝·史达琳谈谈？她就到。"

"为什么呢？那个材料奇尔顿医生已经总结给我听过了。我们互相玩弄已经够多了。"

奇尔顿又在不停地敲窗子了，一边用口形隔着玻璃在默示着什么话。布赖恩·戈斯奇用一只手按住他的手腕摇了摇头。

"您同莱克特谈过之后我想见他一下。"克劳福德说。

"克劳福德先生，他已答应说出野牛比尔的名字以换取一些优惠条件——其实也就是要一些便利的生活设施。如果他不说，你可以永远都拥有他。"

"马丁参议员，我知道这话很敏感，可是我还得对您说：您做什么都可以，就是不要乞求他。"

"好，克劳福德先生。我真的不能再说下去了。"她挂断了电话，"就算我错了，她无非也就是像你们处理的前面六个那样死掉，还能怎么样！"她压低声音说道，同时挥挥手招戈斯奇和奇尔顿进入车内。

奇尔顿医生本来请求在孟菲斯为马丁参议员接见汉尼拔·莱克特设一间办公室。为了节省时间，机库里国民航空警卫队的一间受命室被匆匆重新安排了一下，供会见使用。

奇尔顿医生在受命室安顿莱克特，马丁参议员只好在室外机库里等着。她受不了一直待在车里。她在机库巨大的屋顶底下一小圈一小圈地踱着步，一会儿抬头看看高高在上的搭成斜格形的屋椽，一会儿又低头看看地上一条条的油漆带。有一刻，她在一架旧幻影F-4型飞机旁停了下来，将头靠到那冷冷的机侧上；机侧上印着字："请勿践踏"。这架飞机的年龄一定比凯瑟琳还大。亲爱的耶稣,来吧!

"马丁参议员!"巴契曼少校在喊她了。奇尔顿在受命室门口对她招手。

屋子里为奇尔顿准备了一张桌子,马丁参议员及其助手以及巴契曼少校则各有一把椅子。一名摄像师已准备就绪要录下这会见的实况。奇尔顿声称这是莱克特提出的要求之一。

马丁参议员走了进去,样子看上去很不错。她那套海军服显露出权势的气息。她让戈斯奇也在衣服上上了点浆。

汉尼拔·莱克特医生独自坐在屋子中央一把结实的橡木椅子里,椅子拴死在地上。一条毯子盖住了他上身的约束衣和腿上的约束带,叫人看不出他实际是用链子被绑在椅子上的。不过那曲棍球面罩他依然戴着,以防他咬人。

干什么呢?马丁参议员不明白——原本是允许莱克特医生在办公室中,这样还能有几分尊严。马丁参议员看了奇尔顿一眼,然后转身向戈斯奇索要文件。

奇尔顿走到莱克特医生身后,先是对着摄像机瞥了一眼,接着解开系面罩的带子,以一个花样动作将面罩取了下来。

"马丁参议员,请接见汉尼拔·莱克特医生。"

看到奇尔顿医生这卖弄的表演,马丁参议员吓坏了,其受惊吓的程度不下于她女儿失踪后所发生的每一件事。她原本对奇尔顿的判断力可能还有一点信任,这时却完全代之以一种令人毛骨悚然的恐惧,那就是,他是傻瓜一个。

这下她不得不相机行事了。

莱克特医生的一绺头发垂到他那两只褐紫红色的眼睛之间。他的脸色同那面罩一样苍白。马丁参议员和汉尼拔·莱克特相互打量着,一个机敏之至,另一个是竭尽人所知的任何手段也无法捉摸。

奇尔顿医生回到他的桌子边,环顾四周看看大家,然后开腔了:

"参议员,莱克特医生已向我表明,他想对我们的调查贡献一点他所知道的特别情报,以换取我们对他的囚禁条件的重新考虑。"

马丁参议员举起一份文件。"莱克特大夫,这是一份书面保证,我现在就可以签字。上面说我将给你以帮助。想看看吗?"

她以为他不会回答,就转身到桌子边准备签字,这时他却忽然开口了:

"我不想为区区一点优惠条件讨价还价来浪费你和凯瑟琳的时间。钻营名利的人已经浪费得够多的了。让我现在就帮你吧,我相信事情完了之后你会给我以帮助的。"

"你可以放心。布赖恩?"

戈斯奇举了举他手中的笔记本。

"野牛比尔的名字叫威廉·鲁宾,人称比利·鲁宾。他是一九七五年四月或五月由我的病人本杰明·拉斯培尔让他转诊到我这儿来的。他说他住在费城,地址我记不得了,不过当时他正和拉斯培尔一起待在巴尔的摩。"

"你的记录呢?"巴契曼少校插话道。

"我的记录已经被毁,那是他们奉法院指令,刚刚在——"

"他长得什么样?"巴契曼说。

"请你不要这样好不好,少校?马丁参议员,唯一的——"

"告诉我他的年龄,描述一下他的体貌特征,还有什么别的能记起来的统统告诉我。"巴契曼少校说。

莱克特医生干脆不理睬了。他考虑起别的事来——想起籍里柯[①]为《梅杜萨之筏》一画所作的解剖学研究来了——后面的问题有没有听

[①] 西奥多·籍里柯(1791—1824),法国画家、浪漫主义画派的先驱,喜画马,尤以画马的动态著称。油画《梅杜萨之筏》为其代表作。

到,他没有表示。

当马丁参议员重新让他回过神来时,屋子里只剩下他们两人了。戈斯奇的笔记本由她拿着。

莱克特医生目不转睛凝视着她。"那面旗闻上去像有雪茄的味道。"他说,"你过去是不是哺育凯瑟琳?"

"对不起,我什么?"

"你是不是给她喂奶?"

"是的。"

"可是件叫人口渴的活儿,是吧……?"

她的瞳仁模糊起来,莱克特医生只小小地抿了一口她的痛苦品尝,发现其味道真是美妙绝伦!有这一口,今天就够了。他接着往下说:"威廉·鲁宾身高大约六英尺一,现在应该有三十五岁了。他体格健壮——我认识他时有一百九十磅左右,估计从那以后又长了。他是棕色头发,浅蓝色眼睛。先给他们这么多,然后我们再接着谈。"

"好的,我来给他们。"马丁参议员说。她将做的记录递出门去。

"我只见过他一次。虽然他又约过我一回,却一直没有再来过。"

"你为什么认为他就是野牛比尔?"

"他那时就在杀人了,对被杀的人,从解剖上来讲,干的也就是些与他如今所干的相类似的事儿。他说要有人帮助他,他才住得了手,可实际上他只是想找人聊聊这种事儿,攀谈攀谈。"

"你倒没有——他肯定你不会出卖他?"

"他觉得我不会,他也喜欢冒险。他的朋友拉斯培尔对我说的悄悄话我就没有泄露。"

"拉斯培尔知道他那时在干这个?"

"拉斯培尔的胃口也很邪门儿——他浑身都是伤疤。

"比利·鲁宾告诉我他有犯罪记录,可具体是些什么他没说。我做过简要的病史记录,也没有什么特别之处,只有一点与众不同:鲁宾告诉我他有一次曾得过象牙炭疽病。我能记起来的总共就这些了,马丁参议员,而且我想你也急着要走了吧。如果我还能想起别的什么来,我会通知你的。"

"人头在车里的那个人是不是比利·鲁宾杀的?"

"我想是的。"

"你知道那是谁吗?"

"不知道。拉斯培尔称他是克劳斯。"

"你告诉联邦调查局的其他情况是否真实?"

"至少和联邦调查局告诉我的情况一样真实,马丁参议员。"

"我已经为你在孟菲斯这儿做了一些临时性的安排。你的情况我们会讨论的,当这个……当我们把这事儿落实之后,你会继续前往毛山的。"

"谢谢。我想要部电话,假如我想起来什么……"

"你会有的。"

"还有音乐。格伦·古尔德演奏的,《戈德堡变奏曲》是吧?这要求是不是过分了?"

"没问题,很好。"

"马丁参议员,有什么线索不要只提供给联邦调查局。杰克·克劳福德从来不和别的部门玩公平的交易,对那些人来说真是够他们玩的。他是决意要亲自来完成这次捉拿。用他们的话来说,叫作'一把扼住'。"

"谢谢,莱克特大夫。"

"我喜欢你这套服装。"她出门时他说道。

33

詹姆·伽姆的地下室里房间套着房间，犹如我们梦中的迷宫一般，叫人摸不着头脑。在他还是怕生害羞的时候，那是多少年多少年以前了，伽姆先生就在远离楼梯的、最隐秘的那些房间里寻欢玩乐。最远的旮旮旯旯里都有房间，这些房间远离别的生命，伽姆是多年没有打开了。可以这么说吧，这些房间中有几间依然住着人，不过那房门后的声音老早以前就由高而低，渐入无闻了。

房间与房间之间地面高低不等，相差可达一英尺。有时要跨门槛，有时要躲门楣。如果有车装着东西，那是滚也不可能拖也很困难。要逼着什么人在你前面走——磕磕绊绊，又哭又叫，乞求哀告，砰一下撞了个头昏眼花——很不容易，甚至都有危险。

随着伽姆先生智慧和信心的增长，他觉得自己再也不用到地下室中那些隐秘的部分去满足他的要求了。如今他使用的是围着楼梯的一套地下室房间，这些房间很大，有自来水有电。

此时，地下室漆黑一片。

在那个地面铺着沙的房间底下，在那地下土牢里，凯瑟琳·马丁悄无声息。

伽姆先生就在这地下室里，可他并不在这一间房间。

他所在的房间远离楼梯，黑黑的，人的眼睛看不到，可是却充满了小小的响动。那儿有水的流淌声，小水泵也嗡嗡地响着。小小的回声听去倒显得这房间很大似的。空气湿湿凉凉的，闻上去有绿色植物的味道。扑棱棱翅膀迎着脸颊一阵扑动，呼啦啦有几只从空中飞过，一声低低的快乐的鼻音，是人的声音。

这房间里没有任何人眼可以看见的光波，但伽姆先生却在这里而且还能看得很清楚，虽然每一样东西他看去层次不同且都呈强烈的绿色。他戴着一副很高级的红外线护目镜（以色列货，从军用剩余物资商店买来的，不到四百美元），将闪出的红外光束投到他面前的铁丝网笼子上。他坐在一把直靠背椅的边沿上，神情痴迷地注视着一只昆虫在往铁丝网笼子里的一株植物上爬。年轻的成虫刚刚从笼子底部潮湿的泥土中一只茧子里破壳而出。她小心翼翼地爬上那株茄属植物的一根茎，正寻找空间以展开那仍粘在背上的潮漉漉的新翅膀。她选中了一根横着的嫩枝。

伽姆先生必须侧过头才能看得到。翅膀一点一点地鼓起，满是血和气。它们依然在昆虫的背上紧紧地贴着。

两个小时过去了，伽姆先生几乎没有动一下。他将红外线闪光灯一会儿开一会儿关，以使自己能准确地看到那昆虫展翅的进程。为了消磨时间，他把光打到房间里其他东西上玩——打到他那几只储满了由植物制作的鞣皮溶液的大水箱上。在水箱的模板和架起的横木架上站放着他新近的一些收获品，它们仿佛掉入海底的碎裂的古典雕塑，都发绿了。他又把光移到那张镀锌的大工作台上；工作台安在金属轴台上，后面有放水闸，通着排水道。工作台上方的升吊器他也照了一照。靠墙处是他的几个长长的作业大洗槽。透过红外线，一切东西的形象都呈绿色。翅膀扑棱着，条条波光闪烁着，越过他的视野；飞蛾曳着小小的彗尾，在房间里自由自在。

他把光照回到笼子上时正赶上时候。那只昆虫的大翅膀鼓起在她背部上方停住不动,挡住并扭曲了她身上的斑纹。而这时,她将翅膀放下来罩住身体,那个著名的图案便清晰可见了。这是一个人的骷髅头形,被神奇地描绘在毛茸茸的翅瓣上,正从这飞蛾的背部盯着人看。骷髅暗淡的头顶底下是两个黑黑的眼洞和突起的颧骨。眼洞和颧骨底下,下巴之上,一道暗色横穿脸部,形同一把张口器。支撑这骷髅头的是一个顶部如盆腔一样张开着的标记。

一个架在盆腔上的骷髅头,描绘在一只飞蛾的背上,大自然的偶然之作!

伽姆先生内心的感觉是如此的美妙和轻松!他身体前倾,将气轻轻吹过飞蛾全身。她翘起她那尖尖的喙,发出愤怒的吱吱声。

他戴着他的红外线护目镜悄悄走进地下土牢所在的那一间。为了减轻喘息声,他将嘴张开着。他不想引出坑里一大堆嘈杂声而坏了自己的情绪。护目镜的镜头装在小小突起的镜头筒上,看上去像是螃蟹的两只长在肉茎上的眼睛。伽姆先生知道这护目镜一点都不招人喜欢,可他戴着它,在这黑黑的地下室里,玩玩地下室的游戏,还真度过了一些十分美好的时光。

他俯身将他那不可见的光朝井下照去。

那货正侧着身子躺在那儿呢,蜷曲着,像只虾。她似乎睡着了。便桶就在她身边放着。她没有再次愚蠢地企图去攀那陡直的墙,像原先那样结果只是把绳子给拉断了。睡眠中,她将那蒲团的一角紧拽着贴在脸上,嘴里还吮吸着一根大拇指。

伽姆先生闪亮的红外线在凯瑟琳身上来回照着,他仔细地看着她,一边就着手为眼前真正的问题做准备。

假如你的标准和伽姆先生的一样高,那么,如何处理人的皮肤是极其棘手的。有些基本的结构性的问题要尽早确定,其中第一个就是:拉链装哪儿?

他将光束移到凯瑟琳的背部。一般情况下,合拢的地方他是应该放到背部,可是,以后他一个人怎么往身上穿呢?想起来可能很刺激,然而这可不是那种可以请人帮忙的事。他知道一些地方一些圈子他所做的会大受崇拜——还有那么几只游艇,他在那里可以显摆显摆——但那还都得等以后再说。他必须搞出他单独一人就能用得起来的东西。在前面正中开一道口子那是大大的不可——他立刻排除,不予考虑。

伽姆先生透过红外线辨不清凯瑟琳的肤色,但她看上去是瘦了。他相信逮到她的时候她就可能一直在节食减肥。

经验告诉他,收剥人皮前要等四天到一个星期。体重忽然下降使皮变得较松,比较容易揭下。另外,挨饿耗去他的对象们不少的力气,使她们更容易被摆弄,更温驯,有些昏痴木呆都不想抵抗了。可与此同时,也有必要向她们提供一定量的食物以防她们绝望或毁灭性地猛发脾气,那样的话人皮有可能受到损害。

这货肯定是掉体重了。这一件是如此特别,于他眼下所做的事是如此的重要,再要久等他实在受不了了。不过他已不用再久等,明天下午他就可以动手,或者明天晚上吧,最迟也不过到下一天。快啦。

34

克拉丽丝·史达琳是从电视新闻中认出斯通亨奇花园住宅区的标识的。在孟菲斯的这个住宅建筑群是公寓和城镇新式住宅的混合,它环绕一个停车场,形成一个巨大的U。

史达琳将她那辆租来的雪佛兰名流停在停车场的中心。住在这里的是一些收入颇丰的蓝领工人和基层行政管理人员——她是从特兰斯阿姆斯和IROC-Z卡莫拉斯这两种牌号的车看出来的。度周末用的旅宿汽车以及漆得油光闪亮的滑雪艇停放在停车场它们各自的区域内。

斯通亨奇花园住宅区——史达琳每次看到这几个字心里都觉得不好受。公寓里很可能满是白色的柳条制品和桃色的长绒地毯。咖啡茶几的玻璃板底下压着些快照,上面放着本什么《两人晚餐食谱》或《按照菜单做火锅》。史达琳唯一的住处就是联邦调查局学院内的一间学生宿舍,对这些东西她是怎么都看不顺眼。

她需要了解凯瑟琳·贝克·马丁,一位参议员的女儿竟会住在这种地方,似乎很不正常。史达琳已经阅读过联邦调查局收集到的凯瑟琳·马丁简短的生平材料,材料表明她学习不佳,但很聪明。在法明顿她学习没有过关,在米德尔伯里的两年也过得很不开心。她现在是西南大学的一名学生,同时也是位实习教师。

史达琳可能轻易会把凯瑟琳想象成一名只关注自我、被搞得笨头笨脑的寄宿学校的学生，那种从来都不听讲的年轻人。史达琳知道在这一点上她得小心不能轻率，因为她有自己的偏见和怨恨。史达琳曾在几所寄宿学校度过，靠奖学金生活，学习成绩比穿的衣服要好得多。她曾见过不少家庭生活很混乱的富家子弟，他们太多的时间是在寄宿学校里度过的。对他们中的有些人，她根本是不屑一顾的，不过随着年龄的增长，她已懂得，漫不在意可能是逃避痛苦的一种策略，而这却往往被误解为浅薄和冷漠。

最好还是想想和她父亲一起扬帆出游的孩提时的那个凯瑟琳，就像他们应马丁参议员的请求在电视里播放过的那个家庭录像中她的那个样子。她不知道凯瑟琳一点点小的时候是否想着要去讨父亲的欢心，不知道当人家来告诉她四十二岁的父亲忽然死于心脏病时，她正在做什么。史达琳很肯定凯瑟琳是怀念他的。怀念父亲，这一共同的创伤，使史达琳觉得感情上和这名年轻女子靠得近了。

史达琳发现，喜欢上凯瑟琳·马丁是至关重要的，因为这有助于她全力以赴来行事。

史达琳能看到凯瑟琳的公寓所处的位置——它的前面有两辆田纳西高速公路巡警车停在那里。离这公寓最近的地方，停车场上有几处撒着白粉。田纳西州调查局肯定一直在用浮石或别的什么钝器去除地上的油垢。克劳福德说田纳西州调查局还是相当不错的。

史达琳走到停放在公寓前停车场特别区域内的游艺车和滑雪艇那里。这儿就是野牛比尔逮到她的地方。离她公寓的门颇近，所以她出来时都没有锁门。她是被什么东西诱出去的，设计的那个圈套看上去一定不像是要害人的样子。

史达琳知道，孟菲斯的警察已经挨家挨户做过访谈，没人看到有任何事发生，因此，事情也许出在那些高高的旅宿汽车里。他一定是从这里进行观察的,坐在某种什么车里,肯定得这样。但野牛比尔知道凯瑟琳在这里。他一定是在哪儿偶然发现了她,悄悄地盯上,等待时机下手。像凯瑟琳这样个头的女孩子并不常见,他没有随便就在什么场所闲坐着一直等到个头合适的一名女人出现,那样他可能一连坐上好几天都见不到一个。

所有的被害者都是大个子。她们全都是大个子。有几个很胖,但个子都很大。"所以他要能搞到一种合适的材料。"忆起莱克特医生的话,史达琳不寒而栗。莱克特医生,这个孟菲斯的新市民。

史达琳深深地吸了一口气,鼓起腮帮子,又慢慢吐出。咱们来瞧瞧能发现凯瑟琳的一些什么情况。

一名头戴斯莫基漫画熊帽子的田纳西州警应声出来开凯瑟琳·马丁公寓的门。史达琳给他看过证件后,他示意她进去。

"警官,我需要在这儿看看这个场所。"对一个在屋子里还戴着帽子的男人,使用场所一词似乎很合适。

他点了点头。"如果电话响,你不管,我会接的。"

厨房的门是开的,史达琳看到橱柜上有一台录音机,接通在电话上。旁边是两部新的电话,其中一部没有拨号盘——直通南贝尔安全局那个中南部的追踪机构。

"有什么要我效劳的?"那位年轻的警官问。

"警方在这儿查完了吗?"

"这公寓已经查过交给她家人了。我在这儿只是接接电话。如果你想知道的就是这个,你可以碰这儿的玩意儿。"

"很好,那我就四处看看。"

"行。"年轻的警察重新拿起他塞到沙发底下的报纸,回到了他原来的座位上。

史达琳想要集中心思。她希望这公寓里只有她一个人,可她知道这地方没有挤满警察她已经算幸运的了。

她先从厨房开始。这里没有用来正经八百地烧饭做菜。凯瑟琳的男友告诉警察她当时是来拿爆玉米花的。史达琳打开冰箱,里边有两盒用微波炉做出的爆玉米花。从厨房这儿看不到停车场。

"你从哪儿来?"

史达琳第一次没有注意到有人在问她。

"你从哪儿来?"

州警坐在沙发上,从他手中拿着的报纸的上方盯着她看。

"华盛顿。"她说。

洗槽底下——是的,水管的接头处有擦刮的痕迹,他们把存水弯都拆下来检查过了。田纳西州调查局真是不错。那几把刀并不快。洗碗机用过,但东西还在里面。冰箱里只放着农家鲜干酪和现成的水果色拉。凯瑟琳·马丁很可能是上附近提供"免下车"服务的商店购买快餐食品杂货,去的地方很可能固定在一家。也许有人在这家店猎艳,那倒是值得去查一查的。

"你是在司法部长手下干?"

"不,在联邦调查局干。"

"司法部长要来,这是我出来值班时听说的。你在联邦调查局多久了?"

放蔬菜的那格抽屉里有一棵用橡皮做的卷心菜。史达琳把它翻过来,查看其中放珠宝的一格。空了。

"你在联邦调查局多久了?"

史达琳看着这名年轻的警察。

"警官,怎么跟你说呢,我在这儿查查完了之后很可能需要问你一些情况,也许到时你可以帮帮我的忙。"

"一句话。如果我能——"

"好,行。咱们就等到那时再谈。这一刻我得考虑这件事儿。"

"没问题,你忙。"

卧室很亮堂,有一种史达琳喜爱的阳光充足催人昏昏欲睡的特色。室内的织物和陈设比大多数年轻女人的都要好,这样的东西她们是无力购买的。有一片乌木屏风,架子上放着两件景泰蓝,还有一张用带有节瘤的胡桃木做成的高级写字台。有两张成对的单人床。史达琳掀起床罩的边。左边床上装的轮子锁住了,右边那张没有。如果适她的意,凯瑟琳一定会把两张床推到一起,可能有个情人而男友却不知道。或者他们有时可能也会在这儿过夜。她的录音电话机上没有遥控呼叫器。她母亲打电话来时她需要上这儿来接。

这部录音电话和她自己的那部一样,是那种普通的美特型的。她打开面板。录下进来与出去的声音的磁带都不在了,原来的位置上放着一张条子,上面写着:录音带　田纳西州调查局财产第6号。

房间还算整洁,不过看上去还是像被动作粗鲁的搜查人员动过了;那些人力图完全按原样将东西放回原处,却总是差那么一点儿。所有那些光滑的表面上即使没有留下提取指纹的痕迹,史达琳也知道这地方已经被搜查过。

史达琳认为,犯罪活动中没有任何一步是在这卧室里发生的。克劳福德的话很可能是对的,凯瑟琳是在停车场被抓住的。但史达琳想要了解她,而这就是她曾经住过的地方。她还住在这里,史达琳又纠正了自己。她还住在这里。

在床头柜的小隔间里有一本电话号码本,克里内克斯纸巾,一盒化妆用品,化妆盒后面是一架带快门线的宝丽来SX-70型相机,一副短三角架折好放在旁边。嗯——。史达琳看着这相机,目不转睛如一只蜥蜴。她像蜥蜴那样眨了眨眼。她没有碰相机。

最使史达琳感兴趣的是衣橱。凯瑟琳·贝克·马丁的洗衣标签是

C-B-M，她的衣服很多，其中有一些非常好。不少牌子史达琳都认识，包括伽芬克尔和华盛顿的布利奇斯。都是妈妈送的礼物，史达琳自言自语道。凯瑟琳有极好的一流服装，尺寸有大小两种，史达琳估计她轻时大约有一百四十五磅，重时在一百六十五磅左右。她还有从"宏伟"商店买来的几条肥大的便裤和几件套衫留备身材突然走形时穿。挂架上是二十三双鞋子，七双是16码的法拉格莫斯牌，有几双是短角羚牌，还有几双穿破的懒汉鞋。最上面的架子上是一只轻便背包和一把网球拍。

这是一个特权家庭孩子拥有的东西。一名学生兼实习教师，日子过得比大多数人都好。

写字台里放着不少信。有以前在东部时的同学写来的短笺，字体弯弯绕绕一律左倾。有邮票以及贴在邮件上的小标识。最底下的抽屉里放的是一扎各种颜色和图案的礼品包装纸。史达琳用手指在上面拨过，她正在想着上当地提供"免下车"服务的市场去询问那些店员这件事，忽然，在那一扎礼品包装纸中间，她的手指摸到了特别厚而且硬的一张。她的手指摸过去了，却又摸了回来。她受过训练，任何异常现象都会引起她的注意。她将这纸拉出一半。纸是蓝颜色，是由一种近似轻薄的吸墨纸材料制成的，印在上面的图案是粗劣模仿的卡通狗普鲁托。小小的几排狗样子全都像普鲁托，颜色倒都是正宗的黄色，可比例并不完全正确。

"凯瑟琳啊凯瑟琳！"史达琳说。她从包里取出镊子，用它夹起这张彩色纸放进一只塑料袋去。她把塑料袋临时放在床上。

梳妆台上的首饰盒是件印有图案的皮货，这种东西在每一个女生宿舍里都能见到。首饰盒前面的两只抽屉里以及有多层盖子的盒子里装的是些人造珠宝，没什么值钱的物件。史达琳在想，最好的那些东西是否曾经放在冰箱里那棵橡皮卷心菜中的？假如是，又是谁取走了呢？

她一根手指弯成钩状，从盖子的边底下伸过去将首饰盒后部的那个秘密抽屉推了出来。秘密抽屉里是空的。她在想,这些抽屉又是对什么人保密呢?肯定不会是对夜盗而保密的。她将抽屉推回原位,手向首饰盒的后面伸去,这时手指却忽然碰到了用胶带粘贴在那只秘密抽屉反面的一只信封。

史达琳套上一副棉布手套,将首饰盒调了个方向。她拉出空抽屉将它倒了过来。透明胶带将一只棕色的信封粘贴在了抽屉的底部。信封的折口刚刚折过,没有加封。她拿起信封凑近鼻子。他们没有在上面用烟熏提取指纹。史达琳用镊子张开信封将里面的东西取了出来。信封里是五张宝丽来一次成像照,她一张一张将它们取出。相片上照的是一个男人和一个女人在交欢。头和脸没有出现。照片中有两张是那女的拍的,两张是男的拍的,还有一张像是从架在床头柜上的三角架上拍摄的。

要从照片上判断人的身材大小很难,但长长的身架子,一百四十五磅这么惊人的体重,这女的只能是凯瑟琳·马丁。那男的阴茎上像是戴了个象牙雕刻的环,照片的清晰度不够高,细部无法显示。这男人做过阑尾切除手术。史达琳用袋把照片装起来,每张分别放入一只装三明治的袋子里,再将它们一起放进她自己的一只棕色信封内。她把抽屉放回首饰盒中。

"好东西在我手提包里呢!"她背后的一个声音说,"我不认为有什么东西被偷了。"

史达琳朝镜子里一看。鲁斯·马丁参议员正站在卧室的门口。她看上去已是精疲力竭。

史达琳转过身来。"您好,马丁参议员。您要不要躺下来歇一歇?我快好了。"

即使极度疲倦,马丁参议员依然气度不凡。在她谨慎优雅的言行背后,史达琳还是看出这是一个好斗的人。

"请问你是谁?我认为这里面警方已经查完了。"

"我是克拉丽丝·史达琳,联邦调查局的。您同莱克特医生谈过了吗,参议员?"

"他给了我一个名字。"马丁参议员点燃一支烟,上下打量着史达琳。"它有什么价值我们还要看。你在首饰盒里找到什么啦,史达琳警官?它又是什么价值?"

"是些文件证据,我们几分钟内就可以鉴定出来。"史达琳所能做到的最好的一点就是这么说了。

"在我女儿的首饰盒里找文件证据?我们倒要看看。"

史达琳听到隔壁房间有说话的声音,就希望有人能闯进来插个嘴。"科普利先生是不是和您在一起?他是孟菲斯的特工,在——"

"不,他没有和我在一起,你并没有回答我的问题。警官,我倒不是无礼,可我还是要看看你在我女儿的首饰盒里找到了什么。"她扭过头去朝身后喊,"保罗!保罗!请到里面来一下好吗?史达琳警官,你也许认识,这是司法部的克伦德勒先生。保罗,这就是杰克·克劳福德派到莱克特那儿去的那位女孩儿。"

克伦德勒的秃头被太阳晒成棕褐色,四十岁的年纪,看上去很是健康。

"克伦德勒先生,我知道您是谁。您好。"史达琳说。司法部犯罪处的国会联络官,处理难题的老手,至少也是个司法部长的代表助理,上帝,救我一命吧!

"史达琳警官在我女儿的首饰盒里找到了点什么东西,她把它放进自己的一个棕色信封里去了。我想我们最好还是看看那是什么,你觉得呢?"

"警官,请。"克伦德勒说。

"我可不可以和您说句话,克伦德勒先生?"

"当然可以,待会儿。"他将一只手伸了出来。

史达琳的脸热辣辣的。她知道马丁参议员是失态，可克伦德勒居然也一脸怀疑，她绝不会原谅他。绝不!

"拿去吧。"史达琳说。她把信封交给了他。

克伦德勒朝里面看了一眼第一张照片就把折口重又折了起来，马丁参议员这时一下将信封从他手中拿了过去。

看着她检查照片很是痛苦。看完之后，她走到窗子前。她站着，抬起脸向着阴阴的天空，两眼闭着。日光下，她显得苍老。她想抽烟，手却在颤抖。

"参议员，我——"还是克伦德勒先开了口。

"警方已经搜查过这个房间，"马丁参议员说，"我确信他们发现这些照片后明智地又放了回去，一言不发。"

"不，他们没有发现。"史达琳说。这个女人是受了伤害了，但，管他妈的！"马丁夫人，我们需要知道这男人是谁，这您也能看出来。如果是她的男朋友，很好，我五分钟就可以查出结果。旁人没有一个需要看到这些照片，凯瑟琳也永远用不着知道。"

"这事儿我会处理的。"马丁参议员将信封放进了她的包里，克伦德勒也由她去这么做。

"参议员，厨房里那棵橡皮卷心菜中的珠宝是您拿走的吗？"史达琳问。

马丁参议员的助手布赖恩·戈斯奇将头从门口探了进来。"对不起，打扰了。参议员，终端机他们已准备好，我们可以去看他们从联邦调查局那边查找威廉·鲁宾这个名字。"

"去吧，马丁参议员，"克伦德勒说，"我一会儿就出来。"

鲁斯·马丁没有回答史达琳的问题就离开了房间。

克伦德勒去关卧室的门时，史达琳有机会将他上下打量了一番。他的那套衣服是按照单针缝制的式样裁剪的，做得非常成功。他没有带武器。因为常常在很厚的地毯上走,他的鞋后跟下面有半英寸被磨擦得闪闪发亮,鞋跟的边缘线条分明。

他一手握着门把,低着头站了一会儿。

"你查得很不错。"他转身说道。

史达琳不可能那么便宜就被打发的。她和他对视着。

"在昆蒂科他们倒还是培养了很优秀的搜查人员。"克伦德勒说。

"他们可不培养小偷!"

"这我知道。"他说。

"难说。"

"不谈这事儿了吧。"

"我们会根据这些照片和那棵橡皮卷心菜采取适当行动的,对吗?"她说。

"是的。"

"'威廉·鲁宾'这个名字是什么呀,克伦德勒先生?"

"莱克特说那是野牛比尔的名字。这儿是我们传送给身份鉴定部门及国家犯罪信息中心的材料,你看看这个。"他给了她一份莱克特和马丁参议员面谈的记录,是由点阵打印机打出的,模模糊糊不太清楚。

"有什么想法?"她看完之后他问道。

"他这儿所说的话没有一点需要收回去的。"史达琳说,"他说这是个白种男人,名叫比利·鲁宾,生过象牙炭疽病。无论发生什么,你这儿都逮不到他是在说谎,充其量,也不过是说错而已。我希望他这说的是实话,可他有可能是在和她闹着玩儿。克伦德勒先生,他那么做是绝对有可能的。你有没有……见过他?"

克伦德勒摇摇头,鼻子里哼的一声喷出一股气来。

"就我们所知,莱克特医生已杀了九个人。无论如何他都逃脱不了的——他可以让人起死回生,但他们不会放他出去。所以,他剩下的路就只有玩玩，那也就是为什么我们要玩他——"

"我知道你们是在玩他，奇尔顿的录音带我听了。我不是说那做法有什么错——我是说这事儿结束了。行为科学部可以根据你获得的信息——那个变性的角度，继续追寻下去以取得有价值的结果。你则明天就回昆蒂科上学去。"

噢，好家伙！"我还发现了一点别的东西。"

那张彩色包装纸一直放在床上都没有被注意。她把纸给了他。

"这是什么？"

"样子像是张印了许多普鲁托狗的纸。"别的话她要叫他来问。

他动了下手，示意她把情况说出来。

"我相当肯定这是做吸墨纸用的酸，麦角酸酰二乙胺。可能都是七十年代中期或者更早以前的东西了，如今已是稀罕物。她是从哪儿弄来的值得查一查。要确定我们还得检测一下。"

"你可以带回华盛顿交实验室去做。几分钟之后你就要离开。"

"如果你不想等，找一套户外装置来，我们现在就可以做。如果警方有一套标准的麻醉品鉴别器，那就是做J试验，两秒钟，我们就可以——"

"回华盛顿去，回学校去。"他说着将门打开了。

"克劳福德先生指示我——"

"我正在告诉你的话就是你要执行的指示。现在你已不归杰克·克劳福德领导了。你立即回去，别的任何一名受训学生归谁管你就归谁管。你要管的事在昆蒂科，我的话你听明白了吗？两点十分有一班飞机，就坐那一班。"

"克伦德勒先生，莱克特医生拒绝和巴尔的摩警方谈话之后却和我谈了，他也许还会这么做的。克劳福德先生认为——"

克伦德勒重又关上了门，重重地，其实他没必要关那么重。"史达琳警官,我用不着向你解释我的意思,不过你还是听我说吧。行为科学部提供的案情摘要是作参考的,一向都是这样,现在也还是照旧。杰克·克劳福德反正要请事假的。我很吃惊他事情一直还能做那么好。在这件事上他是愚蠢地冒了一次险,瞒着马丁参议员,结果把后路给绝了。不过考虑到他一辈子的成绩,离退休也这么近了,就是她也不能过分伤害他。我是不会为他的养老金发愁的,如果我是你的话。"

史达琳有点控制不住了。"你们还有别的什么人逮住过三个连环杀手吗?逮住过一个的你们知道的还有谁?你们不应该让她来操纵这事的,克伦德勒先生!"

"你一定是个聪明的孩子,要不克劳福德也不会让你掺和这件事,所以我还是和你说一次吧:管管你那张嘴,否则你就要被弄到打字的那一堆人里头去了。你明不明白——派你到莱克特那里去,原先唯一的原因是为你们局长搞点消息供他到国会山去用用。关于一些主要犯罪活动的玩意儿,说出来也没有什么害处;关于莱克特医生的'内幕消息';那些玩意儿他就像口袋里的糖果那样掏出来随手撒撒,一边却在设法使他的预算专项拨款得到通过。国会议员们对那玩意儿大有兴趣,他们就靠掌握着这内幕到处被请去吃饭。你的言行出格了,史达琳警官,这案子你不要再管了。我知道你还另有张增办的身份证,缴给我们吧。"

"我带枪坐飞机需要这证件。这枪是属于昆蒂科的。"

"枪!上帝!你一回去就把这证件缴了!"

马丁参议员、戈斯奇、一名技师以及几名警察聚在一台录像播放终端机的周围,终端机上安有调制器,接在电话上。莱克特医生提供的信息在华盛顿接受处理,国家犯罪信息中心的热线连续不断地报告处理进展的情况。这儿是从亚特兰大国家疾病控制中心发来的消息:象牙炭疽病是由吸入碾磨非洲象牙时散发出的粉末而感染上的,这些象牙通常用来做装饰把手。在美国,这种病常见于制刀商。

听到"制刀商"一词,马丁参议员闭上了眼睛。她的眼睛烫烫的,没有泪。她紧紧捏住手中的克里内克斯纸巾。

放史达琳进入公寓的年轻州警给参议员端来了一杯咖啡。他还戴着他那帽子。

要缩头缩脑悄悄溜出去那绝不是史达琳。她在那女人跟前停住脚说,"祝您好运,参议员!但愿凯瑟琳平安无事。"

马丁参议员点点头,看都没看她一下。克伦德勒催促她赶紧出去。

"我原不知道不该让她进这里来。"那位年轻的州警离开房间时说。

克伦德勒随她一起跨出了门。"对杰克·克劳福德我没有别的,只有尊敬。"他说,"请告诉他为……贝拉的问题,有关她的一切,我们大家是多么的难过。现在咱们回学校去好好用功,好吗?"

"再见,克伦德勒先生!"

接着就是她独自一人来到了停车场。她恍恍惚惚,觉得这世上的事情她根本一件都没有搞懂。

她看着一只鸽子在汽车旅馆和滑雪艇下面四处走着。它啄起一粒花生壳,又放了下去。潮湿的风吹皱了它的羽毛。

史达琳希望能和克劳福德说说话。"浪费时机愚蠢行事带给你的是最坏的结果。"那是他说的,"利用这个时候你就可以得到锻炼。现在最艰苦的考验到了——不要让愤怒与挫折妨碍你的思维。你能不能控制住局面关键就在这里。"

能不能控制住局面她根本就无所谓。她发现自己做成做不成"特工史达琳"一点都无关紧要,而且根本就他妈的不在乎。你这么玩儿她还在乎什么?

她想到了她在西弗吉尼亚波特殡仪馆那张桌子上看到的那个悲惨

可怜的胖女孩儿。指甲上涂着闪闪发光的指甲油,就像这些讨厌的土里土气的滑雪艇。

她叫什么名字来着? 金伯莉。

决不叫这帮混账东西看到我哭!

上帝! 什么人都叫金伯莉,她班上就有四个! 有三个男生叫肖恩。金伯莉,看了肥皂剧就起了这么个名。她想办法打扮自己,两只耳朵上穿那么些孔,想装饰一番让自己看上去漂亮些。而野牛比尔却看看她那对令人伤心的瘪奶,枪口顶在双乳间,胸脯上砰的一声就打裂出了一只海星。

金伯莉,她的悲惨的胖姐妹! 她是用热蜡除腿毛的。也难怪——她那脸、臂和腿,最好的地方也就是皮肤了。金伯莉,你如今在哪儿愤怒着呢? 没有参议员留心寻找她。没有喷气式飞机载着疯狂的人们为她四处奔波。疯狂一词她是不该使用。许多事儿都不该她做。疯狂的人们!

史达琳看看手表,离飞机起飞还有一个半小时,有一件小事情她还可以做一做。她想盯住莱克特医生的脸看看,看他说"比利·鲁宾"这个名字时是什么表情。如果她能坚持和那双奇怪的褐紫红色眼睛对视足够长的时间,如果她能深深地看到黑暗在吞噬着火花,她或者就能发现一点有用的东西。她想她有可能看到欢乐。

感谢上帝,身份证还在我身上!

她将车子开出了停车场,地上留下十二英尺长的橡胶轮胎的印子。

35

克拉丽丝·史达琳驾着车急急地穿行于孟菲斯充满危险的车流中,两行愤怒的泪已经干了,凝结在脸颊上。此刻,她的感觉很奇异,飘浮着,无牵无碍。眼中所见是出奇的清晰,提醒她自己是有意要来战斗的,因此她对自己很是谨慎。

她早些时候从机场来的路上曾经路过那幢旧的法院大楼,所以再次找到这儿没费什么劲。

田纳西州当局没有拿汉尼拔·莱克特来冒险,没有把他送到城市监狱去。他们下定决心要把他关牢。

他们解决的办法就是这座以前的法院大楼兼监狱。这是一座用花岗岩建成的哥特风格的巨大建筑,还是从前劳动力很廉价的时候建造的。如今它成了市里的一幢办公大楼,在这座兴旺发达的、历史观念又很强的城镇,对它的修复搞得有点过分。

今天,它看上去就好像是一座中世纪的堡垒,四面围的都是警察。

停车场上挤满了杂七杂八的执法巡逻车——高速公路巡逻车,谢尔比县治安局巡逻车,田纳西州调查局巡逻车,还有教管所的巡逻车。史达琳甚至还要经过警察设的一个岗才能将她那辆租来的车开进去停下来。

莱克特医生额外又给人招致了一个来自外部的安全问题。自从早上十点左右的新闻报道了他的行踪后,恐吓电话就不断;他的受害人有许多朋友和亲戚,他们想要他的命。

史达琳希望那个常驻联邦调查局的特工科普利不要在这里,她不想把他卷入麻烦。

在主要入口台阶旁边的草坪上有一群记者,她在其中看到了奇尔顿的后脑勺。人群中有两台微型电视摄像机。史达琳希望自己的头上有个东西盖着就好了。走近这尖塔建筑入口处时,她把脸别到了一边。

把守在门口的一名州警仔细检查了她的身份证之后,她才得以进入门厅。这尖塔建筑的门厅这时看上去像是一间警卫室。一名城市警察把守着这建筑物内唯一的一部电梯,楼梯那儿有另一名警察守着。准备接替驻守在大楼周围的巡逻小分队的州警们坐在沙发上看《商界呼吁》,他们坐的地方公众看不到。

一名警察小队长在电梯对面的桌子旁守着。他的姓名标牌上写着"C. L. 泰特"。

"不准采访!"泰特小队长看见史达琳后说。

"我不是采访。"她说。

"你是和司法部长的人一起的?"他看过她的证件后说。

"和司法部长的代表助理克伦德勒一起的。"她说,"我刚离开他。"

他点了点头。"我们西田纳西州的每个警察都想进这里面来看看这个莱克特医生。感谢上帝,这样的时候并不常见。你需要跟奇尔顿医生说一声才能上去。"

"我在外面见着他了。"史达琳说,"今天早些时候我们还在巴尔的摩忙这事儿呢。我是在这儿登记吗,泰特队长?"

小队长用舌头很快地舔了舔他的一颗白齿。"没错儿。"他说,"拘留所的规矩,小姐。不论是不是警察,来者武器都必须寄存。"

史达琳点点头。她将子弹从她的左轮枪中倒了出来,小队长看到她的手在枪上移动很是高兴。她把枪交给他,枪柄在前。他将枪锁进了抽屉。

"弗农,带她上去。"他拨了个数字,冲着电话说出了她的名字。

电梯是另外安装的,还是二十年代的产品,嘎吱嘎吱响着升到最上面的一层,开开来,前面是一段楼梯平台及短短的一条走廊。

"正对面就是,小姐。"州警说。

门的毛玻璃上漆着"谢尔比县历史学会"的字样。

这座尖塔建筑的顶层几乎整个儿就是一个漆成白色的八角形房间,地板和线脚是磨得光光的橡树木,闻上去有蜡和图书馆的糨糊的味道。房间里陈设很少,给人一种简朴的、公理会教堂的感觉。它如今看起来比曾经用作法警办公室时的样子要好。

两名身着田纳西教管所制服的男子在值班。史达琳进去时,那位小个子从桌旁站了起来。个子大一点的那位在房间尽头的一张折叠椅里坐着,脸对着一间病房的门。他是负责监视是否有自杀行为的。

"你获准同犯人谈话了,小姐?"桌旁的那位警官说。他的名字标牌上写着"T. W. 彭布利"。他桌上用品包括一部电话,两根防暴警棍和梅斯化学催泪毒气喷射器。在他身后的角落里竖放着一副捆绑犯人双臂的长长的刑具。

"是的,获准了。"史达琳说,"我以前就提问过他。"

"规矩你知道吗? 不要越过界线。"

"那肯定。"

房间里唯一的彩色是那个警察用的交通路障,那是个用鲜亮的橘黄色漆成条形状的拒马木障,装配有圆形的黄色闪光标,闪光标这时是关着的。路障立在磨得光溜溜的地板上,距囚室的门五英尺。近旁的一个衣帽架上挂着医生的东西——那个曲棍球面罩和一样史达琳以前从未见过的东西,一件形状似绞刑架的堪萨斯背心。背心由厚厚的皮革制成,腰部是两把U形腕锁,背部有搭扣,它也许是世界上最最保险牢靠的约束衣了。面罩和这件后领子挂在衣帽钩上的黑色背心,与白色的墙形成鲜明对比,使人不安。

史达琳走近囚室时看到了莱克特医生。他正坐在一张拴死在地板上的小桌边看书。他背对着门。他有几本书,还有就是她在巴尔的摩给他的那份野牛比尔现在的档案。桌子的腿上用链条拴着一台盒式小放音机。在精神病医院之外的地方看到他有多怪!

史达琳小的时候就见到过这类囚室。它们还是本世纪初由圣路易斯的一家公司预制装配起来的,还从没有人造得比他们更好——用回火钢搭出一个笼子,任何房间一下子就可变成一间囚室。地板是薄片钢,铺设在钢条上;由冷锻钢条搭成的墙和平顶完完全全排满了整个儿房间。没有窗户。病房呈白色,一尘不染,被照得通体光明。马桶前面立着一面轻而薄的纸质屏风。

这些白色的钢条一棱棱地凸起在墙上。莱克特医生的脑袋乌黑油亮。

他是墓地里的一只貂。他活在胸腔的深处,心中已满是枯叶。

她眨眨眼赶快将这念头抛开。

"早上好,克拉丽丝。"他说,身子并没有转过来。他看完正在看的一页书,做上记号,然后再转过椅子把脸对着她,前臂靠着椅背,下巴又搁在前臂上。"大仲马告诉我们,秋天里炖清汤,加只乌鸦进去,原汁的色和味会大大改善,因为那时的乌鸦靠吃桧属植物的浆果长得很肥。汤里放只乌鸦进去你觉得怎么样,克拉丽丝?"

"我想就在你得到窗户可以看到风景之前,你的这些画儿,就是你原来病房的那些玩意儿,你可能还是想要的吧。"

"想得真周到!你和杰克·克劳福德被撂出这案子,奇尔顿医生高兴得如同发狂。还是他们又派你来最后再甜言蜜语地哄我一次?"

负责监视是否有自杀行为的那位警官逛回去同桌子边的彭布利警官说话了。史达琳希望她说话他们听不到。

"不是他们派我来的,我自己就这么来了。"

"人家要说我们在恋爱了。你不想问比利·鲁宾的事儿吗,克拉丽丝?"

"莱克特大夫,对于你告诉马丁参议员的情况我倒没有任何怀疑的意思,可你是否主张我还是根据你的意见继续——"

"'怀疑'——说得好。我根本就不会主张你做什么。你想糊弄我,克拉丽丝。你觉得我是在和这些人闹着玩儿吗?"

"我觉得你当时跟我说的是实话。"

"可惜你想糊弄我,是不是?"莱克特医生的脸向手臂后面沉去,一直到只能见着他的两只眼睛。"可惜凯瑟琳·马丁再也不会看到太阳了。太阳是一团火,她信仰的神已葬身其中,克拉丽丝。"

"可惜你现在只得卑贱地迎合他人,可能的话就舔几滴眼泪吃吃。"史达琳说,"很遗憾我们没有能够把我们当时谈的东西谈完。你那有关成虫的思想,那成虫的构造,有一种……雅致的美,很难让人丢得下。现在是像一座倒塌的建筑,只剩半个拱门立在那儿了。"

"半个拱门是立不住的。克拉丽丝,说到拱门,他们还会让你当最下等的警察去踏步巡逻吗?①他们有没有把你的徽章收回去?"

"没有。"

"你夹克下面那是什么?巡夜人的考勤钟?就像你爸的那只?"

---

① 莱克特在此处是玩了个文字游戏,因为英文"arch"(拱门)又有"脚心"之意,盖两者形状相似。"踏步巡逻"自然要用到脚心,莱克特即以"arch"一字跟脚。

"不，这是快速装弹器。"

"这么说你是带着武器四处走？"

"是的。"

"那你的夹克应该做大些。你自己也做衣服吗？"

"也做。"

"这件服装是你做的吗？"

"不是。莱克特大夫，什么事情你都能观察出来，你不可能同这个'比利·鲁宾'谈得很投机，结果却对他了解就这么点儿。"

"你认为我没有同他谈得很亲密？"

"如果你碰见过他，你会一切都知道，可今天你怎么凑巧就只记得一个细节，他得过象牙炭疽病？当亚特兰大方面说这病常见于制刀商时，你应该能想见他们在跳脚。他们对这消息大感兴趣，你也完全知道他们会那样，为此你应该在皮博迪获得一套房子。莱克特大夫，假如你碰见过他，对他的情况你是会了解的。我觉得你可能没见过他，他的情况是拉斯培尔告诉你的。二手货卖给马丁参议员价钱可不会一样呵，不是吗？"

史达琳回过头去很快地看了一下。两名警官中的一位正在给另一位看《枪械与弹药》杂志上的什么东西。"在巴尔的摩时你还有东西要跟我说，莱克特大夫，我相信那玩意儿有根据。把剩下的都告诉我吧。"

"案卷我都看过了，克拉丽丝，你看了吗？只要你留心，你想知道的一切都在那里面，即使即将荣誉退休的克劳福德探长也能估摸出来。顺便问一句，克劳福德去年在国家警察学院发表的那篇令人头昏的讲演你看了吗？喋喋不休地大谈马可·奥勒利乌斯，说什么义务、荣誉和刚毅——我们倒要看看贝拉一命呜呼之后克劳福德是怎样一种清心寡欲的人。我想他的哲学是从《巴特利特常用妙语辞典》里边抄出来的。他要是懂得马可·奥勒利乌斯，他这案子也许就能破了。"

"告诉我怎么破。"

"当你偶然闪现一下还能根据上下文摸清事情的来龙去脉的智慧时,我却又忘记你们这代人原来是文盲,克拉丽丝。马可·奥勒利乌斯这位罗马皇帝主张的是简单,是首要的原则,对每一件具体的事,应该问:就其本身的构造来说,它是什么?它本身是什么?其常态如何?"

"这话的意思我一点也搞不明白。"

"你们要抓的这个人,他干的是些什么?"

"他杀——"

"唉——"他口气很冲地说,对她的错误判断,他一时将脸都转向一边去了。"那是附带出现的偶然现象。他干的首要的、基本的事是什么?他杀人为的是满足什么样的需要?"

"愤怒,对社会不满,性困——"

"不对。"

"那是什么?"

"他要满足妄想。实际上,他妄想变成就像你这样的人。他的本性就是妄想。我们有妄想时开始是怎么来的,克拉丽丝?我们会不会挑挑拣拣?动动脑子做个回答。"

"不,我们只是——"

"对了,一点不错。开始有妄想时,我们企图得到每天所见的东西。克拉丽丝,在每天偶然遇到的人中间,你难道没感觉到有眼睛在你全身上下扫来扫去吗?你要是感觉不到,那我几乎都不能想象。那么你的眼睛不也在别的东西上扫来扫去吗?"

"好吧,这下可以告诉我怎么个——"

"该轮到你告诉我了,克拉丽丝。你再没有什么上口蹄疫研究站那边的海滨去度假的条件可以提供给我了。从这儿起到出去,现在严格按投桃报李的条件办。和你做交易我得小心了。告诉我吧,克拉丽丝。"

"告诉你什么?"

"还是你以前欠我的两件事儿:你和那匹马后来怎么了?你是如何处理你的愤怒的?"

"莱克特大夫,等有时间我会——"

"我们对时间的认识不一样,克拉丽丝。这是你可能有的全部的时间了。"

"以后,你听着,我会——"

"我现在就要听。你父亲死后两年,你母亲送你到蒙大拿的一个牧场同她表姐及其丈夫一起过。那时你十岁。你发现他们把要屠宰的马放出去吃草。有一匹马视力不太好,你带着她一起跑了。然后呢?"

"——那时是夏天,我们可以在户外睡觉。我们走一条偏僻小路,一直到了波斯曼。"

"这马有名字吗?"

"可能有吧,不过他们不会——你把要屠宰的马放出去吃草,名字不名字你是搞不清楚的。我是叫她汉娜,听起来倒还像是个好名字。"

"马你是牵着还是骑着?"

"牵牵骑骑吧。在一处篱笆附近,我只得牵着她往上爬。"

"你骑骑走走到了波斯曼。"

"那儿有座代养马房,在一个度假牧场上,像是骑术学校一类的场所,就在城外。我想安排一下请他们把马收养下来。养在圈栏里一星期是二十元,用马厩就不止了。他们一眼就看出来她是瞎的。我说好吧,我来牵着她转,小孩子们可以坐在马上由我牵着到处转,而他们的父母亲,你知道,可以一样正常地骑马。我可以就待在这儿清理清理马厩。他们中有一个,那男的,我说的什么都同意了,他妻子却把治安官叫了来。"

"治安官和你父亲一样,是个警察。"

"起初,我还是很怕他的。他的脸红红大大的。那位治安官'把事情理清楚'之后,最后付了他们一个星期的饭钱。他说热天干马厩活儿没什么好处。报纸把这事儿登了出来,引起了一阵震动。我母亲的表姐同意让我离开,然后我就几经周折到了波斯曼的路德会教友之家。"

"那是所孤儿院?"

"是的。"

"汉娜呢?"

"她也去了。路德会大牧场一位大个子的工人给搭了张床。孤儿院里已经有个牲口棚子了。我们带着她一起犁园,不过她走哪儿你得盯着。她从菜豆棚架下走过,要是种的东西太矮还没有长高,走过时没有碰腿的感觉,那她是什么东西都会往上踩的。我们还牵着她拉着小车里的孩子们到处转。"

"可她还是死了。"

"唉,是啊。"

"说给我听听。"

"那是去年,他们写信到学校来了。他们估计她大概有二十二岁。活着的最后一天还在拉一部满载着孩子的小车,后来在睡眠中死去了。"

莱克特医生显得很失望。"真感人!叫人心里热乎乎的。"他说,"你在蒙大拿的养父操你了吗,克拉丽丝?"

"没有。"

"他有没有试试?"

"没有。"

"是什么使你带着马一起跑的?"

"他们要杀她。"

"你知道是什么时候吗?"

"不完全知道。我一直都在担心这事儿。她长得越来越胖了。"

"那么是什么促使你逃走的?是什么让你选择那特定的一天行动的?"

"我不知道。"

"我想你知道。"

"这事儿我一直就在担心。"

"是什么促使你动身的,克拉丽丝?出发时几点钟?"

"很早,天还没亮呢。"

"那么是什么东西把你弄醒了。是什么把你弄醒了?做梦了吗?做了什么梦?"

"我醒来时听到羔羊在叫。我在黑暗中醒来,羔羊在厉声地叫。"

"他们在屠宰早春羊?"

"是的。"

"你做什么了?"

"我无力为它们做任何事,我只是个——"

"那匹马你是怎么处理的?"

"我没有开灯,把衣服穿好,来到了外面。她吓坏了。圈栏里所有的马都吓坏了在那里直打转转。我向她鼻子里吹了口气,她知道是我,最后就将鼻子顶到了我手里。谷仓里和羊圈旁的棚子里的灯都亮着。光秃秃的电灯泡,大大的影子。冷藏车已经来了,马达没有息,在轰响着。我牵着她就离开了。"

"你有没有给她装马鞍子?"

"没有,我没有拿他们的马鞍子,只牵了条缰绳。"

"你在黑暗中离开,回头还能听到灯亮处羔羊在那儿叫吗?"

"没过多久就听不到了。羊不多,只有十二只。"

"你如今有的时候还会被惊醒,是吧?在沉沉的黑暗中醒来听到羔羊在尖叫?"

"有时候是的。"

"你是不是觉得，如果你亲手抓到了野牛比尔，如果你能使凯瑟琳平安无事，你就可以让那些羔羊不再尖叫了？你是不是觉得它们也会从此平安无事而你也不会再从黑暗中醒来听到它们尖叫了？克拉丽丝？"

"哎。我不知道。也许吧。"

"谢谢你，克拉丽丝。"莱克特医生显得出奇的平静。

"告诉我他的名字，莱克特大夫。"史达琳说。

"奇尔顿医生来了。"莱克特说，"我相信你们彼此认识吧。"

史达琳一时间还没有意识到奇尔顿已经到了她的身后。他接着就来拉她的胳膊肘。

她将胳膊肘抽了回来。和奇尔顿在一起的是彭布利警官和他的那个大个子搭档。

"进电梯！"奇尔顿说。他的脸上红得一块一块的。

"奇尔顿医生没有医学学位你原来不知道吧？"莱克特医生说，"这一点以后请牢牢地记在心里。"

"走吧！"奇尔顿说。

"这儿不归你管，奇尔顿大夫。"史达琳说。

彭布利警官绕到奇尔顿前面。"是的，小姐，不过归我管。他给我的上司和你的上司都打了电话。我很抱歉，可我已奉命把你送出去。跟我走，现在就走。"

"再见，克拉丽丝。如果羔羊不再尖叫，请你告诉我好吗？"

"好的。"

彭布利在拽她的手臂。她要么走，要么就和他斗起来。

"好的，"她说，"我会告诉你的！"

"你保证？"

"是的。"

"那么就把那半个拱门再做完它。把你的案卷拿走,克拉丽丝,我再也用不着了。"他伸直手臂将案卷从栏杆中间塞过来,食指顺着案卷的脊背摸了一下。她把手伸过隔离栏去接。刹那间,她的食指指尖碰到了莱克特医生的食指尖,这一碰,他的双眼一亮。

"谢谢你,克拉丽丝。"

"谢谢你,莱克特大夫。"

这就是他留在史达琳脑海中的形象。有这么一瞬,他没有嘲弄他人,他就定格在这一瞬间:站在他白色的囚室里,身子弯着像个跳舞的,十指交叉紧握着放在胸前,脑袋微微偏向一侧。

她的车驶过机场路面的减速板时,由于车速过快,一颠,头撞到了车顶上。她得跑步去赶克伦德勒命令她搭乘的那班飞机。

36

彭布利和博伊尔警官是从毛山国家监狱被特地调来看守莱克特医生的,很有经验。他们冷静细心,觉得这工作该怎么干用不着奇尔顿医生来向他们解释。

他们在莱克特之前就到了孟菲斯,对病房做了细致入微的检查。莱克特医生被带到这座旧法院大楼之后,他们也对他做了检查。他身上的束缚还没有解除的时候,一名男护士搜查了他身体的内部。他的衣服也被彻底搜过,金属探测器测过了衣服上所有的线缝。

博伊尔和彭布利与他达成了一个协议,在他被检查的时候,他们用温和的调子凑近他的耳朵低低地说:

"莱克特大夫,我们可以相处得很好。你对我们不错,我们也会完全一样地对你。彬彬有礼像个绅士你就可以吃上紫雪糕。不过老兄,我们的态度还是要跟你说清楚,想咬人,我们就把你的嘴抹平。看样子你在这儿情况还不错,你不想搞得一团糟,是吧?"

莱克特医生对他们友好地挤了挤眼。如果他是想答话,那他是无法开口的,因为他的上下白齿之间顶着个木撑子,那名男护士打着手电在往他嘴里照,又将一根戴了指套的手指头伸进口腔内去摸索。

金属探测器在碰到脸颊时发出了嘟嘟嘟的声音。

"那是什么?"护士问。

"补的牙。"彭布利说,"把他的嘴唇往上面那边翻。你补得很深嘛,里边几个是不是,大夫?"

"我感觉这鸟人精光光的什么戏也没有了。"他们把莱克特医生牢牢地关入病房后,博伊尔私下里对彭布利说,"只要他不发神经病是不会出乱子的。"

这间病房虽说保险又牢固,却少一个食物滑送器。由于史达琳的突然到来,使得她走后气氛就一直很不对头;到了午饭时间,奇尔顿医生把每个人搞得都很烦;他让博伊尔和彭布利重复那个冗长的程序,叫莱克特医生乖乖地靠栏杆站着,把约束衣和约束带给他绑上,奇尔顿则手拿梅斯催泪毒气喷射器随时准备着以防不测,最后,他们才开门将盛放莱克特食物的盘子送进病房去。

博伊尔和彭布利虽然都佩戴着名字标牌,奇尔顿却拒绝喊他们的名字,总是不加分别地一概称之为"喂,你!"

而就两个看守这一头来说,当他们听说奇尔顿并非真的是个医学博士时,博伊尔就对彭布利发议论了,说他"他娘的只是学校里头一个什么教书的"。

彭布利曾试图跟奇尔顿解释,史达琳来访并不是由他们批准的,而是由楼下工作台的人批准的,可他看到奇尔顿正火着,谁批准的都一样。

晚饭时,奇尔顿医生没有出现。博伊尔和彭布利用他们自己的方法端着盘子给莱克特医生送食物,莱克特竟然也糊里糊涂地配合了。这方法还很不错。

"莱克特大夫,今晚吃饭你就不用穿你那约束衣了。"彭布利说,"我要叫你先坐到地板上,然后身子快速往后挪,直到把双手伸出栏杆,两臂向后伸直。开始吧。坐起点,快!手臂再往后伸出点,胳膊肘伸直。"彭布利在栏杆外将莱克特医生紧紧铐住,莱克特的双臂间隔着一根栏杆,双臂上面又低低地紧扣着一根横杆。"稍微有点疼是不是?我知道疼,一会儿就给你下掉,给我们都省不少事。"

莱克特医生无法起立,也蹲不起来,而两条腿在他前面的地板上直直地伸着,踢也不能踢。

彭布利将莱克特医生的双臂束缚好之后才回到桌子那里去取病房的门钥匙。他把防暴警棍插入他腰间的套环,口袋里装一盒梅斯催泪毒气喷射器,然后再回到病房。他打开门,博伊尔把食物盘端了进去。门锁牢之后,彭布利重又将钥匙拿回桌上,这时他才打开手铐将它从莱克特医生的手上取了下来。只要医生在病房内能自由活动,彭布利任何时候都不会带着钥匙靠近栏杆的。

"还是蛮方便的,对吧?"彭布利说。

"是很方便,谢谢你,警官。"莱克特医生说,"你知道,我也就是想这么混混算了。"

"我们都是在混,兄弟。"彭布利说。

莱克特医生一边玩儿似的吃着饭,一边拿一支毡制粗头笔在他的拍纸簿上写写画画信手涂鸦。他把用链条拴在桌子腿上的磁带放音机里的磁带反过来换了一面,按下放音键。格伦·古尔德在用钢琴弹奏巴赫的《戈德堡变奏曲》。美丽的音乐超越困境,超越时光,洋溢在这明亮的牢笼,洋溢在两名看守坐着的这间屋子里。

莱克特医生坐在桌子边一动不动,对他来说,时间要慢就慢,要舒展就舒展,一如其在行进中一样。对于他,音符流淌却不失节奏。即使巴赫那银色的强音,在他听来也是些彼此不相联属的音符,碰到他四周的钢条上,熠熠生辉。莱克特医生站起身,表情茫然,他盯着餐巾纸从他的大腿上滑落飘向地板。餐巾纸在空中飘了很长时间,它擦到桌子的腿上,平飘、侧落、减速、翻了个身,最终落到钢片地板上停住。他没有烦神去把它捡起来,而是悠闲地走过病房,走到纸质屏风的后面,在马桶盖上坐了下来;这里是他唯一可以有隐私的地方。他听着音乐,身子斜靠在旁边的洗手池上,一手托着下巴,那双奇怪的褐紫红色眼睛半睁半闭。《戈德堡变奏曲》的结构使他感到有趣。这不,又来了,那萨拉班德舞曲的低音部分一遍又一遍地往前展开着。他随音乐点着头,舌头顺牙齿的边缘在移动。上面整个儿绕了一圈,下面整个儿绕了一圈。对于他这舌头,这是一次长而有趣的旅游,仿佛在阿尔卑斯山上一次令人畅快的行走。

  这时他的舌头又开始在牙床上移动了。他将舌头往上高高地伸入脸颊与牙床之间的空隙,像有些男人倒嚼食物时那样慢慢地在那儿绕转着。他的牙床比他的舌头要凉。上部的空隙里凉凉的。当他的舌头够到那个小小的金属管时,它停住了。

  越过音乐声,他听到电梯哐啷一声,随即又呼的一声开始往上升。许多个音符过去之后,电梯的门开了,一个他不熟悉的声音在说:"我要来收盘子。"

  莱克特医生听到个子较小的那位走了过来。是彭布利,他透过屏风格档间的空隙可以看得到。彭布利站在栏杆那里。

  "莱克特大夫,过来背靠着栏杆坐到地板上,像我们原先做的那样。"

  "彭布利警官,请你稍等,我这儿一会儿就完了,行吗?一路上的折腾使我的消化系统出了点毛病。"说这话费了他很长时间。

  "好吧。"彭布利朝房间远处喊,"盘子拿到后我们再喊你上来。"

  "我能不能看看他?"

  "我们会喊你的。"

  又是电梯的声音,之后就只有音乐声了。

莱克特医生从嘴巴里取出管子，用卫生纸把它擦干。他双手稳稳的，手心里一丝汗也没出。

在被拘禁的许多年中，莱克特医生以其永无休止的好奇心，学会了监狱中不少秘密的手段技巧。他在巴尔的摩精神病院将那名护士撕裂之后的所有这些年中，他周围的安全防备只出现过两次小小的差错，两次都是恰逢巴尼不在值班的日子。一次是一位研究精神病学的人借给了他一支圆珠笔，随后却又忘了要回去。那人还没有出病区，莱克特医生就将圆珠笔的塑料笔杆折断，丢进马桶放水冲掉了。那存墨水的金属管被卷进了床垫边沿的线缝之中。

在精神病院他那间病房里，唯一带有锋利边缘的东西就是包在一个插销头上的一个小金属圆片，那插销是用来将他的床固定到墙上的。有这个就够了。莱克特医生磨了两个月，磨出了他所需要的两个切口；两个切口相互并行，顺墨水管开口的一头往下有四分之一英寸长。接着他又在离墨水管开口一头一英寸处将管子切成两片，将带尖头的较长的一片扔进马桶冲掉。磨了多少个夜晚，手指上都磨出了老茧，而巴尼却并没有发现。

六个月之后，一名护理员将莱克特医生的律师送给他的一些文件上的一枚大回形针忘在上面了。这钢丝回形针有一英寸进了墨水管，剩下的扔进马桶冲走了。小小的墨水管光而短，很容易就可藏进衣服的缝里，藏进脸颊与牙床间的空隙，藏进直肠里。

这时，在纸屏风后面，莱克特医生在他的一个大拇指指甲盖上轻轻地拍打着这小小的金属管，直到将里面的那段钢丝拍出。这钢丝是用来做工具的，而接下来的这部分活可费事了。莱克特医生把钢丝的一半插入小小的金属管，把它当作一根杠杆，万分小心地在那两个切口间要把那一细长条金属片撬弯。有时撬崩了。小心翼翼地，用他那两只强劲的手，他将这金属片弯了过来。就要成功了。终于成了！这微小的一条金属片与墨水管形成了合适的角度,这时,他拥有了一把可以打开手铐的钥匙。

莱克特医生把双手放到背后,将那钥匙在两只手之间换来换去反复了十五遍。他把钥匙放回嘴里,将双手洗净,再一丝不苟地擦干。接着,他用舌头把钥匙舔出藏到右手的手指间;他知道,要是把他那只长得奇怪的左手放到背后,彭布利就会去盯着仔细地看。

"你要是准备好了我也准备好了,彭布利警官。"莱克特医生说。他坐到病房的地板上,双臂朝后伸,手以及手腕穿过栏杆伸到了外面。"谢谢你等我。"这话听起来好像很长,不过叫音乐声给缓和了。

他听到彭布利这时已到了他身后。彭布利摸摸他的一只手腕看是否用肥皂洗过。彭布利又摸摸他的另一只手腕看是否用肥皂洗过。彭布利将手铐给他紧紧地扣上。他走回桌子去取病房的钥匙。越过钢琴声,莱克特医生听到彭布利从桌子的抽屉里咔嗒一声取出了钥匙圈。现在他在往回走了,穿过音符,将弥漫在空气中的如水晶般的音符隔出两半来。这一次,博伊尔随他一起回来了。莱克特医生听出,在音乐的回荡声中,他们留下了空洞的脚步声。

彭布利又检查了一下手铐。莱克特医生闻得出他身后彭布利呼出的气味。彭布利打开病房的锁将门一下推开。博伊尔进了病房。莱克特医生转动了一下头,在他看去,病房似乎在慢慢地动,所有具体的东西是那样的清晰,妙极了——博伊尔在将桌子上吃晚饭丢下的零碎东西收拾进盘子里去,嘴里一边叽叽咕咕地对这一片狼藉说着恼火的话。磁带放音机里录音带在转着,拴在地板上的桌子腿旁边是那张餐巾纸。莱克特医生眼角的目光穿过栏杆,看到彭布利膝盖的后部,看到他站在病房外面手把着门,那防暴警棍的顶端挂在皮带上。

莱克特医生摸到左手铐子上的锁眼,将钥匙插进去,一转。他感到手腕上手铐的弹簧松了。他把钥匙换到左手,摸到锁眼,钥匙插进去,又一转。

博伊尔弯下身去捡地上的纸餐巾。迅速如一只鳄鱼,手铐一下子扣到了博伊尔的一只手腕上;他翻滚着眼睛看莱克特,手铐的另一半又锁到了被固定住的桌腿上。莱克特医生的两条腿这时已站了起来,他向门口猛冲过去,彭布利想从门后面出来,可莱克特用一只肩膀将铁门狠狠地往他身上顶,彭布利去拿扣在皮带上的梅斯催泪毒气喷射器,手臂却被门挤压着贴到了身体上。莱克特一下抓住防暴警棍长的一头,往上一举,杠杆似的这么一绞,就将彭布利的皮带紧紧地绞住了他的身子,随即用胳膊肘猛击彭布利的喉咙,又用牙齿向彭布利的脸上狠狠咬去。彭布利设法用手去抓莱克特,鼻子与上嘴唇却被能撕裂一切的牙齿咬住。莱克特甩动着他的头,仿佛一条正在将老鼠弄死的狗,同时他将防暴警棍从彭布利的皮带上抽了出来。病房内,博伊尔这时在号叫,他坐在地板上,在口袋里拼命地掏手铐钥匙,乱摸一气,摸到了,掉了,又摸到了。莱克特将警棍的一头狠狠地砸向彭布利的腹部及喉部,彭布利跪下了。博伊尔将钥匙插进了手铐的一个锁眼,他在号,莱克特这时已在向他走来。莱克特拿起梅斯催泪毒气喷射器对着博伊尔一阵喷,就使他哑了口;他一边呼哧呼哧喘着粗气,一边又高举警棍噼啪砸了两记。博伊尔想往桌子底下钻,可是眼睛被梅斯催泪毒气喷瞎了,爬错了方向,这样,在被明确无误地砸了五下后,不费什么事就给揍死了。

彭布利挣扎着坐了起来,他在叫喊。莱克特居高临下地看着他,脸上是红红的血,他在微笑。"你要是准备好了我也准备好了,彭布利警官。"他说。

警棍画出平拱线型,呼的一声飞出,彭布利的后脑勺上就给打出了一个凹坑。他身子抖了抖,像一条被一杆子打死的鱼,僵挺挺地倒下了。

这一番活动,莱克特医生的脉搏一下升到了一百以上,可很快就减慢下来恢复到了正常。他关掉音乐,听听有无动静。

他走到楼梯口再听了一下。他翻出彭布利的口袋,找到桌子的钥匙后将所有的抽屉都打了开来。在最底下的抽屉里放着博伊尔和彭布利的值勤武器,两把.38口径的特种左轮手枪。更妙的是,在博伊尔的口袋里,他还找到了一把折叠小刀。

37

大厅里满是警察。时间是六点三十分,在室外值勤担任警戒任务的警察刚刚被换下岗;按规定,他们是每隔两小时换一班岗。傍晚阴冷冷的,这些人从外面进来后就挨着几只电暖器烘手,其中有几个对正在进行中的孟菲斯州级篮球赛下了赌注,急于知道比赛进展的情况。

泰特队长不准在大厅内大声地播放收音机,不过有位警官在耳朵里塞了个随身听,不时地报比分,却还是报得不够勤,没有满足那几个下赌注的人的要求。

大厅内总共有十五名武装警察,另加两名教管所的警官,准备在七点钟接替彭布利和博伊尔。泰特队长自己也在盼着下班,他值的这一班岗是十一点到七点。

所有的岗都报告说平安无事。狂热分子打来恐吓莱克特的电话到头来没有一个有什么结果。

六点四十五分,泰特听到电梯往上升的声音。他看到电梯门上方的铜箭头开始顺着示数盘转动。到五字时,它停住了。

泰特环顾大厅。"史威尼是不是上楼去收盘子了?"

"没有,我在这儿呢,队长。你能不能打个电话,看他们好了没有?我要准备走了。"

泰特队长拨了三个数字。他听着。"电话占线。"他说,"上去看看。"他又转回身去,在值班记录本上继续写他十一点到七点这一班值勤的情况。

史威尼巡警按了一下电梯按钮。电梯没有下来。

"今晚还一定要吃小羊排,真少见!"史威尼说,"谁知道他早饭又想吃什么,动物园里的什么鸟东西?谁去替他逮?还不是我史威尼!"

电梯门上方的铜箭头依然停在五字上。

史威尼又等了五分钟。"妈的怎么回事?"他说。

从他们头顶某处传来.38口径的左轮手枪的枪声,枪声顺着石阶回荡下来,先是很快的两枪,接着又是第三枪。

听到第三枪时,泰特队长已经站了起来。他拿起了传话器。"指挥所,塔楼楼上有人开枪。外面岗注意警戒。我们上去!"

大厅内又喊又叫,乱作一团。

这时,泰特看到电梯的铜箭头又动了起来,它已经下到了四楼。泰特高声吼叫,声音盖过了喧闹声:"别嚷嚷!外面岗加倍警力,第一小队跟着我。这鸟电梯要是下来,贝里和霍华德持枪守住!"指针在三字上又停住了。

"第一小队,我们走。每过一道门都要查。勃比,你出去弄挺机枪和防弹背心带上来。"

上第一段楼梯的时候,泰特的脑子里在急速地翻腾。他极需帮助这些警官往楼上去,同时又得十分提神留心。上帝,千万别让他出来!大家都没穿防弹背心,妈的!操你奶奶的教管所看守!

二、三、四楼的办公室按理是没有人锁着的,如果你穿过这些办公室,就可以从楼的塔顶下到这几层楼的主体部分。可是五楼不行。

泰特曾经在优秀的田纳西州特警学校上过学,知道如何干这种事。他带着几个年轻的走在最前面。他们顺着楼梯往上爬,行动迅速而谨慎,互相掩护着从一层楼的楼梯平台到另一层楼的楼梯平台。

"每检查一扇门先要背对着它,否则我就捅你们的屁眼!"

二楼楼梯平台边上的几扇门黑黑的,上着锁。

他们这时已经到了三楼。小小的过道很昏暗。电梯厢的门开着,在地板上投下一道长方形的光。泰特顺着打开的电梯对面的墙移动着,电梯厢内没有镜子可以帮助他看清里面的情况。他以两磅重的压力扣着九磅重的扳机,端着枪朝梯厢内看,随时准备射击。空无一人。

泰特对着楼上大吼,"博伊尔!彭布利!妈的!"他留下一人在三楼守着,然后继续往上。

四楼充满了从上面传下来的钢琴声。办公室的门一推就开。在办公室的那边,射出一束长长的光,照在一扇洞开着的门上,门通向远处那黑乎乎的巨大建筑。

"博伊尔!彭布利!"他留下两人守着楼梯平台,"瞄准门。防弹背心马上就到。别把你那屁眼对着那门!"

泰特爬上石阶进入了音乐的空间。他此时已到了塔楼的顶部,到了五楼的楼梯平台上。短短的走廊上光线昏暗。灿烂的灯光穿过毛玻璃映出"谢尔比县历史学会"几个字。

泰特压低身体从玻璃门底下移到门铰链对面的一边。他对另一边的雅各布斯点点头,然后转动门把使劲一推,门一下向后彻底打开,重重的,玻璃都几乎要震碎。泰特迅速闪入,离开门框,把左轮手枪瞄准射击范围内可看到的每一处。

泰特曾见识过许多东西。他见过不计其数的事故,见过斗殴、凶杀。他曾经目睹六名警察牺牲。但是,此时呈现在他脚下的,是他见过的发生在一位警官身上最惨的情景。制服领子以上的那部分已不再像一张脸。脑袋的前部和顶部是一片滑腻腻的血,肌肉被撕裂,向上凸起呈峰状,孤零零一只眼睛粘在鼻孔边,眼窝里满是血。

雅各布斯从泰特身旁走过，进病房时还在血污的地板上滑了一下。他俯下身去看仍铐在桌子腿边的博伊尔。博伊尔的内脏被掏空了部分，脸被砍成碎片，他的鲜血像是在病房里喷发过，墙上以及被洗劫一空的床上溅得到处是一点点一块块。

雅各布斯用手指摸摸博伊尔的脖子。"这个已死了。"他提高嗓门盖过音乐声喊道："队长？"

泰特为自己一瞬间走了神感到不好意思，这时已回过神来，他对着无线电话说："指挥所，两名警员倒下。再说一遍，两名警员倒下。囚犯失踪。莱克特失踪。外面岗哨注意窗户，对象掠走了床单，可能在做绳子。务必派救护车立即上路。"

"彭布利死了吗，队长？"雅各布斯关掉了音乐。

泰特跪下来正要伸手去摸彭布利的脖子，躺在地板上这位惨不忍睹的伙计忽然呻吟了一下，吹出一个血泡来。

"彭布利还活着！"泰特不想将他的嘴伸进这一团血污中去，虽然他明白要帮助彭布利呼吸他就得那么做。他也知道他不愿让任何一个巡警去干这事儿。彭布利不如死掉的好，可他还是要帮助他来呼吸。但是，彭布利有心跳，他找到了，也有呼吸，尽管很不均匀，发出呼噜噜的响声，却毕竟在呼吸。人是被毁了，然而他还在凭着自己的力量呼吸。

泰特的无线电话响了起来。一名巡警中尉来到大楼外面的现场坐镇指挥，他要听情况汇报。泰特必须同他通话。

"你过来，默里。"泰特对一名年轻的巡警喊道，"你在这儿守着彭布利，抓住他让他感觉到你的手。同他说话。"

"他叫什么名字，队长？"默里是名新手。

"彭布利。你现在就对他说话，妈的！"泰特拿起了无线电话。"两名警员倒下，博伊尔已死，彭布利重伤。莱克特失踪，身上有武器——他拿走了他们的枪。武器带和枪套在桌上。"

隔着一道道的墙,中尉的声音听起来沙沙的。"能保证楼梯上畅通无阻让担架上去吗?"

"能,长官。他们经过前朝四楼喊一下,每层楼的楼梯平台上我都安排了人。"

"知道了,中士。外面这儿的八号岗认为他看到四楼主楼的窗户后面有过一点动静。出口处都已被我们封锁,他跑不出来。守住你们的每一个楼梯平台。特警已开过来了,我们让特警来把他给冲出来。记清楚了。"

"我明白,由特警来干。"

"他身上有什么?"

"两支手枪一把刀,中尉——雅各布斯,看看武器带上还有没有什么弹药。"

"我把子弹盒倒出来看看。"这名巡警说,"彭布利的还是满满的,博伊尔的也是。娘的这呆瓜倒没有将余下的这几发子弹拿走。"

"什么子弹?"

".38口径用的加PsJHP型。"

泰特重又拿起了无线电话。"中尉,看样子他有两把.38口径的枪,子弹各六发。我们听到打了三发,武器带上的子弹盒里还是满满的,所以他可能只剩下九发了。提醒特警,子弹是加Ps型,带金属外壳的空心尖头弹。这家伙偏好打脸。"

加Ps型子弹极有杀伤力,不过穿不透特警的护身盔甲。然而打到脸上很可能是致命的,打到四肢就残废。

"担架上来了,泰特。"

几辆救护车以惊人的速度到了那里,但是,听着脚边这可怜人的呻吟,泰特似乎觉得它们来得还不够迅速。年轻的默里设法托住这呻吟着、抽搐着的躯体,想对他说些安慰话却又不看着他。他说:"你很好,彭布利,看上去很好。"一遍又一遍,调子一概有气无力。

一见到救护车上的护理人员上了楼梯平台,泰特就如同打仗一般大喊:"担架员!"

他一把揪住默里的肩膀将他推到一边,不叫他在这里碍手碍脚。救护车上的护理人员动作迅速,他们十分熟练地用绷带将被血浸的滑腻腻的、攥得紧紧的两只拳头捆牢,插进导气管,又剥开一卷不粘绷带绑到血污的脸上头上压一压止血。其中有一位噗地一声撕开一袋血浆准备静脉滴注,可另一位在量了血压测了脉搏之后,摇摇头说:"先下楼。"

无线电话中这时传来了命令:"泰特,我要你对塔楼内所有的办公室进行清场,然后封死。在主楼处将出口关紧,再从楼梯平台处找掩护。我这就给你将防弹背心和机枪送上去。如果他想出来,我们就活捉他,但我们无须特别冒险去保他的命,明白我的话吗?"

"明白,中尉。"

"主楼里我只想留特警,只留特警,别的任何人都不要。你再给我说一遍。"

泰特把中尉的命令又重复了一遍。

泰特是位优秀的警察小队长。当他和雅各布斯抬臂耸肩穿上厚厚的防弹背心,跟在轮床后面随护理员上救护车时,第二组人也跟着抬博伊尔的担架下了楼。看着这两张轮床过去,楼梯平台上的人都很愤怒,泰特这一具有优秀品质的警察队长向他们说道:"别只顾愤怒,让屁眼叫人给打了!"

外面,警报器尖啸着。泰特在老手雅克布斯的掩护下,小心谨慎地清查了所有的办公室,然后将塔楼封死。

一阵凉风从四楼的走廊吹过。在门的那边,主楼巨大而黑暗的空间里,所有的电话都在响。整座大楼中黑乎乎的办公室里,电话机上的开关键如萤火虫一般忽明忽暗,铃声在响,一遍又一遍。

莱克特医生"被堵"在楼内的消息传了开去,电台电视台的记者迅速拨动调制器号码打电话进来,试图对这名恶魔做实况采访。为避免这样的局面,特警通常是将电话全部切断,只留下一部供谈判使用。这座楼实在是太大了,办公室也太多了。

有电话的房间,只要机子上的指示灯在闪烁,泰特统统关门上锁。穿着硬壳一样的防弹背心,他胸部背部又湿又痒。

他从皮带上取下无线电话。"指挥所,我是泰特,塔楼已清理。完毕。"

"知道了,泰特。上尉要你到指挥所去一趟。"

"是!楼厅,你那儿有人吗?"

"有,队长。"

"是我在电梯里,正在下。"

"明白,队长。"

雅各布斯和泰特正乘着电梯往大厅下,忽然,一滴血落到泰特的肩上,又一滴掉到了他的鞋上。

他朝电梯厢的顶上看去,碰碰雅各布斯,示意他不要出声。

血正从梯厢顶部检修口盖周围的隙缝处往下滴。电梯似乎过了好长时间才下到大厅。泰特和雅各布斯用枪瞄准电梯的顶部,退缩着从里面走了出来。泰特又将手伸回电梯把梯厢给锁住。

"嘘——"到了大厅里泰特轻声地说,"贝里,霍华德,他在电梯顶上,盯住那儿!"

泰特来到楼外面。黑色的特警车已经开到现场。特警总有各种各样开电梯的钥匙。

一会儿工夫他们就已准备就绪。两名身穿黑色护身盔甲、头戴耳麦的特警队员爬上楼梯来到三楼的楼梯平台。另外两名和泰特一起待在大厅内,端着步枪,瞄准着电梯的顶部。

倒像是大蚂蚁打斗,泰特想。

特警指挥员对着戴在头上的耳麦说,"动手吧,约翰尼。"

在三楼,远离电梯的上方,约翰尼·彼得森警官将钥匙插进锁内一转,电梯门一下就滑开了。电梯井黑咕隆咚。他仰躺在走廊的地上,从战术防弹背心内掏出一颗眩晕手榴弹放在身边的地板上。"行,我现在来看一看。"

他拿出装有长柄的镜子将它贴在电梯井的边沿,由他的同伴手持强力手电筒往电梯井下照去。

"我看见他了,在电梯顶上,身边有把武器,人不在动。"

彼得森听到他耳机里在提问:"能看见他的手吗?"

"看见一只,另一只在他身下。他的身上裹着床单。"

"向他喊话!"

"双手放在头顶不许动!"彼得森朝电梯井下面大喊,"他没动,中尉。……好的。"

"把你的双手放在头顶,否则我就扔眩晕弹下来。我给你三秒钟。"彼得森喊道。他从防弹背心内取出一个每位特警都携带在身的制门器。"好,弟兄们,下面注意了——手榴弹来了!"他将制一门器沿下边抛去,见它在那人身上弹跳了一下。"他没动,中尉。"

"行,约翰尼,我们从梯厢外用杆子来往上捅检修盖。你能打得到下面这目标吗?"

彼得森滚着翻过身来。他把他那.45口径的自动枪击铁扳起,保险锁住,朝下瞄了瞄那个人影。"目标能打到。"他说。

彼得森朝电梯井下面看去,看到一线光亮,是大厅内的特警队员手持一端带钩的撑篙在往上捅检修盖。那人影一动不动,身体的一部分悬在检修口的上方,警员们在底下捅,他的一条膀子就动一下。

彼得森的大拇指稍稍用力按了按柯尔特手枪上的保险栓。"他的一条膀子动了一下,中尉,但我想是检修盖动他才动的。"

"知道了。使劲捅!"

检修盖乓地一声翻落下来,紧贴到电梯井的井壁上。底下光线太强,彼得森难以看清。"他一直没有动,手上没有拿武器。"

他耳朵里传来平静的声音:"好,约翰尼,盯住不要动。我们进梯厢,用镜子照着注意动静。只要开火就是我们在动手,清楚了?"

"明白。"

大厅内,泰特看着他们进入梯厢。一名手握着穿甲弹的步枪手把武器对准电梯顶。另一名警员爬上一架梯子,他备有一把大号自动手枪,手枪底下紧拧着一把手电。一面镜子和这带手电的枪先从检修口升了上去,接着是这警员的头和肩。他将一把.38口径的左轮枪递了下来。"他死了。"这名警员朝下面喊道。

泰特不知道莱克特医生的死是否意味着凯瑟琳·马丁也将死去;那个恶魔心中的光一熄灭,所有的信息全都消失。

警员们这时在把他往下拉,尸体头朝下脚朝天穿过电梯的检修口,慢慢下来落入许多双手臂中,在灯火明亮的梯厢里,倒仿佛是从十字架上被放下来的耶稣,很是怪诞。大厅内人越来越多,警察们都挤到一起来看个仔细。

教管所的一名警官推着人群挤到前面,他看到尸体张开的两臂上刺着花纹。

"这不是彭布利吗!"他说。

38

救护车尖啸着,在它的后部,年轻的护理员站稳身子,以免被剧烈的摇晃摔倒。他转身拿起无线电话,向急诊室他的上级做情况汇报,说话声很大,盖过了警笛声。

"他还在昏迷中,但主要生命特征很好。血压不错,高压130低压90。是,90。脉搏85。脸部严重割伤,伤口上翻,一只眼球被挖。我已对他的脸进行了加压止血,导气管也插上了。可能有子弹射进了头部,我说不准。"

在他身后的担架上,腰带内两只捏得紧紧的血淋淋的拳头松了开来。右手滑出来,摸到胸脯上束带的搭扣。

"我不敢在他头部加太大的压力——我们在把他弄上轮床之前,他剧烈抽动了几下。是的,我们正让他以'弗勒姿势'躺着呢。"

在这个年轻人的身后,那只手正紧紧抓住外科手术用的绷带,将两只眼睛擦拭干净。

护理员听到紧挨着他身后导气管嘶嘶的响声,一转身,看到了那张血淋淋的脸已凑到眼前,他没有看到手枪正在向他砸下来,狠狠地砸到了他的耳朵上。

在六车道的高速公路上,这救护车竟逐渐减速,最终在车辆中停了下来！后面的司机迷惑不解直按喇叭，犹豫着不知该不该超到这急救车前面去。只听得车流中发出"噗噗"轻轻两下像回火的声音，救护车随后又发动了，先是左摇右摆，接着慢慢开成直线，移到了右车道上。

　　机场的安全出口近了。救护车在右车道上歪歪扭扭地往前开着；车身外，各式紧急指示灯一会儿亮一会儿灭，刮水器一会儿动一会儿停，接着是警笛的尖啸声愈来愈小，忽而又愈来愈大，终于慢慢停了下来，闪光指示灯也随之一起熄灭。救护车静静地往前行驶，上岔口离开公路，进入孟菲斯国际机场；在泛光灯的照射下，冬天傍晚这机场的建筑显得十分漂亮。车子七拐八弯一直开到通向巨型地下停车场的自动门。一只血淋淋的手伸出车外取了一张票。救护车就这样消失在通往地下停车场的隧道内。

39

若是在平时,克拉丽丝·史达琳可能会带着好奇心看一看克劳福德在阿灵顿的房子,然而,汽车收音机里播放的关于莱克特医生逃脱的消息让她的好奇心全没了。

嘴唇发麻,头皮发痛,她只是机械地开着车。她看到了这整洁的五十年代的牧场式平房住宅,却没有细看,只是略微想了想,左边那亮着灯、拉着窗帘的地方,贝拉是否就在那儿躺着?门铃听上去显得太响。

克劳福德听到第二遍门铃响才开门。他穿着一件肥肥大大的毛线衣,正在打无绳电话。"是孟菲斯的科普利。"他说。他示意她跟随其后,领她穿过屋子,一边走一边还对着电话咕咕哝哝说着什么。

在厨房,一名护士从冰箱里取出一只小瓶子对着光线看了看。克劳福德朝护士抬抬眉毛;她摇摇头,她用不着他帮忙。

他带史达琳走下三级台阶来到他的书房,这儿显然是由一个双层车库改造而成的。这里空间大,有一张沙发几把椅子,堆得乱七八糟的桌子上放着一台电脑终端机,在一个古董星盘旁闪着绿色的光。地毯感觉似乎是铺在混凝土上面的。克劳福德抬抬手示意她坐下。

他用手捂住话筒。"史达琳,算我胡扯,可在孟菲斯的时候,你到底有没有把什么东西递给莱克特?"

"没有。"

"没给他什么实物?"

"什么也没有?"

"你把他病房里的画之类的玩意儿带给他了?"

"我根本就没有给他,东西还在我包里放着呢!是他把案卷给了我,那是我们之间传递的唯一的东西。"

克劳福德将电话塞到下巴底下夹住。"科普利,那完全是屁话!我要你毫不留情地治治那恶棍,现在就治他!直接去找头儿,直接上田纳西州调查局。其他最新情况务必与热线保持联系,巴勒斯在守着呢。是的。"他挂掉电话,往口袋里一塞。

"喝点咖啡,史达琳?还是要可乐?"

"把东西递给莱克特医生是怎么一回事儿?"

"奇尔顿说,一定是你给了莱克特什么东西让他将手铐上的棘轮给拨开了。他说你倒并不是故意,只是无知而已。"有时候,克劳福德生起气来那双小眼睛跟海龟的眼睛似的。他看她听了这话是何反应。"奇尔顿是不是在想叫你难堪,史达琳?他这人是不是那味儿?"

"也许吧。我喝咖啡,请不要加奶,放糖。"

他上厨房去了。她深深地吸了几口气,环顾了一下这房间的四周。如果你是生活在学生宿舍或者部队营房,那么在家的感觉是很叫人舒服的。尽管史达琳觉得脚下的地在动,可当她意识到这屋子里住着克劳福德夫妇时,她还是感到好受了一些。

克劳福德来了。他戴着双光眼镜,端着两只杯子,小心翼翼地走下台阶来。因为穿着无跟鞋,他比平时要矮半英寸。当史达琳起身去接咖啡时,他们的目光几乎在同一水平线上。他的身上散发出肥皂的气味,头发看上去蓬松而灰白。

"科普利说救护车他们还没有找到。整个南部警方统统都出动了。"

她摇摇头。"具体细节我一点都不知道。最新消息收音机刚刚才播放——莱克特医生杀了两名警察后逃脱。"

"是两名教管所警官。"克劳福德按了一下电脑的按键，屏幕上立即显示出文字来。"名字是博伊尔和彭布利。你同他们打过交道？"

她点了点头。"他们……把我从那临时监狱里赶了出来。他们这么做也没有错就是。"彭布利绕到奇尔顿的前面，叫人不舒服，很坚决，不过乡里乡气的倒很有礼貌。跟我走，现在就走，他说。他的手上额上都有猪肝色的斑。现在死了，斑底下已变成死灰色。

突然一下，史达琳不得不放下手中的咖啡。她向肺内深深地吸了口气，盯着天花板看了片刻。"他是怎么逃脱的？"

"科普利说他是凭借救护车逃脱的，我们还要查。那吸墨纸酸的事儿结果查得怎么样了？"

根据克伦德勒的指示，史达琳下午的晚些时候以及傍晚都在通过科学分析科对那张印有普鲁托狗的彩色包装纸进行鉴定。"什么也没有。他们设法从毒品强制执行所的档案中找出与之相配套的一批货，可那玩意儿已有十年历史了。印刷的文件可能比毒品强制执行所用麻醉品做出来的效果更好。"

"可那确实是吸墨纸酸。"

"是的。他是怎么逃脱的，克劳福德先生？"

"想知道？"

她点点头。

"那我就告诉你吧。他们错把莱克特装进了救护车。他们以为是彭布利，受了重伤。"

"他是不是穿着彭布利的制服？他们身材大小差不多。"

"他穿上彭布利的制服，戴上彭布利的一部分脸皮，从博伊尔身上撕下来大约也有一磅。他用防水的床垫罩和他病房里的床单将彭布利的尸体裹住以防止滴血，然后把尸体塞到电梯顶上。他穿好制服，收拾停当后就躺到地板上朝天花板开了几枪，引得他们一阵乱窜。我不清楚那枪他是怎么处理的，可能是塞进裤子后头去了。救护车来了，四处是持枪的警察。救护车上的工作人员迅速进入楼内，干起了他们平时受训在炮火底下所需干的事儿——插导气管，伤势最严重处缠上绷带，加压止血，然后将人从那儿迅速运出。他们是尽了责，救护车却永远也没有开到医院去，警方还在找车。对这帮医护人员我是没有什么好感。科普利说他们正在播放调度员的录音带。救护车曾几次接到电话。他们认为莱克特开枪前曾亲自给救护站打过电话，那样他就不用在那儿躺得太久。莱克特医生是喜欢作乐的。"

史达琳以前从未在克劳福德的说话中听到过激烈的咆哮之声。因为她将激烈与软弱联系到一起，所以克劳福德的表现把她给吓坏了。

"莱克特医生这次逃脱并不意味着他就是说了谎。"史达琳说，"当然啦，他是在对什么人说谎——不是对我们就是对马丁参议员——可也许他不会对两方面都说谎。他告诉马丁参议员那人叫比利·鲁宾，并声称那是他所知道的一切。他告诉我那是个幻想自己有易性癖的什么人。他最后同我说的一点好像是，'就把那半个拱门再做完。'他那说的是循着变性的理论再——"

"我知道，我看到你写的总结了。这一点要等我们从医院弄到名字后才能继续下一步。艾伦·布鲁姆亲自找部门的头儿去了。他们说正在查，我也只好相信。"

"克劳福德先生，你是不是碰上麻烦了？"

"我奉命请私假。"克劳福德说，"联邦调查局、毒品强制执行所以及司法部长办公室来的'编外分子'——指的是克伦德勒——组成了一个新的专门调查小组。"

"谁是顶头上司？"

"从职位来看，是联邦调查局的局长助理约翰·戈尔比。咱们这么说吧，他和我之间是密切的磋商关系。约翰是个好人。你怎么样？你遇到麻烦了吗？"

"克伦德勒让我将身份证和手枪上缴，回学校报到去。"

"那是在你去看莱克特之前他所做的一切。史达琳，今天下午他将一封措辞激烈的信送到了职业责任办公室。信中'不带偏见地'请求学院暂停你的学业，对你继续供职是否合适暂不做新的评估。这是卑劣的倒打一耙。射击主教练约翰·布里格姆在昆蒂科的教员会议上看到了这信。他把他们痛骂了一顿后，给我挂了个电话。"

"情况有多糟呢？"

"你有资格参加一个听证会。你干这个工作合适，我会替你担保的，这就够了。但是如果你再要把时间花到外面去，不论听证会上是什么调查结果，你必重修无疑。你知道要是重修会怎么样吗？"

"当然知道，遣送回招收你进来的地方办公室，从整理报告归档、给人冲咖啡开始干起，一直到重新获得上课的机会。"

"我可以保证后面的班上给你留个位置，可要是你再缺课，我就无法不让他们叫你重修了。"

"这么说我是回学校去，停止干这件事儿，否则……"

"是的。"

"你要我干什么呢？"

"你的工作曾经是和莱克特打交道。你干了。我不想叫你重修，那样也许要花去你半年的时间，或者更多。"

"凯瑟琳·马丁怎么样了？"

"她在他手上差不多有四十八小时了——到半夜就是四十八个小

时。假如我们抓不到他,他很可能明天或者再过一天对她下手,上一次就是这样。"

"莱克特也并不是我们所有的一切。"

"到现在为止他们已找出六个威廉·鲁宾,所有的人都有这样或那样的前科,可没有一个看起来很像。昆虫杂志的订户名单上没有一个叫比利·鲁宾的。制刀商联合会了解到近十年来大约有五个象牙炭疽的病例。剩下的那些个还有待于我们去核查。看还有什么?克劳斯的身份没有鉴定——还没有。国际刑警组织报告说,马赛已对一名仍在逃的挪威籍海员商人——'克劳斯·贝加特兰德',不管你怎么念吧——发出了通缉令。挪威方面正在找他的牙科病历以便到时传送。如果我们能从医院获得点什么,而你又有时间的话,这上面你倒可以帮帮忙。史达琳?"

"什么,克劳福德先生?"

"回学校去吧。"

"如果你当初不要我去追捕他,你就不应该带我进那个殡仪馆,克劳福德先生。"

"是的。"克劳福德说,"我想我是不该带你去的。不过那样的话,我们就不会发现那只昆虫了。你的手枪不要去缴。昆蒂科是够安全的,可你任何时间离开昆蒂科基地都要带武器,直到莱克特被抓获或者丧命。"

"你呢?他恨你。我意思是说,这事儿他可琢磨过一阵了。"

"许多监狱里的许多人都琢磨过我,史达琳。最近有一天他或许想着想着就会想到这上头来,可眼下他太忙了。出牢笼令人适意,他不会愿意把时间那样浪费到我的身上,而这个地方也比它看上去要安全。"

克劳福德口袋里的电话响了。桌上那台也发出低沉的声音,指示灯一闪一闪。他听了一会儿,说了声"好"就挂了。

"他们在孟菲斯机场的地下停车场找到了那辆救护车。"他摇了摇头,"很糟糕。护理人员在车子的后部。死了,两个都死了。"克劳福德摘下眼镜,找出手帕将眼镜擦净。

"史达琳,史密森国家自然历史博物馆打电话给巴勒斯要找你。是那位皮尔切伙计。他们很快就要做完对那只昆虫的鉴定了。我要你就此写一份302报告,签上名留作永久的档案。你发现了这昆虫,对它做了跟踪查询,我要记录上就这么写。这事儿你能办吗?"

史达琳感到极度疲乏。"当然。"她说。

"把你的车丢在车库,你事情料理完之后杰夫会开车送你回昆蒂科去的。"

在台阶上,她转过脸去看那亮着灯、拉着窗帘的地方,护士在那儿看护着,接着她又回过头来看克劳福德。

"我是在想你们两个,克劳福德先生。"

"谢谢你,史达琳。"他说。

40

"史达琳警官,皮尔切博士说他在昆虫动物园和你见面,我带你过去。"保安说。

从博物馆边上的宪法大街去昆虫动物园,你得在陈列大象标本的上面一层乘坐电梯,然后再穿过专供研究人类用的巨大的一层楼面。

首先是阶梯形的一层又一层的头骨,堆起来,铺开去,代表了人类自纪元时代起人口爆炸的情形。

史达琳和保安进入光线昏暗的一处风景区,这儿充塞了各式人形,显示了人类的起源和演变。还有各种仪式的展览——文身、缠足、齿饰、秘鲁式外科手术、木乃伊制作。

"你有没有看过威廉海姆·冯·埃伦伯根?"保安问,一边用手电朝一只箱子里照去。

"我想没有。"史达琳说。她没有放慢脚步。

"灯都亮着的时候你哪天应该来看一看他。是十八世纪埋于费城的吧?被地下水一冲,立刻变成肥皂一样的东西了。"

昆虫动物园是一间很大的房间,此时灯光昏暗,一片唧唧嗡嗡的鸣叫声。这儿放满了一笼笼一箱箱的活昆虫。孩子们尤其喜欢这动物园,成群结队地整天在此穿来穿去。到了晚上,没人了只剩下它们自己,这些昆虫可忙活儿了。有几只箱子是用红灯照着。在这昏昏的房间里，那火警出口处的红色标志十分刺眼。

"皮尔切博士？"保安在门口喊道。

"在这儿。"皮尔切说，一边举起一支笔形手电当航标灯一样照着。

"待会儿你把这位女士带出去好吗？"

"好的。谢谢了，警官。"

史达琳从包里将她自己的小手电摸了出来，发现开关一直开着，电池的电已经用完了。霎时间她感到一阵愤怒，不过倒又让她意识到她是累了，不得不竭尽全力强打起精神。

"你好，史达琳警官。"

"皮尔切博士。"

"喊我'皮尔切教授'怎么样？"

"你是教授吗？"

"不是，可我也不是博士。我的实际情形是，倒是见到了你我非常高兴。想看看昆虫吗？"

"当然。罗顿博士呢？"

"他花了两个晚上搞出有关毛序方面的大部分进展，到最后他撑不住不得不去睡觉了。那只昆虫在我们动手前你见过吗？"

"没有。"

"只是烂糊糊的一团，真的。"

"可是你搞出来了，弄清楚了。"

"是的，刚刚才弄清楚。"他在一只带网孔的笼子边停了下来。"先让我给你看一只和你星期一带来的那只相似的飞蛾，它虽然和你那一只并不完全一样，却属于同一个科，都是小猫头鹰科。"他的手电光束照到了那只光亮的绿色大飞蛾，它正歇在一根小小的树枝上，翅膀裹叠在一起。皮尔切向它吹了口气,飞蛾向他俩张开翅膀的内侧,顷刻间,猫头鹰那狰狞的脸便出现了,翅膀上的眼点怒目而视,仿佛老鼠在看最后的一眼。"这是只'卡利勾·贝尔特拉欧飞蛾'——相当常见。可是克劳斯喉咙里那只标本,就是人们所说的大蛾。跟我来。"

房间的尽头是一只安放在壁龛里的箱子,壁龛前有围栏护着。孩子们够不到这箱子,上面还盖着块布。旁边一只加湿器嗡嗡地响着。

"我们把它装在玻璃后面为的是保护人们的手指头——它会袭击人。它还喜欢潮湿,而玻璃就可以确保里边保持一定的湿度。"皮尔切抓住箱子的把手,小心翼翼地将它挪到壁龛的前部。他揭开盖子,打开箱子上方的一盏小灯。

"这就是死人头蛾。"他说,"它栖息的那地方是株茄属植物——我们正盼着它产卵呢。"

这蛾看上去既神奇又可怕,它那棕黑色的大翅膀帐篷似的遮下来像件披风;毛茸茸的宽背上,那标志性的图案会使人们即使在自家怡人的花园里突然撞见也会产生恐惧。半球形的骷髅头既是头骨又是脸,黑洞洞的眼睛凝视着;还有颧骨,那颧弓在眼睛边上形成精妙绝伦的一道痕。

"'阿克隆西·斯迪克斯。'"皮尔切说,"这蛾就是以地狱的两条河命名的。你们要抓的那个人,每次都是将尸体抛入河中——我说对了吗?"

"是的。"史达琳说,"这蛾是不是很罕见?"

"在地球的这个部分是很罕见,自然界里根本就没有。"

"那这蛾是从哪儿来的呢?"史达琳俯下身将脸凑近带网孔的箱子盖。她的呼吸拂动了那蛾背上的茸毛。它尖叫着猛地往后一扭身子,拼命扑打着翅膀。她都能感觉到蛾子扇出的那点点微风。

"马来西亚。还有一种是欧洲的,叫'阿特拉波斯',但这一只和克劳斯嘴里那一只都来自马来西亚。"

"这么说是有人在饲养了!"

皮尔切点了点头。"是的。"她没有看着他的时候他说道,"这蛾得还是卵的时候就从马来西亚航运进来,或者更有可能是作为蛹被航运进来。还没有人能够让它们在人工饲养的状态下产卵。它们交配,可是不产卵。难的是在森林中找到幼虫,找到之后,饲养起来就容易了。"

"你刚才说它们会袭击人?"

"它们的喙尖利有力,如果你去玩弄,它们就会将喙啄进你的手指。这是一件不同寻常的武器,制成标本保护起来,酒精都对它不起作用。这一点帮助我们逐渐缩小范围,我们因此也就这么快将这蛾鉴定了出来。"皮尔切忽然显得不好意思,仿佛他吹了牛似的。"它们也不好对付就是。"他赶紧往下说,"它们进蜂箱,偷吃蜂蜜。一次,我们在婆罗洲的沙巴采集标本,它们就迎着灯光到青年招待所的后面来。听它们的声音很是怪异,我们——"

"这只蛾是从哪儿来的呢?"

"这是同马来西亚政府做的一桩交易。我不知道我们是用什么去交换的。也真滑稽,我们在那地方摸着黑,拎着桶氰化物守着,忽然——"

"这蛾是以什么样一种名义报关进来的?他们有没有报关纪录?他们是不是一定要将这些蛾清除出马来西亚?报关纪录会在什么人手上?"

"你性子真是急。注意了,我们所掌握的东西我都写下来了,如果你想了解那类情况,我也已经把可以登广告的地方记了下来。走吧,我送你出去。"

他们默默地走过巨大的楼面。在电梯灯光的照射下,史达琳看得出来,皮尔切和她一样疲倦。

"干这个你可熬了夜了。"她说,"你能这样真是不错。我以前那么唐突并不是有意的,我只是——"

"我希望他们能抓到他,希望你能很快了掉这事儿。"他说,"如果他在做软标本,可能会要买几样化学用品,我已经将它们都记下了。……史达琳警官,我想结识你。"

"有时间的话我也许应该给你打打电话。"

"你一定要打,绝对要打,我喜欢你来电话。"皮尔切说。

电梯关闭,皮尔切和史达琳都走了。专用于人类研究的那层楼面静悄悄的,没有一个人影在移动,文身的,做成木乃伊的,缠足的,都没有动弹一下。

昆虫动物园里,火警灯闪着红光,映照在一万只比人类更古老的生物的眼睛里。湿润器一会儿嗡嗡一会嘶嘶地响着。盖子底下,黑黑的笼子里,那死人头蛾从那株茄属植物上爬了下来。它爬过笼子底,翅膀拖着像一件斗篷。它在碟子里找到了那一小团蜂窝。它伸出强有力的前肢将蜂窝紧紧抓住,展开尖利的喙,一下扎进蜂蜡盖,将喙伸进了蜂窝的一个蜜孔。它坐着,静静地吮吸着蜂蜜,四周一片黑暗;黑暗中那唧唧嗡嗡的声音重又响了起来,和这声音混杂在一起的还有这微小的声音:劳作的在劳作,杀的在杀。

41

　　凯瑟琳·贝克·马丁躺在那可恶的黑暗之中。她闭上眼，眼皮后面黑暗汹涌袭来。在极其短暂的睡眠中她老是惊醒。她梦见黑暗向她袭来。黑暗伺机而至，钻进她的鼻孔，灌入她的耳朵，黑暗的湿手指在她身体上无孔不入。她一只手捂住嘴和鼻，另一只手遮住阴道，紧缩臀部，一只耳朵转过去贴着垫褥，另一只只好任凭黑暗的侵袭。随黑暗而来的是一个声音，她的身子抽动了一下，醒了。一个她熟悉的忙碌的声音，是台缝纫机。速度在变化。慢，接着又快了起来。

　　地下室里，上方的灯亮着——在她头顶高处，井盖上那小小的活板开口开着，她看得见一圈微弱的黄颜色的光。那只卷毛狗叫了几下，那个怪异的声音在对它说话，闷闷的含糊不清。

　　缝纫。在下面这地方搞缝纫太不对头了！缝纫属于光明。凯瑟琳童年时那阳光充足的缝纫间在她脑海一闪而过，那么叫人开心！……那管家，亲爱的毕·拉芙，坐在缝纫机旁……她的小猫对着飘动的窗帘直眨眼。

　　那个声音将这一切幻想全都驱走了，它在以过分宠爱的腔调对那只卷毛狗说话。

　　"宝贝儿，把那个放下来，你会叫针给扎着的，那样的话咱们要上哪儿去呢？我就要做完了。是的，心肝宝贝儿。咱们做完之后你弄块嚼嚼，你弄块嚼嚼，嘟嘀嘟嘀嘟。"

　　凯瑟琳不知道她已经被关了多久了。她知道她洗过两次身——上一次洗的时候，她站立在灯光里，希望他能看看她的身子，可是灯光刺眼，她吃不准他是否在从上朝下看她。凯瑟琳·贝克·马丁的裸体格外引人注目，从每个方向看都抵得上一个半女孩子大小，这她都知道。她要他看自己的裸体。她要出这个坑。只要接近他同他操就可以同他搏斗——她洗身子的时候一遍又一遍默默地对自己说。她的食物已经很少了，她知道最好要趁自己还有力气的时候干。她知道她会同他搏斗的，她也知道自己能够搏斗。是不是最好先同他操，他能操几次就一直同他操，直操到他精疲力竭？她知道，只要能将腿绕到他的脖子上去，差不多一秒半钟就可以送他归天。要那样干我能受得了吗？你他妈的我当然能受得了！睾丸和眼睛，睾丸和眼睛，睾丸眼睛。但是，她洗完了又穿上了新的伞兵服，上面却一点声音也没有。对她没有任何反应，洗澡水桶被纤细的绳子晃晃悠悠地吊了上去，换下来的是她的卫生便桶。

　　她这时在等着，几个小时过去了，她在听缝纫机的声音。她没有冲着外面去喊他。终于，也许在喘了一千口气之后，她听到他上楼梯了，一边在对那狗说话，说着什么"我回来后就吃早饭"。他没有关地下室的灯。有时他会这么干的。

　　上面厨房的地板上传来趾爪和脚步声。狗在呜呜地哼叫。她相信抓她的人要出去。有时候他一走开就是好长时间。

　　喘过几阵气之后，那小狗还在上面的厨房里转来转去，呜呜叫着，啪啦啦在地板上碰倒了什么，当啷啷又在地板上撞着了什么，也许是它的碗吧。它在上面抓啊抓的。又在叫了，短而尖，这次狗叫声却不如它在她上面的厨房里时发出的那么清晰了，因为这小狗已经出了厨房。它用鼻子拱开了门，来到下面的地下室追老鼠；以前他外出时，它就干过这事。

在下面的黑暗之中，凯瑟琳·马丁在她的垫子底下摸索着。她摸到了那一根鸡骨头，嗅了嗅。上面那几丝丝肉以及软骨不去吃是不容易做到的。她将骨头放进嘴里含温热了。她这时站了起来，在令人眩晕的黑暗中略微摇晃了一下。和她一起在这陡直的坑里的没有别的，只有她那块蒲团，她身上穿着的那件伞兵服，那只塑料卫生便桶以及往上朝那淡黄色灯光延伸过去的那根纤细的棉绳。

只要她脑子清晰，每一个间歇她都在琢磨这事儿。凯瑟琳竭力将手向高处伸去，她紧紧地抓住绳子。是猛拽一下，还是慢慢地拉好呢？她无数次地喘着粗气琢磨这事儿。还是一点一点稳稳地拉好。

这棉绳伸出去的长度比她估计的要长。她尽可能往高处伸，重新抓住绳子后便拉，手臂左右摇晃，希望绳子经过她头顶开口那木头边缘的地方正在那儿慢慢地磨损。她磨着，直磨到肩膀发痛。她拉着，绳子还有一大截在外。现在没有了，再没有了。它断在高处。噗，绳子落了下来，一圈圈地盖在了她的脸上。

她蹲在地上，绳子落在她的头上和肩头；头顶的洞高高在上，光线不足，难以看清堆积在身上的绳子。她不知道拉下来的绳子有多少。可不能缠到一起喽！她用前臂量着，将绳子一卷一卷小心翼翼地摆到地上。她一共数到有十四手臂长。绳子是在井口断裂的。

她将带有几丝肉的鸡骨头在绳子与卫生便桶提手连结处绑牢。

现在是比较难办的一部分了。

小心地干。她的精神状态仿佛是人在恶劣气候条件下，在一艘小船上要拼命照顾自己一般。

她将绳子磨断的一头系到手腕上，又用牙齿咬着将结打紧。

她尽可能地远离绳子站着。她拎住便桶的提手，绕一大圆圈，将桶径直朝头上那一圈昏暗的光亮处抛去。塑料桶没有对准开口，撞上了盖子的底面掉了回来，砸到了她的脸上和肩上。那小狗叫得更响了。

她慢慢再把绳子理好,扔了一次,又扔一次。扔第三次时,便桶掉下来砸到了她的那根断指上,她只得靠到斜直下来的墙壁上喘气,直到不再恶心难受为止。扔第四次时,桶还是嘭地一下砸到了她身上,可是第五次没有,桶出去了。桶就在开口旁木头井盖上什么地方。离洞有多远呢?稳住。轻轻地,她拉着。她将绳子急抽一下,想听听桶的提手碰在她上面的木头上发出的囉啦啦声音。

那小狗叫得更响了。

她不能将桶拉过洞的边缘以免会拉掉下来,可她必须将它拉近洞口。她将桶拉近了洞口。

那小狗在一间不远处的地下室里的镜子及人体模型间穿来穿去。嗅嗅缝纫机下面的线头和碎片。围着那黑色的大型衣橱用鼻子直拱。朝地下室尽头那声音发出的地方看去。冲到阴森黑暗处吠叫,又冲了回来。

这时只听得一个声音,微弱地回荡在地下室。

"宝——贝儿——"

小狗叫着,跳到一个适当的位置,它胖嘟嘟的小身体随着吠叫声直颤。

这时又听到一个湿滑滑的接吻一样的声音。

狗抬头看看上面的厨房地板,但声音并不是从那里发出的。

一个啧啧的咂嘴声,像是在吃东西。"来啊,宝贝儿!来啊,甜心!"

狗踮着脚爪,竖着耳朵,跑进了黑暗之中。

噜噜。"过来,甜心!过来啊,宝贝儿!"

卷毛狗嗅到了绑在便桶提手上那根鸡骨头的味道。它在井边上抓搔着,发出呜呜的叫声。

啧啧啧。

小卷毛狗跳上木头井盖。那味道就在这儿,就在这桶与洞之间。小狗冲着桶直吠,呜呜叫着,犹豫不决。鸡骨头极其轻微地抽动了一下。

卷毛狗缩起身子,鼻子夹在两只前爪之间;后部,尾巴在空中拼命地摇晃。它叫了两声,然后猛地一下扑到鸡骨头上,用牙齿紧紧咬住。那桶似乎想要将小狗从鸡骨头上推开。卷毛狗冲着桶狂吠,它坚持住不放,骑跨在提手上,牙齿牢牢地死命咬住骨头。突然,桶将卷毛狗撞翻在地,它四脚滑落,桶推狗,狗挣扎着爬起来,又给撞翻在地,狗和桶斗了起来,屁股及一只后脚滑入洞中,狗爪子在木头上疯狂地乱抓乱爬,桶滑动了,带着这狗的后半个身子卡进洞口,可是小狗挣脱了,桶滑过边缘一头落了下去,带着那鸡骨头消失在洞中。卷毛狗冲着洞下面愤怒地吠叫,吠叫声传到了井底下。接着,它停止吠叫,侧过头去听一个只有它才能听到的声音。它急急地从井的顶部跑了下去,跑上楼梯,一边还在叫着,这时就听得楼上什么地方响起了一记重重的关门声。

凯瑟琳·贝克·马丁的脸上淌满了热泪。泪落了。她紧紧拽住那伞兵服的前部。她浑身都湿透了,两只乳房上热乎乎的。她相信,她是死定了。

42

　　克劳福德独自一人站在他书房的中央，双手深深地插在口袋里。他从上午十二点三十站到十二点三十三，一直在想主意。接着，他给加州机动车辆部发了一份电传，请对方追踪查询一下莱克特医生所说的拉斯培尔在加州买下的用于他和克劳斯搞罗曼史的那辆旅宿汽车。克劳福德请机动车辆部核查一下向本杰明·拉斯培尔之外的任何一名驾驶员颁发的车辆票证。

　　随后，他拿着写字板坐到沙发上，拟出了一份挑逗性的私人广告，准备登到主要的一些报纸上去：

　　　　仪态万方、皮肤光滑细腻、热情奔放、花儿一朵、芳龄二十一的模特儿，欲觅既欣赏质**又**欣赏量的男士。我是手部及化妆品的广告模特儿，您曾在杂志的广告上见过我，现在我想要见见您。头封信里寄上您的照片。

　　克劳福德考虑了片刻，画去"仪态万方"，换上了"体形丰满"。
　　他的头朝下一垂，他打起了瞌睡。电脑终端机那绿色的荧屏在他的镜片上映出了许多小方格。屏幕上此时开始出现动静，一行行的文字出现在上面,在克劳福德的镜片上映出移动的影子。瞌睡中,他摇了一下头,仿佛那图像把他弄痒了似的。

文字是这样的:

孟菲斯警方在搜查莱克特的病房时发现两件物品。

(1)手铐钥匙由圆珠笔笔管临时做成。切口系磨制。请求巴尔的摩检查医院病房,以找出制造商之蛛丝马迹。委托人:孟菲斯特工科普利。

(2)马桶里漂着逃亡者扔下的一张便笺。原物正送往文献资料部(实验室)。文字符号随后到。注意:符号已被分送到兰利市。密码部——本森。

文字符号出现了,从屏幕的底部边缘像窥探什么似的缓缓上移。文字符号是这样的:

$$C_{33}H_{36}I \quad L \quad T \quad O_6 \quad N_4$$

电脑终端机嘀嘀两声轻响,克劳福德并没有醒来,可是三分钟之后,电话却把他给吵醒了。来电的是国家犯罪信息中心热线的杰里·巴勒斯。

"看你的电脑屏幕了吗,杰克?"

"稍等。"克劳福德说,"好,行了。"

"实验室已经查出来了,杰克。就是莱克特扔在厕所里的那画的东西。那些字母拼起来是奇尔顿的名字,字母间的数字那是生化——$C_{33}H_{36}N_4O_6$——这是人体胆汁中名叫胆红素的一种色素的分子式。实验室告知我们,它是构成粪便颜色的最主要的一种成分。"

"妈的!"

"关于莱克特你是说对了,杰克。他只是把他们搞来搞去地搞着玩玩。对马丁参议员来说实在太糟了。实验室说胆红素的颜色几乎就同奇尔顿头发的颜色完全一样。他们称这个叫精神病院的幽默。你在六点钟的新闻中看到奇尔顿了吗?"

"没有。"

"玛里琳·萨特在楼上看到了,奇尔顿还在吹什么'追捕比利·鲁宾'。之后他跟一名电视台记者去用晚餐了,莱克特出逃时他还在那地方。这蠢驴真是蠢到底了!"

"莱克特叫史达琳'牢记在心',奇尔顿并没有医学学位。"克劳福德说。

"是的,我在总结报告中看到了。我想奇尔顿是想搞史达琳,这是我的看法,可他的美梦却叫她给拦腰斩断了。他也许是蠢,可眼睛并不瞎。那小孩儿怎么样了?"

"我想还行吧。累垮了。"

"你觉得莱克特也是搞着她玩玩的吗?"

"可能吧,不过我们还要看是不是这样。我不知道那几家医院正在干什么,我一直在想我应该去查法院的记录,我不愿意非得去靠医院。明天上午十点左右如果我们还得不到什么消息,我们就走法院这条路。"

"我说杰克……你外边有人他们知道莱克特长得什么模样,对吗?"

"当然。"

"你知不知道他这时正在什么地方大笑呢!"

"也许他笑不久了。"克劳福德说。

43

圣路易斯,陈设优雅的马库斯饭店,住客登记台边正站着汉尼拔·莱克特医生。他头戴一顶棕色帽,身穿一件雨衣,雨衣纽扣一直扣到脖子。一条洁净的外科手术绷带遮住了他的鼻子和双颊。

他在登记簿上签上"劳埃德·威曼"的名字,这一签名他已在威曼的汽车里练过了。

"您以什么方式付款,威曼先生?"服务员说。

"美国运通信用卡。"莱克特医生将劳埃德·威曼的信用卡递给了那个人。

休息厅里传来柔和的钢琴音乐。在酒吧,莱克特医生看到有两个人的鼻子上贴着绷带。一对中年夫妇哼着一支柯尔·波特的曲子,穿过休息厅走向电梯,那女的一只眼睛上贴着一块纱布。

服务员将信用卡压好了印。"您一定知道吧,威曼先生,您有资格享用医用车库。"

"知道,谢谢。"莱克特医生说。他已经将威曼的车在车库里停放好了,威曼就在行李箱里。

听差把"威曼"的包拎到一个小套间,他得到"威曼"的一张五块钱的票子,算是小费。

莱克特医生点了一杯饮料和一份三明治，舒舒服服地冲了个澡，让自己松弛下来。

在被囚禁了这么长时间之后，这个套间在莱克特医生看来是显得很宽敞了。他开心地在这套房里走来走去，走前走后。

透过窗户他可以看到街对面圣路易斯市立医院的迈伦-赛迪·弗莱切亭，世界上做颅面手术最好的中心之一。

莱克特医生的面容已经太为人们所熟知了，他无法利用这条件在这儿做整形手术，可这是世界上一处他可以在脸上缠着绷带四处走动却不会激起人们好奇的地方。

他以前有一次也曾在这儿待过，那是许多年前了，当时他在一流的罗伯特·J.布鲁克曼纪念图书馆做精神病学方面的研究。

不仅得到了一扇窗户，而且得到了好几扇窗户，他都已经陶醉了！他站在漆黑的窗口，看着车灯从麦克阿瑟大桥上移过，一边品尝着他的饮料。从孟菲斯开了五个小时的车，他已经累了，可是累得舒心。

这个晚上唯一一件真正需要急赶的事还是在孟菲斯国际机场地下车库时碰到的。用棉签、酒精和蒸馏水在救护车的后部搞清洗一点也不方便。他曾将护理人员的白大褂穿上了身，顺便逮了一个单身的旅行客；那人当时正在那个巨大车库里停放长期车辆的一处偏僻的通道里。那男的仿佛很配合，正将身子探进汽车的行李箱去取他那装样品的箱子，根本没看到莱克特医生正从他身后向他靠近。

莱克特医生在想，警方会不会认为他很蠢，会从机场坐飞机离去。

在开往圣路易斯的路上，唯一的麻烦是找到这外国产车子上的车灯、低光束以及刮水器的位置，因为莱克特医生不熟悉方向盘旁边的柄状操纵器。

明天他将购买所需的一些东西，染发剂、理发用品、太阳灯；还有几样是要凭处方配制的，他也要去搞来，以便使自己的外貌能顷刻间有所改变。等到方便之时，他再继续行动。

没有理由操之过急。

44

阿黛莉亚·马普和平时一样,撑着身子坐在床上看书。她正在收听新闻联播。当克拉丽丝·史达琳拖着疲惫的身子走进来时,她将收音机关掉了。她看到史达琳的脸紧绷着,幸好只问了句,"要不要喝点茶?"

马普学习时喝的饮料,是她用祖母寄给她的混杂的散装茶叶冲泡而成的,她管它叫"聪明人的茶"。

在史达琳认识的最聪明的两个人中,其中一个也是她所认识的最稳重的一位,另一个则骇人之至。史达琳希望,在她结识的人中间,这一点能给她以某种平衡。

"今天你没上课真是运气!"马普说,"那个该死的金旺让我们跑步,跑得我们直瘫在地上!我说的是真的。我认为在朝鲜那里他们的地球引力一定比我们这儿要大,然后他们上这儿来可就轻松了,瞧,找份教体育的活干干,因为这对他们来说根本就不算一回事儿。……约翰·布里格姆来过。"

"什么时候?"

"今天晚上,就一会儿前。想来看看你是否已经回来了。他的头发捋得平平的,像个一年级新生似的在休息室里转来转去。我们稍稍聊了一会儿。他说如果你跟不上,接下去几天的射击课上打不起来需要补课的话,他会在本周末开放射击场让我们把课补起来的。我说问了就告诉他。他这人不错。"

"是,他是不错。"

"他要你在不同军种间的射击比赛中和毒品强制执行所及海关的人比试比试,你知道吗?"

"不知道。"

"不是女子比赛,是公开赛。下一个问题:星期五要考的什么'第四条修正案'你知道吗?"

"不少我都知道。"

"那好,奇梅尔诉加州案①是什么?"

"搜查中学。"

"搜查学校的内容是什么?"

"我不知道。"

"那概念叫'直接控制的范围'。斯格耐克洛斯是谁?"

"见鬼,我不知道!"

"斯格耐克洛斯诉巴斯特蒙特案。"

"是不是合理隐私期待?"

"去你的吧!合理隐私期待是卡兹案的信条,斯格耐克洛斯案是有关同意搜查制度的。我的姑娘哎,看来咱们得好好用点书本功了。我有笔记。"

"今天晚上不行。"

"今天晚上不行,可你到明天一觉醒来,脑子里满满当当却又一无所知,星期五本该收获了,东西却还没有种下去。史达琳,布里格姆说——他不该说的,我也保证过不说——他说听证会上你会击败对方

---

① 在该案中,警方在执行逮捕时搜查了奇梅尔的三居室住宅。此案引发了对逮捕附带搜查空间的限制的讨论。

的。他认为那个狗娘养的克伦德勒两天之后就记不起你来了。你的成绩很好,这破玩意儿我们不费力就可以了掉。"马普仔细看看史达琳那张疲倦的脸。"史达琳,为了那个可怜的人你已经尽全力了,谁也都只能这样。你为她奔命,为她挨剋,然而你推动了事情的进展。你自己有资格拥有一次机会,为什么不继续去闯他一闯?这事儿我自己反正是不会说的。"

"阿黛莉亚,谢谢你。"

关灯之后。

"史达琳?"

"什么?"

"你觉得谁更俊俏些,是布里格姆还是霍特·勃比·劳伦斯?"

"难说。"

"布里格姆一个肩膀上有文身,隔着他的衬衫我能看到。刺的是什么?"

"我一点也不知道。"

"你一发现就告诉我好吗?"

"很可能不会。"

"我跟你简要说过霍特·勃比鬼魂附体的事吧?"

"你不过是隔着窗户看到他在举重罢了。"

"是不是格雷西告诉你的?那个女孩儿的嘴——"

史达琳已经睡着了。

45

克劳福德在他妻子身旁打着瞌睡,快到凌晨三点钟的时候,他醒了。贝拉一时呼吸哽塞,在床上动了一下。他坐直身子,拉过她的手。

"贝拉?"

她深深地吸了一口气,又吐了出来。她睁开了眼,多少天来这还是第一次。克劳福德将脸紧紧地凑到她的面前,不过他认为她是看不见他了。

"贝拉,我爱你,孩子。"他说。或者她还能听得见呢。

恐惧扫过他的胸腔四壁,仿佛屋子里的一只蝙蝠,在他身体内打着转。稍后,他控制住了。

他想给她找点什么东西来,什么东西都行,却又不愿让她感觉他松开了她的手。

他将耳朵贴到她的胸口。他听到一记微弱的心跳,一声扑动,然后,她的心脏停止了,什么也听不到了,只有一阵奇异的充满凉意的冲击声。他不知道这声音是来自她的胸腔,还仅仅是他自己耳朵里发出的。

"愿上帝赐福于你,让你永远和他……以及你的家人在一起。"克劳福德说。他希望他的话能够实现。

他从床上把她抱起来靠床头板坐着。他将她紧抱在怀里,她的大脑在慢慢死去。他用下巴将纱巾从她剩下的一点头发上推开。他没有哭。他已经哭够了。

克劳福德给她换上她最喜爱的也是她最好的睡袍,然后在那架抬得高高的床边坐了一会儿,抓着她的一只手贴在自己的脸颊上。这手灵巧、聪慧,一生从事园艺的印痕都留在了上面,而今被静脉注射的针头扎得是斑斑点点。

当她从花园走进屋子里来的时候,她的手闻起来如百里香一般芬芳。

("这东西想起来就像是你手指上弄上了鸡蛋清一样。"在学校时女孩子们曾这样跟贝拉谈论起性的问题。她和克劳福德曾在床上笑谈过这事儿,多少年前,多少年后,去年,都曾笑谈过。别想这个了,想点好的事儿,纯洁的事儿。那可就是纯洁的事啊!她戴着圆帽和白手套,正乘着电梯上楼去,那是他第一次吹口哨,吹一支由"跳起比津舞"改编的充满激情的曲子。在房间里,她还笑他,口袋里乱七八糟,东西装得满满的,像个孩子。)

克劳福德试着走到隔壁房间去——只要他想,仍然可以回过头从打开的门看到她,看到她在床头灯温暖的灯光里安详地躺着。他在等,等待她的身体变成一件仪式性的物品,离开他,离开那个他在床上抱着的人,离开那个他此时心中依然视为自己终身伴侣的人,那样,他才能叫他们来把她弄走。

他垂着空空的双手,手掌朝前垂在身体的两侧。他站在窗口,眼望着空空的东方。他并不在等待黎明;东方不过是窗户的朝向罢了。

46

"准备好了吗,宝贝儿?"詹姆·伽姆靠床头板撑坐着,十分适意;那小狗蜷伏在他的肚子上,暖烘烘的。

伽姆先生刚洗过头发,头上裹着条毛巾。他在床单里翻找,找到录像机的遥控器后,按下了放像键。

他将两盘录像带拷贝到一盘上制作了他的这档节目。每当他在做关键性准备工作的时候,他每天都要看,而就在他剥取人皮之前,他也总是要看上一看。

第一盘带子录自早期的有声新闻片,声音沙沙的含混不清,是一九四八年的一部黑白新闻短片。那是竞选"萨克拉门托小姐"的四分之一决赛,是远赴亚特兰大城参加"美国小姐"竞选盛典前的预备性赛事。

这是泳装赛。所有的姑娘都捧着鲜花,她们依次走上台阶,登向舞台。

这带子伽姆先生的卷毛狗已经看过多遍了,一听到那音乐声,她就眯起了眼睛,知道自己又免不了一阵揉捏。

参加竞赛的佳丽看上去具有很浓的二战时代气息。她们身着罗兹·玛丽·里德牌泳装,有几张脸很是可爱。她们的腿部线条也很漂亮,有几个是这样,不过她们的肌肉缺少强劲的活力,膝盖处也似乎有点臃肿。

伽姆捏了一下卷毛狗。

"宝贝儿,她来了,她来了她来了!"

她上场了,身着白色的泳装正向台阶走去,对那个在台阶边接引她的小伙子报以粲然一笑,随后又踩着高跟鞋迅速走开,摄像机追拍着她大腿的后部:妈妈,那是妈妈!

伽姆先生不用碰他的遥控器,翻录这部拷贝时他全都已经处理好了。片子往回倒,她又退了回来,退着走下台阶,将她的微笑从那小伙子那里收了回去,退着走上通道,然后又重新往前进,倒倒进进,进进倒倒。

当她冲那小伙子微笑时,伽姆也笑了。

还有她在一群人中间的一个镜头,可是一定格,图像总是模糊不清。最好还是快速地就把它放过去,瞥一眼就算了。妈妈与别的姑娘在一起,向获胜者致贺。

下面一项内容是他在芝加哥一家汽车旅馆里时从有线电视上录下来的——他当时还得匆匆赶出去买一台录像机,为了录到它,又多待了一个晚上。这部一段接一段连续播放的片子,他们是作为性广告的背景于深夜在下三烂的有线频道上播放的,性广告被打成文字,由底下慢慢爬上屏幕。胶片全由乌七八糟的破烂货组成,相当平淡无奇,都是四五十年代的一些淫秽电影,还有裸体营的排球运动;三十年代那些色情影片没有那么清晰,其中的男演员戴着假鼻子,脚上还套着袜子。音响就是放音乐,不管什么音乐都上。此刻放的是"爱的眼神",与那轻快活泼的动作完全不合拍不协调。

对那些从底下慢慢爬上屏幕来的广告文字,伽姆先生完全无能为力,他只得容忍。

瞧这儿，这是个室外游泳池——从那些树叶判断，地方是在加州。漂亮的游泳池设施，每一件都十分五十年代。几个体态优美的姑娘在裸泳，其中有几个可能在一些B级片中出现过。她们轻盈活泼，蹦蹦跳跳，从游泳池里爬出来，朝滑水道的梯子跑去，速度比那音乐的节奏快多了。她们登上去——哇——就下来了！她们一头冲进滑水道时，双乳耸立。她们大笑着，两腿笔直伸出，哗！

妈妈出现了。她来了，跟随那个鬈发的姑娘从游泳池里爬了出来。她的脸被爬行出来的"性得力"——一家性用品商店——的一段广告文字遮去了一部分，不过你还是可以看到她从这儿走开，上了那边的梯子，全身水淋淋闪闪放光，胸脯丰满，体态柔软，美妙极了！带着块剖腹产留下的小小的疤，从滑水道里滑了下来——哇！那么漂亮！即使看不到她的脸，伽姆先生心里知道这是妈妈；这是他上次看到她之后拍的，那也是他一生中唯一一次真正看到她。当然，心里看到的要除外。

场景换到为夫妻辅助器拍摄的一则广告后便突然结束了。

卷毛狗眯起了眼睛，只两秒钟，伽姆先生就将她紧紧抱住。

"噢，宝贝儿，上妈咪这儿来，妈咪也快要那么漂亮了！"

有好多事要做，有好多事要做，为了准备明天的事，有好多事要做。

他在厨房的时候，那货就算将嗓门提到最高在那里喊，他也根本听不到，真是感谢上帝。可是，他走到地下室去的时候，在楼梯上却能听得到。他希望这货是安安静静在那儿睡觉。卷毛狗被他夹在胳膊底下前行，回过头去朝发出声音的那个坑狂吠。

"你养得可比那货色要好。"他对着她脑袋后部的毛说。

这间地下土牢在楼梯的底部，穿过一道门左拐就是。他瞥都没瞥它一眼，也没有去听那坑里传出的话声——就他看来，那话声一丝一毫都不像英语。

伽姆先生转身直走进工作室，放下卷毛狗，将灯打开。几只蛾子扑棱着翅膀，安然无恙地飞落到吸顶灯的铁丝防护网罩上。

伽姆先生在工作室里是一丝不苟的。他调配新鲜溶液总是用不锈钢容器，从不使用铝制品。

他已经学会了事先把一切事情全都做好。他一边工作，一边告诫自己：

事情得做得有条有理，得精确无误，手脚还得要快，因为出了问题难以对付。

人皮是很重的——占体重的百分之十六到百分之十八——而且又滑。一张整的皮很难处理，还没有干的时候容易滑落。时间也很要紧；皮一旦剥取之后，马上就开始皱缩，最明显的是年轻的成人，其皮肤本来就十分紧致。

除此之外，还有个事实就是，人皮，即使是年轻人的皮，也并不具有完美的弹性。如果你拽一下，它永远也恢复不了其原有的比例结构。缝合极其滑溜的东西，随后又在裁缝用的形状如火腿的熨衣板上过分用力地拉，结果它就会又是鼓又是皱的。坐在缝纫机旁，眼睛死盯着都要掉出来了，起的皱还是一个都弄不掉。然后还有那裁割线，你最好也得清楚它们的位置。人皮在其胶原束变形、纤维撕裂之前，并不是朝所有的方向被拉出的量都是一样的；方向拉错了，就会留下一个拽拉的痕迹。

未经过鞣皮的原材料简直就做不起来。这，伽姆先生做了不少试验，同时也经历了几多伤心，最后才算弄对了。

他最后发现还是老方法最好。他的程序是这样的：首先，他将物件浸在水箱里，用由印第安人培制的植物精泡着——那都是全天然物质，不含任何盐矿物成分。然后，他使用美洲新大陆人制造那如黄油般柔软的无与伦比的鹿皮革的方法——传统的脑髓鞣皮法。印第安人相信，每只动物刚好都有足够的脑髓可鞣制成皮革。伽姆先生知道事实并非如此，所以老早以前就放弃这试验了，即使对脑袋最大的灵长目动物也是如此。他现在有一台冰箱里放满了牛头，所以货是永远也不会缺的。

材料加工的问题他有能力处理；练习已经使他接近完美。

结构方面的难题依然存在，可他也已具备了特别好的条件，能够将它们解决。

工作室的门开向地下室的一条过道，过道又通向一间废弃不用的浴室，伽姆先生在此贮放着他的起重滑车和时钟；再过去就是那制衣间以及制衣间后头那黑乎乎的一大片拥挤在一起的房间了。

他打开制衣间的门，里面灯光灿烂——泛光灯和白炽灯管系在房顶的梁上，光色调得如日光一般。由酸洗过的橡木做的一块地板高出地面一层，上面摆放着人体模型。每具模型身上都穿着部分衣服，有的是皮货，有的是用平纹细布为皮装做的板样。两面墙上都装着镜子——还是很好的平板玻璃镜呢，不是瓷砖，八具人体模型便因此被映照成了双倍。一张化妆桌上放着化妆用品，几副假发，以及几个套假发的模型。这是制衣间中最明亮的一间，一律白色及浅色的橡木家具。

人体模型上穿着尚未完工的商业性服装，多数是些模仿阿曼尼设计的富有戏剧性的作品，由轻软耐用的精细黑羊皮制成，全都打着皱褶，肩膀成尖顶形，胸部有护垫。

第三面墙由一张很大的工作台、两台工业用缝纫机、两具裁缝陈列服装用的模型以及根据詹姆·伽姆自身翻铸出来的躯干模型占满了。

靠第四面墙放着的，是一只巨型黑色衣橱，上着中国漆，几乎高及八英尺的天花板，在这个明亮的房间占据着一个主要的位置。衣橱旧了，上面的图案已经褪色；在画着一条龙的位置还留有几片金色的鳞片，一只白眼睛依然很清楚，还在凝视着。这儿还有一条龙，龙身已模糊难觅，只剩下一条红红的舌头。底下的漆倒还依然完整，只是龟裂而已。

这衣橱又大又深，与商业性服装毫不相干。它的模型上套着的和挂钩上挂着的，都是些"特殊货"。它的几扇门都关着。

小狗在角落它那只盛水的碗里舔水，然后躺倒在一个模型的两脚之间，眼睛看着伽姆先生。

他在做一件皮夹克。他需要把它做完——他的意思是想将眼前所有的事都干干净净地了掉，可此时他正处在一种创作的狂热之中，而他用平纹细布为自己试做的服装却依然没有让他感到满意。

伽姆先生在做缝纫方面所取得的长进远远超过了他少年时加州教管所教给他的那些技术，但，现在这活儿可是真正的挑战。即使做的是精细娇贵的轻软羊皮，真到做细活的时候，还是嫌准备不足。

他现在这儿有两件用平纹细布试做的样衣，如白马甲似的，一件完全是他自身的尺码，另一件是凯瑟琳·贝克·马丁的尺码，是他当时趁她还在昏迷之中的时候量得的。他把较小的一件往模型上一穿，问题就显露出来了。她是个个子很大的女孩儿，比例也极棒，可她到底不如伽姆先生个头大，背部也远没有那么宽。

他的理想是搞一件没有缝的服装。这是不可能的。不过他是决意要使这件紧身胸衣的前部绝对无缝，完美无瑕。这就意味着所有外形上的改动都得在背部进行。很难。他已经抛弃了一件用平纹细布做的样衣，整个儿又从头开始了。他十分审慎小心地拉着材料，在腋下做出两道缝褶来——不是法国式的缝褶，而是那种垂直的贴边，开口朝下——以此可以将问题对付过去。腰部的两道缝褶也在背后，就在两个肾脏的位置。缝只准有细微的一条，他已经习惯了这样的工作标准。

他脑子里考虑的东西已不再是视觉方面，而是有形实物；不难理解，一个有吸引力的人是有可能被紧紧搂抱的。

伽姆先生将滑石粉轻轻地撒到手上，然后自然而舒适地拥抱了一下根据他的身体做的人体模型。

"给我一个吻。"他对着理应是头所在的那个空位置开玩笑似的说,"不是你,傻瓜。"他对小狗说;听到他的话小狗竖起了耳朵。

伽姆轻轻抚摸着怀抱中的模型的背部,接着又走到它的后面,考虑起怎样用划粉做记号。谁都不愿感觉到这儿有一条缝。然而,拥抱时双手在后背的中心位置交搭到了一起。而且,他又推想,我们也都习惯了脊柱的那根中心线,它不像我们身体上某处不匀称的地方那样显得不协调。所以,肩上有缝肯定是不行的。解决的办法是在顶部的中央做一缝褶,让顶点处在两肩胛骨中心稍上一点的位置。他可以用同一条缝将做进衬里以加固的结实的抵肩固定住。两边的衩口下面莱克拉弹性纤维纱做镶条——他一定得记得搞莱克拉弹性纤维纱——右边的衩口下则还得装一个维可牢尼龙搭链。他想到那些绝妙的查尔斯·詹姆斯牌裙服,上面的线缝错开去,服服帖帖,极其平整。

后面的缝褶将被他的头发,或者更确切地说,被他不久将拥有的头发遮挡住。

伽姆先生将平纹细布从模型上拖落下来便开始工作。

缝纫机是老式的,制作精美,是台装饰过分讲究的脚踏式机器,可能四十年以前改成了用电操作。机器的靠手上用金叶漆着涡卷形花体字"我永不疲倦,我只讲服务"。踏脚板仍然可以使用,每缝一组针,伽姆都踩它来启动机器。碰到缝细针活儿时,他更喜欢赤着脚干;他用肉滚滚的脚轻巧地踩着踏脚板,用涂着甲油的脚趾紧紧扒住踏脚板的前边缘不让机器转过头。暖烘烘的地下室里一时间只听得缝纫机的声音,小狗的打鼾声,以及蒸汽输送管发出的嘶嘶声。

当他把缝褶镶嵌进用平纹细布做的样衣之后,就走到镜子前去试穿。小狗侧着头,从角落那里盯着他看。

袖孔下面他还需稍稍放一点。贴边和内衬也还有些问题没有解决,要不然这衣服该多漂亮!软绵绵,柔韧,有弹性。他都能想象自己跑上滑水道的梯子了,你要多快就多快!

　　伽姆先生玩玩灯光玩玩假发以搞出点戏剧效果,又将一条漂亮的短贝壳项链试戴到领口线上。到时再在他那新的胸脯上套上一件露肩的女礼服或者女主人穿的睡衣,那将何等美妙!

　　此刻接着就往下做,真正开始忙起来,该是多么的诱人!可是他的眼睛累了,他又要自己的一双手能绝对的稳,而对那噪声却还没有准备。他耐着性子将针脚挑出,把材料一块块摆放好。是一件完美的裁剪样板呢!

　　"明天,宝贝儿。"他一边将牛头拿出来化冻一边对小狗说,"咱们第一件事就干这个。明——天——。妈咪就快要变得那么漂亮了!"

47

史达琳睡了五个小时,睡得很苦,深更半夜醒来,是被梦吓醒的。她咬住床单的一角,两只手掌紧紧捂住耳朵;她在等,想看看自己是否真的醒了,是否摆脱了梦魇。没有羔羊在厉声地叫,一片静默。当她清楚自己是醒了之后,她的心跳慢了下来,可她的两只脚却不肯在被子底下安安稳稳地待着不动。一会儿工夫之后,她的脑子里就要翻江倒海,这一点她清楚。

当一阵强烈的愤怒而不是恐惧从她身上穿过时,她的情绪倒是获得了一种缓和。

"混蛋!"她说,一只脚伸出被外,伸到空中。

在这整个漫长的一天当中,奇尔顿扰乱了她,马丁参议员侮辱了她,克伦德勒责备并撂开了她,莱克特医生奚落了她,而他沾着人的鲜血逃脱,又使她感到恶心,杰克·克劳福德也劝阻她不叫她继续干下去,可是,有一件事最刺痛她的心:被叫作贼。

马丁参议员是个母亲,实在也是迫于无奈,而她又讨厌警察们那爪子去乱翻她女儿的东西。她倒并不是有意要那么指责她。

尽管如此,那指责还是如一根滚烫的针,刺进了史达琳的心。

史达琳在孩提时代就受到教育,知道偷窃是仅次于强奸和谋财害命的最卑贱、最可鄙的行为。有些过失杀人罪都比偷窃要可取。

她小时候曾在一些社会慈善机构里度过,那里面几乎就没有什么奖赏品,许多人挨饿,即使在那样的境况下,她还是学会了憎恶窃贼。

在黑暗里躺着,她还明白了另一个原因:为什么马丁参议员暗示她为窃贼会让她如此烦恼。

史达琳知道,假如让恶毒的莱克特医生来分析,他可能会说些什么,然而也没错就是;她怕马丁参议员在她身上看到了某种庸俗的东西,某种卑贱的东西,某种形同窃贼行为的东西,马丁参议员因此才做出了相应的反应。那狗娘养的范德比尔特!

莱克特医生会津津乐道地指出,因自卑压抑而产生的阶级愤慨也是一个因素,那是与生俱来的埋藏着的愤怒。史达琳在教育、智力、动机,当然还有身体外表方面,丝毫都没有向什么马丁泄露过,可尽管如此,那东西还就在那里,而她也清楚这一点。

史达琳是一个凶悍好斗家族中的一名独立分子,这个家族除荣誉名册及受处罚的记录外,没有正式的家谱。族中有许多人在苏格兰被剥夺得一无所有,在爱尔兰忍饥挨饿被迫离开故土,因此有意于去干冒险行当。史达琳家族的不少人就是这样给耗尽了生气,他们拖着沉重的步伐,奔走在肮脏窄小如洞穴一般的居所的最底层;或者是一颗子弹飞到脚边,吓得他们从搭房子的木板上一下滑了下来;或者是,寒冷中吹起了刺耳的"葬礼号",人人都要回家了,他们却送了命。有些也许在乱糟糟的兵营中值夜班时被军官们又叫了回去,眼泪汪汪的,仿佛人家在猎鸟时用的一条忠心耿耿的狗,叫那喝醉酒的人给偶然记了起来,又如《圣经》中那些被人淡忘的名字。

就史达琳所能说得出来的,他们中没有一个是很聪明的人,只有一位叔祖母算是记得一手好日记,最终却又得了"脑炎"。

然而,他们不做贼。

上学是到美国以后的事,你们也知道,这机会史达琳家族的人牢牢抓住不放。史达琳的一个叔叔的墓碑上就刻着他大专学位的学历。

在所有的那些岁月里,史达琳没别的地方可去,生活就是上学读书,在考试中与人竞争便是她的武器。

她知道她能从眼下这困境中摆脱出来。她一向是什么样现在就能做到什么样,自打她明白了事情是这样在运作之后就一直如此:她可以在班上差不多做到名列前茅,受人称许,凡事都有她一份儿,被人选中,而不会被打发开去。

这事情既需刻苦,又需谨慎。她的成绩会很好的。那朝鲜人上体育课搞不垮她。她的名字会因为其在射击场上的非凡表现而被刻上大厅里的那块大匾——"希望之板"。

再过四周,她就要成为联邦调查局的一名特工了。

后半生她还得留神提防操他妈的那个克伦德勒吗?

当着参议员的面,他想撒手不管她的事儿,史达琳每次想到这,心都觉得刺痛。他其实也拿不定就能在那信封里找到她偷东西的证据,这真令人发指!此时在心中想起克伦德勒,她仿佛看见他脚穿海军牛津鞋,就和那个前来收取巡夜人考勤钟的市长——她父亲的上司——一样。

更糟糕的是,杰克·克劳福德在她的心目中似乎也矮了一截。这个人目前所承受的压力比任何人都要大。他派她出去查拉斯培尔的汽车,却不提供官方的支持或证明。这也就算了,那些条件是她自己要的——麻烦的是,调查竟侥幸获得了成功!但克劳福德应该知道,马丁参议员见她上了孟菲斯是会出麻烦的;就算她没有发现那几张性交的照片,也还是会有麻烦。

黑暗这时正笼罩着她,就在这相同的黑暗里躺着凯瑟琳·贝克·马丁。史达琳想到有关自身的一些利益,一时竟把凯瑟琳的事儿给忘了。

史达琳沉湎于对自身利益的考虑，然而想到过去几天中发生的事儿，她觉得受到了惩罚。那些事儿如影片一般放射到她的身上，那色彩来得突然，汹涌，触目惊心，犹如夜晚的闪电，霹雳一声从黑暗中迸发。

这时又轮到金伯莉在缠绕着她了。这个胖金伯莉，为了使自己的样子显得漂亮，耳朵上穿了孔，又攒钱想去做热蜡除腿毛，而今死了。没了头发的金伯莉。她的姐妹金伯莉。史达琳认为，根据金伯莉的情况，凯瑟琳·贝克·马丁没有多少时间了，而今，骨子里她们也是一样的姐妹。金伯莉躺在满是州警的殡仪馆里。

史达琳再也无法面对那场景了。她设法将脸扭过一边去，仿佛游泳的人转过脸去呼吸。

野牛比尔的受害者全都是女人，让他着迷的就是女人，他活着就是为了猎杀女人。没有一个女人在自始至终地追捕他。没有一个女调查人员细察过他犯下的每一桩罪案。

史达琳在想，当克劳福德不得不去面对凯瑟琳·马丁的尸体时，他是否还会有勇气用她做技工？比尔"明天就要对她下手了"。克劳福德曾这样预言过。对她下手。对她下手。对她下手。

"操他的！"史达琳说出了声，双脚站到了地板上。

"史达琳，你在那儿勾引一个弱智是不是？"阿黛莉亚·马普说，"趁我睡着的时候把他偷偷摸摸地弄进屋来，这刻儿正在教他怎么搞是不是？——别以为我听不见你。"

"对不起，阿黛莉亚，我并不是——"

"对他们光那样可不行，史达琳，你得十分具体才对，不能你怎么说就怎么说。勾引弱智就像搞新闻，搞什么、何时搞、在哪里搞、怎么搞，你都得告诉他们。至于为什么搞，我想你走下去倒是会不说自明的。"

"你有没有什么东西要洗？"

"我想你说的是我有没有什么东西要洗吧。"

"是,我想洗他一缸。你有什么要洗的?"

"就门背后那几件汗衫。"

"行。闭上眼,我就只开一会儿灯。"

她把要洗的衣服放进篮子,衣服上头堆放的并不是她马上要考的"第四条修正款"的笔记。她拎着洗衣篮,走过走廊,来到洗衣间。

她带的是野牛比尔的案卷,四英寸厚厚的一堆,暗黄色的封面下,用血一般颜色的红墨水印记着罪孽和痛苦。随之一起带着的,还有她那关于死人头蛾的报告,是由热线打印出来的。

明天她就得将案卷交回去了,如果她想使之成为完整的一份,迟早都得加进她的这份报告。在这暖烘烘的洗衣间,在洗衣机这给人抚慰的吭啷吭啷声中,她取下将案卷箍在一起的橡皮筋。她将纸一张张地摆放到叠衣架上,设法把自己的报告插进去,不去看其中的任何照片,也不去想很快又会有什么照片加到这中间来。地图放在最上面,这很好。可是,地图上有手写的笔迹。

莱克特医生俊美的字迹从五大湖上直排开去,字是这么写的:

克拉丽丝,地点的这种随意分散在你看来是否显得过分?难道不显得随意得叫人绝望吗?随意得没有一点希望的机会吧?对一名恶劣的说谎者的精心设计,这能否给你以暗示呢?

谢谢!

汉尼拔·莱克特

附:别费事去从头翻到尾,没别的了。

她又花了二十分钟的时间一页页地去翻，才确信真的没有别的什么了。

她到走廊里用投币电话给热线打电话，把莱克特的留言念给巴勒斯听。她不知道巴勒斯何时睡觉。

"我得告诉你，史达琳，莱克特信息的行情可是大大下跌了。"巴勒斯说，"杰克有没有打电话给你说比利·鲁宾的事儿？"

"没有。"

她闭着眼睛斜靠在墙上，听他描述莱克特医生开的那个玩笑。

"我也不知道。"他最后说，"杰克说他们会继续追查那几家做变性手术的医院，可是有多难呢？如果你看一看电脑里的信息，看看在野外干活儿的那些人的条目体例是怎么安排的，你可以发现，所有关于莱克特的信息，不论是你提供的还是孟菲斯方面的那些玩意儿，都有特别的称谓。一切巴尔的摩方面的东西或者一切孟菲斯方面的东西或者两方面所有的东西，只要按个键，全都可以不予考虑。我想司法部就是想按一下键把这一切全都弄掉。我这儿有份备忘录，暗示说克劳斯喉咙里那只虫是，我看啊，什么'漂浮的残物'。"

"不过你还是会给克劳福德先生把这条信息调出来的吧？"史达琳说。

"当然，我会放到他屏幕上去的，不过此刻我们不给他打电话，你也不要打。贝拉一会儿前刚刚去世。"

"噢！"史达琳说。

"听着，局势也有光明的一面，我们在巴尔的摩的伙计们查看了一下精神病院里莱克特的病房。那位护理员巴尼帮的忙。他们在莱克特的小床的一个螺栓头那儿找到了磨下的黄铜屑，他就是在那地方做出了开手铐的钥匙。别泄气，孩子。到头来你会一切都好的。"

"谢谢你，巴勒斯先生。晚安。"

一切都好。在鼻孔底下抹上维克斯擦剂。

天慢慢地亮了,这是凯瑟琳·马丁生命中最后的一天。

莱克特医生的话会是什么意思呢?

无法知道莱克特医生了解些什么。开始,当她将案卷给他的时候,还曾期望他会喜欢那些照片,凭借这案卷,将他已经知道的有关野牛比尔的情况全都告诉她。

也许他一直都在对她撒谎,就像他对马丁参议员撒了谎一样。也许他对野牛比尔的事一无所知或者一点不懂。

他看得很清楚——他妈的他肯定是看我看得透透的。真是难以接受有人不希望你好却还能理解你。在史达琳这个年龄,这样的事她碰到的还真是不多。

"随意得叫人绝望。"这是莱克特医生说的。

史达琳和克劳福德以及其他每一个人都曾盯着这张地图看过,上面标满了绑架及抛尸的一个个点。在史达琳看来,这地图仿佛一簇黑色的星座,每颗星星的边上标着一个日期;她也知道,行为科学部曾硬要在地图上做出一圈标记来,结果没有成功。

如果说莱克特医生看案卷是为了娱乐,他为什么又要在地图上来玩什么把戏呢?她曾看见他草草翻阅那份报告,对其中几个提供消息的人那散文般的文字风格还调侃了一番。

绑架与抛尸都没有固定的模式,没有任何叫人觉得起疑的联系,与任何一件已知的这方面的犯罪在时间上也联不起来,与任何一桩夜盗或偷晾衣绳上的东西或以恋物为目的所进行的别的犯罪活动,在时间上都没有什么关联。

史达琳回到洗衣间,烘干机在旋转。她的手指从地图上爬过。这儿一个绑架点,那儿抛尸。这儿是第二个绑架点,又到那边抛尸。这儿是第三个绑架点,而——。但这些日期是不是倒着安排的呢?还是——,

不对,第二具尸体是第一个被发现的。

这个事实倒是在地图上那个地点边上用墨水模糊不清地记了下来,只是未引起人注意。第二个被绑架的女人的尸体首先被发现,漂浮在印第安纳州拉斐德商业区的沃巴什河,就在65号州际公路之下。

据报案,第一个失踪的年轻女人是在俄亥俄的贝尔维迪遭绑架的,靠近哥伦布,很久之后才在洛恩杰克以外密苏里州的黑水河中被发现。尸体上加了重物。别的尸体都没有加重物。

第一个受害者的尸体被沉入遥远地区的水中。第二个就从一座城市那儿抛入一条河的上游,在这种地方尸体无疑很快就会被发现。

为什么?

他开始搞的那一个藏得很好,第二个却没有。

为什么?

"随意得叫人绝望"是什么意思?

第一个,第一个。关于"第一"莱克特医生是怎么说的?莱克特医生说的每一样东西都是什么意思呢?

史达琳翻看她从孟菲斯回来的飞机上草草记下的笔记。

莱克特医生说,案卷中已有足够的材料可以将凶手找到。"简单。"他说。"第一"是怎么回事呢?"第一"在哪儿呢?在这儿——"首要原则"是很重要的。"首要原则"从他口中说出来时,听上去像是炫耀他学识的屁话。

"他干的是什么,克拉丽丝?他干的首要的、基本的事是什么?他杀人为的是满足什么样的需要?他要满足妄想。我们有妄想时开始是怎么来的?开始有妄想时,我们企图得到每天所见的东西。"

当她觉得莱克特医生的眼睛不在盯着她的皮肤看时,想想他的一番陈述要容易些。在这安全的昆蒂科中心,这么做是要容易些。

如果我们开始有妄想时是企图得到我们日常所见的东西,那么,野牛比尔杀第一个人时自己是否有一种获得意外的感觉？他是不是就对近在他身边的什么人下了手？他第一具尸体处理得好第二具就处理得糟，原因是不是就在这里呢？他在离家老远的地方绑架了第二个人，却又把她抛在很快就能被发现的地方，是不是因为他早就想让人相信，绑架的地点是随意而没有规律的呢？

当史达琳想起那些被害人时，金伯莉·艾姆伯格首先进入她的脑际，因为她曾见到过死去的金伯莉，所以从某种意义上说，金伯莉的事儿她曾参与过。

这儿是第一个被害人，弗雷德里卡·白梅尔，二十二岁，俄亥俄州贝尔维迪人。有两张照片。在毕业班年刊的照片上，她看上去个子很大，相貌平平，头发浓密漂亮，肤色不错。第二张照片是在堪萨斯城的停尸间照的，她看上去已经没有了一点人样。

史达琳再次打电话给巴勒斯。这时他的声音已经有点发沙了，可他还是在听。

"这下又有什么说法了，史达琳？"

"他可能就住在第一个被害人住的地方，俄亥俄州的贝尔维迪。他可能每天都见到她，有点儿像不由自主地就把她给杀了。他可能只是想……给她个七分牌戏玩玩，聊聊唱诗班什么的。所以他竭力将她的尸体藏好，然后又上离家很远的地方再去逮一个。那一个他可没有很好地掩藏，因而会首先被发现，这样人们的注意力也就不会投到他的身上。你知道报案说有人失踪了是不会引起大家多大注意的，直到发现尸体，才会引起轩然大波。"

"史达琳，最好还是当线索新的时候回过头去找比较好，人们记得比较清楚，证人——"

"我说的就是这个，他也明白这一点。"

"譬如说吧，如果不派个警察到前面那名被害人——底特律的金伯莉·艾姆伯格——的家乡去,今天你就没办法逮到什么。自从小马丁失踪后,人们忽然一下子对金伯莉·艾姆伯格大感兴趣。然而,忽然一下,他们又对这个正他妈的在失去兴趣。你可从没听我说过这事儿吧。"

"关于这第一个城镇的事儿,请你给克劳福德先生提一提好吗?"

"当然可以。嗨,我会把它放到热线上让大家都听听。我倒不是在说这想法不好,史达琳,不过那女的——叫什么名字来着?白梅尔,是不是?——白梅尔的身份一经查明,那个镇再去念叨她就有点太过了。哥伦布市局在贝尔维迪查过了,当地的许多部门也都查过了,一切全都在那儿。今天上午你是不会使人们对贝尔维迪或莱克特医生别的任何理论产生很大兴趣了。"

"他所有的——"

"史达琳,我们准备为了贝拉给联合国儿童基金会送一份礼,你想参加,我可以把你的名字写到卡上去。"

"当然想。多谢了巴勒斯先生。"

史达琳从烘干机中取出衣物。洗好的衣物温温的,摸上去舒服,闻起来好闻。她将它们紧紧地抱在胸前。

她妈妈抱着一大堆的床单。

今天是凯瑟琳生命的最后一天了。

黑白相间的乌鸦从手推车中偷东西。她要么出去嘘赶,要么就待在屋子里。

今天是凯瑟琳生命的最后一天了。

她爸爸驾驶小货车转弯上车行道时是用手势代替信号灯的。她在庭院里玩耍,想着他挥动大臂示意车子要在哪里转弯,然后很气派地指挥车子就转了弯。

当史达琳决定她要干的事之后,几滴泪落了下来。她将脸埋入洗好的温温的衣物之中。

48

克劳福德从殡仪馆里出来,在街上四下里张望寻找杰夫和车子。他没有见到杰夫和车子,却看到穿着一袭黑衣的克拉丽丝·史达琳在遮篷底下等他,灯光下看上去倒是实实在在,一点没错。

"派我去吧。"她说。

克劳福德刚刚给妻子挑了一口棺木,他手里拿着一只纸袋子,里面放着她的一双鞋子,鞋子拿错了。他调整情绪让自己稳定下来。

"原谅我。"史达琳说,"要是还有任何别的时间我也不会这时候来。派我去吧。"

克劳福德双手插在口袋里,转动脖子直到它从高高的衣领中冒出来。他双眼明亮,可能都有几分危险。"派你去哪儿?"

"你曾派我去找一找对凯瑟琳·马丁的感觉——现在让我去找一找对其他几位的感觉吧。剩下来我们所能做的只有去查他是如何捕猎对象的了。他是如何找到她们的,又是如何挑选的。在你所有的警察堆里我不比任何人差,有些事情上比他们还要好。被害者全都是女人,却没有一个女人来办这案子。走进一间女人的房间,我对这女人的了解可以三倍于男性所得,你也知道这是事实。派我去吧。"

"你准备接受重修了?"

"是的。"

"很可能要耗去你生命中六个月的时间。"

她什么也没有说。

克劳福德用脚趾踢着草。他抬起头来看她,看她眼睛中映出的远处的草地。她有一股子刚毅,像贝拉一样。"你从哪一个开始呢?"

"第一个。俄亥俄州贝尔维迪的弗雷德里卡·白梅尔。"

"不是金伯莉·艾姆伯格,你见到的那位?"

"他不是从她下的手。"要提一下莱克特吗?不。他会从热线上得知的。

"从感情上说就要选艾姆伯格了,是吧,史达琳?车旅费可以报销。身上有钱吗?"银行一小时之内不会开门。

"我的信用卡上还剩一点。"

克劳福德到口袋里去掏钱。他给了她三百元现金和一张个人支票。

"去吧,史达琳。就去找第一个。和热线保持密切联系。给我打电话。"

她抬起手向他伸过去。她没有碰他的脸或手,似乎也没有任何地方她可以触摸一下。她转身向她的平托车跑去。

她驾车离去了,克劳福德拍拍口袋。他已经把他身上的最后一分钱都给了她。

"宝贝需要一双新鞋子。"他说,"我的宝贝什么鞋子也不需要了。"他站在人行道的中央哭泣,脸上泪水涟涟。联邦调查局一个部门的头头,这时的样子也傻了。

杰夫从汽车里看到他脸颊上亮闪闪的,就把车倒进了一条巷子,这样克劳福德就看不到他了。杰夫从汽车里出来,点上一支烟拼命地吸。他将到处蹓跶拖延时间,直等到克劳福德泪干了,发火了,找到理由把自己训斥一顿;他想以这样的方式作为自己送给克劳福德的礼物。

49

到了第四天的早上，伽姆先生已经准备好要剥皮了。

他拿着刚买回的所需的最后几样东西进屋来，心情激动，难以克制，竟是跑着走下地下室的楼梯的。在制衣间，他打开了购物袋：新的斜纹缝口滚边料，准备用到衩口下面去的莱克拉弹性镶片，一盒洁净的食盐。他一样东西都没有忘记。

在工作室，他将他的几把刀在长长的洗槽边的一块干净毛巾上摆放好。刀有四把：一把凹背剥皮刀；一把尖头朝下的、精制的刮刀，在皮肉相连不好剥离的地方可完全顺着食指的曲线发挥；一把解剖刀，可用于最精细的活儿；还有一把第一次世界大战时代的刺刀，刺刀那轧制的刀刃用来刮去皮上的肉是最好不过的工具，它不会将皮刮破。

另外他还有一把解剖尸体用的斯特赖克锯子，几乎没怎么用过，买了都后悔。

现在他给套假发的一个人头座子上润滑油，又在润滑油上拍上粗盐，然后将座子放进一只浅浅的承油盘。他闹着玩儿似的揪了一下假发座脸上的鼻子，还给它送过去一个飞吻。

他很难做到以负责的态度去做事——他都想如丹尼·凯伊[①]一样在

[①] 五十年代美国喜剧明星，以强劲而充满活力的大幅度动作为其表演特征。

屋子里飞来飞去了!他大笑。他轻轻一口气将一只要扑上他脸的蛾子吹开。

水箱里盛着新鲜的溶液,开动水泵的时候到了。哦,笼子里的腐质土壤中是不是还埋着一只漂亮的蛹?他伸进一根手指去戳了戳。是的,是有虫蛹埋在那里。

现在就是要手枪了。

这个人如何杀?这问题困扰了伽姆先生许多天。吊死她是不行的,因为他不愿她胸口淤血而出现斑驳的杂色;再说,他也不能冒险让吊索的结把她耳朵后面的皮给拉裂了。

伽姆先生从他前面的每一次尝试中都能有所得,有时经验的获得还是很痛苦的。他下定决心避免再做他以前曾经做过的一些噩梦。人有一个基本的本能:无论她们饿得多么虚弱,还是怕得怎样发昏,一见到那杀人的器具,总要和你搏斗一番。

过去,他曾戴着他那红外线护目镜借助红外光在漆黑一片的地下室追捕那些年轻女子;看着她们摸摸碰碰地四处找路,见她们试图将身子往角落里蜷缩,真是美妙极了!他喜欢拿着手枪追捕她们。他喜欢使用手枪。她们总是弄弄就迷了方向,身体失去平衡,动不动就撞到东西上去。他则可以戴着护目镜在绝对的黑暗里站着,等她们将双手从脸上放下来,然后正对着脑袋就开枪。或者是先打腿,打膝盖以下的地方,这样她们还能爬。

那么做真是孩子气,也是浪费,这之后她们就没什么用了,所以他现在已完全放弃了这种做法。

按照他目前的方案,头三个他还让她们上楼冲个澡,随后便在她们脖子上套上吊索一脚踢下楼梯去——一点问题也没有。可是第四个却是一场灾难。他不得不在浴室使用手枪,结果花了他一个小时才搞好清洁。他想起那女孩儿,湿淋淋的,浑身的鸡皮疙瘩,他扳起手枪扳机的时候她那哆嗦的样儿!他喜欢扳弄扳机,咔嗒咔嗒的,然后砰的一声巨响,再也没什么可吵闹的了。

他喜欢他的这把手枪,他也应该很喜欢,因为这是件十分漂亮的武器,不锈钢的科尔特皮同牌,枪管就有六英寸。皮同枪所有的活动部件都是在定做科尔特枪的商店调制过的,摸上去十分令人愉快。他现在将扳机扳起,扣动,用大拇指拨住击铁。他给这皮同枪装上子弹后把它放到工作室的台子上。

伽姆先生非常想让这一位用洗发香波洗个头,因为他想看看她是如何梳理头发的,自己怎么打扮,头发在头上怎么安排,由此他可以学到不少。但是这一位个子高,很可能十分强壮。这一位太难得了,不该冒险,开枪一打伤,整张东西就得废掉。

不行,他要上浴室把他的起重滑车弄来,给她洗个澡,当她安全爬入吊网兜之后,就把她往上吊,吊到这土牢似的深井的一半处,就对她脊椎的下部连发数枪。等她失去了知觉,其他的活儿可以用氯仿来处理。

就这么办。他现在要上楼去,把衣服全脱了。他要叫醒宝贝同他一起看录像,然后开始行动;在这暖烘烘的地下室里,他要赤身裸体,一如他出世那天。

上楼梯时,他感觉几乎是晕乎乎的。他迅速脱去衣服换上睡袍。他插上插头将录像机的电源接通。

"宝贝儿,来,宝贝儿。忙忙的一天呵!来啊,甜心!"他得把她关在楼上这卧室里,自己才能到地下室去料理那吵吵闹闹的活儿——她讨厌那声音,那声音总搅得她极度不安。为了不叫她闲着,他外出购物时给她买回了一整箱的嚼货。

"宝贝儿!"她没有来,他就到过道里喊,"宝贝儿!"接着又上厨房上地下室喊:"宝贝儿!"当他喊到土牢那间房间的门口时,他听到了

一个回音:

"她在这下面呢,你这狗娘养的!"凯瑟琳·马丁说。

伽姆先生的心骤然往下一沉,他为宝贝担心,浑身上下都感到难受。接着,狂怒使他的身体再次绷得紧紧的,他捏住拳头紧靠在脑袋的两边;他将额头顶到门框上,设法稳住自己的情绪。他要吐,作呕声引得小狗汪汪直叫。

他来到工作室,拿起了手枪。

系在卫生便桶上的绳子断了。他依然不清楚她是怎么把它弄断的。上一次绳子被弄断,他猜想是对方企图往上爬,真是荒唐。以前她们就曾试图往上爬——什么能想象得到的傻事儿她们全都干过。

他俯下身去对着洞口,小心翼翼控制着自己的声音。

"宝贝儿,你没事儿吧?回答我。"

凯瑟琳在狗的肥臀上拧了一把。狗汪汪直叫,在她的手臂上咬了一口作为回敬。

"怎么样?"凯瑟琳说。

像这样子同凯瑟琳说话,在伽姆先生看来似乎很不自然,可他还是克服了自己的厌恶情绪。

"我放一只篮子下来,你把她放进去!"

"你放一部电话下来,否则我就拧断她的脖子!我并不想伤害你,也不想伤害这小狗。你只要把电话给我就行。"

伽姆先生拿起了手枪。凯瑟琳看见枪管穿过光线伸了过来。她缩紧身子蹲了下去,将狗举过头顶,在她与枪之间来回晃着。她听到他扳起了扳机。

"操你妈的你开枪吧!要杀就快点,要不我就拧断她的鸟脖子了!我向上帝发誓我会的!"

她把狗夹到腋下,用手把它的嘴与鼻周围捏住,然后扳起它的头。

"退开,你这狗娘养的!"小狗呜呜地叫着。枪撤了下去。

凯瑟琳用空着的那只手将头发从湿漉漉的额头往后梳。"我不是有意要侮辱你。"她说,"你只要放一部电话下来给我。我要一部可以用的电话。你可以离开,我不会管你的事儿,就当我从来都没见过你。宝贝我会好好照料的。"

"不。"

"我会确保她一切都会有的。想想她的快乐,不要只顾你自身。你往这儿开枪,无论如何她都要给震聋。我要的只是一部可以用的电话。找根放长的线,五根六根的绕到一起——将它们的两端结起来就行——然后再放到这下面来。不论到哪儿,我都会把这狗空运给你。我家也有狗,我妈妈就爱狗。你可以跑,你干什么我都不在乎。"

"你再也不会有水喝了,你喝到的是你最后的水了。"

"我没有她也不会有,我水瓶里的水一滴也不会给她。很遗憾地告诉你,我想她的一条腿折了。"这是个谎——小狗连同那只作诱饵的桶掉下来落到凯瑟琳的身上,倒霉的是凯瑟琳,狗爪子乱摸乱抓的,将她一边的脸给抓伤了。她不能把狗放下来,否则他会看出它并没有瘸。"正在受苦呢。她那腿全都弯曲变形了,她正设法去舔,简直让我恶心!"凯瑟琳编着故事,"我得送她去兽医那儿。"

伽姆先生发出愤怒而痛苦的呻吟,小狗一听到就叫。"你认为她在受苦。"伽姆先生说,"你还不知道什么叫痛苦呢。你要伤她我就用开水烫死你!"

听到他噔噔噔地上楼去,凯瑟琳·马丁坐了下来;她直发抖,双臂双腿严重痉挛。她抱不住狗,拿不住水,她什么都拿不动了。

当小狗爬上她膝头时,她将它紧紧地搂住。她感激这狗带给她的温暖。

50

羽毛飘落到混浊的褐色的水面上;弯弯的羽毛被风从笼子里吹出来,带来阵阵微风,拂动了水面。

弗雷德里卡·白梅尔所在的费尔街上的房子,在房地产经纪人那日晒雨淋的标示牌上被称作滨水区,因为这些房子的后院到尽头处是个泥潭,它是俄亥俄州贝尔维迪的李金河回流的一潭死水。这个"锈带镇"位于哥伦布市东面,人口十一万二千。

这个地段破败不堪,房子大而旧。有些房子被年轻伴侣廉价买下,用希尔世店的高档瓷漆一刷,一番整修,倒使其余的房子看上去显得更糟糕了。白梅尔家的房子没有整修过。

克拉丽丝·史达琳在弗雷德里卡家的后院里站了一会儿,她在看水面上的羽毛,她身着系腰带双排扣的男式雨衣,两手在口袋里深深地插着。芦苇丛中有些残雪,在这个暖和的冬日蓝蓝的天空下也显得蓝蓝的。

身后,史达琳可以听到弗雷德里卡的父亲在城市般一大片的鸽子笼的中间用榔头敲打着什么,鸽子笼堆得像奥维多镇[①]一般,从水边耸起,几乎要延伸到屋子那里。她还没有与白梅尔先生谋面。邻居们说他

---
① 意大利中部一城镇。

在那边。他们说这话的时候脸上僵僵的没有表情。

史达琳自己这时也有点烦恼。夜间那一刻,她明白自己没办法不离开学校去追捕野牛比尔时,身外的许多声音都停止了。她内心感受到一股真正的宁静。来到一个不同的地方,她心中的某一处有一阵子又觉得自己是个逃学者,是个傻瓜。

早上碰到的几个小烦恼并没有使她不快——飞往哥伦布的飞机上那股如同健身房里的臭气;办理汽车租赁的服务台那儿一片混乱,办事员笨拙无能。她曾厉声斥责办车人员倒是动作快点啊,可她话是说了却并没有任何感觉。

这一次,史达琳可是付出了很高的代价,她想好好利用,以期达到最理想的效果。要是克劳福德再受到别的人支配,要是他们没收她的证件,那么她办事的时间随时都会结束。

她应该抓紧时间,但老是去想为什么要抓紧,老是去想凯瑟琳在这最后一天里的艰难处境,就等于把这一天整儿给浪费了。用这实实在在的宝贵时间去想她的身体此时此刻正在像金伯莉·艾姆伯格和弗雷德里卡·白梅尔一样被加工处理,所有别的事情就都没有时间来考虑了。

风渐渐弱了,湖面一片死寂。在她脚边,一根弯弯的羽毛凭借水面的张力打着转转。挺住啊,凯瑟琳!

史达琳用牙齿咬住嘴唇。要是他枪杀她,她倒希望他还是一枪中的。

教我们该留意什么不该留意什么。

教我们要镇静。

她转身走向码得斜斜的一堆堆的鸽子笼那,顺着笼子与笼子之间用木板在烂泥地上搭出的一条小路,朝发出榔头敲打声的地方走去。成百上千只的鸽子大小不同,颜色各异;有个儿高的膝外翻的;有胸脯凸出的球胸的。这些鸟眼睛明亮,迈着步子,引头伸颈,她经过时,它们就在苍白的阳光下展开翅膀,发出悦耳的声音。

弗雷德里卡的父亲古斯塔夫·白梅尔是个高个子男人,臀部扁而宽,水汪汪的蓝眼睛,眼眶红红的。头上一顶针织帽,拉下来盖到眉毛。他正在工棚前的锯木架上搭建另一只鸽子笼。当他眯着眼睛看她的证件时,史达琳闻到他的呼吸中有伏特加酒的气味儿。

"我没有什么新的情况可以告诉你。"他说,"警察前天晚上又来过。他们再次跟我核实我说过的话,又重复给我听'是那样吗?是那样吗?'我跟他说,我说妈的是的,要不是那样我一开始就不会跟你说!"

"我现在是想了解一下在哪儿——了解一下绑架的人可能在哪儿看到了弗雷德里卡,白梅尔先生。他可能在哪儿一下发现了她并决定把她弄走的?"

"她坐公共汽车去哥伦布,上那儿的那家店去看看一份工作的情况。警察说人家还确实跟她面谈了。她再也没回家来。我们不知道那天她还去了别的什么地方。联邦调查局弄到了她的万事达信用卡的单子,可那天什么使用的记录也没有。那些你全都知道,是吧?"

"关于信用卡,是的先生,我都知道。白梅尔先生,弗雷德里卡的东西您还有吗?它们在不在这儿?"

"她的房间在屋子的顶楼。"

"我可以看看吗?"

他费了一会儿工夫才决定将榔头放在什么位置。"好吧,"他说,"跟我来。"

51

杰克·克劳福德在联邦调查局华盛顿总部的办公室被漆成一种令人感到压抑的灰色,不过它的窗户很大。

克劳福德站在窗户那里,拿起写字板对着光线,费力地看着由该死的点阵打印机打印出的一张模糊不清的单子;这打印机他是早就让他们处理掉的。

他是从殡仪馆直接来到这里的,整个上午都在忙活儿,一会儿揪住挪威人让人家抓紧调查那个名叫克劳斯的海员的牙科纪录;一会儿又猛地命令在圣地亚哥的分局去核查本杰明·拉斯培尔在那儿教书时的知交情况;还搅动了海关,因为海关理应检查在进口昆虫时有无违法事件。

克劳福德到后五分钟,联邦调查局局长助理,也是新成立的由各军种组成的专门调查小组的头儿,约翰·戈尔比,就到办公室来探了一会儿头,他说:"杰克,我们都在想你。你来了大家都很感激。葬礼的事儿定了吗?"

"明晚是守灵,葬礼在星期六十一点。"

戈尔比点点头。"联合国儿童基金会有份纪念礼,杰克,是一笔基金。是写菲莉斯还是贝拉?你喜欢怎么写我们就怎么写。"

"贝拉,约翰。我们还是写贝拉吧。"

"要不要我为你做点什么,杰克?"

克劳福德摇摇头。"我只是在干工作。我现在就是要工作。"

"好吧。"戈尔比说。他很得体地等了一会儿,接着说,"弗雷德里克·奇尔顿请求联邦把他保护起来。"

"很棒。约翰,巴尔的摩有没有人在找拉斯培尔的律师埃弗雷特·尤谈谈?我曾跟你提到过他。拉斯培尔朋友的情况他可能有所了解。"

"是的,他们今天上午就在办这事儿。我刚把这事儿的备忘录传给巴勒斯。局长正在把莱克特列入首要通缉犯名单。杰克,如果你需要什么……"戈尔比扬扬眉毛抬抬手,然后退了出去。

如果你需要什么。

克劳福德转向窗户。从他的办公室他可以看到外面漂亮的景色。那造型美观的老邮政大楼,从前他的一部分训练就是在那里进行的。左边是联邦调查局原来的总部。毕业时,他曾和别的人一道,一个跟一个地走过J.埃德加·胡佛局长的办公室。胡佛站在一只小箱子上跟他们挨个儿握手。那是克劳福德一生中唯一一次见到这人。第二天他就和贝拉结了婚。

他们是在意大利的利伏诺相识的。当时他在陆军,她是北约的一名工作人员,那时还叫菲莉斯。他们在码头上散步,一名船员隔着波光粼粼的水面喊了声"贝拉",打那以后,她就一直是他的贝拉。只有当他们意见不合时,她才叫菲莉斯。

贝拉死了。从这些窗户看出去的景也该随之改变啊,不应该是风景依旧。非得他妈的当着我的面活生生地死去!上帝啊!孩子!我知道死是要来了,可它是那样地揪人心痛!

五十五岁就得强制性退休,他们是怎么解释的?你爱上了这个局,它却没有爱上你,这种事儿他见过。

感谢上帝,还是贝拉救助了他。但愿她今天已经到了某个所在,终于安适了。他希望她能看到自己的内心。

电话传进办公室,发出嘟嘟的声响。

"克劳福德先生,一名叫丹尼尔生医生的——"

"对。"啪一记按下键,"我是杰克·克劳福德,大夫。"

"这条线路安全吗,克劳福德先生?"

"是的,我这头是安全的。"

"你没有录音吧?"

"没有,丹尼尔生大夫。告诉你我是怎么想的。"

"我想说清楚,这事儿和约翰斯·霍普金斯医院曾经做过的任何一位病人都没有一点关系。"

"我同意。"

"假如出什么事儿,我要你向公众说清楚,他并不是个易性癖患者,与本机构没有关系。"

"很好。答应你。绝对没问题。"快说吧,你这刻板的混蛋!克劳福德真是什么话都可以说出来的,可他没有说。

"他把潘尔维斯大夫推倒了。"

"谁,丹尼尔生大夫?"

"三年前他以宾州哈里斯堡的约翰·格兰特为名向这个项目提出过申请。"

"具体说说呢?"

"高加索男性,三十一岁,六英尺一,一百九十磅。他来做过测试,在韦奇斯勒智力量表上做得很好——不过心理测试及面试就是另一回事了。实际上,他做的房子—树木—人测试及主题理解测试,跟你给我的那张东西完全相符。你曾让我认为那点小小的理论是由艾伦·布鲁姆创造的,可实际上创造的人是汉尼拔·莱克特,不是吗?"

"继续说格兰特,大夫。"

"委员会本来无论如何都不会接受他的申请,可到我们碰头来商量这事儿的时候,问题却还没有定论,因为一查背景把他给查出来了。"

"怎么查出来的?"

"按常规,我们都要跟申请人所在家乡的警方核实情况。哈里斯堡警方因为他曾两次袭击搞同性恋的男子一直在追捕他。第二次遭袭击的人都差点死掉。他曾给过我们一个地址,结果是他偶然去待过的一个寄食宿舍。警方在那里取到了他的指纹,还有一张用信用卡购买汽油的收据,上面有他驾驶执照的号码。他的名字根本就不叫约翰·格兰特,只是跟我们那样说而已。大约一星期之后,他就在这大楼外面等着,把潘尔维斯医生给猛地一下推倒了,只是为了泄愤。"

"他本名叫什么,丹尼尔生大夫?"

"我最好还是拼给你听吧,是J—A—M—E G—U—M—B,詹姆·伽姆。"

52

弗雷德里卡·白梅尔家的房子有三层楼，荒凉破败，搭盖的屋顶和墙面板上涂着沥青，阴沟水往外翻溢，污迹斑斑，恶臭难闻。阴沟里自生自长的枫树倒长得相当好，顶住了寒冷的冬天。朝北的几扇窗子都用塑料薄板遮挡着。

在一间小客厅里，一位中年妇女坐在一块地毯上，正跟一个婴儿在玩耍；一台小型取暖器烤得房间里十分暖和。

"我太太。"他们穿过房间时白梅尔说，"我们圣诞节刚刚结婚。"

"你好。"史达琳说。那女的冲她那个方向微微笑了一下。

到了走廊，又冷了。四处堆的是齐腰高的箱子，把空间占得满满的，彼此间只留有容人经过的通道。纸板箱里装得满满当当，有灯罩、罐头盖儿、野餐食品篮、过期的《读者文摘》和《国家地理》杂志、厚重的老式网球拍、床单枕套、一盒飞镖圆靶，以及用人造纤维做的汽车椅套，印着五十年代那种花格子图案，散发出浓烈的老鼠尿的气味儿。

"我们很快就要搬家了。"白梅尔先生说。

靠窗户放着的那些东西被太阳晒得都褪了色。箱子堆在那儿有不少年了，中部都鼓了出来。穿过房间的路上胡乱摆放着几块地毯，已经被磨穿了。

史达琳随弗雷德里卡的父亲爬上楼梯,阳光照在楼梯的扶手上,斑斑驳驳。在寒冷的空气里,他的衣服散发出陈腐的气味儿。楼梯井顶部是塌陷的天花板,她看到阳光穿过其中直照下来。堆放在平台上的箱子都用塑料板盖着。

弗雷德里卡的房间很小,就在三楼的屋檐下。

"还用得着我吗?"

"过会儿吧,过会儿我想跟您谈谈,白梅尔先生。弗雷德里卡的母亲怎么样?"案卷上是说"亡故",却没有说何时亡故。

"你问她怎么样是什么意思?弗雷德里卡十二岁时她就死了。"

"我知道了。"

"你刚才是不是以为楼下那位就是弗雷德里卡的母亲?我都跟你说了我们圣诞节才结的婚。你就是那么想的对吧?丫头,我想你们警察总是在和与我们不同的一类人打交道,都已经成习惯了。她根本就不认识弗雷德里卡。"

"白梅尔先生,这房间是不是基本上还是弗雷德里卡离开时的样子?"

他内心的怒气这时已游移到别处去了。

"是的。"他轻声地说,"我们就没去动它。她的东西也没什么人能穿。假如需要你可以把取暖器插上。下来之前记着将插头拔下。"

他不想见到这个房间,在平台上丢下她就走了。

史达琳手握冷冰冰的瓷质门把站了片刻。在她的脑子里装满弗雷德里卡那些事之前,她需要稍稍理一理自己的思绪。

行,现在的前提是,野牛比尔首先下手的是弗雷德里卡,在她身上压上重物,沉入离家很远的一条河里将其很好地隐藏起来。他藏她比藏别的几个人要好——她是唯一一个身上被加了重物的——原因是他想让后面的被先发现。他想在贝尔维迪的弗雷德里卡被发现之前,叫人们确立这么一个想法：被害者是从广泛分布的城镇中随意选取的。将人们的注意力从贝尔维迪引开这一点很重要，因为他就住在这里，或者也有可能是住在哥伦布。

他从弗雷德里卡开始是因为他妄想弄到她那张人皮。我们开始产生妄想时是不会以想象中的东西为对象的。觊觎他物是一种很实实在在的罪孽——我们有妄想总是把可摸得着的东西作为开始，以我们每天所见的东西为开始。他在自己日常生活的过程中看得到弗雷德里卡，他也能看得到弗雷德里卡日常生活的过程。

弗雷德里卡日常生活的过程又是怎样的呢？行了……

史达琳推开房门。就这儿，这个在寒冷中散发着霉味的寂静的房间。墙上还是去年的日历，永远翻在了四月份。弗雷德里卡死了已有十个月了。

角落的一只碟子里放着猫食，硬而黑。

到人家院子里去买清仓出售的旧货回来搞装饰，史达琳是老手了。她站在房间的中央，慢慢地环顾四周。弗雷德里卡就其所有，做出的东西真还相当不错。有用印花棉布做的窗帘；从那滚边看，她是将一些沙发套旧物新用，做出了窗帘。

还有一块广告牌，上面用大头针别着一条彩带，彩带上印着亮闪闪的"BHS管乐队"的字样。墙上贴着一张麦当娜的招贴海报，另一张是黛博拉·哈里和勃隆迪。桌子上方的一个架子上，史达琳看到了一卷颜色鲜亮的自粘性墙纸，是弗雷德里卡用来糊墙壁的。墙纸糊得不怎么样，不过史达琳想，比起她自己第一次费力糊出来的还是要好。

若是在一个普通家庭里，弗雷德里卡的房间应该是充满欢乐的，而在这破败的房子里，只有一种绝望之声回荡其中。

弗雷德里卡没有在房间里摆放自己的照片。

史达琳在小书架上摆着的学校年刊里发现了一张。合唱俱乐部，家政俱乐部,缝纫班,管乐队,四健会①——也许这些鸽子就是用来为她参加的四健会项目服务的。

弗雷德里卡的学校年刊上有一些人的签字:"致一位了不起的伙伴","了不起的妞儿","我的化学搭档",以及"还记得自制糕饼大义卖吗?!!"

弗雷德里卡能带她的朋友们上这儿来吗?她能有那么一个好朋友会愿意冒着雨滴爬上这楼梯来吗?门旁边倒是放着把伞。

看看弗雷德里卡的这张照片,这上头她是坐在管乐队的前排。弗雷德里卡长得宽而胖,可她的制服穿在身上倒比别的人合身。她个头大,皮肤很漂亮。她那不匀称的五官凑到一起倒形成了一张讨喜的脸蛋,不过由传统标准来看她却并不迷人。

金伯莉·艾姆伯格也不是人们所谓诱人的那种,即使是在没有脑子的傻中学生眼中也没有魅力;其他几位被害者也是如此。

然而,谁都会被凯瑟琳·马丁迷上的,个头大、长相好的一个年轻女子,三十岁后倒是得和肥胖做斗争了。

别忘了,他看女人跟别人看得不一样,传统标准的迷人不作数,她们只要皮肤光滑体型宽胖就行。

史达琳不知道,他是否想起女人想到的就是"皮肤",犹如一些呆小病患者称女人为"尿"一样。

她意识到自己的手在循着年刊上照片底下的那片说明文字抚摸,意识到自己的整个身体,意识到她所占的空间,她的体形她的脸,它们的外观,它们内在的力量,年刊上方她的那对乳房,贴着年刊的紧绷绷的肚子,年刊下方她那两条腿。她自身的经验中有没有什么可以用得上

---

① "四健"指四个以h开头的字:head(头)、heart(心)、hands(手)和health(健康),系美国农业部提出的口号,旨在推进对农村青少年进行有关农牧业、家政等现代科学技术教育。

的呢?

史达琳在顶头墙上的大穿衣镜里看看自己,她很高兴自己和弗雷德里卡长得不一样。但是她知道,这种不一样的长相,便是她考虑事情的思想根源。它可能会怎样妨碍着她来把问题观察呢?

弗雷德里卡想给人以怎样的外观?她渴望的是什么?又到何处去寻找自己渴望之物?她试图对自己采取些什么措施?

这儿是几个节食的计划,有"水果汁减肥"、"米饭减肥",还有一项神经兮兮的方案,说是一坐下来吃了就不能喝,喝了就不能吃。

有组织的减肥团体——野牛比尔是否专门注视这些团体以寻找大个头的女孩儿?很难查实。史达琳从案卷上得知,被害者中有两名是属于减肥团体的,成员名册也做过比较对照。堪萨斯市局的一名探警、联邦调查局传统的"胖小伙处"以及几名体重超重的警察都曾被派往被害人所在的市镇,到"苗条班"和"减肥中心"去做过调查,也曾打入"警惕肥胖"及其他名目的一些减肥机构。她不知道凯瑟琳·马丁是否也属于某个减肥团体。参加有组织的减肥,对于弗雷德里卡,钱会是个问题。

弗雷德里卡有好几期为大块头妇女办的《漂亮大女孩》杂志。在这上面人家建议她"到纽约来,在此你可以见识来自世界不同地区的新人,在此你的身材会被认为是一件珍贵的财富"。对了。要不,"你也可以旅游到意大利或德国去,在那里,第一天一过你就不会感到孤单了。"那当然。如果你的鞋子太小,脚趾头从头那儿顶了出来,这儿可以告诉你该怎么办。上帝!弗雷德里卡所需要的一切就是去见野牛比尔的面,后者认为她的身材就是一件"珍贵的财富"。

弗雷德里卡是如何做的呢?她化了点妆,皮肤上搽了不少的东西。对你有好处,要利用那财富!史达琳发现自己不知不觉中在为弗雷德里卡鼓劲打气,仿佛这么做还能起什么重要作用似的。

在一个"白猫头鹰"牌的雪茄烟盒里放着她的几件蹩脚珠宝。这儿有一枚镀金的圆形别针,很可能还是她那已故母亲的东西。她曾设法把由机器织出的带网眼的什么旧手套上的手指部分剪下来,想模仿麦当娜那样戴着,却已经戴得绽了线,一丝丝地散开了。

她也听点音乐,有一台五十年代的迪卡牌电唱机,唱臂上还用橡皮筋绑着把折叠小刀,为的是加重唱臂的分量。唱片是从人家院子里清仓出售时买来的旧货,是"排箫大师"桑佛吹奏的一些爱情主题。

当史达琳拉动电灯线去照衣橱时,她被弗雷德里卡橱里的衣服惊住了。她有很漂亮的服装,并不是非常多,上学穿却是绰绰有余,到相当正规的办公室上班,甚至去干须讲究衣着的商品零售经营,也够凑合的了。史达琳迅速地朝里看了一眼,就明白了其中的原因。弗雷德里卡是自己做衣服,而且做得很不错,缝是由毛边机包合的,贴边镶得很细心。橱里边后头的一个架子上搁着几件裁剪板样,大部分属"简单型",可也有几张"时尚型",看上去不容易做。

她很可能是穿着她最好的衣服去参加面试的。她穿什么了呢?史达琳匆匆翻阅案卷,这儿写着:有人最后一次见到她是穿了一身绿色的套装。什么呀,警官,这"一身绿色的套装"到底是什么东西?

看她的衣橱,弗雷德里卡苦的是手头紧——她的鞋很少——而就她那体重来说,有的那几双也给穿坏了。她的懒汉鞋都被撑成了椭圆形。她穿凉鞋时要穿除臭袜。她那跑鞋上的小圆孔也被牵拉得变了形。

弗雷德里卡可能也稍稍参加点锻炼——她有几件超大号的做准备活动时穿的运动服。

运动服是由"朱诺"制造的。

凯瑟琳·马丁也有"朱诺"制造的几条肥大的便裤。

史达琳把目光从衣橱里移了出来。她在床上放脚的一头坐下,双臂交叉,紧盯着被灯光照亮的衣橱往里看。

"朱诺"是个普通的牌子,在许多出售超大号服装的地方都有卖,可它倒是提出了服装这个问题。每个城市,无论大小,至少都有一家商店是专营胖子服装的。

野牛比尔是否盯住了这些专营胖子服装的商店,选中一名顾客,然后盯上了她?

他是否身穿女性服装到经营超大号服装的商店去四下里察看?城市里,每家经营超大号服装的商店的顾客当中,既有易装癖的人,也有男扮女装的男子同性恋者。

野牛比尔试图在性别上改变自己,这一理论观点自从莱克特医生说给史达琳听之后,一直到最近才刚刚被付诸调查,那么他穿的服装情况会怎么样呢?

所有的被害人肯定都在胖子服装商店买过衣服——凯瑟琳·马丁可以穿12码,但别的人穿不下;凯瑟琳也一定上某家经营超大号服装的商店去买过肥大的"朱诺"牌汗衫。

12码的服装凯瑟琳·马丁能穿得下,她是被害人中个子最小的。第一个被害人弗雷德里卡个子最大。野牛比尔怎么会逐渐减少尺码选上凯瑟琳·马丁的呢?凯瑟琳胸脯颇丰满,可腰围并不那么大。难道他自己也掉膘了吗?他近来有没有可能参加过什么减肥小组?金伯莉·艾姆伯格大概介于两者之间,个头是大,可腰身凹陷下去不少……

史达琳是特地避免去想金伯莉·艾姆伯格的,可此刻她一时又沉浸在那回忆之中。史达琳看到金伯莉躺在波特镇的停尸台上。野牛比尔对那双用热蜡除过毛的腿以及精心涂了指甲油的指甲都不感兴趣,当他发现金伯莉那扁平的胸脯不够好时,拿起手枪,啪一下就在上面打出一颗海星来。

房门被推开了几英寸。史达琳心念一动。一只猫进来了,一只家养的大花猫,两只眼睛一只金色一只蓝色。它蹦上床,在她身上磨蹭着。它在寻找弗雷德里卡。

孤独。孤独寂寞的胖女孩儿们,设法想去满足某个人的欲望。

警方早已取缔了异性征友俱乐部。野牛比尔会不会另有利用孤独的途径呢?贪婪之外,没有什么能比孤独更容易使我们被击倒了。

也许就是孤独,让野牛比尔得以接触弗雷德里卡,但凯瑟琳是另一码事儿。凯瑟琳并不孤独。

金伯莉是孤独的。别又开始想这个。金伯莉的尸体过了僵直期,软软的,任人摆布,在停尸台上被翻过身来好让史达琳取她的指纹。别想!不能不想!金伯莉很孤独,迫切想讨人的欢心;金伯莉有没有温顺听话地委身于什么人,只为感受一下他的心贴着她的背跳动的感觉?她不知道金伯莉有没有过胡子在她肩胛骨之间吱啦吱啦磨蹭的体验。

史达琳盯着被灯光照亮的衣橱里看,她记起了金伯莉胖胖的后背,记起了她肩部被剥去的那两块三角形的皮。

史达琳盯着被灯光照亮的衣橱里看,她仿佛看到了一张裁剪板上用蓝色的画粉草草几笔画着金伯莉肩部那两块三角形的轮廓。这想法游开去,打个转儿,又回来了,这次是挨着她紧紧的,使她可以一下抓住,并且是带着一阵强烈的欢乐的跳动将其抓住:**它们是缝褶——他取那两块三角形皮做缝褶,以便放宽她的腰围。操他妈的他会做缝纫!野牛比尔受过培训真的会缝纫——他并不只是挑选现成的衣服来穿。**

莱克特医生怎么说来着?"他在用真的女孩子的皮给自己做一套女孩子的衣服。"他对我说什么了?"你会缝纫吗,克拉丽丝?"妈的直截了当,我会!

史达琳将头往后仰,稍稍闭了会儿眼。解难题犹如捕猎;那原始的快乐我们是生来就有的。

她曾在客厅里看到有部电话。她开始下楼去打电话,但白梅尔太太那芦笛似的尖嗓子已经在冲着上面喊她了,喊她下来接电话。

53

白梅尔太太将电话递给史达琳后,把捣蛋的幼儿抱了起来。她没有离开客厅。

"我是克拉丽丝·史达琳。"

"我是杰里·巴勒斯,史达琳——"

"很好,杰里,听着我认为野牛比尔会缝纫。他割取那三角形皮——稍等——白梅尔太太,请您把小孩儿带到厨房去好吗?我需要在这儿通电话。谢谢。……杰里,他会缝纫。他取——"

"史达琳——"

"他从金伯莉·艾姆伯格身上取下那两块三角形皮做缝褶,做衣服用的缝褶,你明白我在说什么吗?他技术熟练,不只是做做穴居洞人穿的那种玩意儿。身份认证部可以从'已知犯罪分子'当中去搜寻那些裁缝、制帆工、布料零售商和室内装饰工——在'显著特征'区将那些牙齿上咬线头咬出缺口来的裁缝找出来——"

"好,好,好,我这就在电脑上敲上一行通知身份认证部。现在你听好了——我这儿待会儿可能得挂电话。杰克要我把情况跟你简要地说一下。我们获得了一个名字和一个地点,看样子还不错。'人质营救小组'是来自安德鲁斯的空降兵,杰克正在用保密电话向他们做简要的布置。"

"上哪儿啊?"

"卡柳梅特市,在芝加哥边上。对象名叫詹姆,就像'Name'一样,'N'改成'J';姓是伽姆;又名约翰·格兰特,白种男性,三十一岁,一百九十磅,棕发碧眼,是杰克接到的从约翰斯·霍普金斯医院打来的一个电话告知的。你的东西——你那份关于他如何不同于易性癖者的概述——使他们在约翰斯·霍普金斯医院找到了他们要找的对象。小子三年前申请易性,遭拒绝后就对一名医生动了手脚。霍普金斯找到格兰特这个化名以及他在宾州哈里斯堡的一个栖身处的地址。警察弄到了一张有他驾驶执照号码的汽油票收据,我们就从那里顺着往下摸。少年时在加州就已经有他厚厚的一大卷档案——十二岁杀了祖父母,在图莱尔精神病院关了六年。十六年前精神病院关门,州里就把他放了。他失踪了好长一段时间。他小子搞同性恋。在哈里斯堡与人闹过几次冲突后又销声匿迹了。"

"你刚才说到芝加哥,怎么知道是在芝加哥的呢?"

"海关提供的。他们有化名为约翰·格兰特的一些文件。海关几年前在洛杉矶截获了从苏里南海运来的一只手提箱,箱子里装的是活的'蛹'——你是那么叫的吗?——反正是昆虫,蛾子吧。收件人是约翰·格兰特,由卡柳梅特的一家企业转交,那企业叫——你注意了——叫'皮先生',是做皮货的。也许缝纫的事儿能跟这个联得起来;我马上就把缝纫这一点传往芝加哥和卡柳梅特。格兰特,或者叫伽姆的家庭住址还没有搞到——那家企业已经关门,不过我们也快有结果了。"

"有没有照片?"

"迄今为止只有萨克拉门托警察局提供的他少年时的照片,没有多大用处——他那时才十二岁,样子像只'劈浪海狸'。不管怎样,通讯室还是照样在将照片传往各地。"

"我可以去吗?"

"不行。杰克说你会问的。他们已经从芝加哥找了两名女警察和一名护士来照看马丁,假如他们能救到她的话。反正你怎么样也赶不上,史达琳。"

"要是他设置障碍呢?那样的话就可能要花——"

"不会出现任何僵持局面。他们找到他就扑上去——克劳福德已批准强攻进入。和这小子周旋有特别的麻烦,史达琳,他从前就碰到过人质的情形。那是他少年杀人的时候,他们与他在萨克拉门托搞成了僵局,他把他祖母扣作了人质——祖父已经被他杀了,不过咱们还应该说是幸运的,应该说他脑子里想的事儿很多,一个又一个的还没有转到这上头去呢。如果他看到我们来了,会就当着我们的面狠毒地把她给干了,又不费他什么东西,对不对?所以他们一找到他就——轰!——把门撞倒。"

房间里他妈的太热,而且还散发出幼儿身上有如氨水似的味道。

巴勒斯还在说:"我们正从昆虫学杂志的征订名单上、'制刀商联合会'中、已知犯罪分子以及一切相关处寻找那两个名字——事情了结前谁也不能放过。你在调查白梅尔的熟人,对吗?"

"对。"

"司法部说,要是我们不能将他人赃俱获抓住,这案子才叫耍弄人呢。我们需要的是,要么逮住他救出马丁,要么逮住他获得尚能辨别身份的东西——坦率地说也就是牙齿或手指之类。不言而喻,如果他已经抛掉了马丁的尸体,我们就需要证据,能在事实面前将他和受害人联系到一块儿。我们可以用你从白梅尔那儿获得的东西,不管他……史达琳,我真的希望这事儿昨天来就好了,倒并不只是为了马丁那孩子。昆蒂科方面不叫你插手这活儿了?"

"我想是吧。他们将把不用重修的别的一个什么人安插进来——

他们是那么跟我说的。"

"如果我们在芝加哥抓住了他,你在其中有很大的贡献。在昆蒂科他们铁板钉钉的,他们就那样,可是他们得看到。稍等一下。"

史达琳听到巴勒斯离开电话在大喊,接着他又回来了。

"没什么事儿——四十到五十五分钟之后他们就可以在卡柳梅特市部署好,得看空中的风向、风速了。芝加哥特警做替补分队,怕他们万一提前找到他。卡柳梅特供电局提供了四个可能的地址。史达琳,注意留心任何一点能供他们那儿利用的东西,以便缩小范围。一发现有关芝加哥或卡柳梅特的任何情况,迅速通知我。"

"行。"

"现在你听着——说完这个我就得走。如果这事儿成了,如果我们在卡柳梅特市抓住了他,那你明天早上八点钟就可以穿着你那亮闪闪的玛丽·简女鞋上昆蒂科报到。杰克会就你的情况去找委员会的人的,射击主教练布里格姆也会去找他们。不妨问问。"

"杰里,还有一件事儿:弗雷德里卡·白梅尔有几件'朱诺'制造的做准备活动时穿的运动服,这是肥胖者穿的一个衣服牌子。不论真伪,凯瑟琳·马丁也有几件。他可能眼睛盯在经营胖子服装的商店上以便找到大个儿的受害人。我们可以在孟菲斯、艾客隆以及别的地方都问一问。"

"明白了。保持乐观。"

史达琳从俄亥俄贝尔维迪这个乱七八糟的院子往外走,这儿离芝加哥那行动地点有长长的三百八十英里。冷风扑面,令她觉得舒服。她向空中挥了一小拳,她是在为人质营救小组狠命地鼓劲加油。与此同时,她又觉得她的下巴和双颊在微微地颤抖。该死的这到底是怎么回事?要是她发现了什么东西她究竟该怎么办?她会打电话给高度机械化的地面部队,给克利夫兰分局,给哥伦布市特警,还会给贝尔维迪警察局打电话。

救救那个年轻的女人，救救操你妈的什么马丁参议员的女儿以及还有可能遭殃的后来者——说实话，这才是要紧事儿。如果他们成功拦截，人人都好。

万一他们没能及时赶上，万一他们找到时事情已经一团糟，上帝啊，求你让他们逮住野——逮住詹姆·伽姆或者"皮先生"或者随他们叫那是个什么该死的东西!

话这么说，离成功这么近，却只能在最后这无足轻重的事情上搭上点手，事情过了一天才搞明白，到头来还不能去参加抓捕而只能远远地这么待着，又让学校赶出来，这一切都叫人尝到了失败的滋味。史达琳早就不安地察觉到，史达琳家族到如今已是几百年运气不佳了——透过时光的迷雾，她察觉到所有史达琳家族的人一直都在四处浪迹，失意，困惑。如果能找到家族中第一个人的生活轨迹，这必将是一个圆。这是典型的失败者的想法，她是绝对不会接受的。

如果他们是因为她提供的莱克特医生的概述而逮到了他，那么这材料肯定在司法部那儿可以帮上她的忙。这事儿史达琳得稍稍考虑一下；她一生事业的希望犹如一段被截去的肢体，截是截了，却依然感觉到在强烈地抽动。

无论发生什么吧，脑子里一闪现那裁剪板样，心中的感觉几乎就跟曾经有过的任何好东西一样叫人舒服。这里有值得珍藏的东西。想起母亲和父亲，她就找到了勇气。她赢得并且一直都没有辜负克劳福德的信任。这些东西都值得她珍藏到她自己的那只"白猫头鹰"牌的雪茄烟盒中去。

她的工作，她的任务，就是考虑弗雷德里卡以及伽姆有可能是怎样逮到她的。对野牛比尔提起刑事诉讼需要所有的事实。

想想弗雷德里卡，整个儿青春年华都闷在这里。她会上哪儿去寻找出路呢?她的渴望是否与野牛比尔的渴望产生了共鸣?是不是那相同的渴望把他们俩拽到一起去了?想起来真叫人不舒服,他对她的理解有可能还是根据自身的经历来的,甚至有所加强,可他依然还是随心所欲地剥了她的皮。

史达琳在水边站着。

几乎每一个地方一天中都有个美丽的时刻,光从某个角度或强度看上去感觉最佳。当你困在某个什么地方的时候,你就知道那时刻何时出现,就会盼望那时刻的到来。这下午三点来钟的光景大约就是费尔街后头这李金河最美丽的时刻吧。这是不是白梅尔姑娘做好梦的时刻呢?苍白的太阳照着水面,升起的水蒸汽模糊了扔弃在死水那边小树丛中的旧冰箱旧炉灶的影像。东北风从逆光的方向吹来,吹得香蒲都朝向太阳。

一段白色的聚氯乙烯塑料管从白梅尔先生的工棚那儿一直延伸到河里。咕噜噜一阵响,涌出一小股血水来,玷污了残雪。白梅尔走出屋子来到阳光下。他裤子的前面沾着斑斑点点的血迹,拎的一只塑料食品袋里装着几块粉红色及灰色的东西。

"是乳鸽。"他见史达琳在看就解释说,"吃过乳鸽吗?"

"没有。"史达琳说着又转过身来向着河水,"我只吃过鸽子。"

"吃这个绝对不用担心会咬到铅沙弹。"[①]

"白梅尔先生,弗雷德里卡认不认识卡柳梅特市或者芝加哥地区的什么人?"

他耸耸肩摇摇头。

"据您所知,她去没去过芝加哥?"

"'据您所知'是什么意思?你认为我的丫头要上芝加哥我会不知

[①] 人们吃鸽子常会在其中吃到由猎枪射出的细粒子铅沙弹,白梅尔先生因为家中饲养大量鸽子,故有此言。

道?她有没有去过哥伦布我不知道。"

"她认不认识什么做缝纫的男人,裁缝或者制帆工什么的?"

"她给大家都缝衣服。她做衣服的水平跟她母亲一样好。我不知道什么男人不男人。她在店里给女士们做衣服,我不知道具体是谁。"

"谁是她最要好的朋友,白梅尔先生?她常和谁泡在一起?"并不是有意要说"泡"。还好,倒并没有刺伤他的心——他实在已经厌烦了。

"她没有像二流子那样在外面泡,她老是有什么活儿要干。上帝没让她长得漂亮,却让她忙来着。"

"您认为谁是她最要好的朋友?"

"我估计是斯塔西·休伯卡,她们自小就要好。弗雷德里卡的母亲过去常说,斯塔西之所以老跟弗雷德里卡在一起,只是为了有个人可以侍候她,我不知道。"

"您知道我上哪儿可以和她取得联系吗?"

"斯塔西以前在保险公司工作,我估计现在还在。富兰克林保险公司。"

史达琳走过满地车辙的院子朝她的车子走去,她低着头,双手深深地插在口袋里。弗雷德里卡的猫在高高的窗户上注视着她。

54

联邦调查局出的证件是你越往西去人们对它的反应就越活跃积极。史达琳的身份证也许只能让华盛顿的一名公务员厌烦地掀一下一边的眉毛,到了俄亥俄州贝尔维迪富兰克林保险代理公司斯塔西·休伯卡的老板手上,却引起了他的高度重视,看得全神贯注。他亲自把斯塔西·休伯卡从工作台上替下来,自己去接电话,还把他那间没人侵扰的小单间主动让给史达琳供她们谈话使用。

斯塔西·休伯卡长着圆圆脸,脸上有细细的茸毛,穿上高跟鞋站着有五英尺四。她剪的是翼状发型,上面喷着闪色剂,形成五彩晶莹的小珠,又模仿谢波诺①的动作,将挡着脸部的头发往后一甩。只要史达琳一不面向着她,她就上上下下打量着史达琳。

"斯塔西——我可以叫你斯塔西吗?"

"当然。"

"我想请你告诉我,斯塔西,你认为这事儿怎么可能落到弗雷德里卡·白梅尔身上的——这个人有可能在哪里一下子盯上了弗雷德里卡?"

"我都给吓昏了!叫人剥了皮,惨不惨?你见到她没有?他们说她简直像破布,像有人把气从什么东西里放出——"

---

① 美国电影演员,往后甩头发为其习惯动作。

"斯塔西,她有没有提到过芝加哥或者卡柳梅特市的什么人?"

卡柳梅特市。挂在斯塔西·休伯卡头顶上方的那面钟令史达琳焦急不安。如果人质营救小组四十分钟能到,那他们还有十分钟就要降落了。他们搞没搞到一个确实可靠的地址呢?还是管你自己的事吧。

"芝加哥?"斯塔西说,"没有。有一次我们曾经在芝加哥参加过感恩节的游行。"

"什么时候?"

"八年级的时候。那是什么时候啦?——九年前了。管乐队就去了一下,然后就回车上了。"

"去年春天她刚失踪的时候你是怎么想的?"

"我还真不知道。"

"还记得你刚知道这事儿的时候你在什么地方吗?什么时候得到的消息?当时你怎么想?"

"她不见的头天晚上,斯基普和我去看演出了,之后我们上透德先生家去喝酒,帕姆他们,帕姆·马拉维西吧,进来说弗雷德里卡失踪了,斯基普说,霍迪尼①是没有本事让弗雷德里卡失踪的。接着他又得跟大家说霍迪尼是谁,他老是在炫耀他知道的事儿如何多,我们就没怎么去理他。我当时想她只是跟她爸赌气。你看到她那个家了吗?那是不是坟坑?我是说,不论她如今在哪儿,我知道你见了那房子她脸上是无光的。换了你要不要跑掉?"

"你当时有没有想到她可能会跟什么人跑了?你脑子里有没有一下子闪现过什么人——即使是猜错了?"

"斯基普说可能是她给自己找了个追求胖子的人。但是不对,她从来都没有过那样的人。她曾经有过一个男朋友,可那都像是古时候的事

---

① 哈里·霍迪尼(1874—1926),美国魔术大师,生于匈牙利,以能从镣铐、捆绑及各种密闭的容器中脱身而闻名,著有《奇迹传播者及其方法》等书。

了。他十年级时曾在管乐队待过,我说是'男朋友',可他们也就是像几个女孩儿一样在一块儿说说笑笑做做作业。不过他很有点娘娘腔,戴着顶希腊渔民戴的那种小帽子。斯基普觉得他是个,你知道,是个同性恋。跟一个同性恋出去她只是叫人给耍着玩儿。不过他跟他妹妹在一场车祸中死了,她就再也没有过别的什么人。"

"她出去了没有回来你是怎么想的?"

"帕姆认为可能是什么'文鲜明统一教'的信徒逮着她了,我不知道,每次我想起这个就害怕。没有斯基普我夜里再也不会出去,我跟他说,我说嗯嗯,哥们儿,太阳一落山,咱们就出去。"

"你有没有听她提到过名叫詹姆·伽姆的什么人?或者是约翰·格兰特?"

"唔——没有。"

"你认为她会不会有个朋友而你并不了解?你有没有几天见不到她的时候?"

"没有。她要是有个男的,我会知道的,相信我。她从来也没有个男人。"

"你是不是认为只是有可能,咱们假设啊,她可能有一个朋友却瞒着只字未提呢?"

"她为什么不肯说?"

"也许怕被人取笑?"

"被我们取笑吗?你在说什么呀?是因为刚才那一次?我说到中学里那个娘娘腔的小孩儿?"斯塔西的脸都涨红了,"不。我们是绝不会伤害她的。我刚才只是一起提到了。她没有……她死后大家都对她很宽厚。"

"你有没有和弗雷德里卡在一起工作过,斯塔西?"

"中学时暑期里我和她、帕姆·马拉维西还有佳戎妲·阿斯古都曾经在廉价品中心干过。后来帕姆和我上理查德店里去看看我们能不能继续干下去,那里的衣服真是漂亮,他们雇了我然后又雇了帕姆,所以帕姆就对弗雷德里卡说来吧他们还需要一名女孩儿而她就来了,可是伯尔丁太太——新产品计划和开发部的经理吧?——她说,'呃,弗雷德里卡,我们要的这个人,你知道,是要有品味的,人们上店里来,说我想叫自己的样子看上去像她,而你也能给他们出出点子像穿什么样的衣服等等这类事儿。如果你能控制自己的体重,我就让你立刻回这儿来见我。'她说,'可是眼下,如果你想接点改制衣服的活做,我可以让你试试,我来跟李普曼太太说一声。'伯尔丁太太用这种甜美的腔调说话,可实际上她是个泼妇,不过一开始我还不知道。"

"这么说弗雷德里卡就给你工作的那家理查德店改制衣服了?"

"这事儿伤了她的感情,不过她当然还是干了。李普曼老太太改所有人的衣服。这生意归她,可生意太多她做不了,所以弗雷德里卡就帮她做。她改衣服是为李普曼老太太干的。李普曼太太还为大家缝衣服,做服装。李普曼太太退休后,她小孩儿还是什么人就不想干了,弗雷德里卡就全接下来一直就这么给大家缝衣服。她干的就是这些。她也会来看我和帕姆,我们一起上帕姆屋里吃中饭,看看'年轻人与躁动者'节目,她总要带点东西放在膝头从头至尾在那里做。"

"弗雷德里卡有没有到店里干过,量量尺寸什么的?她有没有和顾客或者搞批发的人见过面?"

"有时候,不多。我不是每天都工作。"

"伯尔丁太太是不是每天都工作?她会知道吗?"

"我估计会的。"

"弗雷德里卡有没有提到过给芝加哥或卡柳梅特市一家叫'皮先生'的公司做过缝纫活儿,也许给皮货上上衬里什么的?"

"我不知道,李普曼太太可能知道。"

"你见没见过'皮先生'这个牌子?理查德店里卖没卖过?或者某家时装店卖没卖过?"

"没有。"

"你知道李普曼太太在什么地方?我想找她谈谈。"

"她死了。她退休后去了佛罗里达就死在了那里,弗雷德里卡说的。我是从来都没有真正认识她,有时候弗雷德里卡有一大捆衣服要拿,我和斯基普就开车上那儿去接她一下。你也许可以找她家里的什么人谈谈,我给你把地址写下来。"

史达琳想要的是来自卡柳梅特市的消息,所以这一切就极其冗长乏味。四十分钟已经到了。人质营救小组应该到了那里。她挪挪身子,这样就不用看着那面钟了,然后接着往下追问。

"斯塔西,弗雷德里卡在哪里买衣服?那些超大号的'朱诺'牌运动服,那些汗衫,她是在哪里买的?"

"什么东西她差不多都是自己做。我估计汗衫她是在理查德店里买的,你知道,大家都开始穿肥肥大大的东西,衣服挂下来像那样盖住里面的紧身裤袜?那时候不少地方都卖这种东西。因为她给理查德店缝衣服,在那里买她可以打个折扣。"

"她有没有在卖超大号服装的商店买过东西?"

"每个地方我们都要进去看看,那情形你知道。我们会上'特个性'店里去,她会在那里面找些点子,你知道,大身材怎么穿得有样子。"

"有没有人在卖超大号服装的商店周围跟你们纠缠?或者,弗雷德里卡有没有感觉到什么人的眼睛在盯着她?"

斯塔西朝天花板望了一会儿,摇摇头。

"斯塔西,有易装癖的人有没有到理查德店里来过?或者是来买大号服装的男人?你碰到过吗?"

"没有。我和斯基普一次在哥伦布倒是看到过几个。"

"弗雷德里卡当时跟你们在一起吗?"

"肯定没有。我们好像是去度周末了。"

"请你把你跟弗雷德里卡一起去过的卖超大号服装的地方都写下来好吗?你觉得每一处都能记得吗?"

"光这儿,还是这儿跟哥伦布?"

"这儿跟哥伦布都要。还有理查德的店,我想找伯尔丁太太谈谈。"

"好。干联邦调查局特工这活儿挺不错的吧?"

"我想是的。"

"可以到处去旅游什么的是吧?我是说可以上比这好的地方去玩玩。"

"有时候是的。"

"每天都得看上去很像样子,对吗?"

"嗯,是的。你得设法看上去认认真真像个干事情的样子。"

"你是怎么进去当上联邦调查局特工的?"

"先得读大学,斯塔西。"

"钱很多吧。"

"是的。不过有时候有助学金和奖学金可以帮助渡过困难。要不要我给你寄点什么材料来?"

"好的。我就在想,当我得到这份工作的时候,弗雷德里卡是那样地为我高兴。她真的是兴奋极了——她从来都没有过一份真正的办公室的工作——她觉得这工作可有奔头了。这——卡纸档案夹啦,巴里·马尼娄整天在喇叭里说个不停——她还觉得是个美差。她知道什么呢,傻胖姑娘。"斯塔西·休伯卡的眼睛里噙着泪花。她将眼睛睁得大大的,头往后仰,以免还得把眼睛再重新画一遍。

"现在可以给我把那些地方列出来了吗?"

"我最好还是到我桌上去做,我有文字处理机,还要找电话号码本什么的。"她仰着头,由天花板引着方向,走了出去。

是那电话机逗引得史达琳心里痒痒的。斯塔西·休伯卡一出小单间,史达琳就给华盛顿打了个由对方付费的电话,她想知道情况怎么样了。

55

与此同时,在密歇根湖南端的上空,一架带民用标志的二十四座商用喷气式飞机以最高巡航限速开始作长长的曲线飞行,朝下面的伊利诺伊州卡柳梅特市飞去。

人质营救小组的十二个人感觉到他们的胃被往上提了一下。为了缓解紧张,通道上下只听得有人极其随意地打了几个长长的呵欠。

小组指挥乔尔·兰德尔坐在客舱前部,他取下头上戴着的受话器,扫视一下他的笔记后开始站起来讲话。他相信他的这个特警小组是世界上训练最好的。也许他没有错,其中有几个从来都没有挨过枪,就模拟测试的情况来判断,这些人是最最好的。

兰德尔有许多时光是在飞机的通道里度过的,所以飞机下降时虽然颠簸,他却能很不费力地保持身体的平衡。

"各位,我们到地面后的交通工具是由毒品强制执行所秘密提供的。他们给准备了一辆花农的卡车和一辆管道工程车。所以弗农、埃迪,穿上紧身的内衣内裤,再穿上便衣。如果我们在眩晕防暴手榴弹一响后就跟着进去,记住你们可没有强光防护罩来保护你们的脸。"

弗农对埃迪轻轻地咕哝了一声:"务必把整个屁股都捂严。"

"他是不是说别露出屁股？我还以为他说的是别露出鸡巴①呢！"埃迪对弗农轻轻地回了一句。

弗农和埃迪因为要先行前去叫门，只得在便服里面穿上薄薄的防弹衣。其余的人可以穿硬壳的防弹衣，以抵挡来复枪的火力。

"博比，务必将你那些手机每车一部发给司机，这样我们跟毒品强制执行所的伙计们通话就不会搅混了。"兰德尔说。

突袭中，毒品强制执行所通常是使用超高频通讯，而联邦调查局用的是甚高频，过去曾出过问题。

对大多数可能会出现的情况他们都准备了装备，不论白天还是夜晚：对付墙壁，他们有基本的绕绳下降工具；要听，他们有"狼耳"和"凡斯列克法锋"；要看，他们有夜视器。带夜间观察瞄准仪的武器装在盒子里，鼓鼓囊囊，样子倒像是乐队的乐器。

这将如同一次精确无误的外科手术，光从那些武器就能反映这一点——没有什么扳一下打一枪的，只要开火，就是快速连射。

当飞机的副翼放下时，整个小组的人都耸肩伸臂将他们那身交错盘结如网一般的服装穿上了身。

兰德尔从他头上戴的受话器里听到了来自卡柳梅特的消息。他用手捂住送话口，再一次对全组人员说话。"弟兄们，他们将地址范围缩小到了两个，我们奔可能性最大的一个，另一个给芝加哥特警。"

降落地是离芝加哥东南边的卡柳梅特最近的兰辛市。飞机被允许直接进入机场。驾驶员一阵忙乱将飞机煞住停在了两辆汽车的旁边；汽车在离终点最远的机场的尽头，马达未歇在空转着。

---

① 这是弗农和埃迪在文字上开了个粗俗的玩笑。英文"cheeks"（脸颊）又有"屁股"之意，"flash"（强光）作动词用有"露阴"一义，故兰德尔"……保护你们的脸"到弗农嘴里成了"务必把整个屁股都捂严"。而埃迪听到"强光"一词，又故意曲解为"露鸡巴"。

大家在那辆花农的卡车旁匆匆互致问候。毒品强制执行所的指挥将样子像一束长长的插花一样的东西交给了兰德尔。那是把十二磅重的砸门用的大锤,锤子头部包在彩色的金属薄片里像只花盆,锤柄上扎着些叶子。

"你也许会想用这个去砸门。"他说,"欢迎光临芝加哥!"

56

近傍晚时分,伽姆先生准备动手了。

他两眼噙着泪水,甚是恐怖,把那录像看了一遍一遍又一遍。小屏幕上,只见妈妈爬上滑水道,呼的一下就滑进了水池,呼的一下就滑进了水池。眼泪模糊了詹姆·伽姆的视线,仿佛他自己也进了水池。

他的肚子上放着一瓶热水,咕噜噜响着;小狗躺在他身上的时候,她那肚子里也就是这么发出咕噜噜的响声。

他是再也无法容忍了——抓在地下室里的那货正扣着他的宝贝,威胁着她的安全。宝贝在受苦,他知道她在受苦。他不敢肯定是否能在那货给宝贝以致命伤害之前杀了那货,可他得试一试。现在就来试。

他脱下衣服换上睡袍——他每次剥完一张皮后总是赤身裸体,血淋淋的犹如一个新生婴儿。

他从他那巨大的药品橱中取出药膏来,以前宝贝被猫抓伤后他曾给她搽过。他还拿出来一些小创口贴、搽药用的Q牌棉签以及兽医给他用来防止狗老是用牙齿去咬啮伤痛处的塑料"伊丽莎白颈圈"。地下室还有压舌板,给她那条被弄断的小腿上夹板时可以使用。如果那蠢货死之前身体强烈扭动把宝贝给抓破了,则还有一管去痛的"伤轻松"。

小心谨慎地朝头部开一枪,牺牲的只不过是头发。对他来说,宝贝比那头发更珍贵。头发是个牺牲,是为她的安全献上的一份礼。

现在悄悄地下楼梯去厨房。脱掉拖鞋,沿着黑黑的地下室楼梯往下去,紧挨着墙走,不让楼梯发出咯吱吱的声音来。

他没有开灯。在这熟悉的黑暗中他摸索着往前移,摸索着脚底下那高低变化着的地面。走到楼梯底部后,他往右一拐走进了工作室。

他的一只袖子拂过笼子,听到一只幼蛾轻而愤怒的叽叽声。橱在这儿呢。他找到红外线灯,又将护目镜很快地套到头上。这时整个世界呈现闪闪的一片绿光。他站了一会儿,听听那水箱里发出的令人舒心的水泡声,听听那蒸汽管里发出的令人温暖的嘶嘶声。他,黑暗的主人,黑暗的皇后。

自由自在飞舞在空中的蛾子从他眼前掠过,在尾部拖出一道道绿色的荧光;它们扇动毛茸茸的翅膀掠过黑暗,微弱的气息从他的脸上轻轻拂过。

他检查一下那支皮同枪。枪里装的是.38的特种开花铅弹,子弹钻进脑壳一炸开,即刻致命。假如那货在他开枪时是站立在那儿,假如他朝下对着她头的顶部打进去,那子弹是不太可能像可装大剂量火药的麦格纳姆枪那样从下颌穿出将胸脯炸开的。

悄悄地,悄悄地,他屈着膝盖蹑手蹑脚往前行,涂着指甲油的脚趾紧紧扒着脚下的旧木板。踏上土病房的沙地没有一点声音。悄悄地,可别太慢了。他不想让自己的体味很快就传到井底那小狗的鼻子里。

土牢的顶部看上去闪着绿光;在他的视野里,石块及砌石用的灰浆清清楚楚,木头盖上的纹路也都清晰可辨。稳住光线俯身往下看。她们就在那儿呢!那货侧身躺着像只巨虾。也许是睡着了。宝贝蜷身紧贴着那货的身子,肯定是在睡觉。拜托可别是死的!

头部露着。朝脖子开一枪倒是诱人——头发可就保住了。不过太冒险。

伽姆先生俯身向着洞口,他那护目镜上像柄一样伸出来的两只镜筒仔细地朝下面照去。皮同枪的枪口沉沉的,手感很好,瞄准性能极棒。得用红外线光束照着拿好了。他将视野聚集到那脑袋的一侧,正好是那湿漉漉的头发贴着太阳穴的地方。

不知是响动还是气味,他不知道——可是宝贝醒了,叫着,在黑暗中直往上跳,凯瑟琳·贝克·马丁弓着身子把小狗揽在中间,拉过蒲团盖在她与狗的身上。蒲团下面只见几团东西在动,他辨不清哪是狗哪是凯瑟琳。就着红外线往下看,他对深度的感觉受到削弱,搞不明白哪团东西是凯瑟琳。

可他是看到宝贝跳动了。他知道她的腿没问题,因此他立即又明白了一点别的:凯瑟琳·贝克·马丁不会伤害这狗,一如他不会伤害这狗一样。噢,多么让人感到甜蜜宽慰!因为他们对狗怀有相同的感情,那么他就可以对她那两条该死的腿开枪,等她紧紧地去捧腿时,再将他娘的脑袋打掉。用不着细心留神小心翼翼。

他打开灯,地下室所有的灯都他妈的打开,又到储藏室将那泛光灯取了来。他稳稳地控制着自己,脑子清楚好使——穿过工作室时还记得往洗槽里放一点点水,那样到时候水槽下面的存水弯里就不会出现什么凝块了。

正当他拿着泛光灯匆匆走过楼梯准备要过去时,门铃响了。

门铃发出刺耳的擦刮声,他只得停住脚步,想,这是怎么回事?他已经多少年没听到门铃响了,甚至都不知道它是否还管用。门铃是安在楼梯上的,以便楼上楼下都能听见,这块盖满了灰尘的凸出的黑乎乎的金属这时在当啷啷地响着。他看着它,它又响了,不停地响,灰尘从上面飞舞下来。是有什么人在前门口,在按那个标有"守门人"字样的旧的按钮。

他们会离去的。

他草草地将泛光灯装起来。

他们没有离去。

井下面,那货说了点什么,他没去理睬。门铃当啷啷地响,刺耳地响,他们简直是将身子靠在按钮上了。

最好是上楼朝前门窥一眼。皮同枪的枪管很长,睡袍的口袋里放不进,他将它搁在了工作室的台子上。

他刚爬上一半楼梯,门铃忽然倒又不响了。他停在半中央等了片刻。没有声音。他决定不管怎样还是看一看。正当他从厨房穿过时,后门上响起一记重重的敲门声,把他给吓了一跳。后门附近的餐具间里有一支滑套操作的连发枪,他知道里面装着子弹。

通向地下室楼梯的门是关着的,那货在那下面吼,就是扯着嗓子吼得再响,也没有人能听到,对此他很有把握。

又在乓乓乓地敲门了。他将门打开一条缝,锁上的挂链没有拿开。

"我试着叫前门可是没人来开。"克拉丽丝·史达琳说,"我在找李普曼太太的家人,请你帮个忙好吗?"

"他们不住这儿。"伽姆先生说着就把门关上了。他重新向楼梯走去时,乓乓乓的敲门声又响了起来,这一次是比刚才更响了。

他连着挂链把门打开。

这年轻女人举出一张身份证凑近门缝,上面写着联邦调查局。"对不起,可我要跟你谈谈。我要找李普曼太太的家人,我知道她过去就住在这儿。我想请你帮帮忙。"

"李普曼太太死了都几百年了。她的亲戚我一个也不认识。"

"律师或者会计呢?保存她生意上记录的什么人呢?你认识李普曼太太吗?"

"只是有点认识。什么事啊?"

"我正在调查弗雷德里卡·白梅尔之死。请问你是谁?"

"杰克·戈登。"

"弗雷德里卡·白梅尔在给李普曼太太干活儿那时候你认识她吗?"

"不认识。是不是个大胖子?我可能见过,说不准了。刚才我并非故意无礼——我正在睡觉。……李普曼太太是有个律师,我可能在哪儿有他的名片呢,我来看看能不能找到。请你进来好吗?我冻死了,而我那猫一眨眼就会从这儿窜出去,还来不及逮,她就会像子弹那样射到外面。"

他走到厨房远处角落的一张卷盖式桌子那儿,掀开桌子盖,从里面的几个信件格中找。史达琳跨进门,从包里掏出了笔记本。

"那事真恐怖!"他一边在桌子里翻找一边说,"每次我一想到它就发抖。你认为他们是不是就快要抓到什么人了?"

"还没呢,不过我们正在努力。戈登先生,李普曼太太死后这地方你是不是就接过来住了?"

"是的。"伽姆俯身向着桌子,背对着史达琳。他拉开一只抽屉,在里边四处摸找。

"有没有什么记录剩在这儿?生意上的记录?"

"没有,什么也没有。联邦调查局是不是有点数了?这儿的警察似乎连最起码的东西都不了解。他们有没有搞到特征描述或者指纹什么的?"

从伽姆先生睡袍背部的褶层里,一只死人头蛾爬了出来。它在他背的中间大约心脏所处的位置停住,整了整翅膀。

史达琳将笔记本一下扔进了包里。

伽姆先生!感谢上帝我的外套是解开的。跟他说我要出去,去找个电话打。不行。他知道我是联邦调查局的,一让他离开我的视线他就会把她杀了。他会打她的肾脏。他们找到他就扑上去。用他的电话。没看到有电话。电话不在这里,问他要。先联系上,然后就往他身上扑。让他脸朝下趴着,等警察来。就这么着,干吧。他在转身了。

"号码在这儿呢。"他说。他拿了一张企业单位的卡片。

接吗? 不。

"很好,谢谢。戈登先生,你有没有电话可以借我用一下?"

当他把卡片放到桌上时,那蛾子飞了起来。它从他身后飞了出来,飞过他的头,歇到了隔在他俩中间的洗槽上方的一只吊柜上。

他看着蛾子。她没有看蛾子,当她的两只眼睛一刻都没有离开他的脸时,他心里明白了。

他们的目光碰到了一起,彼此的心里都明白了。

伽姆先生微微将头侧向一边。他笑了笑。"我餐具间有部无绳电话,我去给你拿。"

不! 动手吧! 她去拔枪。这一动作她做得很顺滑,都练了四千次了。枪就在预定的位置。双手把枪握得好好的,她此时的世界就是眼前之所见,就是他胸脯的正中心。"不许动!"

他噘起了嘴唇。

"好。慢慢的。把手举起来!"

带他到外面去,让桌子隔在我跟他之间。押着他往前走。到马路中央让他脸朝下趴着再向路人亮出自己的证件。

"伽——伽姆先生,你被捕了。我要你给我慢慢地走到外边去。"

他没有按吩咐的做,他只是从屋子里走了出去。如果他把手伸向口袋,伸向身后,如果她看到了武器,那她就开火了。他只是从房间里走了出去。

她听到他迅速奔下地下室的楼梯,她绕过桌子往楼梯井顶部的门口冲去。他人不见了,楼梯井灯火通明然而空空荡荡。陷阱。在这楼梯上很容易成为射击目标。

这时从地下室里传来一丝尖叫声,微弱得像裁一张薄纸似的。

她不喜欢这楼梯,不喜欢这楼梯,克拉丽丝·史达琳处在紧要关头,要么立即采取措施,要么就等着。

凯瑟琳·马丁又在尖叫了,他正在要她的命,史达琳因此不顾一切地下楼去;她一手把着楼梯扶手,枪筒向外伸出,枪就在她视线之下,瞄准器里看出去,底下的地面一跳一晃的;到楼梯底部时,有两扇门相向开着,她设法瞄准那两扇门,枪筒却随她的脑袋一起直晃。

地下室的灯发出刺目的光,她穿过一扇门就得背对另一扇门,那么就赶快,赶快向左朝发出尖叫声的方向冲。她飞快越过门框,两眼睁得比以前任何时候都大,来到了沙地的土牢间。唯一的藏身之处是在井的背后,她从侧面沿墙绕了一圈,双手握枪,双臂笔直地伸出,稍稍按了按扳机,继续往前绕到井那儿。井背后没人。

小小的一声喊叫从井里升起,轻得像一缕薄薄的烟。又是声犬吠,是条狗。她靠近井,眼睛还盯在门上,到了井沿上,越过边缘朝下看。看到那女孩了,又抬头,再朝下,把她受训练时学习的安抚被扣人质的话说了出来:

"我是联邦调查局的,你安全了。"

"安全个屁!他有枪。救我出去!**救我出去!**"

"凯瑟琳,你不会有事的。闭嘴!你知道他在哪儿吗?"

"救我出去,我他妈的根本不管他在哪儿,救我出去!"

"我会救你出来的。安静!帮帮忙!安静别吵这样我才能听到动静。设法让那条狗也闭嘴!"

她在井背后扎稳身子,枪瞄着门,心怦怦直跳,呼出的气吹走了石头上的灰尘。在不知道伽姆在何处的情况下,她不能丢下凯瑟琳·马丁去求援。她挪动身子到门那边,闪到门框背后并以此作掩护。她能看得见楼梯脚对面的地方以及远处工作室里的一部分。

要么是找到伽姆,要么是确证他已逃脱,再就是救出凯瑟琳把她带走,唯一的选择就是这几个。

她扭过头冲土牢间四下里匆匆看了一眼。

"凯瑟琳,凯瑟琳,有没有梯子?"

"我不知道,我醒来时就在这底下了。他是用绳子吊着把桶放下来的。"

有一个小小的手摇把子被固定在一根墙梁上,摇把的卷筒上没有绳子。

"凯瑟琳,我得找点什么东西来把你弄出来,你能走吗?"

"能走。别离开我!"

"我得离开这屋子,就一会儿。"

"操你妈的臭婊子别把我丢在这底下,我妈会撕裂你那臭狗屎脑袋的——"

"凯瑟琳你闭嘴!我要你安静别说话这样我才能听到动静。为了**救**你自己的命,安静别说话,你懂吗?"接着提高嗓门说,"其他警官随时就到,现在你闭上嘴。我们不会把你丢在那下面的。"

他肯定会有根绳子的,在哪儿呢?去找。

史达琳一步冲过楼梯井,来到工作室的门口;门是最糟糕的地方,赶紧闪入;她沿着靠门的墙冲过来闪过去,一直到她把整个儿房间都看清了;熟悉的人体浸泡在玻璃水箱里,她因为处在极度警惕状态,没有被吓到。迅速穿过这房间,经过水箱、洗槽;经过那笼子时,几只大蛾子飞了起来,她没去管这些。

向远处的走廊一点点挨近,走廊上灯火通明。她身后的冰箱在运转着,她一个转身蹲了下来,击锤扳离麦格纳姆手枪的枪身准备射去,随后又松开了。继续往前,上走廊。没有人教过她如何窥探。脑袋和枪要同时留神,可不能抬高。走廊上空空的。走廊尽头是缝纫间,也是灯火通明。快速走过走廊,冒着险经过关闭着的门来到缝纫间的门口。缝纫间里是一律白色及淡色的橡木家具。从门道里过真他妈的要见鬼了!千万得保证每一具人体模型只是具人体模型,反射出的每一个影子也只是人体模型的影子,镜子里要有什么东西在动也只是你在动!

大衣橱立在那儿,开着,空空的。远处的那扇门开向一片黑暗,再过去就是地下室了。哪儿都没有绳,没有梯子。缝纫间那边没有灯。她将通向地下室中没有灯的那部分的门关上,推过一张椅子顶在门把底下,又推来一台缝纫机顶上。如果她能确定他人不在地下室中的这个部分,她就想冒个险上楼一会儿去找部电话。

再沿着走廊往回退,有一扇门她刚才就经过了。上铰链对面的一边。一动就大开。门砰地一下往后开去,门背后没人。是间旧浴室,里边有绳、钩子和一只吊网兜。救凯瑟琳还是去打电话?只要不出意外,凯瑟琳待在那井底下是不会被打死的,可要是史达琳被打死了,凯瑟琳也就没命了。带上凯瑟琳一起去找电话。

史达琳不想待在浴室里很久。他有可能来到门口对她劈头盖脑一阵狂射。她朝两边看看,然后闪身进入浴室取绳子。室内有一只大浴缸。浴缸里几乎装满了发硬的紫红色的熟石膏。一只手连带着手腕从石膏中向上伸出,手已经发黑、皱缩,手指甲上涂着粉红色的指甲油,手腕上戴着一只小巧精制的手表。史达琳的眼睛同时在扫视着每一件东西:绳子,浴缸,手,表。

手表上的秒针是一只爬行的小昆虫,这是她看到的最后一件东西,随后,灯忽然灭了。

她的心猛跳,跳得她胸脯和双臂都在战栗。黑乎乎的叫人发晕,得摸到点什么东西在手,浴缸的边什么的。浴室。要出浴室。要是他找到这门,他会朝这浴室一阵猛射,没有任何藏身之处。噢天哪出去!压低了身子下去,上大厅里去。每盏灯都灭了吗?每盏灯都灭了。他一定是在保险丝盒那里关的灯,把闸给拉了,它在哪儿呢?保险丝盒会在哪儿呢?楼梯附近。多数是在楼梯附近。如果是这样的话,那他就会从那个方向过来。可是他还是在我和凯瑟琳两人的中间。

凯瑟琳·马丁又在哀叫了。

在这儿等吗?永远等下去吗?也许他已经走了。他不能肯定没有后援人员到来。不,他能肯定。可这样的话他们很快就会发现我失踪了。也就是今晚吧。楼梯在尖叫声发出的那个方向。事情现在就得解决。

她移动着,悄悄地,肩膀几乎都擦不到墙,擦到了也是极轻,怕出声;一手伸出在前;枪端平了在腰那个高度,紧贴着身;走在逼仄的过道里。现在已出了过道进了工作室。感到空间在逐渐打开。敞开的房间。在敞开的房间里弓身屈膝,双臂伸出,双手握枪。你精确地知道枪的位置,就在眼睛的水平线之下。停住,听。头、身体和双臂仿佛电视摄影机用的镜头转台一样在一起转动。停住,听。

在完全彻底的一片漆黑中,只听得到蒸汽管发出的嘶嘶声和小股水的滴答声。

她的鼻孔中闻到一股浓烈的山羊味儿。

凯瑟琳在哀叫。

伽姆先生眼戴护目镜靠墙站着。没有危险她不会一头撞到他身上去的——他俩中间隔着一张放器具的桌子。他耍着他那红外线灯在她身上上上下下地照。她长得太苗条了,对他没有大用场。不过他还记得刚才在厨房时看到的她那头发,亮丽得很,而取到这头发只需要一分钟。他可以一把就扯它下来,戴到自己头上,戴着它俯下身子对井下那货说:"没想到吧!"

看着她想办法蹑手蹑脚地往前摸真是好玩儿。现在她的屁股贴着洗槽了,她在朝尖叫的方向慢慢移动,枪向前伸出。慢慢地、花上一长段时间来捕杀她一定很好玩儿——他以前还从未捕杀过带武器的呢!他可以**彻底地**享受一下。那么做没时间了。可惜。

对准脸来他一枪极好，相距八英尺也不费事。这就动手吧。

他扳起皮同枪的枪机，咔哒咔哒把枪举了起来。人形模糊不清，在他的视野中，那人影忽闪忽闪闪耀着绿光。他的枪在手中猛颠了一下，后背重重地撞到了地板上；他那红外线灯是开着的，他看到的是天花板。史达琳趴倒在地；强光耀眼，枪声大作，震耳欲聋。她在黑暗中操作着，两人谁也听不见谁；她倒出打空的弹壳，侧转枪，摸一摸看是否都倒了出来，用快速装弹器迅速装进子弹，摸一下，扳下来，一拧，一甩，合上旋转弹膛。她开了四枪。两枪，接着又是两枪。他打了一枪。她摸到了刚才倒出的两颗完好的子弹壳。放哪儿呢？放快速装弹器的子弹盒里。她一动不动地躺着。趁他听不见动一下？

左轮枪枪机扳起的声音与众不同。她刚才是朝着那个声音发出的方向射击的，可是两枪枪口强光闪耀，什么也看不见。她希望他现在能朝错误的方向开枪射击，枪口的光一闪，她就有了射击的方向。她的听力在逐渐恢复，耳朵虽然还在嗡嗡地响，可已经能听得见声音了。

那是个什么声音？吹哨子似的？像煮茶的茶壶，可是又中断了。是什么呢？像是在呼吸。是我吗？不。她呼出的气吹到地板上，热乎乎的，又返回到她脸上。当心，别吸入灰尘，别打喷嚏。是呼吸声。是胸脯受伤后抽吸的声音。他被击中了胸脯。他们曾教过她如何将胸外伤包扎好保护起来：在伤口上盖上点什么东西，油布雨衣，塑料口袋，密封不漏气的东西，用绷带包扎紧了，然后往肺部充气。这么说她是击中他的胸脯了。下面怎么办？等。让他淌血，僵直。等。

史达琳感到一边脸颊刺痛。她没有去碰，如果脸颊在流血，她不想把手弄得黏糊糊的。

井里又传来呜咽声，凯瑟琳说着，哭着。史达琳只能等。她不能回答凯瑟琳。她什么也不能说，一动都不能动。

伽姆先生那旁人看不见的红外线灯光打到天花板上。他想要移动它,可是动不了,就像他无法移动自己的头一样。一只很大的马来西亚月形天蚕蛾紧贴着天花板底下飞过,它偶然发现了那红外光,就飞下来,转着圈儿,最后歇到了灯上。蛾的翅膀一扇一合,在天花板上投下了巨大的影子,这影子只有伽姆先生才看得见。

黑暗中,史达琳听到伽姆先生那恐怖的声音盖过了他的抽吸声,像要断气似的说道:"要是能……这么漂亮……会是……什么感觉……呢?"

接着是另一个声音。咕噜噜,呼噜噜,随后那吹哨似的声音便停止了。

史达琳也熟悉那个声音。她以前曾听到过一次,在医院里,当她的父亲死去的时候。

她摸到桌子的边,站了起来。摸着路往前走,走向凯瑟琳发出声音的那个方向。她找到了楼梯井,在黑暗中爬上楼梯。

走这段路似乎花了很长时间。厨房的抽屉里有一支蜡烛。她点着蜡烛在楼梯边上找到了保险丝盒,灯一齐亮起时,她惊了一跳。要跑到这保险丝盒这儿来把灯关掉,他一定是走另一条路离开地下室,接着再跟在她后面下到下面来的。

史达琳必须肯定他已经死了。她等到自己的眼睛完全适应了灯光后又回到了工作室,这时,她十分留神。她看到他赤裸的双脚和双腿从工作台底下伸了出来。她两眼一直盯着枪边上的那只手,最后才一脚把枪踢开。他的眼睛睁着。他死了,胸脯右侧被打穿,身底下淤着厚厚的血。他将大衣橱中的几件东西已经穿上了身,叫她无法久久地盯着他看。

她走到洗槽边,将麦格纳姆枪搁在滴水板上,放出冷水冲洗手腕,又用潮手去抹了抹脸。没有血。蛾子绕着灯光往网罩上扑。她只得跨步绕过尸体去拾回那支皮同手枪。

到了井边她说,"凯瑟琳,他死了,他伤害不了你了。我上楼去打电话给——"

"不! 救我出去! 救我出去! 救我出去!"

"听着,他已经死了。这是他的枪,还记得吗? 我去给警察和消防队打电话。我怕我自己来吊你出来你可能会跌下去。我给他们一打完电话就回下面来和你一起等着。好吗? 好了。想办法别让那只狗叫。好吗? 好了。"

消防队刚到,当地电视台的工作人员紧跟着就到了,比贝尔维迪警方还早。消防队的队长对闪烁的灯光很是恼火,他把电视台的工作人员一起赶上楼梯赶出地下室,同时用管子临时搭起一个架子准备将凯瑟琳吊出来,因为他信不过伽姆先生那安在天花板托梁上的钩子。一名消防队员下到井里把她安顿到救身椅中。凯瑟琳抱着狗出来了,在救护车上也都一直抱着这狗。

医院那儿他们拉上线拦住狗不让入内。有人指示一名消防队员把它放到动物收容所去,他却将狗带回了家。

57

华盛顿国家机场内大约有五十个人正在等着接从俄亥俄州哥伦布市飞来的午夜班机。这些人大多数是在接亲戚,他们看上去很困,面带愠色,衬衣的下摆从夹克衫底下露到外面。

阿黛莉亚·马普在人群中,当史达琳走下飞机时,她得以将对方全身上下打量了一番。史达琳脸色苍白,眼睛底下黑黑的,一边脸颊上是一些黑色火药粉末。史达琳一眼瞥见了马普,她们紧紧地拥抱了一下。

"嗨,姐们儿!"马普说,"一切都好吗?"

史达琳摇摇头。

"杰夫在外面的车里。咱们回家吧。"

杰克·克劳福德也在外面,他的车停在轿车道上,就在杰夫那车的后头。整个晚上他都在陪贝拉的亲戚。

"我……"他开口说,"你知道你干了什么,你打了个本垒打,孩子。"他碰碰她的脸颊。"这是什么?"

"火药灼伤。医生说过两天它会自动脱落——比去抠它要好。"

克劳福德把她揽到怀里紧紧地拥抱了一会儿,只一会儿,然后推开她在她额头上吻了一下。"你知道你干了什么。"他又说了一遍,"回家去。睡觉。睡个懒觉。明天我再跟你谈。"

这辆新的监控车是为便于长时间监视而设计的,十分舒适。史达琳和马普坐进后面的大椅子里。

杰克·克劳福德不在车中,杰夫才把车开得稍微猛了一点。他们朝昆蒂科疾驰而去。

史达琳闭着眼睛坐在车中。过了几英里,马普轻轻推了推她的膝盖。马普已打开了两小瓶可乐,她递一瓶给史达琳,再从包中取出半品脱装的杰克·丹尼尔牌威士忌。

她们都猛猛地喝了一大口可乐,然后将那酸麦芽浆酿成的威士忌一下倒入可乐瓶中,用大拇指插进瓶颈封住瓶口,摇晃几下后让泡沫喷射进嘴里。

"啊——!"史达琳说。

"别把那东西洒这里头了。"杰夫说。

"别担心,杰夫。"马普说。然后悄悄地转向史达琳,"你应该看看我的男人杰夫刚才在酒店外面等我时的样子,看上去老大不高兴,好像在拉什么桃子屎似的。"见威士忌酒酒性开始稍稍发作,史达琳在椅子里又往下陷了一点时,马普说,"你怎么样,史达琳?"

"阿黛莉亚,我一点也不知道啊!"

"你不用再回去了,是吗?"

"可能下周还得去一天,可我希望不要。美国司法部长从哥伦布下来找贝尔维迪警方谈了话,我在外头做了证词。"

"告诉你几桩好事情。"马普说,"马丁参议员从毕士大疗养地往这儿打了一个晚上的电话——你知道他们带凯瑟琳去毕士大了吧?嗯,她还好。他没有在肉体上把她搞得一塌糊涂。至于心理上受的创伤,他们还不清楚,还得观察。别为学校的事儿担心。克劳福德和布里格姆都打了电话。听证会取消了。克伦德勒要求取回他的备忘录。这帮人的心就像个油滑的滚珠,史达琳——你可不能马虎了。明天早上八点的'搜查与擒拿'考试你不用参加,不过星期一你要考,紧接着就是体育测验。我们周末来突击一下。"

他们到达昆蒂科北部时刚好把那半品脱酒喝光,喝剩下来的瓶子扔进了路边停车场的一只桶里。

"那个皮尔切,史密森博物馆的皮尔切博士,来过三次电话,硬要我保证告诉你他来过电话。"

"他不是博士。"

"你觉得你也许会怎么来对付他一下?"

"也许吧。我还不知道呢。"

"听他说话好像还蛮风趣。我差不多已认定男人身上最好的东西就是风趣,我说这个是**撇开**了金钱的,还有就是起码要听话。"

"是的,还有举止风度,这一点可不能漏掉。"

"对。只要有点风度,每次给我弄个狗娘养的都成!"

史达琳洗澡、上床,木愣愣地。

马普又开着灯看了一会儿书,直到史达琳的呼吸停匀了才熄灯。睡眠中,史达琳的身体一动一动的,脸颊上一块肌肉在抽搐,有一次眼睛都睁开了,瞪得大大的。

天亮前某个时候马普醒来,感觉房间里空空的。马普打开灯。史达琳不在床上。她俩的洗衣袋不见了,因此马普知道了该上哪儿去找人。

她在暖烘烘的洗衣房里找到了史达琳。洗衣机在哼哧哼哧慢慢地转着,空气中散发出漂白剂、洗衣剂和织物柔顺剂的味道,史达琳在那儿打着瞌睡。史达琳是学心理学出身的——马普学的是法律——然而倒是马普心里明白,这洗衣机运转的节奏宛如心脏伟大的搏动,而其水流的冲击正是尚未降生者所听到的声音——那便是我们对和平的最后的记忆。

58

杰克·克劳福德一早就从他书房的沙发上醒来了,他听到他的姻亲在屋子里打着呼噜。在一天沉重的工作压下来之前的这一刻空闲里,他想起的并不是贝拉的死,而是她带着明洁平静的目光对他说的最后一句话:"院子里在闹什么?"

他拿起贝拉撮谷物用的撮簸,穿着浴衣,到屋外去给鸟喂食,这是他答应做的事。他给还在睡觉的姻亲留了张条子,在太阳升起前轻手轻脚出了家门。克劳福德和贝拉的亲戚们一向处得很好,多少是这样吧,而且这屋子里有点声音也让人好受些,可他还是乐意离开家上昆蒂科去。

他正在办公室一份份地过前一天晚上的电传通讯同时收看早间新闻,史达琳忽然鼻子顶着门玻璃在外头露了面。他把一张椅子里的一些报告扔出给她腾了个座位,然后两人一言不发地一起看新闻。这不,来了。

詹姆·伽姆在贝尔维迪那幢旧楼房的外观出现了,它那临街的门面房空空的,窗户上涂抹着肥皂,前面由厚厚的栅栏门挡着。史达琳几乎都认不出来了。

"恐怖的地牢。"新闻播音员这样给它命名。

接着是那口井及地下室的画面,画面有点花,到处都是乱哄哄的,摄像机前是照相机,一群恼火的消防队员挥动手臂在将摄影师们往后赶。蛾子见到电视灯光都疯掉了,飞着扑进灯光里去;有一只蛾子背部着地落到了地板上,它拍打着翅膀,颤了一颤,死了。

凯瑟琳·马丁拒绝上担架,身上裹了件警服在向救护车走去,那狗从警服的翻领间露出它的脸来。

侧面一个镜头是史达琳低着头,双手插在衣服口袋里快步朝一辆汽车走去。

片子经过剪辑,将一些较为恐怖的内容删去了。在地下室较远的一段地方,摄像机只能把几间密室那洒着石灰的矮门槛拍下来展示给观众;密室中放着伽姆用活人制作的一组模型。地下室里的尸体,迄今为止总共是六具。

克劳福德有两次听到史达琳呼着粗气。新闻暂时中断,插播广告。

"早上好,史达琳。"

"你好。"她说,仿佛并不是一大早似的。

"在哥伦布的美国司法部长夜间把你的证词传真给了我。你得给他在几份材料上签上名。……原来你是从弗雷德里卡·白梅尔家出来去找了斯塔西·休伯卡,然后又去了理查德时装店找了那个女的伯尔丁,就是白梅尔给他们缝衣服的那家店,伯尔丁太太给了你李普曼太太的旧住址,就是那边的那幢楼。"

史达琳点点头。"斯塔西·休伯卡有几次曾经到那地方去接弗雷德里卡,可当时都是斯塔西的男友开车,她自己糊里糊涂搞不清方向。伯尔丁太太倒还有那地址。"

"伯尔丁太太从未提起过李普曼太太店里还有个男的?"

"没有。"

电视里开始播放来自贝塞斯达海军医院的新闻片。一辆轿车的窗框里露出鲁斯·马丁参议员的脸来。

"凯瑟琳昨晚上神志很清醒,是的。她在睡觉,刚服了镇静剂。我们很幸运。不,我前面已经说过,她受了惊吓,不过神志还很清醒,只是受了点伤,一只手指断了,还脱水。谢谢。"她戳了戳司机的后背,"谢谢。不,昨晚她跟我提到了那狗,我还不知道怎么处理它呢,我们已经有两条狗了。"

报道结束时引用了一位从事紧张心理研究的专家的一句空话,这位专家将在当天晚些时候跟凯瑟琳·马丁交谈,评估其心理受伤程度。

克劳福德关掉了电视。

"感觉怎么样,史达琳?"

"都有点麻木了……你也是吗?"

克劳福德点点头,然后很快往下说:"马丁参议员一晚上都在打电话。她要来看看你。凯瑟琳一能走动也要来看你。"

"我都在家。"

"还有克伦德勒,他也想上这儿来。他要求索回他的备忘录。"

"想起来了,我并不总是在家。"

"直言不讳给你点忠告:利用马丁参议员。让她告诉你她有多么感激,让她将筹码交给你。不要拖。感恩的寿命可没有多长。你这种样子,最近说不定哪天就需要用到她。"

"这是阿黛莉亚的话。"

"你的室友马普吗?督学告诉我,你星期一补考,马普准备要帮你复习,猛灌你一下。她只比她的主要竞争对手斯特林费洛高出一分半,是他告诉我的。"

"是为了要当毕业生代表致告别辞吗?"

"不过他也厉害,斯特林费洛——他扬言她是挡不住他的。"

"那他最好把午饭都带上。"

克劳福德凌乱的桌子上放着莱克特医生用纸折出的一只小鸡。克劳福德上下拉动它的尾巴,那鸡便作啄食状。

"莱克特出名得跟得了白金唱片奖似的——所有警察手上的首要通缉犯名单上他都列头号。"他说,"话这么说,他可能还会逍遥法外一段时间。不在岗的时候,你得注意要保持一些良好的习惯。"

她点了点头。

"他现在还没空,"克劳福德说,"不过等他有了空,他就要给自己找乐了。咱们应该清楚这一点:你知道他会对你下手的,正如他会对别的任何一个人下手一样。"

"我想他不会暗地里袭击我——那是无礼的,当初他一开始就不愿以这种无礼的方式问问题。当然,我一让他觉得厌烦了,他还是会这么干的。"

"总之,我还是要说你要保持良好的习惯。下班时在登记卡上标明一下——没有确实可靠的身份证别叫人打电话问你的行踪。如果你不介意,我想在你电话上安个追踪警报器,只要你不按那个键,电话还是私用的。"

"我估计他不会来找我,克劳福德先生。"

"可我说的话你都听到了?"

"听到了,确实听到了。"

"把这些证词拿去看一遍。想添就添点。弄好之后我们再在你这些签名上签字做证。史达琳,我为你感到骄傲,布里格姆和局长也都为你感到骄傲。"话听起来僵硬硬的,不像他希望的那么自然。

他往办公室的门口走去。她正转身走向空荡荡的大厅。在冰山一般巨大的悲痛中,他还是竭力喊出了一声:"史达琳,你父亲看到你了!"

59

尽管死了好几个星期,詹姆·伽姆仍然是人们津津乐道的新闻。

记者们将他一生的事一件件拼凑起来,先是从萨克拉门托县的记录开始的:

他母亲在参加一九四八年萨克拉门托小姐竞赛失利的时候怀他已经有一个月了。他出生证上那个"Jame"是个明显的笔误,却也没人烦那个心去纠正它。

当他母亲演艺生涯的梦没能成为现实时,就酗酒堕落了。洛杉矶县把他安置到一户人家寄养,那时伽姆两岁。

至少有两家学术刊物解释,这一不幸的童年便是他在地下室杀女人剥其皮的缘由。两篇文章中都没有出现"疯狂"和"邪恶"这样的字眼。

詹姆·伽姆成人后看的那部选美竞赛的片子倒真是他母亲的一组镜头,可三围显示,游泳池中那个女的却并不是他的母亲。

他寄养的那户人家不能叫人满意,所以伽姆十岁时,他的祖父母把他接了回去。两年之后,他把祖父母杀了。

伽姆在精神病医院的那几年中,图莱里职业改造所教他学做裁缝。对此工作他显示出明显的才能。

伽姆的打工经历记得不连贯也不完整。记者们至少发现有两家餐馆他在其中干过活儿却没有账务记录,而他还断断续续地在服装行业中干过。这期间他是否杀过人尚未得到证实,不过本杰明·拉斯培尔说他杀过。

他遇到拉斯培尔的时候是在那家制作蝴蝶装饰品的古玩店工作,有一度他的生活就依赖这位音乐家。正是在那个时候,伽姆对蛾子、蝴蝶以及它们经历的种种变化着了迷。

拉斯培尔离开他之后,伽姆就把拉斯培尔的下一位情人克劳斯杀了,割了他的头,还剥了他一部分皮。

后来,他又在东部顺便去看了看拉斯培尔。拉斯培尔一向都对坏小子很着迷,就把他介绍给了莱克特医生。

这一点在伽姆死后的那个星期就得到了证实,当时联邦调查局从拉斯培尔最亲近的亲属那儿没收了拉斯培尔找莱克特医生诊疗期间的录音带。

多年前,当莱克特医生被宣布为精神失常后,治疗期间的这些录音带曾交由受害人的家属销毁。可是拉斯培尔的亲属却将带子留了下来,他们彼此争执吵闹,指望能用这些带子来对拉斯培尔的遗嘱提出异议。他们已经没有兴趣再去听早期的那些录音带,那仅仅是拉斯培尔对学校生活的乏味的回忆。詹姆·伽姆的事经新闻报道之后,拉斯培尔的家人就将其余的录音带都听了。这些亲属打电话给律师埃弗雷特·尤,威胁说要用这些带子重新来对拉斯培尔遗嘱的有效性提出异议。这时,尤便给克拉丽丝·史达琳打了电话。

录音带包括了最后那次治疗,莱克特就是在那一次把拉斯培尔给杀。更重要的是,这些带子揭示了拉斯培尔将多少有关詹姆·伽姆的情况告诉了莱克特。

拉斯培尔告诉莱克特医生,伽姆对蛾子很着迷,他过去就曾剥过人的皮,是他杀了克劳斯,在卡柳梅特市"皮先生"皮货公司打过工,不过是从给"皮先生"股份有限公司做衬里的一位来自俄亥俄州贝尔维迪的老太太那儿拿钱。拉斯培尔预言,有一天伽姆会将老太太所有的一切都拿了去。

"当莱克特看到第一个被害人来自贝尔维迪而且又被剥了皮时,他就知道是谁在干这事了。"克劳福德跟史达琳说;他们在一起听录音带。"要是奇尔顿不掺和这事儿,他就把伽姆这人告诉你了,让自己看上去像个天才似的。"

"他倒是向我暗示过,在案卷上写,说那些地点选得极其随意。"史达琳说,"在孟菲斯又问我会不会做衣服。他想要怎么样呢?"

"他是想给自己找乐。"克劳福德说,"很长很长时间以来他一直在给自己找乐。"

一直都没有发现詹姆·伽姆有什么录音带,拉斯培尔死后那些年里他的活动都是通过其商业信函、汽油票据以及和时装店店主的谈话一点一点确定的。

一次,李普曼太太和伽姆一起去佛罗里达,途中老太太死了,他就继承了一切——那幢旧楼连带其住处、空着的临街店面房以及巨大的地下室,还有很可观的一大笔钱。他不再给"皮先生"打工,可在卡柳梅特市的一套房子里仍然逗留了一段时间,并且利用这个企业的地址以约翰·格兰特之名收取邮件包裹。他依旧与熟客保持着联系,并像他原来在给"皮先生"打工时一样,继续到全国各地的时装店转悠,量取定做服装的尺寸后回贝尔维迪来做。他利用外出的机会寻觅物色受害对象,用完之后同样利用这些机会抛撒尸体——那棕色的厢式货车就这么多少个钟头地在州际公路上轰隆轰隆地开着,车子后部的架子上挂着成品皮装,晃啊晃的,而下面的车厢地板上就放着涂了胶的盛尸袋。

地下室随他使用,又是工作又是玩儿的,真是绝妙!起初也只是玩玩游戏——在那黑灯瞎火的猎苑里追逐捕杀年轻女子,在边边角角的房间里用活人做出令他觉得好玩儿的造型,然后把房间封起来,以后再去开门那只不过是去往里撒点石灰罢了。

弗雷德里卡·白梅尔是在李普曼太太生命的最后一年里开始帮老太太干活的。她结识詹姆·伽姆时正在李普曼太太店里学做裁缝。弗雷德里卡·白梅尔并不是他杀害的第一位年轻女子,可是杀了又被剥皮,她是第一个。

在伽姆的遗物中,发现有弗雷德里卡·白梅尔给他的信。

这些信几乎令史达琳无法阅读,因为其中有希望,有可怕的渴求,有伽姆对她的爱慕之情,这种爱慕隐含在她给对方的答复之中:"我心中最最亲爱的秘密的朋友,我爱你!——我从来不曾想过我会开口说这样的话,而今最好的事就是开口说它出来作为回答。"

他是何时真相毕露的呢?她有没有发现那地下室?他露出真相时她脸上是何表情?他又让她活了多久?

最糟糕的是,弗雷德里卡和伽姆一直到最后还真的是朋友;她在地下室里还给他写了一张条子。

那些庸俗小报将伽姆的绰号改为"皮先生",这真让人恶心,因为名字虽不是他们自己想出来的,可事实上却将这个故事又从头给翻了出来。

史达琳人在昆蒂科的中心,安然无事,本不必跟新闻界牵牵扯扯,可庸俗小报的新闻人却找上了她。

《国民秘闻》从弗雷德里克·奇尔顿医生那里买到了史达琳和汉尼拔·莱克特医生见面谈话的录音带。《国民秘闻》将他俩的谈话改编为名叫"吸血魔王德拉库拉的新娘"的一个系列故事,暗示说史达琳曾向莱克特明确表露,以性换取其情报,这倒又激发《软哝细语:电话说爱》杂志向史达琳伸出了邀请之手。

《人物》杂志倒是刊发了介绍史达琳的一个令人赏心悦目的短篇，文章用了她在弗吉尼亚大学毕业年刊上以及波斯曼路德会教友之家时的几张照片。最好的一张照片是那匹马，汉娜，那已是它的晚年了，拉着一小车的孩子。

史达琳将汉娜那张照片剪下来放进了钱包，作为唯一的纪念。

她的创伤正在愈合。

60

阿黛莉亚·马普是位很了不起的辅导老师——她在听讲时一下就能猜得出哪个问题考试会考到，反应之快，比豹发现一头瘸腿的猎物还要厉害——不过她跑起步来可不怎么样。她跟史达琳说那是因为她一肚子的知识导致身体太重的缘故。

在供慢跑的小路上，她已经落在了史达琳的后面，到联邦调查局用以劫机模拟训练的那架DC-6型旧飞机那儿才赶了上来。这是星期天的早上。她们已经啃了两天的书，虽然阳光惨淡但她们感觉都很舒服。

"皮尔切在电话里怎么说来着？"马普靠在起落架上问。

"他跟他姐姐在切萨皮克湾拥有这么个地方。"

"唔，还有呢？"

"他姐姐带着孩子和狗也许还有她丈夫住那儿。"

"还有？"

"他们住房子的一头——那是座很大的水上旧建筑，是他们继承他祖母的。"

"别绕圈子。"

"皮尔奇住房子的另一头。下周末他希望我们去。他说房间很多。'谁需要多少房间都有'，我想他是这么说的吧。他说他姐姐会打电话来邀请我。"

"别开玩笑了,我不知道现在谁还这么做。"

"他做了这样好的一个安排——一点也不乱,穿戴得暖暖烘烘到海边去散步,回家来有炉火在烧着,狗举着它们那沾满沙子的大爪子直往你浑身上下跳。"

"真田园!嗯哼,沾满沙子的大爪子,接着说。"

"想想咱们甚至还从来没有约过会,这真是够有意思的了。他声称,天真要是冷,最好是伴着两三只大狗睡觉。他说他们家的狗多到足可以给每个人都分上一对。"

"皮尔切玩的是狗穿人衣的旧把戏,他是在为你做准备呢,你都看出来了是吗?"

"他声称自己是个好厨师,他姐姐也说他是的。"

"噢,她已经打过电话了!"

"是。"

"听起来怎么样?"

"还行。听起来她是像在房子的另一头。"

"你跟她怎么说来着?"

"我说,'好的,非常感谢!'我就说这个。"

"好。"马普说,"非常好。吃点螃蟹。逮住皮尔切搂过来就在他脸上亲,发他一下疯!"

61

在马库斯饭店,一名客房服务员手推车子从走廊厚厚的地毯上走过。

来到91号套房的门口时,他停了下来,弯着戴手套的手指在房门上轻轻叩动。他侧过头听了听,里面传出来音乐声——是巴赫的《二部和三部创意曲》,由格伦·古尔德演奏钢琴。他再次叩门以便里面的人能听到。

"进来。"

那位鼻子上缠着绷带的先生身穿晨衣,正伏在桌上写着什么。

"东西放在窗子边。酒拿过来我看看好吗?"

服务员把酒拿了过来。这位先生将它拿到台灯下面就着光看了看,又将酒瓶的瓶颈子在脸颊上碰了碰。

"打开来,但留那儿先不要放冰块。"他说着就在账单的底部很大方地开出了一笔小费,"我现在还不想喝。"

他不想叫服务员将酒递给他喝——他发现那人的手表带的味道实在难闻。

莱克特医生的心情极好。他这一周过得很不错。新的形象就要成功地出现了,脸上几个小小的色点一褪干净,他立即就可以取下绷带,摆好姿势来拍护照照片。

实际的工作他都是自己在做——往鼻子里注射少剂量的硅酮。硅酮凝胶这东西并非要凭医生的处方才能购得，但皮下注射液和局部麻醉药奴佛卡因却是的。为了克服这一困难，他上医院附近一家生意很忙的药店，从柜台上偷了一张处方就走。他用修正液将合法正规医生那狗爬似的字涂掉，然后对那张空白的处方单子进行翻拍。他开出的第一张处方，内容是他偷来的那张上的，之后他又把处方拿回去还给了那家药店，因此人们并没有发现少什么东西。

对他精细的五官进行改造使之有粗犷效果并不让人满意，而且他也知道，硅酮一不小心还会移动，不过这事儿等他到了里约热内卢就没问题了。

当莱克特医生刚开始被他的嗜好所吸引的时候——那还是早在他第一次被捕以前——他就已经为自己有朝一日可能要亡命国外做了准备。在萨斯奎汉纳河岸的一个度假村的墙壁里，他放了钱和另一个人的身份证件，包括一本护照以及他为拍护照照片用过的一些化妆辅助用品。护照如今是已经到期了，不过很快就可以重新更换。

因为他更愿意在胸前挂着块大大的旅游徽章夹在一群人中间通过海关，他已经报名参加了一个听起来很令人心动的"壮游南美"观光团，该观光团可以带他远至里约热内卢。

他没忘提醒自己以已故劳埃德·威曼之名开出一张支票支付饭店账单，同时留下可供五天开销的数额，他让支票进入银行而不是在电脑上使用运通公司签账卡。

今天晚上他正在赶着写几封还没有写的信，这些信得通过伦敦一家转邮服务机构寄到收信人手上。

首先，他给巴尼寄了一笔慷慨的小费并附短笺一封，感谢他在精神病院时给予他的诸多关照。

其次，他给在受着联邦政府保护的弗雷德里克·奇尔顿医生写了一封短信，信中暗示近期内他将去拜访奇尔顿医生。拜访之后，他写道，医院要给病人喂些什么，明智的做法是将指令刺到奇尔顿的额头上，这样也省却了文书的工作。

最后，他给自己倒上一杯巴塔—蒙哈榭白葡萄美酒，然后给克拉丽丝·史达琳写道：

嗨，克拉丽丝，羔羊停止尖叫了吗？

你还欠我一条消息呢，你知道，而我想要的就是那消息。

在国内版的《时代》周刊或任何一个月的第一期《国际先驱论坛报》上登则广告都很好。最好在《中国邮报》上也刊登一下。

如果你的回答既肯定又否定，我是不会感到惊讶的。羔羊目前是不会再尖叫了。但是，克拉丽丝，你是以那地牢的种种标准来衡量自己的，可衡量自己不能太苛刻了；要获得神圣的宁静，你得一次又一次地去争取。因为鞭策你前进的是困苦，看到困苦，困苦就不会有尽头，永远也不会有尽头。

我不打算拜访你，克拉丽丝，有你在，这个世界更精彩。务必同样善意地待我。

莱克特医生用钢笔碰了碰他的嘴唇。他看看外面的夜空，笑了。

我现在有窗户了。

猎户星座此时已出现在地平线上，它的附近是木星，2000年之前再也不会有比这更灿烂的时刻。（我不打算告诉你现在是几点，那星有多高。）但我希望你也能看到它。我们所看到的星星是一样的。克拉丽丝。

汉尼拔·莱克特

在遥远的东部，在切萨皮克湾海岸，猎户星座高悬在明洁的夜空，星座下面是一座很大的老房子，其中有一间房间的炉火已经封好准备过夜，火光却因为烟囱之上风的吹拂还在轻轻摇曳。在一张大床上是不少条被子，而被子上被子下又是好几条大狗。被子下面另外还有几处隆起，那可能是也可能不是诺伯尔·皮尔切，四周这光线叫人无法确定。但是，枕头上那张在炉火光映照下如玫瑰花一般的脸，却无疑是克拉丽丝·史达琳，她睡得很沉，很甜，因为羔羊已经安静。

在给杰克·克劳福德的慰问信中，莱克特医生引用了《热病》中的句子，却没有烦神去提作者约翰·多恩的名字。

克拉丽丝·史达琳则出于需要，在回忆时对T. S. 艾略特《圣灰星期三》中的句子做了改动。

托马斯·哈里斯

图书在版编目（CIP）数据

沉默的羔羊／（美）托马斯·哈里斯（Thomas Harris）著；杨昊成译. —南京：译林出版社，2021.3（2024.5重印）
（沉默的羔羊系列）
书名原文：The Silence of the Lambs
ISBN 978-7-5447-8468-9

Ⅰ.①沉… Ⅱ.①托…②杨… Ⅲ.①侦探小说－美国－现代 Ⅳ.①I712.45

中国版本图书馆 CIP 数据核字（2020）第 230497 号

The Silence of the Lambs by Thomas Harris
Copyright © 1988 by Yazoo Fabrications, Inc.
Simplified Chinese edition copyright © 2021 by Yilin Press, Ltd.
This edition published by arrangement with Morton L. Janklow Associates, Inc. through Bardon-Chinese Media Agency
All rights reserved including the rights of reproduction in whole or in part in any form.

著作权合同登记号　图字：10-2020-526号

沉默的羔羊　［美国］托马斯·哈里斯　／著　杨昊成　／译

责任编辑　　竺文治
装帧设计　　韦　枫
校　　对　　王　敏
责任印制　　闻媛媛

原文出版　　St. Martin's Press, 1988
出版发行　　译林出版社
地　　址　　南京市湖南路1号A楼
邮　　箱　　yilin@yilin.com
网　　址　　www.yilin.com
市场热线　　025-86633278
排　　版　　南京展望文化发展有限公司
印　　刷　　南京新世纪联盟印务有限公司
开　　本　　880毫米×1230毫米　1/32
印　　张　　12.125
插　　页　　2
版　　次　　2021年3月第1版
印　　次　　2024年5月第10次印刷
书　　号　　ISBN 978-7-5447-8468-9
定　　价　　49.00元

版权所有·侵权必究
译林版图书若有印装错误可向出版社调换。质量热线：025-83658316